SIMON MOCKLER

Dunkle Ernte

GOLDMANN
Lesen erleben

Buch

In Cambridge wird ein Hochsicherheitslabor überfallen, in dem gerade eine hochgeheime Waffentestreihe des Militärs stattfindet. Eine der zehn Testpersonen ist der IT-Student Jack Hartman, der sich als Freiwilliger gemeldet hat. Als er mitansehen muss, wie die anderen Patienten brutal abgeschlachtet werden, rennt Jack um sein Leben. In sich trägt er einen zellbasierten Supercomputer: die Waffe der Zukunft. Und genau diese bringt Jack in höchste Gefahr. Auf der Flucht vor skrupellosen Waffenhändlern, international agierenden Hightech-Sicherheitsfirmen und korrupten Regierungen weiß er bald nicht mehr, wem er noch trauen kann …

Autor

Simon Mockler verdiente sich sein Geld u.a. als Künstler, Musiker und Lehrer. Zurzeit arbeitet er für die Advertising Standards Authority, eine Behörde zur Überwachung der Werbung in Großbritannien. Er lebt mit seiner Frau und seinem Sohn in London. »Dunkle Ernte« ist sein erster Roman.

Simon Mockler

Dunkle Ernte

Thriller

Aus dem Englischen
von Kristiana Dorn-Ruhl

GOLDMANN

MIX
Papier aus verantwortungsvollen Quellen
FSC® C014496

Verlagsgruppe Random House FSC-DEU-0100
Das FSC®-zertifizierte Papier *Holmen Book Cream* für dieses Buch
liefert Holmen Paper, Hallstavik, Schweden.

1. Auflage
Deutsche Erstveröffentlichung Oktober 2012

Umschlaggestaltung: UNO Werbeagentur, München
Umschlagfoto: © Getty Images / Hal Bergman Photography
Redaktion: Alexander Groß
mb · Herstellung: Str.
Satz: DTP Service Apel, Hannover
Druck und Bindung: GGP Media GmbH, Pößneck
Made in Germany
ISBN 978-3-442-47598-8

www.goldmann-verlag.de

1

Da war ein schmerzhaftes Rumoren in seinem Bauch, eine wirbelnde Übelkeit, wie er sie aus seiner Kindheit kannte, von wilden Achterbahnfahrten auf dem Jahrmarkt. Jack blinzelte, geblendet von gleißender Helligkeit. Wo war er? Schneller als seine Augen passten sich seine Ohren an. Neben ihm piepte es dumpf und elektronisch, gleichmäßig wie ein tropfender Wasserhahn. Er hob den Arm und sah zu, wie verschwommene Umrisse langsam die Gestalt seiner Hand annahmen, wie ein Taucher, der aus tiefem Wasser an die Oberfläche steigt. Ein Plastikclip steckte auf seinem Zeigefinger, Drähte verbanden ihn mit einem nach Krankenhaus aussehenden Apparat. Er drehte den Kopf zur Seite und sah eine schaurige grüne Linie, die bei jedem Ton über den Bildschirm jagte. Ein Herzmonitor.

Das Gewirbel in seinem Bauch nahm zu, tausend Schmetterlinge schlugen panisch mit ihren Flügeln gegen seine Magenwände. Er war in einem Krankenhaus? Wieso? Er rieb sich das Kinn und spürte, dass ihm ein Bart gewachsen war. Stoppeln dieser Länge brauchten zwei, vielleicht drei Wochen. Er hievte sich auf die Ellbogen, gegen den Widerstand von Kabeln und Schläuchen, die unangenehm einschnitten. Gegenüber standen fünf Betten mit bewusstlosen Unbekannten, drei weitere rechts von ihm und eines links. *Denk nach, Jack. Denk nach.*

Eine Prügelei … Er runzelte die Stirn. Auf dem Rasen

vor dem King's College. Drei Typen aus dem Rugbyteam hatten ihn aus dem Nichts überfallen.

Bruchstückhaft kehrte die Erinnerung zurück. Ein unvermittelter Schlag, feige von hinten in den Nacken, hatte ihn zu Boden gestreckt. Er war schmerzhaft auf seinem rechten Arm gelandet, hatte sich aber instinktiv sofort gedreht, um einem schweren Tritt gegen seine Rippen auszuweichen. Sobald er sich aufgerappelt hatte, ging der Kampf ausgeglichen weiter. Sie waren zu dritt, aber er war groß und kräftig und hatte sich auf den Militärbasen, wo er aufgewachsen war, wesentlich öfter geprügelt als sie in ihren noblen Privatschulen. Zwei schnelle Fausthiebe auf die Kehle und ein Tritt mit der Hacke gegen die Kniescheiben. Dann hatte er sie schmerzgekrümmt zurückgelassen. Sie würden für eine Weile kein Rugby spielen.

Aber das konnte es nicht gewesen sein. Er war mit ein paar blauen Flecken und aufgeschürften Fingerknöcheln davongekommen. Warum hatten sie ihn überhaupt angegriffen? Jack fiel das Denken schwer. Sein Rachen fühlte sich an wie Schleifpapier. Es war wohl nicht zu viel verlangt, sich ein Glas Wasser bringen zu lassen. *Schwester, Schwester* … Seine Stimme war nicht mehr als ein heiseres Flüstern. Niemand antwortete. Schritte hallten über einen fernen Flur. Wo war die Zugschnur, der Alarmknopf? Er tastete um das Bett herum. Nichts. Was war das für ein seltsames Krankenzimmer? Zehn Patienten, aber keine einzige Schwester in der Nähe.

Jack ließ sich zurückfallen und schloss die Augen. Die Betten waren immer noch da, in seine Netzhaut gebrannt wie ein verschwommenes Fotonegativ. Fünf weiße Betten, nebeneinander aufgereiht wie Spielkarten. Das war es. Einmal im Monat hatten sie in den Gewölben der Collegekapelle Poker gespielt, Texas-Hold'em-Variante, und immer um hohe Einsätze. Er hatte gegen die reichen Söhnchen verloren. Wenn er nicht herausbekam, wie sie ihn ausgetrickst hatten, musste er seine Schulden bezahlen – geschah ihm ganz recht. Dummerweise war er mal wieder pleite … War das vielleicht der Grund für den Überfall? Hatten sie die Rugby-Prolls auf ihn gehetzt? Dass er sich zu wehren wusste, konnten sie ja nicht ahnen.

Genug jetzt, brummte er leise und zog sich Kabel und Schläuche vom Körper ab. *Ich muss pinkeln.* Vorsichtig rutschte er vom Bett. Der Linoleumboden fühlte sich kalt an unter seinen Füßen. Im Flur war es still, unheimlich still. Keine Betriebsamkeit, keine hin und her eilenden Ärzte. Nicht einmal Schilder, die zum Händewaschen aufforderten und die nächste Toilette anzeigten.

Er versuchte es gegenüber, blickte aber nur in einen Wandschrank. Auf dem Weg zur Tür daneben hörte er, wie draußen mit quietschenden Reifen ein Wagen zum Halten kam. Bestimmt ein Notfall. Er hielt inne und horchte auf weitere Geräusche, eine Ankündigung über Lautsprecher, einen Notruf. Doch nichts geschah. Dann tauchte plötzlich ganz am Ende des Flurs ein Mann im weißen Kittel auf.

»He, Doktor, warten Sie!«, krächzte Jack, erleichtert, einen Menschen zu sehen, der bei Bewusstsein war. Allerdings währte die Erleichterung nur kurz. Der Mann hatte ihn nicht gehört oder wollte ihn nicht hören. Im Nu war er die Treppe hinunter verschwunden. Türen schlugen. Glas splitterte. Aufgeregte Stimmen waren zu hören, dazu ein Poltern und Krachen, als würden Gegenstände zerschlagen und umgestoßen. Jack sank der Mut, doch er horchte weiter, ohne sich vom Fleck zu rühren. Der Tumult schwoll an, und klappernde Schritte näherten sich rasch.

Ohne zu überlegen, schlüpfte er in den Wandschrank und zog die Tür bis auf einen kleinen Spalt zu, um hinausspähen zu können. In Situationen wie diesen ließ er sich von seinem Instinkt leiten. Er empfand durchaus Angst, doch die Neugier überwog. Er wollte der Gefahr ins Auge blicken, um sie verstehen und bezwingen zu können – eine Eigenschaft, die er von seinem Vater geerbt hatte.

Zwei Männer blieben vor dem Patientenzimmer stehen. Der eine trug einen grauen Anzug und eine Brille und sah nach Wissenschaftler aus – Jack musste unwillkürlich an seinen Informatikprofessor denken. Der andere war wie ein Boxer gebaut, mit massigen Schultern und muskulösem Nacken. Sein kantiges Kinn sah aus, als könnte es einem Ziegelstein gefährlich werden. Der Mann in Grau griff in eine Aktentasche und holte einen Laborkittel heraus. Er zog ihn an, dann betraten sie den Raum, den Jack soeben erst verlassen hatte. Jack sah nicht, was passierte, aber er konnte die Schatten auf dem Fußboden verfolgen. Fließende Silhouetten, die sich bei jeder Bewegung neu formten. Ein leises Reißen, ein gezieltes Knacken von Knochen, angestrengtes Ächzen, dann kaum hörbar ein Schuss aus einer schallgedämpften Waffe. Das Ganze wiederholte sich neun Mal. Methodisch, klinisch, ohne Eile. Dann tauchten sie wieder in seinem Blickfeld auf. Der Mann im Laborkittel wischte sich seine verschmierten Hände ab und steckte ein Bündel blutgetränkten Stoffs in seine Aktentasche, vorsichtig, aber nicht vorsichtig genug. Ein rötlicher Fetzen fiel mit leisem Platschen zu Boden wie ein vollgesogenes Papiertaschentuch. Jack starrte darauf und vergaß für einen Moment seine Übelkeit.

Auf dem schwarzweißen Fliesenkaro lag ein kleiner Fötus, kaum länger als fünf Zentimeter. Sein Kopf war fast so groß wie der Rest des Körpers, seine Gliedmaßen standen als formlose Stümpfe ab. Er zuckte alle paar Sekunden, ein dunkles Herz schlug unter der durchscheinenden, von Adern durchzogenen Haut. In seinem Kopf war ein Mikrochip zu erkennen, eine miniaturisierte elektronische Schaltung mit einer Leuchtdiode, die gleichmäßig blinkte. Wenn das Ding überhaupt menschlich war, dann nur zum Teil. Der Mann im Anzug hob es auf und packte es in seine Tasche.

Jack zog die Tür zu, wich zurück, die Arme gegen den Bauch gepresst, und stolperte dabei fast über einen Wischmopp in einem Eimer. Sein Atem ging schnell und rau, sein Herz schlug wie wild. Er tastete nach der Wand, um sich abzustützen, verfehlte sie jedoch und fiel auf einen Stapel graue Decken. Staub wirbelte auf. In einem kindlichen Reflex zerrte er an dem dicken Stoff, um sich darunter zu verstecken. Die Erkenntnis traf ihn wie ein Fausthieb in den Magen: *Ich habe auch so ein Ding in mir – was zum Teufel ist das?*

2

MI6-Zentrale, Vauxhall, London

Die großen Füße auf seinem Chippendale-Schreibtisch, blickte Sir Clive Mortimer über die Themse, die dicht am Gebäude des MI6 entlangfloss und in ihren Fluten zweifellos unzählige Geheimnisse und Verbrechen aus der Vergangenheit barg. Er liebte diesen Ausblick, und deshalb hatte er auch alles darangesetzt, um dieses Büro zu bekommen, als er von den Verdeckten Operationen zum Leiter der neu eingerichteten Abteilung für Cyber-Terrorismus befördert worden war – die Furcht vor einem koordinierten Großangriff auf Militärcomputer, IT-Systeme von Kraftwerken und Regierungsdatenbanken erfasste inzwischen sogar die, die sonst vor nichts und niemandem Angst hatten.

Um das Büro zu bekommen, hatte er ein paar Kollegen über die Klinge springen lassen müssen, aber so war das eben beim Secret Service. Sein ehemaliger Chef hatte immer gesagt, es sei schwieriger, sich intern an der Spitze zu halten als Bedrohungen von außerhalb abzuwehren. Sir Clive teilte diese Ansicht nicht. Allerdings gehörte es auch zu seinen besonderen Talenten, die Ansichten anderer nicht zu teilen.

Die Gegensprechanlage auf seinem Schreibtisch summte.

»Sir Clive, wir haben einen Code-Rot-Ruf, Sie werden in der Operationszentrale gebraucht.«

»Danke, Charlotte.« Wie ärgerlich, dass sie ihm solche Nachrichten nicht persönlich überbrachte. Was nützte es, eine Sekretärin mit hübschen Beinen zu haben, wenn man sie nicht hin und wieder zu Gesicht bekam? Im Vorbeigehen nickte er ihr zu, aber sie sah nicht auf.

Die Operationszentrale befand sich im Herzen des Gebäudes, wo der größtmögliche Schutz gegen Angriffe gewährleistet war. Die Wände bestanden aus über einem Meter dicken Stahlbeton. Es gab ein eigenes Lüftungssystem, einen Computerkomplex, mit dem sich ein kleiner Krieg hätte organisieren und führen lassen, sowie eine Reihe von Monitoren, die kontinuierlich Satellitendaten übertrugen. Die Zeiten, in denen die Regierung das Budget klein gehalten hatte, waren lange vorüber. Seit al-Qaida zwei Flugzeuge in das World Trade Center gejagt hatte, durften die Geheimdienste ihre Schecks selbst ausstellen. Ein Recht, das sie rege nutzten.

Ein Jammer nur, dass man nicht bequemere Sitzmöbel bestellt hatte, dachte Sir Clive, während er am Kopfende des Tisches Platz nahm und versuchte, seine ausladende Körperfülle auf einem zierlichen Designerstuhl aus Chrom und Leder unterzubringen.

Mit einem Nicken grüßte er in die Runde. Da waren Dr. James Calder, Chef des Technologieforschungsprogramms, und Mary Dalkeith, seine leitende Informatikerin. Sie arbeiteten in den Labors im Keller und sahen kaum das Tageslicht. Sir Clive war sich allerdings nicht sicher, ob ihnen das überhaupt auffiel, so wie sie in ihre Aufgabe vertieft waren.

Neben ihnen saßen seine beiden dienstältesten Einsatzleiter, gute Männer, die er seit vielen Jahren kannte und denen er vertrauen konnte: Blake Edwards, ehemaliger Agent im Außendienst, der umfangreiche Erfahrung mit verdeckten Operationen in Afrika und dem Nahen Osten hatte, und Captain Ed Garner, der wie Sir Clive seine Laufbahn beim Special Air Service, der Elitetruppe der britischen Armee, begonnen hatte. Es war ein gutes Team aus klugen Köpfen und brillanten Taktikern, genau die richtige Mischung für die Abteilung Cyber-Terrorismus. Sir Clive wandte sich an Dr. Calder.

»James, Sie haben dieses Meeting einberufen, und ich schlage vor, Sie nennen uns den Grund.«

Dr. Calder räusperte sich und nippte nervös an seinem Wasserglas. »Ja, allerdings, ich danke Ihnen, Sir Clive.« Er warf einen raschen Blick zu Mary. »Heute Nachmittag um Viertel vor drei bekam ich eine E-Mail von einer wissenschaftlichen Einrichtung, die wir zusätzlich zu Cambridge nutzen. Ein Forschungslabor. Sie testen …« Er brach ab und sah sich im Raum um, unsicher, wie viele Informationen er in dieser Runde preisgeben sollte. »Sie testen etwas ganz Neues. Ein adaptives Computerprogramm, das organische Materie verwendet. Synthetische Biologie, könnte man sagen.«

Sir Clive bedeutete ihm mit einem scharfen Blick, nicht weiter ins Detail zu gehen.

»Die E-Mail bestand aus zwei Worten: ›unter Beschuss‹«, fuhr Dr. Calder fort, »das war alles. Wir haben uns in das Überwachungssystem eingeloggt.« Seine Finger huschten über die Tastatur. »Sehen Sie selbst.«

Die Monitore am anderen Ende des Raumes wurden schwarz, dann erschienen schwarzweiß gesprenkelte Bilder. Neun verschiedene Ansichten, die einzelnen Patientenzimmer, der Parkplatz, mehrere Flure und der Zugang zum Labor. Irreale, ruckende Bilder zeigten im Zeitraffer, was sich abgespielt hatte. Ein weißer Transporter hielt vor dem Eingang. Vier Männer in Schwarz stiegen aus, die Waffen im Anschlag. Es war eigenartig, die Bilder ohne Ton zu sehen. Die Männer legten an, dann sackten menschliche Silhouetten zusammen, Wände bebten, Fenster barsten zu Kaskaden von Scherben. Als sie den Weg freigeschossen hatten, sah man einen Mann mit raschen Schritten durch das Gebäude gehen. Er war elegant gekleidet und trug eine Aktentasche bei sich.

»Wer ist das?«, fragte Sir Clive, mit den Augen am Monitor klebend. »Isolieren Sie das Gesicht, und jagen Sie es durch das System.«

James Calder klapperte auf seiner Tastatur, während die anderen weiter das lautlose Gemetzel auf den Monitoren verfolgten.

»Profis«, bemerkte Sir Clive. Es lag eine sonderbare Mischung aus Abscheu und Respekt in seiner Stimme, während er zusah, wie der Mann systematisch jeden Körper öffnete und herausnahm, was er brauchte. »Wo sind die Videodateien gespeichert? Können wir von hier aus an den Server heran, um sie zu vernichten?«

»Kein Problem«, erwiderte Mary, die noch blasser aussah als sonst, falls das überhaupt möglich war. Ihre Finger schwebten über der Tastatur. »Ich kann das von hier aus erledigen, aber vorher kopiere ich sie in unser System.«

Sir Clive löste widerstrebend die Augen vom Bildschirm. »Ich brauche ein Zwei-Mann-Team«, sagte er zu Ed Garner. »Sprengstoffexperten. So schnell wie möglich. Nehmen Sie den Helikopter. Machen Sie es selbst, wenn sonst niemand verfügbar ist. Das Letzte, was wir jetzt brauchen, ist Polizei, die im Labor herumschnüffelt. Ich will, dass alles rückstandslos verbrannt wird. Nichts darf mehr darauf hindeuten, wer dort war und was da vor sich gegangen ist. Sorgen Sie dafür, dass es wie ein Chemiebrand aussieht. Sobald dort alles klar ist, knöpfen wir uns die Kerle vor.«

Ed Garner stand bereits und wandte sich zum Gehen.

»Warten Sie«, sagte Sir Clive mit erhobener Hand, den Blick wieder auf die Monitore gerichtet. Die Männer, die das Gebäude überfallen hatten, waren weg, die Flure und Stationen lagen ruhig da. Doch etwas hatte seine Aufmerksamkeit erregt.

»Zurückspulen«, ordnete er an und deutete auf den letzten Monitor. Dr. Calder befolgte die Anweisung. »Da, sehen Sie?« Sir Clive wandte sich an die anderen am Tisch. »Noch mal, Dr. Calder, noch mal. Der Schatten an der Tür, am Ende des Korridors. Sehen Sie, wie er verschwindet.«

Sie blickten auf den Bildschirm. Eine dunkle Linie an der Tür, kaum wahrzunehmen, erst da, dann weg.

»Da ist jemand drin. Irgendjemand versteckt sich da«, sagte Sir Clive und bellte dann: »Vorspulen!«

Die Bilder hasteten vorwärts, fünf Minuten, zehn Minuten, zwanzig Minuten. Der Flur blieb leer. Bei dreißig Minuten sahen sie eine Gestalt, die zaghaft die Tür öffnete. Ein Mann, groß, sportlich. Er taumelte vorwärts, legte sich die Hände auf den Bauch und übergab sich. Im nächsten Moment rannte er völlig unerwartet und erstaunlich schnell davon.

»Zurück, zurück! Wo kam der Typ her?«

Sie suchten die Bilder ab.

»Stopp.« Sir Clive deutete auf die Bilder aus dem Patientenzimmer, auf denen zu sehen war, wie die Gestalt sich langsam aufrichtete und aus dem Bett hievte.

»Verdammt. Eines der Versuchskaninchen hat sich selbstständig gemacht.« Er wandte sich an Ed Garner, der noch an der Tür stand und darauf wartete, gehen zu dürfen. »Sobald Sie den Laden in die Luft gejagt haben, spüren Sie diesen Mann auf. Am besten noch ehe er diesen Scheißkerlen in die Hände fällt.«

3

Irritiert blinzelnd strebte Jack dem Licht entgegen. Er wusste nicht, was er hinter der Tür vorfinden würde, aber es war ihm auch egal. Alles erschien ihm unerträglich irreal. Er wollte einfach nur weg. Das Patientenzimmer war überall dunkelrot bespritzt und verschmiert gewesen und voller Leichen, deren Innerstes bestialisch nach außen gekehrt worden war – ein Anblick, bei dem es ihm den Magen umgedreht hatte. Seinem wichtigsten Instinkt gehorchend, war er geflohen, ohne zu wissen wohin, über Flure und Treppen, und dabei fast über den niedergestreckten Wissenschaftler gestolpert, der versucht hatte zu entkommen.

In der Empfangshalle fand er zwei weitere Leichen – eine Frau, die über ihrem Schreibtisch hing, und einen Lieferanten, der zur falschen Zeit am falschen Ort gewesen war. Sein lebloser Körper blockierte den Ausgang; die automatischen Glastüren versuchten beständig zu schließen und stießen rhythmisch gegen seine Brust. Jack stieg über ihn hinweg. Eine Szene wie aus einem Albtraum. Dann stand er im Freien, in der Kälte, der Winterwind zerrte an seinem offenen Krankenhauskittel und trug trockene Blätter über den Parkplatz. Erst jetzt wurde ihm bewusst, dass er unter dem dünnen Stoff nackt war. Doch die Kälte war angenehm. Sie drang durch seine Schockstarre bis in sein Gehirn vor und riss den Nebel auf, der ihm das Denken erschwerte.

Sollte er ein Telefon suchen und die Polizei anrufen? Irgendetwas in ihm wehrte sich gegen diesen Impuls. *Hau ab, du musst hier weg. Vertraue niemandem außer dir selbst.* Er brauchte jetzt keine endlosen Fragen von irgendwelchen Bullen. Er brauchte Antworten.

Teure Autos parkten vor dem Gebäude, neueste Mercedes-, Jaguar-, BMW-Modelle. Die würde er nicht zum Laufen bringen. Aber hinter den Sondermülltonnen versteckte sich schamhaft ein alter Nissan Sunny. Perfekt, dachte er, wickelte sich seinen Kittel um die Faust und schlug das hintere Fenster ein.

Er öffnete die Fahrertür, stieg ein und zerrte die Kabel unter der Lenksäule hervor. Ein kurzer Kontakt genügte, und der Motor sprang stotternd an. Er lächelte. Auch eine schwierige Jugend hatte ihr Gutes. Manche Dinge verlernte man nie. Außerdem tat in dieser Situation jeder Gedanke an die Vergangenheit und vertraute Dinge gut. Er jagte den Motor hoch, riss knirschend die Gänge durch und beschleunigte in Richtung Ausfahrt. Als er mit schlitterndem Heck in die Hauptstraße einbog, sah er ein weißes Schild mit hellblauer Aufschrift: »Marcon Pharmaceuticals. Forschung und Entwicklung«. Eines stand fest, in einem Krankenhaus war er nicht gewesen.

Er schaltete das Radio ein, um ein wenig Alltäglichkeit und Normalität zu spüren. Es dämmerte, und auf der Straße herrschte Feierabendverkehr. Um diese Zeit spielten die Radio-DJs gern alte Rockklassiker, wie Queen oder Thin Lizzy. Normalerweise konnte er auf Dino-Rock gut verzichten, aber heute kamen ihm der harte Beat und die einfachen Akkorde gelegen. Die schmutzigen, schnörkellosen Headbanger-Riffs würden sein Hirn am besten auf Kurs halten.

Er fuhr an einem Hinweisschild vorbei: Cambridge, dreißig Kilometer. Offenbar befand er sich auf einer der Umgehungsstraßen um die Stadt. Er hatte keine Ahnung, was er tun sollte, wenn er dort ankam. So, wie er war, konnte er schlecht auf dem Campus auftauchen, in einem gestohlenen Wagen, halb nackt und mit Robinson-Crusoe-Bart. Der Oberpförtner hatte ihn ohnehin auf dem Kieker. Es würde ihm mit Sicherheit größtes Vergnügen bereiten, ihm die Einfahrt zu verweigern.

Aber einen Schlupfwinkel gab es: Amanda Marshall in der Jesus Lane. Amanda war Doktorandin und stand kurz vor dem Ende ihres klinischen Praktikums. Bis zu seinem Verschwinden waren sie ein paar Wochen lang lose zusammen gewesen. Eigentlich war sie gar nicht sein Typ. Sie war unabhängig, beängstigend klug und nahm kein Blatt vor den Mund. Aber im Bett war sie hemmungslos und sinnlich, und es faszinierte ihn, wie sie zwischen diesen beiden Seiten ihrer Persönlichkeit hin und her schaltete.

Sie waren dreimal zusammen ausgegangen und hatten zwei Nächte miteinander verbracht. Da hatte es gut geklappt zwischen ihnen. Aber das war gewesen, bevor er einfach so verschwunden war, um dann etwa drei Wochen später mit nichts am Leib außer einem Bart und einem mehr als dürftigen Krankenhauskittel wieder bei ihr aufzutauchen.

Er parkte den Nissan so nahe wie möglich am Haus. Es war halb sechs an einem späten Winternachmittag, und die Straße war fast menschenleer. Er spürte, wie sein Magen knurrte. Wie lange hatte er keine feste Nahrung mehr zu sich genommen? Er lehnte sich mit der Schulter gegen die Türklingel und wartete. Schritte tappten Stufen herunter, eine gedämpfte Stimme sagte: *Komme gleich*. Jack begann zu zittern.

»Was ist denn …?« Amandas Mitbewohnerin öffnete. Ihre Stimme klang schrill, ihre Miene verriet Ablehnung. Sie wollte die Tür gleich wieder schließen, aber Jack schob sein Knie dazwischen. Er zog eine schmerzvolle Grimasse, als ihn die Kante traf.

»Tara, ich bin es, Jack, Jack Hartman. Amandas Freund. Ist sie da?« Seine Stimme klang immer noch fremd in seinen Ohren. Wie die Stimme eines alten Mannes, asthmatisch und gequält.

Tara blinzelte; sie war immer noch nicht bereit, die Tür für ihn zu öffnen, aber sie wirkte schon etwas entspannter. Offenbar hatte sie ihn durch seinen Bart hindurch erkannt.

»Jack? Ach ja, ich erinnere mich.« Sie zog einen Schmollmund und neigte den Kopf zur Seite. »Bist du nicht der Typ, der wochenlang nicht angerufen hat?«

Jack war zu schwach, um ihrem Sarkasmus Erklärungen entgegenzusetzen. »Kann ich bitte zu Amanda?«, bat er.

»Ich fürchte nein. Sie hat Nachtschicht im Krankenhaus. Sie darf heute mal wieder die Idioten zusammenflicken, die freitagsabends vollgesoffen in die Notaufnahme getorkelt kommen. Apropos, was um alles in der Welt hast du da an?« Sie musterte ihn von oben bis unten. »Das ist hoffentlich nicht irgend so eine hirnlose Aktion, die ihr im Suff ausgeheckt habt, deine Kumpels und du.« Sie warf argwöhnische Blicke die Straße hinauf und hinunter, halb in der Erwartung, einen Haufen schwer alkoholisierter Mitstudenten von Jack in ähnlichem Aufzug zu entdecken. Jack nutzte ihren Positionswechsel, um sich an ihr vorbei in den Flur zu schieben. Sein Zittern wurde immer heftiger. Er lehnte sich schwer gegen einen Heizkörper. Tara musterte ihn jetzt genauer, registrierte den gehetzten Ausdruck in seinen Augen und dass er am ganzen Leib bebte. Endlich schien sie zu begreifen, dass sie es nicht mit einem Dummejungenstreich zu tun hatte.

»Was ist los, Jack? Alles okay?«, erkundigte sie sich besorgt.

Schon wieder nur Fragen. Jack war jetzt wirklich nicht in der Stimmung dafür. »Mir geht's prima, ich muss mich nur mal hinlegen«, behauptete er mit heiserer Stimme und begann sich am Geländer die Treppe hochzuziehen, in Richtung von Amandas Zimmer, doch auf halbem Weg verließen ihn die Kräfte. Er stolperte über die dritte Stufe und stürzte polternd hin, der Krankenhauskittel fiel auseinander und präsentierte ihn von der Mitte abwärts nackt.

Tara ging kopfschüttelnd eine Decke holen, die sie ihm überlegte, nicht ohne einen bewundernden Blick auf seine entblößte untere Hälfte zu werfen. Jack Hartman mochte zwar ein Mistkerl sein, aber es gab zumindest einen handfesten Grund, mit ihm auszugehen.

4

Operationszentrale des MI6, Vauxhall, London

Sir Clive trommelte ungeduldig mit den Fingern auf den Schreibtisch. Dr. Calder hatte Mühe, eine Videoverbindung mit Ed Garner und dem Helikopter-Team herzustellen.

»Kommen Sie schon, James, die sind in zwanzig Minuten vor Ort. Ich will Livebilder sehen.« Sie hatten es binnen einer Stunde geschafft, einen Hubschrauber und einen Sprengstoffexperten aufzutreiben, aber Sir Clive hasste es, nicht zu wissen, was los war. Wenn er die Verantwortung für eine Sache übernahm, wollte er hundertprozentige Kontrolle, live dabei sein, um sofort Anweisungen geben zu können.

Die Bildschirme flackerten. Undefinierte graue Konturen bewegten sich vor schwarzem Hintergrund. Atmosphärische Störungen und das Flappen der Rotoren machten es fast unmöglich, Ed Garners Stimme zu verstehen.

»Sind auf dem Weg, Sir Clive. Voraussichtliche Ankunftszeit ist 6:30 Uhr.«

»Schalten Sie auf Nachtsicht um, Ed, wir sehen hier nichts«, sagte Sir Clive in das Mikrofon an der Kontrollkonsole.

Die Ansicht des Cockpits wechselte auf Grellgrün.

»Sie kennen die Routine. Rein, die zehn Phosphorladungen verteilen und wieder raus. Ich will nur noch Schutt und Asche sehen.«

»Roger, Sir Clive. Wir sind voll einsatzbereit.«

»Ausgezeichnet. Wir bleiben in Videoverbindung, aber bis zu Ihrer Landung schalte ich den Funk ab. Mary hat jetzt noch ein paar Infos über unseren Ausreißer.«

Mary Dalkeith reichte Sir Clive eine unscheinbare braune Papiermappe und nahm am Tisch Platz.

»Sind das die Freiwilligen?«, fragte er.

Mary nickte. »Ich habe mir die Bilder der Überwachungskameras angesehen und den wahrscheinlichsten Kandidaten markiert: Patient ›C‹. Er hat die passende Größe und Statur.«

Sir Clive überflog rasch die Details. Seine Gabe, Listen zu analysieren und im Kopf zu behalten, galt beim Secret Service als legendär.

»Ich verstehe immer noch nicht, warum er aufgewacht ist. Ich dachte, sie hätten ihn so mit Sedativa vollgepumpt, dass es für einen Elefanten gereicht hätte«, sagte er, den Blick auf das Blatt geheftet.

»Menschen reagieren individuell, sie verstoffwechseln unterschiedlich schnell. Es kommt auf Körpergröße und Fitness an«, wandte Dr. Calder ein. »Ein Ausnahmeathlet braucht vielleicht eine wesentlich höhere Dosis. Auf dem Überwachungsfilm sieht er ziemlich fit aus.«

Sir Clive murrte unzufrieden. »Was ist das?«, sagte er und tippte mit einem Finger auf die Hintergrundinformationen des Patienten. »Er studiert in Cambridge? Mit einem King's-Scholar-Stipendium?« Verärgert schlug er das Papier auf den Tisch, und seine zur Faust geballte Hand prallte hart auf die Platte. »Habe ich mich in meiner Anweisung nicht klar genug ausgedrückt? Habe ich nicht ausdrücklich erklärt, dass ich nur Außenseiter und Loser, Junkies und Penner für diesen Versuch will? Unsichtbare Bürger. Menschen, die keiner vermisst. Was haben Sie sich dabei gedacht, James? Was zum Teufel haben Sie sich dabei gedacht?«

Dr. Calder holte tief Luft und schluckte. »Wir haben die Anweisung an das Labor weitergeleitet«, entgegnete er hastig, mit nervöser Stimme. »Die Leute dort waren für die Auswahl der Teilnehmer zuständig. Ich dachte, wir hätten unsere Vorgaben ausreichend deutlich gemacht.«

Sir Clive fuhr sich mit der Hand durch sein dichtes, schlohweißes Haar, das er kurz geschoren trug, weil es sich anders nicht bändigen ließ. »In diesem Geschäft ist niemals jemand anders zuständig«, sagte er und stach mit seinem Finger nach Dr. Calder. »Sie sollten das wissen, James, Sie sind lange genug dabei. Ohne absolute Kontrolle bis ins winzigste Detail geht es nicht, verdammt noch mal!« Er atmete tief ein, um die Beherrschung wiederzugewinnen.

Ihn ärgerte nicht nur, dass der verschwundene Patient vermisst werden würde. Es machte ihn wütend, dass sie ausgerechnet einen Cambridge-Studenten genommen hatten. Das Land war bereits jetzt in denkbar schlechter Verfassung. Man durfte nicht auch noch die geistige Elite der Zukunft dezimieren. Er schob die Mappe von sich weg und begann rhythmisch seine Hände zu Fäusten zu schließen.

»Wie lange war die Reifungsphase des Moduls?«, fragte er. Besser, sie wandten sich wieder den Sachthemen zu.

»Nach drei Wochen im Körper kann es außerhalb des Wirts überleben. Wir wissen nicht, wie hoch seine Lebenserwartung nach dem Entfernen ist. Vielleicht nur ein paar Tage, vielleicht Monate«, erläuterte Dr. Calder. Er wusste, dass Sir Clives Wutanfälle heftig, aber von kurzer Dauer waren. Der Chef hielt sich nicht lange mit einer Sache auf. Das war auch nicht notwendig, denn wenn einer seiner Leute den gleichen Fehler ein zweites Mal machte, wurde er ohnehin sofort auf die Straße gesetzt.

In dem Helikopter, der über Marcon Pharmaceuticals in der Luft stand, überprüfte Ed Garner ein letztes Mal die Ausrüstung – Fernzünder, Sprengsätze, Munition. Es war ein einfacher Auftrag, wesentlich einfacher als gewöhnlich. Zunächst einmal waren keine Gegner auszuschalten. Sie mussten nur schnell rein und wieder raus, ohne Fehler zu machen. Der Sprengstoffexperte, den der Secret Service geschickt hatte, sah ziemlich kompetent aus, ein bärbeißiger Schotte namens Gavin McCallister. Er hatte seit dem Start kaum mehr als drei Worte gesprochen. Aber Ed war das ganz recht. Gavins Dossier war beredt genug. Der Mann hatte beide Golfkriege und die bewaffneten Konflikte im Sudan und im Tschad mitgemacht. Er war zweifellos herumgekommen.

Ed tippte dem Piloten auf die Schulter und zeigte Gavin an, dass es Zeit sei. Er klinkte seinen Gurt an die Winde und zog die Verschlusslaschen seiner Handschuhe enger. *Auf geht's*, dachte er und lehnte sich rücklings in die kühle Nachtluft hinaus, bis er spürte, wie sich das Seil unter seinem Gewicht spannte. Der Helikopter schlingerte leicht unter der Gewichtsverlagerung, und der Abwind der Rotoren drückte ihm die Haare glatt an die Stirn. Ed glitt zu Boden und löste das Drahtseil. Er schwenkte zweimal seine Taschenlampe, als Signal für Gavin, die Ausrüstung abzuwerfen. Sie machte ein hohes, zischendes Geräusch, ehe sie mit einem dumpfen Aufprall landete. Dann setzte Gavin leichtfüßig auf dem Boden auf. Ein Spezialist, zweifellos. Sie winkten den Hubschrauber weg, schwangen sich die Ausrüstung auf den Rücken und nahmen kurz das Gebäude in Augenschein. Im Lichtkegel der Taschenlampen warfen die herumliegenden Leichen gespenstische, nervös zitternde Schatten an die Wände, vom irrlichternden Schein für kurze Zeit wieder zum Leben erweckt. Gavin verzog keine Miene. Wahrscheinlich hatte er schon wesentlich Schlimmeres gesehen. Sie montierten die Sprengsätze wie angewiesen, mit genug Phosphor für ein bombastisches Gala-Feuerwerk, dann rannten sie auf eines der umliegenden Felder und gingen in einem Graben in Stellung.

Ed gab Gavin die Fernzünder. »Gute Arbeit«, sagte er. »Hier, vollenden Sie das Werk.« Im Dunkeln glaubte er den Anflug eines Lächelns auf dem Gesicht des Schotten zu entdecken.

Gavin zog die Plastikabdeckung ab und drückte den roten Knopf. Es folgte der Moment des Zweifels, die scheinbar endlos dauernde Millisekunde, in der man nicht weiß, ob der Schlag kommt oder nicht. Dann erhellte sich der Himmel mit gleißend hellem Schein, und weißgelbe Flammen zerrissen die Nacht, gefolgt vom donnernden Krachen der Explosion. Wer jetzt auf den umliegenden Straßen unterwegs war, wurde Zeuge eines Höllenspektakels.

»Gute Arbeit«, tönte Sir Clives Stimme aus dem Ohrstöpsel.

Manchmal sehnte sich Ed nach den Zeiten zurück, in denen sie noch nicht ständig die Kommentare ihrer Vorgesetzten im Ohr gehabt hatten. Er kam sich vor wie ein Fernsehmoderator, der Anweisungen aus der Regie zu befolgen hatte.

»Danke. Wir verschwinden. Bis zur nächsten Stadt sind

es ungefähr zwanzig Kilometer. Wir ziehen uns dort um und kommen dann mit dem Zug zur Nachbesprechung«, erwiderte er.

»Warten Sie, Ed. Mary hat eine Personenbeschreibung für Sie, von dem Kerl, der weggerannt ist. Ebenso seinen möglichen Aufenthaltsort.« Knackende Geräusche ertönten, als Mary ans Mikro ging.

»Hallo, Ed. Er heißt Jack Hartman und studiert am King's College. Sie müssen so schnell wie möglich dorthin. Aber wir brauchen absolute Zurückhaltung. Observieren Sie unauffällig, in Zivil.«

Sir Clives Stimme unterbrach sie. »Melden Sie mir sofort, wenn Sie ihn gefunden haben, aber greifen Sie um Gottes willen nicht zu. Ich habe nicht die Absicht, in meiner alten Uni ein Chaos zu veranstalten.«

5

Dorchester Hotel, London, 20:00 Uhr

Dr. Ahmed Seladin kratzte energisch an seinen Fingernägeln. Blut war verdammt schwer zu entfernen. Am besten ließ man es erst gar nicht antrocknen. Was war nur aus ihm geworden? Fünf Jahre Studium an der Faculté de Médecine in Rabat, zehn Jahre Spezialisierung in Herz- und Gefäßchirurgie, dann ein einziger dummer Fehltritt, und jetzt machte er sich für einen dubiosen Wissenschaftler von ebenso zweifelhafter Moral die Hände schmutzig.

Er musterte sich im Spiegel. Seine Schläfen waren grau geworden, die Haare licht. Seine braunen Augen, die immer vor Humor gesprüht hatten, waren stumpf und leer.

Diese Augen waren es gewesen, die ihn in Schwierigkeiten gebracht hatten. Mit ihnen hatte er seine junge Patientin verführt. Padma Rabhi, siebzehn Jahre alt, schön und ungezähmt wie ein junges Pferd. Sie hatte sich ihm mit Haut und Haar hingegeben, sie war unter seiner Berührung erbebt, in seinen Armen zur Frau gereift. Eine Zeitlang hatte er sich selbst eingeredet, dass er in sie verliebt wäre, und daran gedacht, seine kinderlose Ehe für sie zu beenden. Doch dann hatte ihr Vater, ein bekannter Geschäftsmann mit politischen Verbindungen, alles herausbekommen und sich brutal gerächt.

Dass Ahmed noch am Leben war, hatte er allein seinem Geschick als Chirurg zu verdanken. Er konnte die Blutung aus den tiefen Wunden stoppen, die man ihm zugefügt hatte, und sich selbst wieder zusammenflicken. Doch Padmas Leben konnte er nicht retten. Sie war für die vermeintliche Schande, die sie über die Familie gebracht hatte, verschleppt und ermordet worden. Ahmeds Karriere war damit beendet gewesen. Padmas Vater hatte dafür gesorgt, dass er in keinem Krankenhaus je wieder Arbeit bekommen würde.

Seither blieben ihm nur noch die abseitigen Pfade. Aufträge jenseits des Gesetzes, Schönheitsoperationen in illegalen Hinterhofkliniken, Abtreibungen bei den Geliebten hochrangiger Regierungsmitglieder. Und so war er auch an diesen Job gelangt. Sein Name hatte sich in einschlägigen Kreisen herumgesprochen, bis der Kontakt zustande gekommen war. Und die Bezahlung stimmte. Damit würde er sich eine neue Identität kaufen, aus Casablanca verschwinden und vielleicht sogar irgendwo weit weg eine Praxis eröffnen können, in Südamerika vielleicht oder der Dominikanischen Republik.

Er betrachtete sein Spiegelbild. Seine Augen waren vom

gleichen stumpfen Braun wie die Lehmwände des Hauses, in dem er aufgewachsen war. Eine Erinnerung daran, wie weit er gekommen und wie tief er gefallen war.

Einer der Söldner trat, ohne anzuklopfen, durch die Tür und schlug ihm mit der Hand auf die Schulter. »Kommen Sie, Ahmed, Sie brauchen zum Fertigmachen länger als eine Frau«, sagte er, öffnete seinen Reißverschluss und urinierte ungeniert neben ihm in die Toilettenschüssel.

Ahmed ignorierte ihn und ließ eiskaltes Wasser in das Waschbecken laufen. Der Mann war schließlich nur ein einfacher Befehlsempfänger. Ahmed hielt den Atem an, steckte seinen Kopf ins Wasser und öffnete die Augen. Dieses Gefühl hatte er als Kind genossen, die betäubende Kälte des Quellwassers, in dem er gebadet hatte, wenn die Hitze unerträglich wurde. Zwei Tage unterwegs, zwei Tage ohne Schlaf, und jetzt ein Treffen mit dem Mann, der die ganze schauderhafte Expedition geplant hatte.

Der Söldner trat zu ihm und legte ihm seine ungewaschene Hand auf die Schulter. »Kommen Sie jetzt, Ahmed«, sagte er leise. »Sie werden erwartet.«

Ahmed spürte die Kraft in seinem Griff, seinen nachdrücklichen Blick. Er glättete seine Haare, so weit das möglich war, zog seine Krawatte fest und folgte ihm in das Wohnzimmer der Suite. Auf dem Couchtisch stand die Aktentasche. Ahmed wollte nicht über das nachdenken, was sich darin befand. Er hatte keine Ahnung, was das war, diese kleinen Dinger, die auf eine ihm vollkommen unbekannte Art lebendig waren. Ihr Innenleben war klar zu erkennen, das Zusammenwirken von Halbleitertechnik und organischer Materie, nur hatte er keine Idee, wozu sie dienen sollten.

»Dr. Seladin, es freut mich sehr, Sie kennenzulernen.« Der weltmännisch auftretende Chinese war kaum größer als ein Meter fünfzig und um die Mitte fast genauso breit. Ahmed wusste nicht recht, was er erwartet hatte, aber mit Sicherheit nicht das. Der Mann bewegte sich leichtfüßig, seine Leibesfülle schwankte von einer Seite zur anderen wie bei einem Kreisel, und er sprach mit starkem französischem Akzent. Dass ihn der Chinese mit Titel ansprach, war eindeutig als Appell an seine Eitelkeit zu verstehen. Ahmed durchschaute das durchaus, fühlte sich aber dennoch geschmeichelt.

»Das Vergnügen ist ganz auf meiner Seite, Mr. …« Wie hieß der Mann überhaupt? Der Kontakt war über Dritte zustande gekommen, über eine Armada von Strippenziehern, Assistenten und Vermittlern.

Der Chinese hob einen Finger an die Lippen und legte die Stirn in Falten. »Monsieur Blanc«, sagte er schließlich. »Ja, das dürfte für den Moment genügen.« Ein wissendes Lächeln deutete sich auf seinem Gesicht an, das jedoch seine Augen nicht erreichte, die undurchdringlich und schwarz blieben. »Ich habe ein paar Erfrischungen bestellt.« Er deutete auf einen Teller mit Gebäck und eine Kanne Tee. »Ich weiß, es ist schon spät, aber ich kann nicht anders, ich muss immer Nachmittagstee bestellen, wenn ich in London bin. Dieses Hotel ist berühmt dafür«, fügte er hinzu, ohne dass sich an seiner kalt lächelnden Miene etwas änderte.

Ahmed nickte. Sein Magen knurrte, allerdings stand ihm der Sinn ganz und gar nicht nach Cremetörtchen.

»Ich hoffe, die Operationen, die Sie durchzuführen hatten, sind glatt verlaufen und die entnommenen Module haben keinen Schaden genommen.« Monsieur Blanc wählte mit Bedacht eine Blätterteigschnitte und goss Tee durch ein Sieb. Ahmed dachte an das eine, das ihm aus der Hand gefallen war. Er hatte es sich ans Ohr gehalten, um zu prüfen, ob das kleine Herz noch schlug.

»Erfreulicherweise hat es keine Probleme gegeben«, erwiderte er.

»Hervorragend. Selbstverständlich haben wir auch nicht erwartet, dass ein Chirurg Ihres Formats auf Schwierigkeiten stoßen könnte. Befinden sich die Module in dieser Tasche?« Monsieur Blanc deutete mit einem seiner fleischigen Finger auf die Aktenmappe auf dem Tisch. Ahmed nickte. Zwei Männer erschienen und nahmen die Tasche mit ins Schlafzimmer. Ahmed sah durch die offene Tür, wie sie den Inhalt herausnahmen.

»Ich fürchte, es wird noch einen Augenblick dauern. Sie müssen prüfen, ob alles in Ordnung ist.« Monsieur Blanc nippte an seinem Tee. »Haben Sie vor, länger hierzubleiben und sich die Stadt anzusehen? London hat so viel zu bieten, finden Sie nicht? Man kann hier selbst die ungewöhnlichsten Vorlieben befriedigen.«

Ahmed rieb sich die Augen. War das eine Anspielung auf seine Affäre mit Padma oder nur eine harmlose Bemerkung? Es hätte ihn nicht überrascht, wenn Monsieur Blanc ein Dossier über ihn zusammengestellt und seine Vergangenheit bis ins Detail durchleuchtet hätte. Er schien äußerst akkurat und bedachtsam zu sein. Aber für Ahmed spielte das keine Rolle. Er zählte die Minuten, bis sein Flug nach Hause gehen und das Geld sicher auf seinem Konto auf den Caymans angekommen sein würde.

»Nein, Monsieur Blanc, vielleicht ein andermal«, antwortete er und streckte die Hand nach einem Stück Kuchen aus. Vielleicht würde er so bald nichts mehr zu essen bekommen. Einer der Männer kam aus dem Schlafzimmer zurück, beugte sich zu Monsieur Blanc herunter und flüsterte ihm etwas ins Ohr.

Doch statt den Kuchen zu nehmen, musste Ahmed mit Erstaunen verfolgen, wie das Stück vom Teller schoss, von einem schweren Stiefel quer durch den Raum gekickt. Ehe er begriff, wie ihm geschah, wurden seine Unterarme gegen die Armlehnen seines Sessels gepresst, und zwei Männer hielten ihn wie in einem Schraubstock gefangen. Raue Hände machten sich an seinem Hals zu schaffen, er hörte das Surren von Stoff und das Gelächter des Söldners.

Monsieur Blanc stand auf und wischte sich vorsichtig die Hände an einer Serviette ab. In aller Ruhe beobachtete er, wie Ahmed die Augen aus den Höhlen traten und ihm der Schweiß auf der Stirn ausbrach. Mit einem tiefen Seufzen trat er hinter ihn. Trotz seiner Panik fiel Ahmed ein eigenartiger Geruch auf. Ein durchdringender und unangenehmer Geruch, in den sich der süßliche Duft von Rosenwasser mischte.

»Dr. Seladin, ich bin für viele Dinge bekannt, aber nicht für Geduld. Ich werde Sie also nur einmal fragen, warum Sie nicht alle zehn Module geliefert haben. Sie haben zehn Sekunden für eine befriedigende Antwort. Andernfalls wird mein Freund hier den Gürtel um Ihren Hals zuziehen, bis Sie sich wünschen, Sie hätten mir eine befriedigende Antwort gegeben. Haben Sie das verstanden?«

Ahmed versuchte zu reagieren, doch die Worte blieben ihm in der abgeschnürten Kehle stecken.

Monsieur Blanc sah auf die Uhr. »Noch sechs Sekunden, Dr. Seladin.«

Er versuchte verzweifelt sich daran zu erinnern, was an dem Nachmittag geschehen war und in welcher Reihenfolge. Er hatte die Ereignisse erfolgreich verdrängt. Der Gürtel quetschte seinen Kehlkopf, ein bitterer Geschmack stieg aus seinem Rachen auf, als hätte er ein Stück Seife verschluckt.

»Okay«, röchelte er. Der Druck ließ nach. Im Geist zählte er die Patienten durch. Und erst in diesem Moment fiel ihm das leere Bett auf, das er damals gar nicht wahrgenommen hatte. Alles war so schnell gegangen. Normalerweise arbeitete er nicht unter solchen Umständen.

»Neun Patienten«, brachte er mühsam heraus, »nur neun Patienten.«

»Neun Patienten oder neun Betten?«, entgegnete Monsieur Blanc blitzschnell. Ahmed rief sich das Patientenzimmer ins Gedächtnis, die kraftlosen Gestalten, unschuldig in ihrem Dämmerzustand, friedlich schlafend, als die Kugel ihren Schädel zum Bersten brachte.

»Patienten«, wiederholte er, »neun Patienten.« Die Worte quälten sich mühsam aus ihm heraus. Wie hatte ihm das passieren können?

»Da war also ein leeres Bett?«, fragte Monsieur Blanc.

Ahmed nickte. Zu weiteren Erklärungen fehlte ihm die Kraft. Die Klammer um seinen Hals lockerte sich.

Monsieur Blanc entfernte sich ein paar Schritte. »Dr. Seladin, Sie bringen mich in eine heikle Lage, eine sehr heikle Lage«, fuhr er fort und fing an, auf und ab zu gehen. »Ich sage Ihnen, was ich tun werde.« Er wackelte mit einem Finger in Ahmeds Richtung. »Meine Männer werden ein paar Dinge überprüfen und so viele Informationen wie möglich vom Server des Labors ziehen. Sie werden unterdessen hier warten. Sobald wir einen Namen haben, werden Sie mit meinen Männern losziehen und den Auftrag vollenden, für den Sie bezahlt wurden. Ist das klar?« Er trat auf Ahmed zu, bis sein Vollmondgesicht dessen Blickfeld ausfüllte. »Ich sagte: *Ist das klar?*«, zischte Monsieur Blanc und verströmte dabei seinen fauligen Atem, der nur dürftig vom Rosenwasser überdeckt wurde.

Ahmed zuckte zusammen. Vor seinem geistigen Auge erschienen offene Gräber, bestreut mit Blütenblättern. Der Gestank war widerlich. Tiere stanken so aus dem Maul, Wölfe, Schakale, Raubtiere, die sich von rohem Fleisch ernährten.

6

Jesus Lane, Samstagmorgen, 07:00 Uhr

»Jack, kannst du mich hören? Jack!«

Jack blickte auf. Seine Seite war ganz steif. Augen, blaugrün wie Sand, der durch einen klaren See schimmert, musterten ihn mit besorgter Konzentration. Eine Hand stützte seinen Nacken mit sanftem, aber festem Griff. Amanda war ihm nie schöner vorgekommen. Zwei blonde Strähnen hatten sich aus ihrem Haarknoten gelöst, einem komplizierten Gebilde, das sie in null Komma nichts mit einem Bleistift zauberte. Sie kitzelten ihn am Hals. Er lächelte schwach.

»Entschuldige, Amanda«, flüsterte er, »ich hätte vorher anrufen sollen.«

Mit prüfendem Blick fühlte sie seinen Puls, ohne zu antworten. Okay, es war nicht Amanda, es war Dr. Marshall im Einsatz.

»Ich muss einen Krankenwagen rufen, Jack. Du musst dich untersuchen lassen.«

Er packte sie am Arm. Die Erinnerung an das Patientenzimmer und die Krankenhausbetten kam wieder hoch.

»Nein, nein, Amanda. Mir geht es gut. Ich brauche nur ein bisschen Ruhe und was zu essen. Und vielleicht etwas anderes zum Anziehen, oder?« Er versuchte erneut zu lächeln.

Amanda schüttelte den Kopf. Sie lächelte nicht. Entsprang ihre Besorgnis nur ihrem ärztlichen Pflichtbewusstsein? Ihre Hand tastete unter die Bettdecke und zupfte prüfend an seinem Kittel. Er hob die Augenbrauen und begann sich schon besser zu fühlen.

»Das ist kein normaler Krankenhauskittel, zumindest nicht aus den Krankenhäusern hier in der Gegend, wo ich schon gearbeitet habe«, sagte sie mit professioneller Kühle und betrachtete das Etikett. »*Marcon Pharmaceuticals*«, las sie und zog die Hand zurück. »Moment mal, der Name kommt mir bekannt vor. Ist das nicht ein privates Forschungslabor in der Nähe von Huntingdon?« Sie runzelte die Stirn. »Jack, hast du etwa bei einem Medikamententest mitgemacht?« In ihrer Stimme schwang Verärgerung mit. Aus ihrem Blick sprach Missbilligung. Jack zuckte die Achseln. Ehe er etwas sagen konnte, fuhr sie fort. »Dümmer geht's wirklich nicht. Hast du so dringend Geld gebraucht?«

Jack schloss die Augen und dachte an die heimliche Pokerrunde und seine Spielschulden. Zumindest wusste er wieder, warum er in diesem Krankenhausbett gelandet war. Er hatte sich für einen zweiwöchigen klinischen Versuch zur Verfügung gestellt, um mit dem Erlös seine Schulden zu begleichen. Wie hätte er sonst auf die Schnelle viertausend Pfund zusammenbekommen sollen? Alles in allem zählte diese Aktion wahrscheinlich nicht zu seinen größten Heldentaten.

»Komm«, sagte Amanda kopfschüttelnd und half ihm

auf die Beine. »Jetzt frühstückst du erst einmal. Und dann besorgen wir dir was zum Anziehen. Aber nur, wenn du brav bist«, fügte sie hinzu, ein leichtes Lächeln auf den Lippen.

Während Amanda Speck und Eier briet, überlegte Jack, wie viel er ihr erzählen sollte. Ihre starke Präsenz, ihre Berührung auf seiner Haut hatten seine Panik abklingen lassen. Er wusste, dass er jemandem erzählen musste, was er gesehen hatte, doch je länger er sich in ihrer Gegenwart aufhielt, desto irrealer erschien ihm alles und desto mehr fürchtete er, sie würde ihn für verrückt und unzurechnungsfähig halten.

»Hast du irgendeine Ahnung, was die mit dir gemacht haben?«, fragte Amanda und goss ein Glas Orangensaft ein, das sie ihm reichte. »Abgesehen davon, dass sie dir diesen lächerlichen Kittel angezogen haben. Du weißt, dass du das Geld zurückzahlen musst, wenn du mitten in der Studie abhaust.«

Sie sah Jack genauer an. Der gehetzte Ausdruck in seinen Augen machte ihr Angst. Sie kannte ihn als extrem selbstbewusst, vielleicht sogar ein wenig zu selbstbewusst, aber sie mochte das. Sie brauchte jemanden, der stark genug war, um neben ihr zu bestehen und es mit ihr aufzunehmen. Außerdem schien sein Selbstbewusstsein durchaus gerechtfertigt: Er war Jahrgangsbester in Informatik, einer der besten Amateurkicker beim FC Chelsea und Kapitän im Boxteam der Universität – ein Sieger- und ein Frauentyp. Dass er manchmal den Macho heraushängen ließ, machte er durch seine ungewöhnlich scharfe Intelligenz durchaus wett.

»Alles okay?«, fragte sie und reichte ihm einen Teller.

Er nickte rasch, etwas zu rasch, um überzeugend zu sein. Sein Blick wirkte noch immer gehetzt. »Alles okay, ich habe nur einen Bärenhunger. Der Speck duftet verführerisch.«

Amanda schaltete den kleinen Fernseher an, der auf der Küchentheke stand. Der eintönige Monolog des Nachrichtensprechers mischte sich in das Zischen des Specks.

»*Die Feuerwehr bemüht sich immer noch, einen Brand in einer Forschungseinrichtung außerhalb von Cambridge unter Kontrolle zu bekommen. Nach Polizeiangaben wird mit den Ermittlungen begonnen, sobald das Gebäude gesichert ist. Ersten Eindrücken zufolge scheint die Ursache für den Brand eine Explosion in einem Chemikalienraum zu sein. Zum Zeitpunkt des Unglücks befanden sich vermutlich mehrere Mitglieder des Forscherteams im Gebäude, die genaue Anzahl der Opfer ist jedoch noch nicht bekannt.*«

Statt dem Nachrichtenstudio war jetzt der Unglücksort zu sehen. Flammen tanzten auf den Ruinen, als wollten sie die geborstenen und verkohlten Trümmer nicht hergeben. Das Schild mit der Aufschrift »Marcon Pharmaceuticals« war schwarz vom Ruß, und die Buchstaben hatten sich in der Hitze des Feuers gelöst.

Amanda ließ fast ihren Teller fallen. »Marcon Pharmaceuticals. Jack! Hast du das gesehen?«

Er hörte nicht, was sie sagte, seine ganze Aufmerksamkeit galt dem Bildschirm. Mit zitternden Händen suchte er ihre Nähe. »Hör zu«, bat er in fiebriger Erregung. »Versprich mir, dass du mir zuhörst, ganz gleich wie verrückt es klingt. Ich werde dir jetzt etwas erzählen, was du ganz sicher nicht für möglich halten wirst.«

7

Trumpington Street, Cambridge

Ed Garner saß im Copper Kettle Café gegenüber dem King's College und beobachtete den Strom der Studenten, die auf dem Weg in die erste Vorlesung des Tages waren. Mit ihren Schals und wehenden Mänteln warfen sie an diesem sonnigen, kalten Morgen längliche, unförmige Schatten. Seine Armbanduhr zeigte halb acht.

Ed hatte Gavin McCallister zu seiner Einheit zurückgeschickt. Gavin war ein erstklassiger Soldat, aber in einer zivilen Umgebung fiel er viel zu stark auf. Das lag an der Art, wie er sich hielt und dabei alle überragte, die Augen stets prüfend zum Horizont gerichtet, die Fäuste auf die Hüften gestützt. Ob er Uniform und Bärenfellmütze trug oder nicht, spielte gar keine Rolle.

Ed rührte in seinem Tee und aß ein Gebäckstück. Der Tee hatte den bitteren Tanningeschmack einer schlecht gespülten Kanne, und das Gebäck schmeckte alt. Manche Dinge änderten sich nie, dachte Ed resigniert und erinnerte sich an seine eigene Studienzeit vor über zwanzig Jahren. Er hatte die dunkelblaue Krawatte von Oxford getragen, nicht die hellblaue von Cambridge, aber das lockere Studentenleben war nichts für ihn gewesen. Das praxisferne Büffeln hatte ihn wahnsinnig gemacht, weil er viel lieber raus in die Welt und dort Spuren hinterlassen wollte. Er hatte seine ganze Energie ins Rudern und Rugbyspielen gesteckt. Auf der Strecke geblieben waren dabei Latein und Griechisch.

Trotzdem bewegte er sich in dieser Umgebung sicher genug, um selbst an den eifrigsten Pförtnern unbemerkt vorbeizukommen. Man musste nur so aussehen, als gehörte man dazu, und das fiel ihm nicht schwer. Er hatte sich sogar bei Ryder & Amies ein spießiges Tweedjackett besorgt und dazu eine grüne Cordhose und braune Halbschuhe angezogen. Eine eselsohrige Ausgabe von *Ulysses*, die aus seiner Jackentasche lugte, vervollständigte das Gelehrtenkostüm.

Sir Clive hatte ihm ein Foto von Jack auf sein Handy geschickt. Das Bild war zu Beginn des Medikamententests gemacht worden. Sie hatten ihm eine ganze Reihe von Varianten erstellt, mit und ohne Bart, mit rasiertem Schädel. Ed hatte eine ziemlich präzise Vorstellung von dem Gesicht, das er suchte. Später würde er den Standort wechseln und in die College Bar oder zum Pförtnerhäuschen umziehen. Für den Augenblick aber war er damit zufrieden, die Straße vor dem King's College zu beobachten und nach etwas Ungewöhnlichem Ausschau zu halten.

Geraume Zeit später fiel ihm tatsächlich etwas auf, mitten unter den Studenten, ein blonder Haarschopf, der sich gegen den Strom bewegte. Eine junge Frau, die rannte, während alle anderen gingen, und sich ungeduldig durch eine Gruppe japanischer Touristen drängte. Es gab keinen Grund, sie zu verdächtigen oder ihr zu folgen, und doch stimmte irgendetwas mit ihr nicht. Sie wollte in das College hinein, während alle anderen herauskamen, und der Ausdruck auf ihrem hübschen Gesicht war ein wenig zu angespannt. Das musste nichts bedeuten, vielleicht bedeutete es aber doch etwas. Und in diesem Geschäft hörte man besser auf seinen Instinkt. Er betrachtete noch einmal das Foto von Jack und holte sein Handy aus der Tasche.

»Sir Clive, hier ist Ed. Wissen wir, ob unser Mann eine Freundin hat?« Der Blondschopf näherte sich dem King's

College. Sir Clive bellte jemandem im Hintergrund einen Befehl zu.

»Mary macht eine schnelle Recherche, soziale Netzwerke, Internetforen und so weiter. Hat ganz schön viele Fotos im Netz. Sieht so aus, als wäre er bei den Damen ziemlich beliebt.«

»Ich suche eine große, schlanke Blondine. Lana-Turner-Typ.«

»Tun wir das nicht alle?«, bemerkte Sir Clive wie zu sich selbst und fügte dann laut hinzu: »Fotos sind unterwegs.«

»Danke.« Ed stand vom Tisch auf und ließ das angebissene Gebäckstück zurück. Die junge Frau durchschritt das Tor zum College. Ihm blieb nicht mehr viel Zeit. Wenn sie in eines der Gebäude am First Court verschwand, wäre er nicht schlauer als zuvor.

Er überquerte die Kopfsteinpflasterstraße, passierte das eindrucksvolle Sandsteintor und bahnte sich einen Weg zwischen den Studenten hindurch, die nervös an ihren selbstgedrehten Zigaretten zogen. Ein schneller Blick auf die Fotos auf seinem Display. Partyszenen. Jack, der seinen Arm selbstbewusst um diverse Mädchen gelegt hatte. Dann die Blonde von der Straße und ein ganz neuer, nervöser Ausdruck in Jacks Augen. Jemand hatte sie unbemerkt beim Händchenhalten geknipst.

Inzwischen hatte die hübsche Blondine die andere Seite des First Court erreicht und eilte im Laufschritt über den Steinweg auf den Fluss zu. Ed beschloss, sämtliche Verbotsschilder zu ignorieren und quer über den Rasen zu gehen. Zu seiner Zeit in Oxford war es nur langjährigen Mitgliedern des Lehrkörpers und hochrangigen Besuchern erlaubt gewesen, den peinlich gepflegten Collegerasen zu betreten. Egal, dachte er, solange man seine Rolle glaubwürdig verkörperte, kam man mit allem durch.

Trotzdem war die junge Frau verschwunden, ehe er auf der anderen Seite ankam. Aber sie konnte nur zwei Wege genommen haben. Der eine war zu beiden Seiten von kahlen Bäumen gesäumt, deren dicke Äste sich über ihm zu einem Dach kreuzten, und führte auf die Brücke zu, der andere nach links in Richtung der Studentenwohnheime.

Ed näherte sich langsam der Brücke und bemühte sich dabei nach Kräften um den Habitus des Professors, der von einer Vorlesung zur nächsten unterwegs war. Auf der Brücke blieb er stehen, um auf den Cam und die Stechkähne hinunterzusehen, die frühmorgendliche Touristen flussauf- und abwärts beförderten. Hier war sie nicht entlanggegangen, denn vor ihm auf dem Weg war niemand. Er wandte sich um, legte die Hände auf die Steinbrüstung und hielt sein Gesicht in die warme Sonne.

Als ihm eine Gruppe französischer Schulkinder mit einem Führer entgegenkam, beschloss er einfach abzuwarten. Vielleicht war seine Zielperson in das Gebäude gegangen und würde gleich wieder herauskommen.

Ed musste nicht lange warten. Die junge Frau erschien mit einem kleinen Rollkoffer, der über das unebene Pflaster holperte, und hatte es ebenso eilig wie zuvor. Seine Intuition hatte ihn offenbar nicht getrogen. Sie telefonierte, und er konnte zwar nicht hören, was sie sagte, doch ihre ängstliche Miene verriet ihm, dass sie nicht nur einfach eine Studentin war, die zu spät zu einer Exkursion zu kommen drohte.

Er heftete sich an ihre Fersen. Bei dem Tempo, das sie vorlegte, war es nicht einfach, dabei unbemerkt zu bleiben. Es ging durch das große Eingangstor des King's College auf den Marktplatz hinaus, der jetzt voller Menschen war. Immer wieder stieß in dem dichten Gedränge jemand gegen seine Schultern. Vor der Guildhall stand ein Straßenmusiker, der ebenso hingebungsvoll wie schauderhaft Bob Marleys »Redemption Song« jaulte. Hoffentlich verlor er sie und ihren dunkelblauen Mantel nicht aus den Augen. Sie bog in eine Seitenstraße ein, dann in die St. Andrews Street und eilte vorbei an den Läden, die Kapuzensweatshirts mit dem Logo der Universität verkauften und mit Sicherheit ausschließlich von amerikanischen Touristen frequentiert wurden. Die Innenstadt von Cambridge war relativ kompakt und zum großen Teil Fußgängerzone. Ed sah den blonden Schopf in der Ferne auf und ab hüpfen. Konzentriert, wie sie war, hatte sie ihn bestimmt noch nicht bemerkt. Auf dem eiligen Weg durch einen Park blickte die junge Frau immer wieder auf ihre Uhr und ihr Handydisplay, während Ed versuchte, unauffällig in ihrer Nähe zu bleiben. Da er sich in der Stadt nicht auskannte, war das nicht so einfach. Schließlich bog sie in die Jesus Lane ein, sprang mit gezücktem Hausschlüssel die Treppe zum Eingang hoch und war im nächsten Moment in der Tür verschwunden.

Ed prägte sich die Hausnummer ein, eilte aber in unvermindertem Tempo an der Tür vorbei, als wäre er zu einem wichtigen Termin unterwegs. Auf dem Gehsteig gegenüber war eine Telefonzelle. Er ging rasch über die Straße, stellte sich hinter die rote Kabine, den Blick auf das Haus gerichtet, und tippte die Nummer der Zentrale in sein Handy, Abteilung Außendienstbetreuung.

»Ich brauche Infos über eine Adresse, Jesus Lane Nummer acht, sowie Namen und Bilder von allen, die dort wohnen.« Er hörte, wie am anderen Ende eine Tastatur bearbeitet wurde, wie die Mitarbeiterin Datenbanken und Wählerlisten durchsuchte und schließlich fand, was er suchte.

»Die Profile werden gesendet. Zwei junge Frauen. Eine studiert Medizin, eine Sozialanthropologie. Das Haus gehört der Universität«, sagte die Stimme am Telefon.

Ed wartete, bis das erste Foto auf seinem Display erschien. Eine lachende Blondine. Name: Amanda Marshall. Das war sie.

»Ich brauche eine Kontaktliste für Amanda Marshall. Verwandte, enge Freunde. Namen und Adressen. Es könnte sein, dass sie sich mit der Zielperson aus dem Staub machen will, da brauche ich Anhaltspunkte, wo sie möglicherweise hinfahren.«

Ed steckte das Handy wieder in die Tasche, ohne den Blick vom Haus abzuwenden. Amanda tauchte kurz am Fenster im ersten Stock auf. Sie schaute lächelnd zu einer männlichen Gestalt hinter sich und zog dann die Vorhänge zu. Ed konnte zu wenig erkennen, um wirklich hundertprozentig sicher zu sein, aber der Schatten sah Jack zumindest sehr ähnlich. Er prüfte sein Handy und las rasch die Informationen, die er inzwischen bekommen hatte. Dabei entging ihm der Transporter mit der British-Gas-Aufschrift, der auf der gegenüberliegenden Straßenseite hielt. Ihm fiel auch nicht auf, dass niemand ausstieg und dass der Wagen scheinbar zufällig an der Stelle stand, von der aus man die Straße am besten überblicken konnte. Er war viel zu beschäftigt damit, seine neuen Nachrichten zu lesen und das Haus im Auge zu behalten.

Aber auch erfahrene Agenten machten manchmal Fehler.

8

»Jack, wo bist du? Wie geht's dir?«, rief Amanda die Treppe hinauf und warf ihren Schlüssel auf den Tisch im Flur.

»Hier … ich bin hier drin«, erwiderte er mit hohl klingender Stimme, unterbrochen von heftigem Würgen.

Amanda riss die Tür auf und sah ihn gekrümmt über der Toilettenschüssel kauern. »Mein Gott, Jack, was ist los?«

»Mir ging's schon besser, Amanda«, brachte er heraus und hievte sich mühsam auf die Beine. Er lehnte sich an das Waschbecken, atmete tief durch und spülte sein halb verdautes Frühstück in die Kanalisation. Amanda sah besorgt aus. »Ich weiß, ich zeige mich gerade nicht von meiner besten Seite, aber so entsetzt musst du jetzt auch nicht dreinschauen«, scherzte er. Im Zweifelsfall half immer ein dummer Witz.

Amanda lachte. »Ich bin nicht entsetzt, nur besorgt, weil du offenbar noch keine feste Nahrung verträgst. Du hast drei Wochen lang am Tropf gehangen. Daran hätte ich denken sollen. Komm her.« Sie legte ihm eine Hand auf die Stirn, fühlte seinen Puls und sah ihm prüfend in die Augen. Seine blasse Haut hatte einen gräulichen Ton angenommen. In Verbindung mit dem Bart sah er aus wie ein Zuchthäusler aus dem achtzehnten Jahrhundert. Irgendwie erschütternd, aber nicht unattraktiv, fand sie.

»Ich habe meine Freundin im Krankenhaus angerufen«, fuhr sie fort. »Im Forschungslabor steht ein alter Röntgen-Apparat. Vielleicht finden wir heraus, was das ist, was du in dir hast. Und ob es eine Möglichkeit gibt, es zu entfernen.« Sie bewegte Zeige- und Mittelfinger wie eine Schere.

Jack zuckte zusammen. Amanda war vielleicht eine hervorragende angehende Chirurgin, aber im Umgang mit dem Patienten hatte sie eindeutig noch gewisse Defizite.

Amanda hatte ihn untersucht, ehe sie losgegangen war, um etwas zum Anziehen für ihn zu holen. Auf der Suche nach irgendetwas, das da nicht hingehörte, hatte sie seinen Bauch abgetastet und durch die Haut seine Eingeweide gespürt. Sie hatte den Klumpen recht schnell gefunden; er fühlte sich an wie ein Tumor, nur weicher. Von außen war er nicht zu sehen, aber sie hatte eine ziemlich genaue Vorstellung davon, wo er sich befand. Sie hatte nach Kräften versucht, ihre Zweifel zu verbergen, als er ihr erzählt hatte, was er bei Marcon Pharmaceuticals hatte zu Boden fallen sehen. Insgeheim nahm sie an, dass die Medikamente und die nervenaufreibenden Ereignisse seine Wahrnehmung getrübt hatten. Dennoch deutete einiges darauf hin, dass da offenbar eine Art biomechanisches Implantat getestet wurde.

»Geh duschen«, ordnete sie an. »In der Zwischenzeit mach ich dir was zu trinken, damit du wieder auf die Beine kommst.«

Er nickte. Es war erstaunlich, mit welcher Selbstverständlichkeit sie für ihn sorgte, und ebenso erstaunlich, dass ihm das in dieser Situation nichts auszumachen schien. Unter anderen Umständen hätte er schon längst das Weite gesucht.

Er duschte rasch und ging dann nach oben in ihr Zimmer. Das Rasieren hatte er sich gespart, denn er wollte so schnell wie möglich zu Amandas Kollegin, sich röntgen lassen, sehen, was in ihm war, und es möglichst sofort loswerden.

»Was für Klamotten hast du mir mitgebracht?«, fragte er und öffnete die Tür.

»Ein paar Sachen aus deinem Schrank. Ist alles dort im Koffer. Hier, trink das.«

Er nahm das Glas, das sie ihm reichte. Es schmeckte wie Wasser mit Salz und Zucker. Eklig. »Was ist das?«, fragte er und verzog das Gesicht.

»Glukose, Wasser, ein bisschen Salz und Zucker. Stell dich nicht an und trink.«

»Schon gut, schon gut. Bist du immer so streng mit deinen Patienten?«

»Nur, wenn sie nicht brav sind«, erwiderte sie. »Und wenn ich, Mr. Hartman, Ihrem Gedächtnis ein wenig auf die Sprünge helfen darf: Sie waren ein sehr böser Junge.« Sie lächelte unschuldig und zog die Vorhänge zu.

Jack verstand die Andeutung sofort. Trotz seiner Müdigkeit war er immer noch ein Mann in voller Blüte und Amanda ein unglaublich verlockendes Angebot. Im Nu lagen ihre Kleider auf dem Boden verstreut, und das weiche Licht, das von draußen hereindrang, fiel auf ihre kecken Brüste und ihre schmale Taille. Mit spöttischer Miene, den Kopf kokett zur Seite geneigt, stand sie da, splitternackt, und sah zu, wie sich seine Männlichkeit aufrichtete. Leise kichernd nahm sie seine Erektion und strich mit der Hand der Länge nach darüber. »Du freust dich also auch, mich zu sehen, wie schön.«

Mit einem Stöhnen zog Jack sie an sich, so nah, dass er sah, wie sich ihre Pupillen weiteten, und spürte, wie sich ihre Atmung beschleunigte. Er ließ seine Finger über die geschmeidige Beuge ihres Rückens bis zu dem weichen, samtigen Spalt zwischen ihren Beinen wandern.

Amanda quittierte seine Liebkosungen mit leisem Murmeln und warmer Feuchte. Dann stieß sie ihn von sich und genoss die Überraschung in seinen Augen, als er rückwärts auf das Bett fiel. Sie setzte sich rittlings auf seinen muskulösen Körper und nahm ihn in sich auf, langsam, behutsam, bis zum Anschlag. Drei Wochen war es her, dass sie zuletzt zusammen gewesen waren, und sie empfand beinahe schmerzhafte Entzugserscheinungen. Sie hatte ihn stärker vermisst, als sie gedacht hätte, und über sein kommentarloses Verschwinden war sie wütender gewesen, als sie zugeben wollte. Doch im stoßenden Rhythmus seines Beckens löste sich ihre Wut alsbald in Wohlgefallen auf.

In wilder, archaischer Lust und gemeinsam erlebter Befriedigung begannen sich ihre Körper wieder aneinander zu erinnern.

Jack beobachtete die Staubteilchen, die im hereindringenden Licht tanzten, und streichelte Amandas Haar.

»Jetzt kann ich zumindest bestätigen, dass ein Teil von dir immer noch einwandfrei funktioniert«, bemerkte Amanda und zog ihn an sich.

»Bist du sicher, dass du das nicht noch mal überprüfen willst?«, fragte er.

Sie hob die Augenbrauen. »Als deine Leibärztin rate ich dir dringend, dir noch etwas Ruhe zu gönnen. Ich empfehle jedoch, diese Behandlung dreimal täglich zu wiederholen.« Sie reckte sich genüsslich. Auf ihren Wangen lag ein zarter rosa Schimmer. »Komm«, fuhr sie fort. »Ich habe meiner Freundin gesagt, dass wir um halb zehn bei ihr im Labor sind. Das Taxi dürfte gleich da sein.« Sie stand auf.

Jack sah ihr zu, wie sie eine Jeans und einen alten Kapuzenpulli überstreifte. Es war erstaunlich, wie schick selbst solche Sachen an ihr aussahen, als wären sie eigens für sie entworfen worden.

»Komisch«, sagte sie und zog die Vorhänge auf.

»Was denn?«, wollte Jack wissen, während er sich anzog.

»Der Mann, der dort an der Telefonzelle steht. Ich bin sicher, der stand vorhin auch schon da.«

Jack zuckte die Achseln. »Meinst du? Vielleicht ein heimlicher Verehrer von dir«, mutmaßte er und steuerte die Tür an, um nach unten zu gehen. »Ich muss noch eine Kleinigkeit essen, bevor wir fahren«, sagte er über die Schulter.

Seine Übelkeit war abgeklungen, aber nach Essen stand ihm jetzt trotzdem nicht der Sinn. Insgeheim beunruhigte ihn, was Amanda gesagt hatte. So geräuschlos wie möglich zog er die Schubladen in der Küche auf. Wo waren die Messer? Er suchte eines, das sich leicht verbergen ließ, möglichst in einer geschlossenen Faust, denn er wurde die heimliche Angst nicht los, dass er verfolgt wurde. Von wem, wusste er nicht, und auch nicht warum. Aber er musste auf alles vorbereitet sein. Schließlich fand er ein robust aussehendes Küchenmesser mit kurzer Klinge, wickelte die Spitze in ein Spültuch und steckte es in seine rechte Socke. Eine ferne Erinnerung kam in ihm hoch, an Kindheitsängste und die Notwendigkeit, sich verteidigen zu müssen.

Italien, ein Militärstützpunkt außerhalb von Neapel, auf dem sein Vater mit seiner Einheit stationiert war. Jack war dreizehn Jahre alt. Sein Vater hatte ihn in der Schule angemeldet und ihm geraten, Italienisch zu lernen, damit er bald allein zurechtkäme. *Du musst dich abstrampeln, mein Sohn, sonst gehst du unter*. Und Jack strampelte sich ab, zumindest eine Zeitlang. Binnen weniger Monate konnte er fließend Italienisch und war der Starfußballer der Klassenmannschaft. Doch sein Erfolg machte ihn zur Zielscheibe für die älteren Jungs. Ein paarmal steckte er auf dem Heimweg von der Schule Prügel ein. Wäre sein älterer Bruder noch da gewesen, wäre alles anders gelaufen. Aber Paul war nicht mehr da.

Die Situation verschärfte sich, als einer der Jungen ein Klappmesser zückte und ihm vors Gesicht hielt, um die Mädchen am Springbrunnen auf dem Stadtplatz zu beeindrucken. Mehr aus Wut denn aus Angst stürzte sich Jack auf ihn, verpasste ihm eine blutige Nase, streckte ihn zu Boden und haute ab. Der Junge schwor Rache und drohte, seine Freunde von der Camorra zu holen, um ihn fertigzumachen.

Jack wusste genug über den Ehrbegriff bei Kleinstadtitalienern, um die Drohung ernst zu nehmen. Es brauchte ein wenig Überzeugungskraft, doch schließlich brachte er einen der britischen Soldaten namens Alfie dazu, ihm zu zeigen, wie man ein Messer führte und wie man dreckig kämpfte. Offiziell war Alfie wegen Gehorsamsverweigerung aus den Special Forces entlassen worden. In Wahrheit hatten seine Vorgesetzten mit Besorgnis festgestellt, dass er eindeutig zu viel Spaß an den grausamen Facetten seiner Arbeit fand, ein generelles Problem unter den Elitesoldaten der britischen Streitkräfte. Alfies Geschick im Umgang mit dem Messer war nicht zu leugnen, und angesichts der raschen Auffassungsgabe und des ausgeprägten Gleichgewichtssinns seines Schülers genoss er es, seine hart erarbeitete und aktiv trainierte Kampfkunst weiterzugeben, ohne zu bedenken, dass sein Unterricht rein gar nichts mehr mit Landesverteidigung zu tun hatte.

Jack musste nicht lange warten, um seine frisch erworbenen Kenntnisse in die Tat umzusetzen. Es war ein ruhiger Sonntagmorgen. Eine ärmliche, heruntergekommene Gasse, der kürzeste Weg zum Bäckerladen. Kirchenglocken läuteten. An Leinen, die zwischen den Häusern gespannt waren, flatterte Wäsche im Wind. Mit ohrenbetäubendem Summen wie von einem Riesenmoskito sauste ein Moped vorbei, dann ein zweites. *Typisch Italiener*, dachte Jack. *Viel Lärm um nichts.*

Zwanzig Meter vor ihm hielten die beiden Mopeds und blockierten die Straße. Er sah sich in die andere Richtung um. Drei Gestalten schlenderten in aller Ruhe auf ihn zu, keine Kinder, keine Teenager, sondern erwachsene Männer. Sie bewegten sich, als hätten sie alle Zeit der Welt. Eine Falle.

Drei Männer gegen einen dreizehnjährigen Jungen. Jack schüttelte den Kopf. Er war groß für sein Alter und gut gebaut, aber das würde kein Spaziergang werden. Er tastete nach dem Klappmesser in seiner Jackentasche. Ob er es wirklich tun könnte? Keine Frage. Ob er eine Chance hatte? Sie waren zu fünft. Er wäre in null Komma nichts umringt.

Lektion Nummer eins: Zuerst musst du schauen, wie er steht, auf welcher Seite sein Gewicht liegt, meldete sich Alfies Stimme in seinem Kopf. Alles gut und schön, solange man es mit einem einzelnen Gegner zu tun hatte. Die drei Männer bummelten gemächlich auf ihn zu. Der Anführer war ein drahtiger Fiesling mit ausgemergeltem Gesicht und nach hinten gegelten schwarzen Haaren. Er hatte die Hände in den Taschen seiner Joggingjacke vergraben und pfiff fast tonlos und nervenaufreibend schief, ehe er vor Jack auf den Boden spuckte.

»Wir werden dir jetzt eine Abreibung verpassen«, sagte

er in gleichgültigem Ton, als langweilte ihn die Unausweichlichkeit der Brutalität, die er gleich an den Tag legen würde. Jack verfolgte jede seiner Bewegungen: wie er ein Klappmesser aus der Tasche zog und die Klinge feststellte, um es dann locker an seiner Seite baumeln zu lassen. Mit Erstaunen stellte Jack fest, dass er keine Angst empfand, nur nervöse Neugier, perverse Erregung.

Lektion Nummer zwei: Überrasche deinen Angreifer. Nutze alle dir zur Verfügung stehenden Mittel, um ihn zu überrumpeln. Jack wich zitternd und mit eingezogenen Schultern zurück und biss sich so fest auf die Lippe, dass sie blutete. Er gab sich alle Mühe, die lähmende Angst darzustellen, die er nicht empfand. Zum Schluss ließ er alle Muskeln locker, bis ihm warmer Urin das Bein hinunterrann und sich ein dunkler Fleck auf seiner Hose bildete. Die Männer lachten, und der mit dem Messer blickte über die Schulter zu seinen Freunden, um in seinem derben neapolitanischen Dialekt eine hämische Bemerkung zu machen.

Das war der Moment. Jack trat blitzschnell vor, schlug dem Mann die Hand mit dem Messer zur Seite, zog ihm sein eigenes Messer von der Achselhöhle quer über den Bauch und stürzte sich dann auf den zweiten Angreifer, der gelähmt vor Entsetzen auf die Hände seines Freundes starrte, durch die dessen Eingeweide quollen.

Jack duckte sich, versetzte dem Mann zwei Stiche in die Schenkel und einen Schlag mit dem metallenen Messergriff gegen das Kinn. Sein Kiefer zerbarst mit einem Krachen, und er sank zu Boden wie ein Sack Getreide. Der dritte Mann griff in seine Tasche und versuchte eine geeignete Angriffsposition einzunehmen, aber es war bereits zu spät. Jack stieß ihm das Messer in die Hand und drehte es beim Herausziehen, so wie er es gelernt hatte, dann trat er dem

Angreifer mit aller Kraft in die Weichteile, sodass er zusammenbrach.

Jetzt heulten die beiden Mopeds auf und schossen auf ihn zu. Ein Fahrer holte ungeschickt mit einem Golfschläger aus, Jack duckte sich weg, und das Moped krachte schlitternd in eine Haustür. Jack sprang darüber und rannte, so schnell er konnte, davon. Am Ende der Straße wartete ein Motorrad mit ungeduldig hochdrehendem Motor. Alfie saß darauf, ohne Helm, mit breitem Grinsen.

»Komm schon, junger Mann, ich kann nicht den ganzen Tag warten.« Jack sprang hinten auf und hielt sich fest. »Ich glaube, sogar ich hätte nicht alle drei auf einmal erledigt«, fügte Alfie hinzu.

Nur keine falsche Bescheidenheit, dachte Jack. Er empfand weder Hochstimmung noch Reue. Während des ganzen Zwischenfalls hatte sich sein Herzschlag kaum erhöht. Er hatte sich vollkommen unter Kontrolle gehabt. Ganz offensichtlich besaß er, was auch sein Vater besessen hatte, eine Eigenschaft, die seine Mutter stets fassungslos gemacht hatte: die Fähigkeit, einen Akt brutaler Gewalt in aller Ruhe zu genießen. Eine schwere Bürde für einen Jungen auf dem Weg zum Erwachsenwerden.

Da fiel ihm etwas ein. »So ein Mist, Alfie.«

»Was?«, rief Alfie über die Schulter.

»Ich habe vergessen, Brot zu kaufen.«

9

Mit müden, verklebten Augen saß Ahmed Seladin hinten in dem British-Gas-Transporter und kaute an seinen Fingernägeln. Wieder eine Nacht ohne Schlaf. Wieder ein

Tag, gefangen in einem Albtraum, in unerträglicher Enge, unterwegs über unbekannte Straßen, durch unbekannte Städte. Sein Gegenüber sah ihn kopfschüttelnd an.

»Sie sind diese Art zu arbeiten nicht gewohnt, was? Da hilft nur Härte gegen sich selbst. Und immer schön wachsam bleiben. Diesmal dürfen keine Fehler passieren.«

Die Schergen des Chinesen waren einfach nicht kleinzukriegen. Tag und Nacht fuhren diese Kerle durch, ohne jemals Pause zu machen. Ausruhen? Lächerlich. Schlaf? Völlig überbewertet.

»Ist die Injektion vorbereitet?«, fuhr die Kampfmaschine fort. Geplant war ein schneller Zugriff. Den jungen Mann packen, in den Transporter verfrachten und ihm so schnell wie möglich das Sedativum verpassen. Der Boden war mit Plastikfolie ausgelegt. Alles war bereit für Dr. Seladin und sein Skalpell.

»Hier«, sagte Ahmed und nahm eine geladene Spritze aus seinem Koffer. »In den Nacken stechen und zudrücken. Er wird sofort bewusstlos sein. Aber passen Sie auf, dass Sie sich nicht aus Versehen selbst pieksen«, fügte er sarkastisch hinzu. Der Mann maß ihn mit einem kalten Blick.

Zwei weitere Kämpfer saßen stumm dabei. In ihren Zivilklamotten sahen sie aus wie verkleidet. Sie wirkten wie alte Haudegen vor einer Schlacht, wachsam, jedoch entspannt, in einem Stadium erhöhter mentaler Bereitschaft bei gleichzeitig minimalem körperlichem Einsatz.

»Los! Los! Das Ziel kommt!«, rief der Fahrer, und sofort brach eilige Betriebsamkeit aus. Die Türen schwangen nach außen auf, und Ahmed drückte sich gegen die Seitenwand des Transporters, um den Männern auszuweichen, die an ihm vorbeistürmten und die Straße entlangsprinteten. Er erhaschte einen kurzen Blick auf den jungen Mann, der aus dem Haus trat, auf seine Größe und seinen Körperbau. Für einen kurzen Moment wünschte Ahmed, der Kerl würde den Schlägern ein paar Hiebe verpassen, die sie so schnell nicht vergessen würden.

Alles passierte so schnell, dass Ed Garner kaum Zeit zum Reagieren hatte. Er sah die Datei mit den Angaben über Amandas Freunde und Verwandte durch, und erst das Geräusch der sich öffnenden Transportertüren, gefolgt von schnellen Schritten, ließ ihn aufblicken. Ihm war sofort klar, was die Männer vorhatten und dass sie nicht mehr aufzuhalten waren.

Die Blonde stand auf der Treppe, das Ziel hinter ihr. Ed brauchte dringend Verstärkung. Allein, nur mit seiner Dienstpistole bewaffnet, konnte er nichts ausrichten. Wer wusste schon, welche Ausrüstung sie dabeihatten und was sich alles in diesem Transporter verbarg. Er sendete das Notsignal und wechselte dann auf die Kameraeinstellung seines Handys, um Fahrzeug und Nummernschild zu fotografieren.

»Komm schon, Jack!«, rief Amanda von der Treppe aus. »Das Taxi ist da.«

Jack entdeckte die drei Gestalten, die im Laufschritt näher kamen, noch ehe er aus der Tür trat. Und seine blitzschnelle Reaktion war seine Rettung, der Sekundenbruchteil, in dem er sich wappnete, sich ausbalancierte und in Kampfstellung brachte, um die Energie der Angreifer gleich wieder gegen sie zu lenken. Ein weiterer Vorteil für ihn: Sie rechneten sicher nicht damit, dass er sich aufs Kämpfen verstand.

Er zog Amanda an ihrer Kapuze hinter sich zurück ins

Haus und schlug ihr die Tür vor der Nase zu. Als der erste Gegner auf ihn losging, bückte sich Jack, um das Messer aus der Socke zu ziehen und sich in einer schwungvollen Bewegung wieder aufzurichten, sodass der Mann über seine Schulter abrollte und seine Klinge in nacktes Fleisch drang.

Der Angreifer stürzte rückwärts um und fasste sich an den Hals. Aus der Schlagader sprudelte ihm Blut durch die Finger. Ohne innezuhalten, wandte sich Jack, das Messer tief haltend, sofort dem zweiten Mann zu und wich geschickt einer Nadelspitze aus, die vor seinen Augen aufblitzte. Er schwang sein Messer nach rechts und brachte den Mann damit aus dem Gleichgewicht, versetzte ihm einen lähmenden Schlag in die Nieren und eine harte Rechte ins Genick, sodass er keuchend nach hinten umfiel. Sie waren unbewaffnet, stellte Jack fest. Er hatte also eine reelle Chance gegen sie.

Dann ein eiserner Griff von hinten. Der dritte Angreifer presste ihm die Arme an die Seiten. Jack trat nach hinten aus und traf mit voller Wucht dessen Kniescheibe. Der Mann stöhnte auf, und der Schraubstock lockerte sich. Jack stach rücklings zu, wahllos in den Schenkel, neben dem Hals die sicherste Stelle, um eine Hauptschlagader zu treffen. Die Tür hinter ihnen krachte, Amanda hatte sie aufgestoßen, in der Hand einen Kricketschläger. Jack hörte, wie er auf dem Kopf des Mannes landete, einmal, dann noch einmal. Der Mann löste seinen Griff und sank zu Boden.

»Komm schnell«, sagte Amanda und zog Jack zum Taxi, das etwas weiter vorne in der Straße wartete. Sie rannten hin, so schnell sie konnten, und warfen sich auf die Rückbank.

»Zum Addenbrooke's Hospital!«, rief Jack.

Der Fahrer hörte nichts. Sein Kopf wippte rhythmisch zu türkischer Popmusik, die blechern aus seinen Kopfhörern tönte. Jack riss sie ihm von den Ohren.

»Addenbrooke's Hospital!«, wiederholte Jack.

»Entschuldigung, aber das ist so ein schönes Lied. Kennt ihr das nicht?« Er fuhr los, ohne von dem Gemetzel hinter ihm das Geringste wahrgenommen zu haben.

Jack blickte über die Schulter. Zumindest waren sie jetzt unterwegs. Die drei Männer lagen auf der Straße. Zwei davon rappelten sich mühsam hoch. Der dritte rührte sich nicht. Ein Desaster. Als das Taxi um die Ecke bog, sah er zu seinem Erstaunen einen Transporter von British Gas, der neben den Männern hielt. Sie kletterten hinein und zerrten den dritten mit sich. *Amanda hat wohl ihre Gasrechnung nicht bezahlt,* dachte er, widerstand aber der Versuchung, das laut zu sagen. Jetzt war nicht die Zeit für schlechte Witze.

Ed Garner war fassungslos. Der junge Mann hatte drei Profis ausgeschaltet, drei kampferprobte Soldaten zu Boden gestreckt wie Strohpuppen. Na ja, mit ein bisschen Unterstützung von der Blondine. Er schickte die Fotos an die Zentrale. Jetzt brauchte er schnellstens ein Taxi. Aber wo bekam man hier ein Taxi her? Nie war eines da, wenn man es brauchte. Aber er hatte Nummernschild und Firmennamen des Wagens, den Jack Hartman und das Mädchen benutzt hatten. Es würde nicht schwer sein herauszufinden, wohin sie fuhren.

10

Sir Clive betrachtete die Bilder, die Ed gesendet hatte, und rieb sich mit seiner großen Hand nachdenklich das Kinn. Der Junge war zweifellos ein begabter Kämpfer. Zwei seiner Schlagkombinationen erinnerten ihn an seine Ausbildung beim SAS, die viele Jahre zurücklag. Verbrachten die jungen Leute heutzutage ihre Zeit damit, Kung-Fu und Straßenkampftechniken zu lernen? Irgendwie bezweifelte er das.

»Mary, machen Sie bitte einen Hintergrundcheck zur engsten Familie des Jungen. Ich möchte sehen, ob es da Verbindungen zum Militär gibt.«

Mary nickte und öffnete die Datenbank des Secret Service.

Etwas an Jacks Art erinnerte Sir Clive an einen jungen Soldaten, den er vor langer Zeit auf dem Militärstützpunkt von Herefordshire gekannt hatte und der schon damals eine Legende gewesen war, obwohl dort außergewöhnliche Kraft und Ausdauer die Norm waren.

»Keine Einträge über seine Mutter. Wenig über seinen Vater. Letzte bekannte Adresse ist eine Doppelhaushälfte in Croydon, südlich von London. Erwerbstätigkeit ist nicht verzeichnet, weitere Hintergrundinformationen sind nicht vorhanden, auch keine Hinweise auf weitere nahe Verwandte.«

»Danke, Mary.« Vielleicht, überlegte Sir Clive, hatte es da irgendwann einmal eine Namensänderung gegeben, einen Versuch, die alte Identität abzustreifen. Das kam oft vor, wenn jemand aus den Special Forces ausschied. Dabei ging es weniger um die persönliche Sicherheit als darum, mit der Vergangenheit abzuschließen und als Zivilist ein neues Leben zu beginnen.

Es klopfte an der Tür. »Sir Clive, wir haben die Aufzeichnungen des Taxiunternehmens eingesehen. Die Zielpersonen fahren zum Addenbrooke's Hospital, Forschungsabteilung«, berichtete mit strahlendem Gesicht der junge Mitarbeiter von der Informationsauswertung, der aussah, als brauche er noch keinen Rasierer.

Sir Clive nickte. »Danke«, sagte er. »Lassen Sie den Helikopter fertigmachen, ich werde selbst gehen. Mary, Sie halten hier die Stellung. Vielleicht müssen Sie später noch etwas für mich überprüfen.«

Aufgrund der Bilder, die er gesehen hatte, war Sir Clive wenig geneigt, die anstehende Aufgabe anderen zu überlassen. Jack und das Modul in die Hände zu bekommen erforderte mehr als nur brutale Gewalt. Er zog sein Telefon aus der Tasche.

»Ed, ich fliege jetzt mit dem Helikopter nach Cambridge, zum Krankenhaus. Die Zielperson ist ebenfalls auf dem Weg dorthin. Sie heften sich unterdessen an den British-Gas-Transporter. Ich ermächtige Sie hiermit, sämtliche erforderlichen Maßnahmen zu ergreifen, einschließlich sich fremdes Eigentum anzueignen, wenn es sein muss. Lassen Sie nur das Fahrzeug nicht aus den Augen.«

»Wird gemacht, Sir Clive«, kam prompt die Antwort.

Ed saß bereits hinter dem Steuer eines Ford Fiesta und folgte dem Transporter über die Ringstraße und aus der Stadt hinaus. Das Problem in einer Studentenstadt war, dass überall nur alte Klapperkisten herumstanden. Aber der Verkehr war ohnehin so stark, dass man nicht schnell fahren konnte.

Ahmed Seladin zog den Faden fest, verknotete das Ende und tupfte den Schnitt mit Desinfektionsmittel ab, ohne sich durch das Holpern des Transporters über Schlaglöcher stören zu lassen. Es war seine dritte Naht seit dem Debakel vor dem Haus. Er lehnte sich zurück, um sein Werk zu bewundern.

»Sie haben Glück, ich bin ein hervorragender Chirurg«, sagte er. »Die Narbe wird kaum zu sehen sein.«

Insgeheim war er ziemlich stolz auf seine Arbeit. Der Laderaum eines fahrendes Transporters war nicht gerade ein geeigneter Ort für eine diffizile Operation, zumal der Boden vom Blut nass und glitschig war.

Sein Patient war zu schwach, um zu antworten. Ahmed war nicht sicher, ob er überleben würde, jedenfalls nicht ohne Bluttransfusion. Doch das bereitete ihm keine Sorgen. Ihn beunruhigte vielmehr der Gedanke daran, wie der Chinese reagieren würde, wenn er erfuhr, dass die Aktion gescheitert war.

11

Das Taxi hielt vor dem Krankenhaus. Jack öffnete die Tür und stieg aus. Erst in diesem Moment fiel ihm auf, dass er nicht einen Cent bei sich trug.

»Hast du Geld dabei?«, fragte er Amanda verlegen.

Mit einem Nicken reichte sie dem Fahrer eine Zwanzigpfundnote, mit der Bemerkung, er dürfe den Rest behalten und solle sofort vergessen, dass er sie befördert habe. Nach Jacks Ansicht war das nicht unbedingt die klügste Strategie. Der Taxifahrer würde sich gewiss besser an Fahrgäste erinnern, die großzügig mit Trinkgeld umgingen und eigens darauf hinwiesen, dass sie vergessen werden wollten, als an die vielen anonymen Gesichter, die er sonst durch die Gegend fuhr. Aber er schwieg. Amanda steckte durch ihn schon genug in Schwierigkeiten.

Während der Fahrt hatten sie kein Wort gewechselt. Jack hatte ihre Hand gesucht und besorgt festgestellt, dass sie eiskalt war. Amanda hatte seine Berührung kaum wahrgenommen und nur mit leerem Blick geradeaus gestarrt, wie durch eine Glasglocke von der Außenwelt getrennt. Jack überlegte, was er sagen sollte, aber es fiel ihm nichts Sinnvolles ein.

»Du warst toll, Amanda, absolut fantastisch«, sagte er schließlich.

Sie blickte weiter ins Leere, als hätte sie ihn nicht gehört. Der Schock saß tief. Der Schock darüber, wie sie selbst auf die Angreifer reagiert hatte, genauso hart, wie es die Situation erforderte. Der Schock über Jacks Seelenruhe und seine offensichtliche Fähigkeit, solche Dinge mit einem Achselzucken wegzustecken. Vor allem aber der Schock über seinen Gesichtsausdruck in dem Moment, als er sie zurück ins Haus gezerrt hatte, ehe die Tür vor ihr zufiel. Über das leichte Lächeln auf seinen Lippen, als er sich den Angreifern zuwandte. Dieses Lächeln war ihr regelrecht unheimlich.

Jack folgte Amanda durch die automatischen Türen zum Empfangsschalter. Es roch, wie immer in Krankenhäusern, unangenehm nach Desinfektionsmittel, Bleiche und Zitronenaroma.

»Würden Sie bitte Dr. Anne Fitzgerald Bescheid geben, dass Amanda Marshall da ist«, sagte sie. Die Frau hinter dem Schalter griff zum Hörer, ohne aufzublicken. Sie mussten nicht lange warten, da kam Dr. Fitzgerald durch die linke Tür gestürmt, das krause Haar in alle Richtungen abstehend, eine breitrandige Brille auf der Nasenspitze und ein Paar riesig wirkende Birkenstocks an den Füßen.

»He, Mands! Meine Güte, du siehst aus, als hättest du ein Gespenst gesehen. Ich dachte, Jack war derjenige, der diesen gewagten klinischen Versuch mitgemacht hat.« Sie drückte Amanda herzlich an sich, doch die hob nicht einmal die Arme. »Alles okay?«, fragte Anne mit prüfendem Arztblick, die Hände um Amandas Schultern gelegt. Amanda nickte schweigend, ohne ihr in die Augen zu sehen.

»Unsere Fahrt hierher war ein bisschen holprig«, mischte sich Jack ein. Ihm fiel auf, dass die Frau am Empfang allmählich auf sie aufmerksam wurde. »Dazu mehr, sobald wir unter uns sind.«

»In Ordnung, kommt mit«, sagte Anne, zog ihre Karte durch den Schlitz und lehnte sich gegen die Tür. Einen Arm beschützend um Amanda gelegt, bedachte sie Jack mit einem misstrauischen Blick über die Schulter.

Sie wanderten durch unzählige Flure, passierten schwere Schwingtüren, Aufzüge, Rollbahren und in ernste Debatten vertiefte Grüppchen von Ärzten. Anne Fitzgeralds Labor lag hinter dem Patiententrakt des Krankenhauses und war nur für Mitarbeiter zugänglich. Der Raum war relativ groß, gut beleuchtet, funktionell eingerichtet und sauber. In der Mitte standen zwei Laborbänke, ebenso an der Wand, darauf gleichmäßig verteilt Mikroskope und auf Regalen an der Wand ordentlich aufgereihte Paletten mit Petrischalen. An einem Ende schloss sich ein weiterer Raum an, durch dessen Tür Jack einen imposanten Apparat erkannte: das alte Röntgengerät.

»Schönes Labor«, bemerkte Jack.

»Danke. Ich teile mir den Raum mit zwei Kollegen. Aber die sind sonntags normalerweise nicht da.«

»Ich dachte, heute wäre Samstag«, wandte Jack ein, wobei er sich im Klaren war, dass sein Zeitgefühl im Augenblick nicht zuverlässig funktionierte.

Anne runzelte die Stirn und kratzte ihren Lockenwust. »Wirklich? Wenn Sie meinen.«

Jack fiel ein schmales Klappbett mit einer zerwühlten Decke auf, das in einer Ecke stand.

Anne folgte seinem Blick. »Manchmal vergesse ich die Zeit, wenn ich hier arbeite, dann lege ich mich dort aufs Ohr.« Sie öffnete einen Schrank und fing geschickt die Pflasterrollen und Aspirinschachteln auf, die ihr entgegenfielen. »Ich schaue mal, ob ich was für Amanda habe … hier«, fuhr sie fort und reichte Jack eine Flasche Brandy. »Schenken Sie ihr eine ordentliche Portion ein.« Jack sah sich nach einem Glas um, fand aber keines.

»Nehmen Sie ein Becherglas«, schlug Anne vor.

Amanda trank das Glas in einem Zug leer und schnappte nach Luft, so scharf brannte der Alkohol in ihrer Kehle. Doch ihre Wangen nahmen wieder Farbe an.

»So, und jetzt erzählst du mir, was dir dieses Scheusal angetan hat«, sagte Anne halb ernst, halb scherzend und deutete auf Jack.

Amanda schüttelte den Kopf. »Ich bin nicht sicher, ob sie uns umbringen, kidnappen oder nur einen gehörigen Schrecken einjagen wollten. Vor ungefähr einer halben Stunde hatte ich jedenfalls die erste Prügelei seit meiner Kindheit, und zwar mit drei Männern, die definitiv mehr Erfahrung damit hatten als ich.«

Annes Augen weiteten sich. »Ach, du liebe Zeit. Und wo waren Sie?«

Amanda antwortete, ehe Jack reagieren konnte. »Jack hat sich wacker geschlagen. Ich vermute, dass er etwas mehr Kampferfahrung hat als ich. Wahrscheinlich sogar mehr als sie.«

»Sei nicht albern«, erwiderte Jack. Er war erleichtert, dass Amanda allmählich zu ihrer alten Bissigkeit zurückfand. »Und es sollte ganz sicher eine Entführung werden, kein Mord. Aber Sie hätten Mands mal sehen sollen, wie sie den Kricketschläger geschwungen hat. Die wussten buchstäblich nicht, wie ihnen geschieht.«

Amanda schüttelte den Kopf und goss sich noch einen Brandy ein, diesmal eine etwas bescheidenere Menge.

Jack wandte sich an Anne. »Ich möchte ja nicht unhöflich sein, aber könnten Sie vielleicht jetzt den Röntgenapparat anwerfen, damit wir herausfinden, wie sich dieses Ding aus mir entfernen lässt?« Er deutete auf seinen Bauch.

»Der weiß, was er will, stimmt's?«, sagte Anne zu Amanda gebeugt. Sie marschierte auf den kleinen Nebenraum zu. »Na, dann kommen Sie mal mit. Mands meint, das Ding sitzt irgendwo zwischen Magen und Dünndarm. Oberkörper freimachen, bitte. Wir sollten es beim ersten Mal lokalisieren, denn ich will Sie der Röntgenstrahlung nicht zweimal aussetzen. Falls wir es nicht finden, müssen wir Sie aufschneiden und so lange wühlen, bis wir es haben. Hier, ziehen Sie das über.« Sie reichte ihm eine Bleiweste, die vorne offen war, und streifte sich ebenfalls eine über.

»Stellen Sie sich dorthin.« Sie deutete in die Mitte des Raumes, richtete das große graue Stativ so ein, dass es auf seinen Bauch zeigte, und verließ den Raum. »Nicht bewegen«, ordnete sie an. Es zischte. Die Aufnahme war gemacht.

Jack spürte, wie sich etwas in ihm regte. Es folgte ein Moment der Ungewissheit, wie ein Nachthimmel kurz vor dem Feuerwerk. Dann krümmte er sich in einem explodierenden Schmerz, und gleißendes Licht blendete ihn.

Amanda stürzte durch die Tür. »Schnell, sofort auf die nächste Bank«, drängte sie und zog ihn am Arm mit sich. Jack taumelte mit hängendem Kiefer hinter ihr her und hievte sich auf eine der Laborbänke.

»Die Strahlung muss bei dem Ding irgendetwas ausgelöst haben. Wo ist der Schmerz, Jack? Konzentrieren Sie sich. Wo ist der Schmerz?« Anne drückte seinen Oberkörper auf die Arbeitsfläche und rieb ihm zur Desinfektion Ethanol auf den Bauch. Im Augenwinkel sah er ein Skalpell aufblitzen. Er versuchte zu antworten, aber es gelang ihm nicht. Irgendetwas bearbeitete seine Eingeweide wie ein Bäcker seinen Teig.

Die beiden Frauen hielten inne und starrten auf Jacks Bauch, der sich vor ihnen aufblähte wie ein Ballon.

»Jack, es tut mir leid, aber das wird jetzt wehtun. Anne wird dir ein Lokalanästhetikum spritzen, aber das wirkt nicht so schnell, und ich muss sofort mit dem Schneiden anfangen«, sagte Amanda.

Jetzt war es an ihr, kühl und effizient zu sein. Unter anderen Umständen wäre er beeindruckt gewesen. Im Augenblick aber wollte er nur, dass die Qualen aufhörten. Mit weit aufgerissenen Augen krallte er sich an den Rändern der Laborbank fest. *Schau an die Decke,* beschwor er sich. *Schau an die Decke.* Eine Nadel wurde ihm in die Seite gerammt. Eine Skalpellklinge, heiß und kalt zugleich, ein seltsames Gefühl plötzlich nachlassender Spannung in seinem Bauch, als das Gewebe durchtrennt wurde … Anne schob ihm einen Bleistift quer zwischen die Zähne, den er sofort zerbiss. Als Ersatz bekam er etwas Ledriges, einen Gürtel vielleicht. *Atme, Jack, nicht das Atmen vergessen.* Er biss die Zähne zusammen und blickte in die Neonlampen an der Decke, die sich vor seinen Augen in züngelnde Flammen verwandelten. Dann wurde es schwarz um ihn. Sein Körper entzog sich dem Schmerz auf die einzig mögliche Weise.

12

Aus dem hoch in der Luft kreisenden Helikopter blickte Sir Clive auf das Krankenhaus hinunter, zwei Schuhkartons aus Beton, die zu einem »T« angeordnet waren. Die winzigen Autos, die in ordentlichen Reihen nebeneinander parkten, sahen aus dieser Höhe wie bunte Bonbons aus. Der Pilot steuerte seinen Landepunkt an, das gelbe »H« auf dem Heliport, das ihnen entgegenzukommen schien. Beim Aufsetzen gab es einen Ruck.

Sir Clive kletterte hinaus und rannte über den Landeplatz, während noch die Rotoren über seinem Kopf dröhnten.

Der Geschäftsführer des Krankenhauses ergriff seine ausgestreckte Hand und schüttelte sie mit misstrauischem Nicken. Der Anruf, den er erst vor wenigen Minuten vom Leiter der Abteilung für Cyber-Terrorismus des MI6 erhalten hatte, hatte ihn vollkommen unvorbereitet getroffen.

»Sie sagten am Telefon, dass für Personal und Patienten keine Gefahr bestehe! Sind Sie da absolut sicher?«, schrie er über den Lärm der Rotoren.

Sir Clive nickte. »Keine Gefahr. Aber wir haben nicht viel Zeit. Führen Sie mich zum Haupteingang.«

Der Krankenhausmanager lotste ihn ins Gebäude und drückte den Aufzugknopf. »Ich nehme an, Sie können mir nicht sagen, worum es geht?«, fragte er, ohne ernsthaft mit einer Antwort zu rechnen. Es kam ihm nur albern vor, stumm zu warten. Sir Clive musterte ihn, bemerkte seine klugen braunen Augen und den Anflug von Sarkasmus in seiner gehobenen Braue.

»Es halten sich hier Personen auf, die sich in Gefahr befinden. Ich muss sie in Sicherheit bringen«, erklärte er knapp.

Die Aufzugtüren öffneten sich surrend. Der Krankenhausmanager war normalerweise ein guter Menschenkenner, doch ob dieser Mann die Wahrheit sprach, konnte er nicht sagen. »Patienten?«, hakte er nach, während er hinter Sir Clive den Aufzug betrat. Wenn dem so war, hätte er ein ethisches Problem. Er hatte seinen Patienten gegenüber eine Sorgfaltspflicht zu erfüllen und konnte nicht zulassen, dass irgendjemand vom Secret Service daherkam und einfach so einen Kranken auf einer Rollbahre davonfuhr.

Sir Clive schüttelte den Kopf. »Wohl kaum«, erwiderte er. Die Türen öffneten sich. »Der schnellste Weg zur Rezeption?«, fragte er.

Der Krankenhausmanager deutete nach links. »Geradeaus, dann die zweite Tür rechts.«

Sir Clive machte sich im Laufschritt auf den Weg.

Vor dem Schalter wartete eine ganze Reihe von Menschen, an denen er einfach vorbeiging. Er wählte einen seiner falschen Ausweise und hielt ihn der Empfangskraft vors Gesicht. Sie las Namen und Funktion, Detective Fisher, Cambridge Criminal Intelligence Department.

Sir Clive lehnte sich über den Tresen und grinste sie

breit an. »Vor etwa zwanzig bis dreißig Minuten«, sagte er mit gedämpfter Stimme, »sind ein Mann und ein Frau durch diese Tür getreten, er fast ein Meter fünfundneunzig, sie blond und attraktiv. Klingelt da was bei Ihnen?«

Die Frau sah ihn erst verdutzt, dann besorgt an. »Warum, haben die was angestellt?«

Sir Clive beugte sich noch näher zu ihr. »Das beantwortet meine Frage nicht«, sagte er und fügte mit Blick auf ihr Namensschild hinzu: »Yasmina.« Sein Ton war scharf.

Die Frau runzelte die Stirn. »Vor einer halben Stunde vielleicht. Sie sind in eines der Forschungslabors gegangen.« Sie verzog nachdenklich das Gesicht. »Jemand hat sie abgeholt. Wer war das noch … ach ja, Dr. Anne Fitzgerald. Sie arbeitet hier im Forschungsbereich. Sie brauchen eine Codekarte, um dorthin zu kommen.«

»Ich nehme Ihre«, sagte Sir Clive und griff über die Theke.

»He! Moment! Sie können doch nicht einfach …!«

Doch Sir Clive war bereits durch die Türen in Richtung der Labors verschwunden.

Die Frau, die hinter ihm in der Schlange gestanden hatte, zuckte die Achseln. »So wie es aussieht, kann er sehr wohl. Es sei denn, Sie haben vor, ihn aufzuhalten.«

Den Kopf leicht zur Seite gewandt, damit das Glas durch seinen Atem nicht beschlug, verfolgte Sir Clive die Operation durch das Fenster in der Tür. Eine Hand hatte er auf der Waffe liegen, mit der anderen drückte er auf den Ohrstöpsel, weil die Verbindung zur Operationszentrale immer wieder abriss. Im Stillen beeindruckten ihn die grimmige Entschlossenheit und die flinken, geschickten Hände der Operateurin – ebenso wie die Tapferkeit des Patienten.

Jetzt hineinzugehen wäre Unsinn. Die beiden Damen sollten erst einmal ihre Arbeit zu Ende führen. Wenn sie wirklich so professionell waren wie sie aussahen, würde dem Modul beim Entnehmen nichts geschehen.

Nichts ging über perfektes Timing.

13

Dorchester Hotel, London

Monsieur Blanc klappte sein Handy zu und reichte es einem seiner Assistenten. Es war zwölf Uhr. Um diese Zeit trank er für gewöhnlich einen Aperitif, um anschließend ein ganz spezielles Mittagsgericht zu sich zu nehmen.

Das Telefonat war nicht einfach gewesen. Die Leute, für die er arbeitete, mochten keine Fehler. Sein Ruf wäre ruiniert, wenn er das letzte Modul nicht lieferte. Die zehn Einheiten funktionierten nur zusammen, da sie ein virtuelles Netzwerk bildeten. Fehlte eine, waren die anderen nutzlos. Wenn er das eine Modul nicht beschaffen konnte, wäre seine Karriere als Waffenhändler beendet. All die Jahre, in denen er Kontakte geknüpft und Quellen erschlossen hatte, all die Zeit und Energie, die er investiert hatte, wären umsonst gewesen. Seine Auftraggeber würden dafür sorgen, dass er nie wieder einen Fuß auf den Boden bekam, nie wieder einen lohnenden Vertragsabschluss machte. Er würde wieder mit Koffern voller Kalaschnikows kreuz und quer durch Afrika reisen müssen und hoffen, dass er nicht von Diktatoren, Milizenchefs oder somalischen Piraten aufgeschlitzt wurde. Nein, diese Zeiten wünschte er sich nicht zurück, dazu hatte er zu hart gearbeitet.

Als es klopfte, öffnete er die Tür. Der Hotelkellner rollte

auf einem Servierwagen sein Mittagessen herein, eine Sonderbestellung. Was er an den Londoner Hotels am meisten schätzte, war ihre Diskretion – für Geld bekam man hier alles. Er wedelte den Kellner mit einer Fünfzigpfundnote davon. Mit Trinkgeldern war er immer großzügig gewesen. Er konnte es kaum erwarten, die Tellerglocke zu entfernen. Seine beiden Assistenten schickte er aus dem Zimmer. Diese Lieblingsdelikatesse genoss er lieber allein.

Das Fleisch verströmte ein Aroma von Gerbsäure und Eisen, dazu einen Hauch von Süße. Er hob den Teller an die Nase und atmete tief ein.

Rohe Taubenherzen, satt rotbraun und noch erfüllt von der Körperwärme der Tiere, dazu Streifen von rohem Brustfleisch, mit einem Spritzer Zitrone und einer Prise Salz, hinuntergespült mit einem Glas warmen Reisweins. Es gab keinen anderen Geschmack, kein anderes Gericht, das ihn so unmittelbar in seine Kindheit in China zurückzuversetzen vermochte.

Geboren in eine Familie einfacher Bauern in den Slums vor den Toren Schanghais, hatte er zwischen den Fäusten seines betrunkenen Vaters und den beißwütigen Hunden, die ihm die Gosse streitig machten, eine gefährliche Kindheit erlebt. Allein sein Geschick beim Vogelfangen hatte ihn vor dem frühen Hungertod bewahrt.

Vom Hunger getrieben, hatte er sich damals eine Jagdlist ausgedacht, die ihm das Leben retten sollte. Eine gestohlene Dose mit scharf ätzendem Kleber unter dem Arm und mit einer Tüte Krumen in der Hand, die er in einer Bäckerei vom Boden geklaubt hatte, war er über ein Bambusgerüst an einem der neuen Bürotürme hochgeklettert. Dann hatte er auf einem Teil des Dachs den Kleber verteilt und die Krumen daraufgestreut. Bei einer nahen Lüftungsöffnung war er auf Beobachtungsposten gegangen, während es in seinem Magen schmerzvoll rumorte. Er hatte nicht lange warten müssen, bis mit wippendem Kopf eine Taube angetrippelt kam, gurrend in naiver Freude. Als ihr Fuß am Kleber hängen blieb, hielt sie verwirrt inne und gurrte lauter. In dem Moment hatte er sich auf sie gestürzt, ihr den Hals umgedreht, mit den Fingernägeln gierig ihren gefiederten Körper aufgerissen und seine Zähne in ihre knackenden Knochen geschlagen, das schmutzstarrende Gesicht von warmem Blut verschmiert.

Monsieur Blanc tupfte sich den Mund vorsichtig mit der Stoffserviette ab. Die Herzen und das Brustfleisch schmeckten ihm heute noch genauso gut wie damals.

Erst vor ein paar Monaten war er zu Geschäftszwecken nach Schanghai gereist. Die Stadt hatte sich so sehr verändert, dass er sie kaum wiedererkannt hatte. Wolkenkratzer aus Glas und Stahl schossen in den Himmel, als wollten sie der Welt bildhaft demonstrieren, wie hoch das Land hinauswollte. Unten auf den Straßen hetzten die Menschen in Anzug und Krawatte umher und sprachen hektisch in ihre Mobiltelefone, selbstbewusst und aggressiv in ihrem Auftreten und in ihrem Umgang miteinander.

Aus einer Laune heraus hatte er die katholische Mission gesucht, die ihn als Kind aufgenommen hatte. Sie war noch da, wo sie immer gewesen war, in dem viktorianischen Gebäude aus rotem Backstein, das jetzt zwischen hohen Beton- und Glasbauten eingekeilt war. Angesichts der großzügigen Spenden, die er jährlich fließen ließ, war das auch nicht verwunderlich. Sie hatten ihn von der Straße aufgelesen, hochgepäppelt und ihm eine gute christliche Erziehung angedeihen lassen. Englisch, Französisch und Bibelkunde hatten täglich auf seinem Stundenplan gestanden. Warum sie ausgerechnet ihn und nicht einen der anderen zahllosen halbverhungerten Straßenjungen aus den Seitengassen und Hinterhöfen der Stadt genommen hatten, wusste er nicht. Vielleicht hatte er einfach am verlorensten gewirkt und das meiste Mitleid erweckt. Auf jeden Fall wurde er ein hervorragender Schüler, der seine Wohltäter mit seiner schnellen Auffassungsgabe verzückte und sie dadurch irgendwie in ihrem missionarischen Drang bestätigte. Sie dankten es ihm mit Kuchen und süßen Gebäckstücken, die regelmäßig jeden Samstagnachmittag frisch gebacken wurden.

Die katholische Kirche hatte ihn schließlich zum Studium nach Paris geschickt. Man hatte großes Interesse daran gehabt, Chinesen für das Priesteramt zu gewinnen, die das Wort Gottes im eigenen Land verbreiten sollten. Diese Chance, zu reisen und in einer Stadt wie Paris zu leben, konnte er sich nicht entgehen lassen. Er wollte sich gern zum Glauben an ihren goldlockigen Jesus bekennen und für ihn zum Menschenfischer werden, wenn er dadurch den Slums von Schanghai für immer entkam.

Doch Paris hatte andere Pläne mit ihm. Kaum zwei Wochen nach seiner Ankunft hatte ihn die Stadt mit ihren Bars und Bordellen, ihren Cafés und Galerien bereits voll in ihren Bann geschlagen. Die Tage verbrachte er brav im Priesterseminar, doch nachts zog es ihn in die Rue Mouffetard zu Strichmädchen und Kleinkriminellen, in die Gesellschaft von Glücksrittern, Studenten und bourgeoisen Intellektuellen auf der Suche nach dem schnellen Abenteuer. Hier verdiente er sein erstes Geld, kleine Beträge zunächst, mit Übersetzungsdiensten für illegale chinesische Einwanderer oder Geschäftsleute mit Auslandskontakten. Das war

Taschengeld, bar auf die Hand, und ein gutes, neues Gefühl, plötzlich finanziell unabhängig zu sein. Je mehr er verdiente, desto weniger stark empfand er die Armut seiner Kindheit.

Er schüttelte den Kopf, als könnte er damit sein Gedächtnis klären. Sobald man das Türchen auch nur einen Spaltbreit öffnete, drängten sofort die Erinnerungen hoch, gute wie böse. Zum Glück hatte er ohnehin selten Zeit zum Grübeln. Er trat ans Fenster, warf einen Blick auf die Park Lane hinunter, durch die dichter Verkehr strömte, und prüfte dann sein Handy. Eine Nachricht von seiner Quelle beim MI6. *Ziel befindet sich im Addenbrooke's Hospital.* Die Meldungen, die sie konstant lieferte, machten sie unbezahlbar. Ganz im Gegensatz zu dem Haufen Nieten, die er sonst für diesen Auftrag engagiert hatte, lauter ehemalige Soldaten und einen nervenschwachen Mediziner.

14

MI6-Zentrale, Vauxhall, London

Zum zweiten Mal in zwei Tagen wachte Jack auf, ohne zu wissen, wo er war. Diesmal sah der Raum weniger wie ein Krankenzimmer, sondern eher wie eine Gefängniszelle aus. Kahle graue Wände, keine Uhr, kein Tageslicht. Er schnellte hoch, und sofort schnitten ihm kalte Handschellen in die Unterarme und rasselten gegen das stählerne Bettgestell. Auf seinem Unterleib kreuzten sich zwei Operationsnähte. Er spürte einen dumpfen Schmerz unter der Haut, und der Faden spannte unangenehm, wenn er sich bewegte. Die Tür schwang auf.

»Guten Abend, Mr Hartman.« Sir Clive kam auf ihn zu

und löste eine der Handschellen. Da er Jack auf den Videoaufnahmen hatte kämpfen sehen, trat er sofort einen Schritt zurück, streckte ihm aber dennoch die Hand entgegen.

Jack sah ihn an, als hätte er den Verstand verloren. Wo war er? Und, was viel wichtiger war, wo war Amanda? »Die junge Frau, mit der ich zusammen war, und ihre Freundin, was haben Sie mit ihnen gemacht? Wenn Sie ihnen auch nur ein Haar gekrümmt haben, schwöre ich …« Auf seiner Stirn trat eine Ader hervor.

»Keine Sorge, Mr Hartman. Wir sind die Guten. Gestatten, Sir Clive Mortimer, MI6. Die Damen werden im Augenblick von einer Mitarbeiterin befragt. Kein Grund zur Beunruhigung. Eine sehr talentierte Chirurgin, Ihre Freundin. Das war hervorragende Arbeit unter schwierigen Umständen.« Er deutete vage auf die Nähte.

Jack atmete geräuschvoll durch die Nase ein.

»Kann ich Sie denn losmachen, ohne dass Sie gleich einen Karatewurf an mir ausprobieren?«, sagte Sir Clive in scherzhaftem Ton. Er ließ den jungen Mann nicht aus den Augen. Mit Sicherheit würde er in einem Kampf mit ihm bestehen, aber es war besser, kein Risiko einzugehen.

Jack entspannte sich etwas.

Sir Clive öffnete die Handschellen und beobachtete ihn misstrauisch, während er sich die Handgelenke rieb. »Wir werden uns jetzt ein bisschen unterhalten, Jack. Aber nicht hier. Sie wissen ja, Wände haben Ohren. Es gibt ein Restaurant nicht weit von hier, wo wir ungestört sind. Ich nehme an, Sie kommen um vor Hunger. Hier«, er warf Jack einen Anzug und ein frisches Hemd zu. »Versuchen Sie möglichst nicht zu bluten. Unser Budget ist begrenzt.«

Sollte das ein Witz sein? Es nervte, wie der Mann versuchte, sich einzuschmeicheln. »Ich gehe nirgendwohin, ehe ich Amanda nicht gesehen habe«, stellte Jack klar. »Ich will sicher sein, dass es ihr gut geht.«

»Ich dachte mir, dass Sie das sagen würden. Wir können im Befragungsraum vorbeischauen. Dann können Sie ihr Hallo sagen. Kommen Sie jetzt.«

Jack zog sich vorsichtig an und versuchte dabei nicht vor Schmerz zu stöhnen. Man hatte ihn bandagiert und wahrscheinlich mit Schmerzmitteln vollgepumpt. Sir Clive ging voraus und klopfte an eine Tür ohne Schild. Amanda öffnete.

»Jack!«, rief sie und fiel ihm um den Hals.

Sir Clive wirkte irritiert.

»Alles okay bei dir?«, erkundigte sich Jack. Sie hatte offensichtlich geweint.

»Alles okay. Trotz Mr. Hände-hoch-oder-ich-schieße«, sagte sie mit Blick auf Sir Clive.

Der MI6-Mann hob die Brauen. »Ach, kommen Sie, das ist nicht fair. Es war keine Zeit für Erklärungen. Außerdem durften Sie und Ihre Freundin in meinem Hubschrauber mitfliegen.«

Jack maß ihn mit kaltem Blick.

»Nur die Ruhe, Jack«, sagte Sir Clive beherrscht. Seine Körperhaltung verlieh dieser sanften Drohung den nötigen Nachdruck: Er stand perfekt im Gleichgewicht da, mit gestrafften Schultern und locker herabhängenden Armen, bereit zum Kampf. »Ich habe nur ein bisschen mit der Waffe gefuchtelt, damit die beiden nicht trödeln. Für höfliche Worte war keine Zeit. Ich nehme an, Sie wissen, dass wir nicht die Einzigen sind, die hinter Ihnen her sind.«

Jack ging nicht darauf ein und wandte sich Amanda zu. »Es tut mir alles so leid. Ich hätte dich da nie mit hineinziehen dürfen. Ich hätte einfach heimfahren sollen.«

Amanda zuckte die Achseln. »Red keinen Unsinn.«

Sir Clive räusperte sich geräuschvoll. »Ich unterbreche diese anrührende Szene ungern, aber es wird jetzt wirklich Zeit. Wir sollten in ein paar Stunden mit Ihnen fertig sein.« Warum waren diese jungen Leute heutzutage nur so scharf darauf, ihre Gefühle öffentlich zur Schau zu stellen? *Kommt alles aus Amerika,* dachte er verächtlich.

Ohne Sir Clives Einwand zu beachten, umarmte Amanda Jack noch einmal, um ihm einen Kuss auf den Mund zu hauchen. »Das tut hoffentlich nicht allzu sehr weh?«, fragte sie und ließ die Hand über seinen Bauchnähten schweben.

»Ist schon okay. Ich gehe jetzt besser mit dem alten Wischmopp hier. Wir sehen uns später.«

15

Jack folgte Sir Clive in die große Tiefgarage unter dem Hauptgebäude, wo sie auf einen pechschwarzen Range Rover zusteuerten. Wie gut, dass sie offenbar nicht weitere Strecken zu Fuß zurücklegen würden, dachte Jack dankbar. Er hätte Sir Clive gegenüber nie zugegeben, welche Schmerzen ihm das Gehen bereitete.

»Wissen Sie, was heutzutage die größte Bedrohung für die Welt ist, Jack?«, fragte Sir Clive und drehte den Zündschlüssel.

»Durchgeknallte Pharmafirmen, die an unbescholtenen Mitgliedern der Gesellschaft bizarre Tests durchführen?«, riet Jack.

Sir Clive lachte. Gut, dass der Junge seinen Humor wiedergefunden hatte. Eine beachtliche Leistung, nach dem, was ihm in den letzten vierundzwanzig Stunden zugestoßen war. »Zunächst einmal, Jack, glaube ich nicht, dass irgendjemand in dieser Gesellschaft tatsächlich unbescholten ist. Und was die Medikamentenstudie angeht …« Er bremste neben dem Wachhäuschen und hielt seinen Ausweis hoch. »Das wird Sie vielleicht überraschen, aber die Studie war nicht Teil des Problems, sondern Teil der Lösung.«

Sir Clive beschleunigte aus der Tiefgarage heraus und bog in den Einbahnstraßenring Richtung Vauxhall Bridge ein. Jack sagte nichts. Er war müde und hatte keine Lust, auf Spitzfindigkeiten einzugehen.

»Wäre Indisch okay?«, fragte Sir Clive auf dem Weg durch die Horseferry Road in Richtung des Gewirrs aus engen Gassen und Plätzen zwischen Parlament und Victoria Street. Er aß gern in diesem Teil der Stadt. Hier war es abends angenehm ruhig. Die Restaurants lebten offenbar überwiegend von den Mittagsbüfetts, die sie für die preisbewussten Angestellten aus den umliegenden Büros anboten.

Sir Clive parkte vor einem ziemlich heruntergekommenen Lokal, das »Golden Tandoori« hieß. Er wählte einen Tisch im hinteren Teil, von dem aus man den Raum überblicken konnte, und reichte Jack eine eselsohrige und von Essensresten verklebte Speisekarte. Man bekam sofort einen guten Eindruck davon, für welches Gericht man sich entscheiden sollte, dachte Jack. Oder besser, für welches nicht.

»Ich nehme das Madras-Curry, so scharf wie möglich«, sagte Sir Clive zum Kellner.

»Einmal Lamm-Tandoori, bitte«, bestellte Jack. »Außerdem einmal Korma und Curry-Auberginen. Ein bisschen Naan-Brot dazu wäre schön und ein Bier. Ein großes. Und

Zwiebel-Bharji, bitte, und eine doppelte Portion Reis.« Am liebsten hätte er die ganze Karte auf einmal bestellt, so groß war sein Hunger, doch er hielt es für besser, sich ein wenig zurückzuhalten.

»Ein Mann mit einem anständigen Appetit, wie schön. Wo war ich stehengeblieben?« Sir Clive brach sich ein Stück von einem Papadam ab und tauchte es in einen Gurken-Joghurt-Dip.

»Sie wollten mich mit ein paar beängstigenden Fakten beeindrucken«, erwiderte Jack unbewegt.

Sir Clive kaute knirschend sein Papadam. Dieser Zynismus, dachte er. Was würden Jack und seine Altersgenossen wohl tun, wenn das Land vor einem neuen Weltkrieg stehen würde?

»Cyber-Terrorismus«, sagte er ruhig. »Das ist die größte Bedrohung für die Sicherheit Großbritanniens. Ein internetbasierter Angriff auf unsere computergesteuerte Infrastruktur, zielgerichtet und minutiös durchorganisiert, könnte öffentliche Einrichtungen, Kraftwerke, Krankenhäuser und Banken vollständig lahmlegen. Oder auch eine Kläranlage, wenn es denen in den Kram passt.« Er hielt inne, als der Kellner kam und Schüsseln mit gelben und roten, radioaktiv aussehenden Saucen und rosa Pilaw-Reis auf den Tisch stellte.

»Cyber-Terrorismus«, sagte Jack. »Ist das alles?« Er lud sich den überwiegenden Teil der Schüsseln auf seinen Teller. »Da habe ich einen radikalen Lösungsansatz: Wie wär's, wenn Sie einfach die Computer ausschalten?«

Sir Clive seufzte. »Ach, kommen Sie, Jack. Spielen Sie hier nicht den Ahnungslosen. Ich habe Ihren Lebenslauf gelesen. Sie studieren Informatik. Sie wissen genau, wie anfällig IT-Systeme sind, wie leicht sich bösartige Codes einschleusen lassen. Da genügt ein Hacker, der sich ein wenig Zeit nimmt. Erst letztes Jahr hat sich jemand in die vermeintlich sichere Datenbank des Pentagon eingehackt.«

»Ja, ich habe mich kaputtgelacht, als ich das gelesen habe. Wissen Sie, wie er das gemacht hat?« Jack stieß mit der Gabel in Sir Clives Richtung. »Die Leute vom Pentagon hatten das Passwort der Voreinstellung nicht geändert, und so stand da in dem Feld für das Passwort immer noch: ›Passwort‹. Der Hacker konnte also einfach reinspazieren und sich in aller Ruhe umschauen. So jemand ist aber keine Bedrohung. Da steckt keine Ideologie dahinter, kein politisches Ziel, nur ein einsamer Typ, der verzweifelt versucht Aufmerksamkeit zu erregen.« Jack kaute nachdenklich einen Mundvoll Korma, das gar nicht mal so schlecht schmeckte. »Ein informationstechnisches System ist immer nur so sicher wie die Menschen, die es bedienen.« Er begann sich allmählich für das Thema zu erwärmen. »Wenn Sie Schutz vor Cyber-Terrorismus wollen, müssen Sie Ihrem Personal beibringen, regelmäßig das Passwort zu ändern.« Er spürte, wie mit dem Essen seine Kraft und sein Widerspruchsgeist zurückkehrten.

Sir Clive pickte an seinem Madras herum. Es war nicht so gut wie sonst. »Aber das ist nicht alles, Jack. Letztes Jahr in Estland wurden zum Beispiel Websites des Staatsschutzes zum Erliegen gebracht. Das war ein durchorganisierter Angriff über ein Netz von infiltrierten Computern. Ein Botnetz. Eine Zombie-Farm.«

Jack lehnte sich auf seinem Stuhl zurück. Sein Magen war allmählich so voll, dass die Fäden spannten. Vielleicht sollte er sich die Bharji für später aufheben. »Botnetze …«, sagte er nachdenklich.

Endlich, dachte Sir Clive. Jetzt hatte er ihn.

»Ich habe letztes Jahr eine Hausarbeit über dieses Thema geschrieben«, fuhr Jack fort. »Es gibt so was schon seit einer Weile, wobei niemand genau weiß, wie viele es sind. Ein scheinbar harmloses Programm wird heruntergeladen, das einen Virus, Wurm oder Trojaner mitbringt; so gelangt ein Malicious Code auf einen Heim-PC, wo er schlummert, bis er einen Befehl bekommt. Die Menschen ahnen nicht einmal, dass ihr Computer als Zombie missbraucht wird. Und der exzessive Austausch von Daten unter den jungen Leuten begünstigt das natürlich.«

Sir Clive entspannte sich ein wenig. Offenbar wurden in Cambridge doch noch halbwegs nützliche Dinge gelehrt. »Genau. Sobald der Malicious Code installiert ist, wartet er darauf, bis er gesagt bekommt, was er tun soll, und dann …« Er machte eine Pause. »Dann hat man ein Problem.« Unzufrieden über die fehlende Schärfe in seinem Essen schob er seinen Teller weg. »Aber wissen Sie, was bei der Vorbereitung auf einen Cyber-Krieg das größte Problem ist?«, sagte Sir Clive und sah Jack erwartungsvoll an.

»Nein, aber Sie werden es mir sicher gleich verraten«, erwiderte Jack.

»Man weiß nie genau, mit wem man es zu tun hat. Es ist unmöglich nachzuvollziehen, wer die Server eingerichtet oder den Code geschrieben hat. Ein Zombie-Netzwerk, das in China eingerichtet wurde, kann darauf programmiert sein, von jedem beliebigen Ort auf der Welt aus an jedem beliebigen Ort auf der Welt zuzuschlagen. Bedeutet das, dass die Chinesen dahinterstecken? Natürlich nicht. Es könnte jeder gewesen sein.«

»Wenn es jeder gewesen sein könnte, könnten es auch die Chinesen gewesen sein«, entgegnete Jack angriffslustig.

Sir Clive schüttelte lachend den Kopf. »Sie haben recht, man muss immer misstrauisch bleiben. Einen Kaffee und einen Brandy?«

»Warum nicht?« Jack beobachtete Sir Clive. Er hatte das Gefühl, dass der Mann vom Secret Service allmählich zur Sache kam.

Sir Clive beugte sich vor und machte einen tiefen Atemzug. »Es war eine sorgfältig geplante Operation, Jack. Sie und die anderen neun Patienten. Die implantierten Module. Ein gut durchdachter Plan, beständig durchsickernde Informationen von unserer Seite, ein paar Server, die nicht ganz so gesichert waren, wie sie hätten sein sollen, ein neues Projekt in der Diskussion. Wir wussten, dass die Versuchung unwiderstehlich sein würde. Sobald unser neues Modul bekannt wäre, würde alle Welt scharf darauf sein. Auf dem Schwarzmarkt würde man astronomische Preise für diese Dinger erzielen. Wir mussten also nur noch die klinische Studie starten und uns dann entspannt zurücklehnen und abwarten, wer auf der Bildfläche erscheint. Und wer anschließend als Käufer anvisiert wird.« Er schwieg einen Moment lang. »Natürlich hätten wir nicht gedacht, dass die Diebe so brutal vorgehen würden«, fügte er hinzu.

Der Brandy kam, zusammen mit lauwarmem Kaffee. Jack nahm das bauchige Glas und schwenkte die goldbraune Flüssigkeit, um das Aroma einzuatmen. Sir Clives Geschichte begann ihm Kopfschmerzen zu bereiten. Er leerte das Glas in einem raschen Zug.

»Zwei Fragen, Mr Clive«, sagte Jack. Er war nie besonders geduldig gewesen, und er hatte auch keine Lust, den ganzen Abend mit diesem Mann zu vergeuden. Es gab Wichtigeres zu tun, Amanda trösten zum Beispiel. Er sah

Sir Clive direkt in die Augen. »Was macht dieses Modul? Und was haben Sie mit mir vor?«

16

Sir Clive zog einen transparenten Behälter aus seiner Jackentasche und ließ ihn lässig auf den Tisch fallen. Da lag es, mit durchscheinender rosa Außenhaut und Mikrochip im Innern. Genau wie Jack es in Erinnerung hatte. Er zuckte unwillkürlich zusammen.

»Sie fragen, was das Modul macht? Nun«, Sir Clive rieb sich das Kinn, »das ist schwer in Worte zu fassen. Stellen Sie sich eine Atombombe für das Internet vor.«

Jack runzelte die Stirn und nahm den Plexiglasbehälter in die Hand, um sich das Ding näher anzusehen.

»Wir haben zehn Mikrocomputer entwickelt, miniaturisierte elektronische Schaltungen, die in organische Materie eingebettet sind. Sie, Jack, waren einer der Wirte. Der Plan war es, ein zellbasiertes System zu schaffen, das die leistungsstärksten Computer, die größten Netzwerke, außer Gefecht setzen kann. Eine Serie von Modulen, die, gemeinsam eingesetzt, so viele Viren, so viele Malicious Codes erzeugen könnte, dass sie sogar das stärkste, am besten gesicherte Netzwerk des Planeten durchsetzen könnte.« Er hielt kurz inne, um die Spannung zu erhöhen. »Ein schwarzes Loch in der virtuellen Welt, IT-Systeme, die unter der Last ihrer eigenen Daten zusammenbrechen und dabei Milliarden von Gigabyte an Informationen förmlich wegsaugen, technologische Infrastrukturen, ganze Länder. Stellen Sie sich vor, Jack, Bankensysteme, die zerstört werden. Niemand weiß mehr, wer wie viel Geld hat, welches Unternehmen wie viel Geld hat, wem überhaupt was gehört. Satellitenstationen außer Kontrolle, Armeen ohne Kommunikation, Waffensysteme, die nicht mehr einsatzbereit sind.«

Jack hörte aufmerksam zu. Sir Clives Worte klangen in seinem Kopf nach: *Eine Atombombe für das Internet*. Beim Anblick dieses Dings fiel es nicht schwer, an das schlimmstmögliche Szenario zu denken, so fremd und abstoßend sah es aus. Aber hieß das, dass es auch wirklich diese Fähigkeiten hatte? Würde der MI6 tatsächlich riskieren, dass etwas so Gefährliches in die Hände von Terroristen oder Schurkenstaaten gelangte?

Das Studium in Cambridge hatte Jack auf so etwas nicht vorbereitet, aber das hieß nicht, dass es nicht möglich war. Er wusste, dass die Regierung immer noch die klügsten Köpfe und die besten Forscher in den Speziallaboren des britischen Geheimdienstes darauf ansetzte, die abstrusesten Ideen zu verfolgen und weiterzuentwickeln.

Sir Clive öffnete den Plexiglasbehälter, nahm das Modul vorsichtig heraus und hielt es ins Licht, um es kritisch zu betrachten. »Sieht wirklich überzeugend aus, nicht wahr?«, sagte er. »Die Menschen haben sich vielleicht technologisch stark weiterentwickelt, aber ihre Psyche ist immer noch dieselbe. Die Leute glauben, was sie glauben wollen und was ihnen von Nutzen ist.« Das Modul glitt ihm aus der Hand und fiel platschend in seinen Kaffee. Er fischte es heraus und wischte es rasch mit einer Serviette ab.

»Wir haben Hunderte von diesen Dingern in unserem Labor«, fuhr er fort, »und sie können rein gar nichts. Jedenfalls nichts von dem, was ich gerade beschrieben habe. Sie zucken und sehen eindrucksvoll aus, sind aber im Grunde nicht mehr als ein Hightech-Schachtelteufel. Sie verbinden tatsächlich organische Materie mit Halbleitertechnologie, aber eine besondere Funktion haben sie nicht. Immerhin senden sie schwache elektromagnetische Wellen aus, daher kam es bei Ihnen auch zu der starken Reaktion auf die Röntgenstrahlen.« Er lehnte sich auf seinem Stuhl zurück und wedelte mit dem Modul. »Aber bei diesen Dingern ist nicht wichtig, was sie können, sondern, wohin sie uns führen. Sie sind nichts als ein guter, altmodischer Bluff. Die klassische Taktik aus dem Kalten Krieg. Wie gesagt, die Menschen haben sich technologisch weiterentwickelt, aber die menschliche Psyche nicht.«

Jack sah das Modul an und dachte an die neun Toten in dem Labor. Ein hoher Preis für einen Bluff, der vielleicht nicht einmal funktionieren würde. Er konnte von Glück sagen, dass er nicht das gleiche Schicksal erlitten hatte. »Ich hatte zwei Fragen, Sir Clive. Die erste haben Sie beantwortet. Die zweite nicht. Was haben Sie mit mir vor?«

17

Später am Abend, nach dem Sex, als Amanda schläfrig und befriedigt in seinem Arm lag, ließ sich Jack das Angebot durch den Kopf gehen. Im Grunde hatte er längst geahnt, was Sir Clive ihm vorschlagen würde, trotzdem hatte er es aus dessen Mund hören wollen. Der Bluff könne nur funktionieren, wenn das letzte Modul auch noch gestohlen wurde. Wenn diejenigen, die das Labor überfallen und neun Patienten ermordet hatten, es aus ihm herausschneiden würden. Der MI6 habe in den Informationen, die er im Vorfeld des Überfalls hatte durchsickern lassen, immer wieder präzisiert, dass die zehn Module nur im Zusammenspiel funktionierten. Wenn es aufgrund eines fehlenden Moduls nicht zum Verkauf käme, würde man nie herausfinden, wer bei einem künftigen Cyber-Krieg mitmischen wollte. Damit wäre jeglicher Präventivschlag unmöglich.

Sein Verstand riet ihm klar abzulehnen, das Ganze zu vergessen und in sein normales Studentenleben nach Cambridge zurückzukehren. Doch sein Herz sagte etwas anderes. Es war eine Chance, eine Herausforderung, die Gelegenheit, sich zu beweisen. Während er mit der Entscheidung rang, musste er an seinen Bruder Paul denken, und schmerzvolle Erinnerungen aus der Kindheit, die er sicher verdrängt geglaubt hatte, brandeten in ihm hoch.

Jack war acht, drei Jahre jünger als Paul; sie waren in einem Alter, in dem Welten sie voneinander trennten. Sie spielten im Schnee, draußen vor dem Militärstützpunkt in Herefordshire, wo sie wohnten. Die Luft schnitt kalt durch ihre Wollschals an diesem zur Neige gehenden Wintertag, während die Sonne die letzten Strahlen über den Horizont schickte. Jack wollte eine Schneeballschlacht beginnen, doch Paul ging nicht darauf ein und sagte, sie müssten nach Hause. Jack wurde wütend und versuchte den älteren Bruder auf sich aufmerksam zu machen. Paul war Dads Liebling, er war ein hervorragender Schwimmer und ein pfeilschneller Sprinter, und seinem kleinen Bruder gegenüber gab er sich immer sehr erwachsen und überlegen.

»He, Paul, schau mal hierher, ich wette, das kannst du nicht!« Jack war auf den Rand des zugefrorenen Sees hinuntergeklettert und rutschte vorsichtig vom Ufer weg. »Schau her, Paul! Ich kann ganz toll Schlittschuh laufen, und du kannst das nicht, weil du ein Angsthase bist«, rief er und schlitterte über das Eis, bis er fast die Mitte des Sees erreichte. »Angsthase, Pfeffernase, morgen kommt der Osterhase!«

»Komm zurück, Jack, sei nicht albern«, erwiderte Paul. Er war zwar auch erst elf, aber er kannte den Unterschied zwischen Mut und Waghalsigkeit.

In dem Moment, als Jack sich Pauls Aufmerksamkeit sicher war, merkte er, wie das Eis unter ihm nachgab. Ein lautes Knarzen ertönte, wie bei einem alten hölzernen Schiffsrumpf. Dann schwappte Wasser aus der schwarzen Tiefe über die gefrorene weiße Fläche und umspülte seine Gummistiefel. Er drehte sich zu Paul um, und der aufsässige Ausdruck in seinem Gesicht war nackter Panik gewichen.

Die Kälte umfing ihn mit einem Schlag, lähmte ihn und tauchte ihn ins Dunkel. Alles drehte sich. Er streckte die Arme aus und versuchte sich an irgendetwas festzuhalten, doch alles, was er spürte, war Eis, und als er schreien wollte, füllte klirrend kaltes Wasser seinen Mund.

Das Nächste, woran er sich erinnerte, waren Hände, die ihn hochzogen, die ihn zum Rand des Eises zerrten, die das Eis vor ihm bersten ließen und ihm den Weg wiesen. Er kroch auf allen vieren zum Ufer, packte mit taub gewordenen Fingern die Grashalme unter dem Schnee, schnappte nach Luft, hustete Wasser aus der Lunge und ließ sich auf den Rücken fallen.

Paul kletterte langsam die Uferböschung hoch und blieb keuchend und in gekrümmter Haltung vor ihm stehen. »Idiot«, sagte er kopfschüttelnd und streckte ihm die Hand entgegen.

Jack fror zu sehr, um zu weinen. Er setzte sich auf und ergriff die Hand seines Bruders. Schweigend gingen sie nach Hause.

Der Husten begann zwei Tage später. Niemand dachte sich etwas dabei. Bis auf eine Erkältung dann und wann war Paul immer kerngesund gewesen. Dann kam das Fieber. Die Eltern steckten ihn ins Bett, weil sie meinten, es sei eine Grippe. Als der Arzt kam, ging es ihm noch schlechter. Er hatte Schmerzen in der Brust, schweißfeuchte Haut und hustete blutigen Schleim. Man brachte ihn ins Krankenhaus. Die Diagnose lautete auf akute Bronchopneumonie. Die Lungenflügel waren bereits voller Flüssigkeit. Antibiotika würden nicht mehr helfen. Jack erinnerte sich, wie seine Eltern am Krankenbett saßen, mit dem Rücken zu ihm. Seine Mutter weinte laut, sein Vater still, nur die breiten Schultern hoben und senkten sich, von Kummer geschüttelt.

Jack machte sich Vorwürfe. Ganz gleich was die anderen sagten, wie sehr sie ihn vom Gegenteil zu überzeugen versuchten, er wusste, dass er schuld war. Er wusste es, aber das Schlimmste war, dass seine Eltern es ebenfalls wussten, auch wenn sie etwas anderes sagten.

Jack überlief ein Schauer.

»Was ist?« Amandas schläfrige Stimme holte ihn in die Gegenwart zurück. Offenbar hatte er sie geweckt.

»Nichts, entschuldige, Mands.« Sie murmelte etwas und schlief wieder ein. Der Klang ihrer Stimme war wie lindernder Balsam für ihn, denn sie gehörte zu der realen Welt, die ihn vor seinen bösen Erinnerungen schützte.

Er verdankte Paul sein Leben. Paul, seinem Bruder, seinem Helden. Was wäre wohl aus Paul geworden, wenn er das Erwachsenenalter erreicht hätte?

Jack dachte an die neun Männer auf der Versuchsstation, die gestorben waren. War er ihnen etwas schuldig? So wie er Paul etwas schuldig war? Hatte er seinem Land gegenüber eine Verpflichtung? Man hatte ihm eine Chance geboten, eine Herausforderung, die Gelegenheit, sich zu beweisen, etwas wiedergutzumachen. Er sah auf die Uhr. Ihm blieben noch vierundzwanzig Stunden, um sich zu entscheiden.

Doch bevor er die Entscheidung fällte, musste er mit einem Menschen reden. Dem einzigen Menschen, der ihm helfen konnte, einem Mann, der zwanzig Jahre lang die Karriere beim Militär über alles andere gestellt hatte, auch über seine Familie. Einem Mann, mit dem er seit fast drei Jahren kein Wort gewechselt hatte. Einem Mann, dem er sonst möglichst aus dem Weg ging. Seinem Vater, Archie Hartman.

18

Centurion International, Los Angeles

Harvey Newman verließ in seinem Lexus-SUV das Firmengelände von Centurion und bog in den Wiltshire Boulevard ein. Aus einem klimatisierten Gebäude in ein klimatisiertes Auto mit weichen Ledersitzen und Surround-Sound-Anlage – was für ein Luxus. Seit zwanzig Jahren war er nicht mehr beim Militär, und doch konnte er sich immer noch nicht an das zivile Leben mit all seinen Bequemlichkeiten gewöhnen. An die selbstgefällige Sorglosigkeit, mit der sich die Reichen der Westküste durch ihr behagliches Leben bewegten.

Er wusste, dass er einer von ihnen war, wenn schon nicht im Geist, so wenigstens was das Geld auf seinem Konto betraf. Es war so viel, dass er in den Polo-Club, auf Tennisturniere und die richtigen Cocktailpartys eingeladen wurde. Als ob ihm das etwas bedeuten würde. In dieser Stadt, in der sich alles um die Unterhaltungsindustrie drehte, hatte er sich nie wohlgefühlt. Seine ganze Leidenschaft gehörte Centurion. Die Firma war sein Baby. Er hatte sie aus dem Nichts aufgebaut. Er hatte aus einer zusammengewürfelten Truppe von Söldnern, die westliche Ölinteressen in Westafrika schützen sollten, eine milliardenschwere Rüstungsfirma gemacht, die die Bush-Regierung in Sicherheitsfragen im Irak beriet, und damit mehr Geld verdient, als er je für möglich gehalten hätte. Moderne Kriegsführung war ein kostspieliges und riskantes Geschäft, und die letzten drei Präsidenten hatten sie nur allzu gern an private Unternehmen wie Centurion delegiert.

Nein, das Leben in Los Angeles war nichts für ihn. Die unerbittliche Sonne der Wüste, gefolgt von eiskalten Nächten, oder die dampfende Hitze des Dschungels, die Notwendigkeit, alles zu geben, um zu überleben, das war mehr nach seinem Geschmack. Da fühlte er sich lebendig. Nicht hier, umgeben von anabolikageblähten Bodybuildern, die nicht wussten, wie man einen Kinnhaken platzierte, selbst wenn es um Leben und Tod ging.

Dass er Beverly Hills zum Standort für seine Firmenzentrale gemacht hatte, lag an seiner dritten Frau. Sie war dreißig Jahre jünger als er und gehörte dem gleichen Schuljahrgang an wie seine Tochter. Sie war hauptberuflich Blondine und Fitnesstrainerin, mit einem dieser typischen braungebrannten kalifornischen Körper, mit denen er im Bett seinen Spaß hatte – oder zumindest anfangs gehabt hatte. Inzwischen waren sie ein paar Jahre zusammen, und es war nicht mehr ganz so spannend, wenn sie ihm einen blies. Außerdem ließ sie sich in letzter Zeit seine Machtspielchen im Bett nicht mehr widerstandslos gefallen. Vielleicht war es an der Zeit, sich Ehefrau Nummer vier zu suchen. Aber das hatte keine Eile. Juanita, die süße kleine mexikanische Haushälterin, hob bereitwillig ihren Rock, damit er zwanglos seine Bedürfnisse befriedigen konnte – jedenfalls solange er sie mit teuren Geschenken bedachte.

Er bog auf den Freeway ein, jagte über den breiten Boulevard und nahm dann die Abfahrt Richtung Küstenstraße. Er musste sich abreagieren, den Ärger aus dem Büro hinter sich lassen. Seine Leute versagten selbst bei den einfachsten Aufgaben … Nein, das war nicht fair. Seine Leute waren gut, loyal und zuverlässig. Es war nur ein Fehler gewesen, diesen Monsieur Blanc zu engagieren. Bob, sein Stellvertreter, hatte den Mann vorgeschlagen, weil ihm ein hervorragender Ruf vorauseilte. Nicht zum ersten Mal in seinem Berufsleben wurde Harvey daran erinnert, dass man sich nur auf sein eigenes Urteil verlassen durfte. *Vertraue nie der Meinung anderer*. Er konnte nicht sagen, ob Monsieur Blanc mit seiner Verzögerungstaktik den Preis in die Höhe treiben wollte oder ob er einfach unfähig war. Beides ließ den Mann nicht eben im besten Licht dastehen.

Harvey parkte den SUV an einem wenig befahrenen Abschnitt des Highways und stieg aus, um über den Ozean zu blicken. Die See war dunkelblau, und weiße Pferdchen tanzten auf den schäumenden Wellen. Man kam an das Wasser nur heran, wenn man sprang, und die Klippen waren gut und gern acht Meter hoch. Bei der Dünung herrschte wahrscheinlich starke Strömung. Es würde nicht leicht sein, wieder zur Straße hochzuklettern.

Dieser Gedanke gab den Ausschlag. Harvey zog seine Kleider aus und warf sie auf die Rückbank des Wagens.

Einen Moment lang blieb er in seinen Boxershorts stehen und ließ seinen sechzigjährigen Körper von der Sonne wärmen. Dann trat er ruhig auf die Kante zu und sprang. Er würde flach eintauchen, für den Fall, dass Felsen unter der Wasseroberfläche waren, eine Stunde lang aufs offene Meer hinausschwimmen und je nach Strömung auch wieder eine Stunde oder mehr für den Rückweg benötigen. Das war seine Art zu trainieren, seinen Körper mit unbekannten Aufgaben auf die Probe zu stellen, ob er noch die gleiche Kraft und Kondition hatte wie in jungen Jahren. Das Wasser fühlte sich gut an, es löste die Verkrampfung seiner Muskeln. Er genoss das Gefühl von Freiheit, das ihn an seine Jugend erinnerte, als er für die California State University geschwommen war.

Außerdem half es ihm beim Nachdenken. Im Wasser konnte er sich perfekt konzentrieren. Er spürte, Monsieur Blanc brauchte eine Art Ultimatum, doch Harvey arbeitete nicht gern mit Drohungen. Er war ein Mann der Tat. Drohungen hatten ohnehin keinen Sinn, besser, man zog gleich die Konsequenzen. Dann waren alle anderen auch gewarnt.

Gut zwei Stunden später ließ er sich von den Wellen wieder an den Felsen spülen. Das Hochklettern bereitete ihm Schmerzen. Immer wieder drohten seine Arme und Beine, vom Schwimmen gegen den Strom ermüdet, von schmalen Rändern und Spalten abzugleiten. Doch er zog sich mit eisernem Willen an der steilen Felswand hoch. Erschöpft, aber zufrieden wälzte er sich über den Rand und streckte sich neben dem Wagen in der Sonne aus. Die Entscheidung war gefallen: Er würde Monsieur Blanc noch zwei Tage gewähren, mehr nicht. Dann würde er mit der firmeneigenen Maschine nach London fliegen, und wenn der Mann die zehn Module bis dahin nicht beisammen hatte, würde er eliminiert werden.

Harvey atmete tief durch und stieg dann widerstrebend in sein Luxusgefährt. Vielleicht sollte er sich einen gebrauchten Armeejeep zulegen, das hier war doch etwas für Weicheier. Die Anstrengung hatte ihn ausgelaugt, aber das würde ihn nicht daran hindern, bei Juanita sein Glück zu versuchen, wenn er nach Hause kam.

19

Weit von Los Angeles entfernt, unter dem trüben, grauen Himmel einer Londoner Vorstadt, öffnete Jack ein morsches Gartentor und ging auf die Eingangstür zu. Das Haus sah noch schlimmer aus als vor zwei Jahren, als er ausgezogen war. Von den Fensterbänken blätterte noch mehr Farbe, und auf dem vermoosten Dach hatten sich weitere Ziegel gelöst. Andere Häuser in der Straße waren offenbar saniert worden und wurden von jungen Familien bewohnt. Die baufällige Doppelhaushälfte seines Vaters dagegen sah aus, als wäre seit der Bauzeit in den dreißiger Jahren nichts daran getan worden.

Er lehnte sich gegen die Türklingel und warf einen raschen Blick auf den Garten, der zugewuchert und ungepflegt aussah. Hoffentlich hatte sein Vater einen guten Tag. Dann bestand die Chance, dass er aus dem Bett aufgestanden war und vielleicht sogar geduscht und die Zähne geputzt hatte. An einem schlechten Tag würde er nicht an die Tür kommen, weil er im Suffkoma im Flur lag, inmitten leerer Billigbierdosen.

Jack hatte mit Amanda vereinbart, dass sie in Cambridge

blieb. Er war noch nicht bereit, sie seinem Vater vorzustellen. Vielleicht würde es nie dazu kommen, ganz gewiss jedoch nicht in einer so frühen Phase. Außerdem war er nicht gerade stolz auf das Haus, das sein Vater für die Familie gekauft hatte, als Jack etwa fünfzehn gewesen war. Schon gar nicht in dem Zustand, in dem es sich heute befand.

Immer noch keine Reaktion. Er ließ den Finger auf dem Klingelknopf, weil er genau wusste, wie sehr sein Vater das Geräusch hasste. Irgendwann war auf der Treppe ein Poltern zu hören, und durch den Glaseinsatz in der Tür erkannte er einen Schatten. Die Tür öffnete sich, und Archie erschien unrasiert und mit zerzausten Haaren, alles andere als vorzeigbar. Er trug einen Bademantel und darunter Bermuda-Shorts und ein Hawaiihemd.

»Jack«, sagte er und kratzte sich am Kopf, als versuchte er sich an etwas zu erinnern. »Solltest du nicht in Oxford sein?«

Jack seufzte. »Cambridge, Dad. Ich studiere in Cambridge. Ich dachte, ich besuch dich mal.« Er schob sich an seinem Vater vorbei ins Haus. »Wie geht's dir so?«, fuhr er fort und schaute sich kritisch um.

Die Räume gehörten gelüftet, aber ansonsten sah es gar nicht so schlimm aus. Die Möbel, die noch seine Mutter ausgesucht hatte, ehe sie gegangen war, standen immer noch original verpackt im Wohnzimmer. Die Wände im Flur strahlten zur Hälfte in Grellorange, noch immer unvollendet, so wie sein Vater sie vor Jahren im Vollrausch angepinselt hatte. »Wie ich sehe, bist du mit dem Renovieren nicht ganz fertig geworden«, sagte Jack.

»Nein, mein Sohn, du wirst es nicht glauben, aber ich hab so viel zu tun mit meinem neuen Job.«

Jack glaubte das tatsächlich nicht, aber das behielt er lieber für sich.

»Darf ich dir was zu trinken anbieten?«, fuhr Archie fort, öffnete den Kühlschrank und nahm mehrere Flaschen Bier heraus.

Jack sah auf die Uhr. Neun Uhr morgens. Er schüttelte den Kopf.

»Bedien dich«, bot sein Vater an und suchte in einer Schublade nach einem Öffner. Als er keinen fand, biss er den Verschluss mit den Zähnen auf. In zwei Zügen hatte er die erste Flasche geleert. Er rülpste. »Ich hätte aber auch Tee da. Du hast nicht zufällig Milch mitgebracht?«

Jack schüttelte den Kopf.

»Im Schrank dürfte noch etwas von dem Pulverzeug sein.«

Jack fand eine Packung mit verklebtem, vergilbtem Etikett. Er gab zwei Löffel von dem weißen Pulver in den Tee. Ein paar weiße Flocken, die sich nicht lösen wollten, schwammen an der Oberfläche.

»Was ist das denn für ein neuer Job, Dad?«, erkundigte er sich und reichte seinem Vater den Teebecher.

Archie sah ihn aufmerksam an, die blutunterlaufenen Augen voller Konzentration, als nähme er seinen Sohn in diesem Moment zum ersten Mal richtig wahr.

Jack trug immer noch den schlechtsitzenden Anzug, den ihm der MI6 geliehen hatte, und einen Eins-a-Robinson-Crusoe-Bart. Außerdem war er ziemlich blass.

Archie hätte ihn gern gefragt, was los war, fürchtete aber, scheinheilig zu wirken. Schließlich hatte er zwei Jahre lang nicht danach gefragt, wie es seinem Sohn ging. »Komm mit nach oben, dann zeige ich es dir«, sagte er. »Aber Achtung, auf der Treppe steht ein Aschenbecher.«

Jack überstieg die dritte Stufe, auf der ein Teller voller Asche und Kippen stand, und folgte seinem Vater in das ehemalige Gästezimmer.

»Das ist meine Kommandozentrale«, verkündete Archie stolz. Ein Schreibtisch stand am Fenster, zwei weitere an den Wänden. Vier Monitore waren auf dem Schreibtisch am Fenster aufgebaut, darunter zwei PC-Tower. Auf jeder verfügbaren Oberfläche häuften sich Schreibblöcke, Stifte, dicke Bücher und Aschenbecher. Auf dem Boden lagen leere Bierflaschen und Ausgaben der *Financial Times* verstreut. Jack sah auf einen der Bildschirme. Er zeigte den Leitindex des britischen Aktienmarktes, den Financial Times Stock Exchange 100, mit seinen aktuellen Kursen. Auf einem anderen Bildschirm ging es um Öltermingeschäfte, ein Fenster zeigte die neuesten Finanznachrichten des Nachrichtenmagazins Bloomberg, ein anderes die der Agentur Reuters.

Jack wusste nicht, was er sagen sollte. War sein Vater irgendeinem geschickten Betrüger zum Opfer gefallen? Hatte er sich von einem Vertreter überreden lassen, Tausende von Pfund in ein Home Office zu investieren? War er dem Werbeversprechen auf den Leim gegangen, man könne bequem von zu Hause aus mit Börsenspielen ein Vermögen verdienen?

»Ich weiß jetzt Bescheid, mein Sohn«, erklärte sein Vater voller Stolz.

»Worüber?«, fragte Jack. Er war hergekommen, um sich einen Rat zu holen, aber so wie es aussah, war sein Vater derjenige, der Hilfe brauchte.

»Ich weiß jetzt, wo das Geld liegt. Hier, es steckt in diesen kleinen Zahlen, die da über die Schirme laufen. Das weiß ich jetzt. Das Geld wartet nur darauf, dass man es nimmt.«

Jack sah auf die Monitore, dann wieder auf seinen Vater, in dessen Augen der fiebrige Eifer eines frisch bekehrten Konvertiten glomm. Er schüttelte den Kopf. Hatte er wirklich geglaubt, es wäre eine gute Idee hierherzukommen?

»Du glaubst mir nicht? Ich kann's dir nicht verdenken. Aber siehst du die Koffer da oben auf dem Schrank? Die sind bis zum Rand voll mit Bargeld.«

»Natürlich, Dad«, erwiderte Jack.

»Ich habe an der Börse spekuliert«, erklärte Archie, zog eine neue Flasche Bier aus seinem Morgenmantel und setzte sie an den Mund. »Anscheinend habe ich Talent dafür. Man sitzt einfach da und beobachtet, was passiert. Optionshandel, Leerverkäufe, hier und da ein paar Differenzgeschäfte.«

Jack nickte düster. Nachdem sein Vater mit Anfang vierzig aus der Armee ausgeschieden war, hatte er sich immer wieder auf Unternehmungen eingelassen, die schnellen Reichtum versprachen, hatte Hunde gezüchtet und eine Schneckenfarm betrieben. Den Pub, bei dem er sich eingekauft hatte, hatte er am Ende in den Ruin gesoffen. Es dauerte nicht lange, da hatte er auch die Ersparnisse seiner Frau durchgebracht. Zumindest schien die Sache diesmal halbwegs harmlos – solange er nur sein eigenes Geld aufs Spiel setzte.

»Und zur Sicherheit hast du deine ganze Barschaft in Koffer gepackt?«, fragte Jack sarkastisch.

Sein Vater schüttelte den Kopf. »Nein, nein«, entgegnete er schnell, als wäre Jacks Frage völlig absurd. »Das ist nur ein Bruchteil vom Ganzen. Ich habe meinen Banker angerufen und gebeten, von meinem Konto etwas mitzubringen.« Er sah plötzlich verlegen aus. »Ich wollte mich vergewissern, dass es wirklich da ist, dass ich mir nichts vormache.

Du weißt, wie konfus ich nach ein paar Bier sein kann. Jedenfalls war er von der Idee ganz begeistert und tauchte sogar höchstpersönlich auf, und zwar – du wirst es nicht glauben – in einem gepanzerten Fahrzeug.« Er lachte.

»Bist du sicher, dass er nicht auf einem rosa Elefanten angeritten kam?«, fragte Jack mit unbewegter Miene.

Archie tat, als hätte er nichts gehört, und trank den letzten Schluck Bier. »Brauchst du was? Bisschen Unterstützung bei diesen horrenden Gebühren, die sie in Oxford nehmen?«

»Cambridge, Dad, ich bin in Cambridge. Und danke, nein, ich brauche nichts«, wehrte Jack ab. Er wollte das Gesicht seines Vaters nicht sehen, wenn er die Koffer öffnete und nichts fand außer mottenzerfressenen Uniformen und ein paar Andenken an seine Frau.

Archie nickte, ohne richtig zuzuhören. »Die Unabhängigkeit geht dir über alles, was? Gut, gut.« Er stellte die leere Bierflasche ab und neigte sich mit ernster Miene näher. »So, Jack. Und jetzt erzählst du mir, warum du wirklich hier bist. Du rufst doch nicht zwei Jahre lang nicht an, um dann aus heiterem Himmel vor der Tür zu stehen. Steckst du in Schwierigkeiten?«

20

Jack schluckte den letzten Mund voll Tee hinunter. Er hatte noch nicht darüber nachgedacht, wie er es formulieren sollte. »Nein, ich stecke nicht in Schwierigkeiten. Das heißt, ich könnte mich ganz einfach entziehen, wenn ich wollte.« Er spürte den Blick seines Vaters, der jetzt nicht mehr glasig, sondern bohrend und hoch konzentriert war, ein Ausdruck, den Jack kaum mehr von ihm kannte. »Die Regierung will, dass ich etwas für sie tue. Ich kann dir die Geschichte nicht erklären, sie ist viel zu abstrus. Im Wesentlichen geht es darum, ein Computerprogramm zu übergeben.«

»An wen?«, fragte Archie prompt.

»Tja, das weiß ich nicht. Das müssen sie erst herausfinden.«

»Tu es nicht«, erwiderte Archie ruhig.

Jack war überrascht, wie energisch sein Vater reagierte, wie fokussiert er auf einmal war und wie leicht er die Rolle des abgestürzten Alkoholikers ablegte.

»Ist das alles?« Jack runzelte die Stirn. »Ich habe noch nicht einmal erklärt, worum es genau geht …«

»Das musst du gar nicht. Ich habe genug gehört. Die Leute, die dich um deine Mithilfe gebeten haben, werden dich ins Ungewisse schicken, weil sie entweder nicht wollen, dass du weißt, mit wem du es zu tun hast, oder weil sie tatsächlich selbst keine Ahnung haben. Du hast mich um Rat gefragt. Mein Rat lautet: Arbeite nicht unter solchen Voraussetzungen. Bei der Armee lernt man schnell, dass man sich niemals mit Lügnern oder Idioten einlassen darf. Sie können einen leicht den Kopf kosten.«

Jack biss sich auf die Lippe und wandte den Blick ab. War es wirklich so simpel? Sein Vater war Meister darin, aufzugeben und wegzulaufen. Konnte man überhaupt einen anderen Rat von ihm erwarten?

»Also gut«, sagte Archie. »Ich sehe, ich habe dich nicht überzeugt. Ich werde nicht versuchen dich zu überreden, und ich werde dich auch nicht fragen, warum du das tun willst oder wie du in die Sache hineingeraten bist. Nur eins will ich noch sagen: Wenn du das tatsächlich machen willst, halt immer Augen und Ohren offen. Von allem, was man dir sagt, kann auch das Gegenteil eintreffen. Was auch immer sie von dir wollen, sieh zu, dass du dir eine Hintertür offenhältst. Wo soll das stattfinden, hier oder in den Staaten?«

»Hier. Morgen Abend.«

»Wo?«

»Höchstwahrscheinlich in Cambridge.«

»Soll ich hinkommen?«

Jack hob verwundert die Augenbrauen. »Nein, besser nicht. Es wird schon gutgehen«, sagte er schließlich.

Archie blickte skeptisch drein. »Was wirst du an Ausrüstung bekommen?«

»Ich weiß nicht, gar keine. Es werden noch andere dabei sein«, antwortete er schwach.

Sein Vater schüttelte den Kopf. »Da ist was faul, Jack. Du weißt mehr darüber als ich, aber meiner Ansicht nach ist da was faul.« Er kratzte sich an seinem grauen Haarwust. »Pass auf, was ich dir sage: In was auch immer du hineingerätst, du musst wissen, wo deine Prioritäten liegen. Stürz dich nicht aus Jux und Tollerei in so eine Mission, nur um zu sehen, ob du es schaffst, den Kugeln auszuweichen. Tu es nur, wenn du genau weißt, worauf du dich einlässt.«

Jack nickte. Für einen Mann, der um diese Tageszeit beim dritten Bier angelangt und angezogen war, als hätte er seine Klamotten blind aus der Altkleidersammlung gefischt, klang er ziemlich vernünftig.

Jack stand auf. »Danke«, sagte er mit einem Nicken. »Ich werde darüber nachdenken.«

Sein Vater machte eine wegwerfende Handbewegung. »Nichts zu danken«, erwiderte er und nahm einen Schluck Bier. »Ach, eins noch, bevor du gehst.«

Jack wandte sich zu ihm um und beobachtete, wie er im Schrank herumwühlte, Kleider aus den Fächern zog und sie einfach zu Boden fallen ließ.

»Hier ist sie; ich wusste, ich hab sie an einem sicheren Ort aufbewahrt«, sagte Archie schließlich und hielt Jack eine ramponiert aussehende Omega-Taucheruhr mit zerkratztem Glas und abgenutztem Metallarmband hin.

Jack sah sie unsicher an. »Ich habe erst im Mai Geburtstag, Dad. Das musst du wirklich nicht tun.«

»Das ist kein Geburtstagsgeschenk. Das ist ein Glücksbringer«, sagte Archie, und in seinen Augen lag ein Glühen, das nicht nur vom Alkohol kam. Er nahm Jacks Handgelenk, zog die billige Casio ab und streifte ihm stattdessen die Omega über. Sein Griff war eisenhart, sodass Jack überrascht zusammenzuckte und verunsichert in das angespannte Gesicht vor ihm sah.

»Versprich mir, dass du sie nicht ausziehst«, verlangte Archie.

Jack spürte, wie sein Handgelenk unter der Umklammerung seines Vaters taub wurde.

»Versprich es mir.«

»Schon gut, schon gut«, gab Jack schließlich nach.

Archie löste seinen Griff und lächelte in die Ferne, während Jack sich den Arm rieb, um den Blutfluss wieder in Gang zu bringen. »Dieses Stück Metall hat mehr erlebt als die meisten Soldaten in ihrer gesamten Dienstzeit«, sagte Archie stolz. »Betrachte es als Talisman, der dich beschützen soll. Wie der Ring in diesen Harry-Potter-Filmen.«

Jack musste lächeln. »Wie du meinst, Dad.« Es hätte keinen Sinn gehabt, seinen Vater zu verbessern.

Archie sah Jack durch das Fenster nach, als er sich die Straße entlang vom Haus entfernte. Eines stand fest: Er würde die Sicherheit seines Sohnes nicht dem MI6 überlassen. Aus eigener Erfahrung wusste er, dass die meisten Agenten vom Secret Service nicht einmal ordentlich geradeaus schießen konnten. In seiner Schulter steckte noch eine Kugel, die ihn hin und wieder schmerzhaft daran erinnerte, dass er in den Achtzigern bei einem Einsatz gegen die IRA mit einigen von ihnen zusammengearbeitet hatte.

Er griff in den Schrank, in dem er die Uhr aufbewahrt hatte, und zog ein Ledermäppchen heraus, dem er einen Apparat mit Display entnahm: ein altes Ortungsgerät, ein Relikt aus den Zeiten des Kalten Krieges. Er hatte es vor seiner Entlassung in einem Warenlager mitgehen lassen, die Batterie gewechselt, ein bisschen damit herumexperimentiert und ein paar Modifikationen vorgenommen. Es funktionierte ganz gut, hatte aber nur eine Reichweite von ein paar hundert Kilometern.

Nein, er würde Jacks Wohl nicht dem MI6 überlassen. Er würde ihm in sicherem Abstand folgen. Er wollte seinen zweiten Sohn nicht auch noch verlieren.

21

The Wolseley, Piccadilly Boulevard, London

Monsieur Blanc saß an einem Ecktisch im The Wolseley, wo man angeblich das beste Frühstück in ganz London bekam. Bislang hatte er eine salzige Masse probiert, die wie Tapetenkleister auf Haferbasis schmeckte, und ein paar scharfe Würstchen, die ihm mehr zusagten. Er wollte sich gerade über seine Eier Benedict hermachen, als ihm eine nervös aussehende weibliche Gestalt ins Auge fiel, die sich zögerlich durch die Armee von Kellnern bewegte und sich in der edlen Umgebung sichtlich unwohl fühlte.

Monsieur Blanc dagegen fühlte sich hier wie zu Hause, zumal ihn die hohen Decken, die holzvertäfelten Wände und der schwarzweiße Marmorboden an das Atrium seines Châteaus in Südfrankreich erinnerten.

»*Bonjour, ma très chère*«, begrüßte er sie, stand auf und setzte ein verbindliches Lächeln auf.

Ihr Nicken war von einem schüchternen Blick in die Runde begleitet, ihre Haltung ein Abbild der Verlegenheit. Mary Dalkeith war nicht für den operativen Dienst ausgebildet und hatte keinerlei Talent zur Täuschung, und genau deshalb hatte Sir Clive sie ausgesucht, um Informationen an Monsieur Blanc durchsickern zu lassen. Ihre Unbeholfenheit würde als Angst gedeutet, ihr Unbehagen als schlechtes Gewissen.

»Ich halte ja nichts von persönlichen Treffen. Es lohnt nicht, das Risiko einzugehen«, erklärte sie und sah sich dabei verstohlen um. Monsieur Blanc musterte sie eingehend. Ihre Nervosität schien echt zu sein. Er hatte sie eigens zu einem Treffen eingeladen, um sie persönlich kennenzulernen. Zweimal war er bereits nach ihren Informationen tätig geworden, zuerst bei dem Überfall auf das Labor und dann bei dem Versuch, sich den jungen Mann zu schnappen. Beide Male war etwas schiefgegangen. Er schätzte es nicht, wenn etwas schiefging. Das machte ihn misstrauisch und nervös.

»Tut mir leid. Mir ist klar, dass Sie damit ein Risiko eingehen. Aber nach dem, was Sie am Telefon angedeutet haben, hielt ich es für das Beste, wenn wir uns an einem neutralen, öffentlichen Ort treffen.« Sie hatte ihren Mantel noch nicht ausgezogen. Entweder war sie tatsächlich, was sie zu sein vorgab, nämlich eine Softwareentwicklerin, die im Keller des MI6 saß und programmierte und kaum je ans Tageslicht kam, oder sie war eine fantastische Schauspielerin. Er betrachtete sie genauer, die blassblauen Augen, das graue, altmodisch geschnittene Haar, den dicken Tweedrock und den braunen Pullover. Kein Make-up, kein Ohrschmuck, die Figur nicht der Rede wert. Er fischte einen Umschlag aus der Tasche und schob ihn über den Tisch.

»Und was haben Sie mit dem ganzen Geld vor?«, fragte er in gespielter Arglosigkeit. So viel war es nicht, aber eine schlecht bezahlte Regierungsangestellte würde das sicher anders sehen.

Mary war die Frage peinlich, doch Sir Clive hatte sie darauf vorbereitet. *Antworten Sie einfach wahrheitsgemäß, erzählen Sie, was Sie mit dem Geld tun würden.*

»In meiner Nachbarschaft ist ein Katzenasyl. Die brauchen dringend Geld. So viele misshandelte Tiere …« Sie erschauerte. »Sie wären entsetzt, wenn Sie sehen würden, wie manche Leute ihre Haustiere behandeln.«

Monsieur Blanc nickte. Er hatte Katze einmal probiert, aber das Fleisch war faserig gewesen und hatte einen unangenehmen Beigeschmack gehabt. Über die Gefühlsduselei, die Westler mit ihren Haustieren betrieben, wunderte er sich längst nicht mehr. Jemand wie Mary Dalkeith hätte ihn als Kind wahrscheinlich verhungern lassen, damit irgendwelche räudigen Straßenköter etwas zu fressen bekamen.

»Wenn Sie nichts dagegen haben, würde ich jetzt gern zur Arbeit gehen. Normalerweise sitze ich um acht am Schreibtisch. Wenn ich zu spät komme, fangen sie vielleicht an, Fragen zu stellen.«

Er nickte. »Natürlich. Sie sagten, Sie hätten weitere

Neuigkeiten über das letzte Modul. Wie wir es finden könnten.«

Mary beugte sich zu ihm über den Tisch. »Der MI6 ist ihm auf der Spur«, sagte sie mit gedämpfter Stimme. »Gestern war der junge Mann im Krankenhaus. Addenbrooke's Hospital. Heute Morgen ist er entlassen worden. Soweit wir wissen, ist das Modul noch in ihm drin.«

»Wo ist er jetzt?«

»Wieder in Cambridge. In seinem Zimmer im College.«

»Warum hat ihn der MI6 nicht mitgenommen?«

Sie sah sich erneut verstohlen um. »Sie hoffen, dass er sie zu Ihnen führt.«

Monsieur Blanc nickte wieder. Das klang plausibel, aber es bedeutete auch, dass er mit äußerster Vorsicht vorgehen musste, wenn er sich dem jungen Mann näherte. Er durfte auf keinen Fall riskieren, seinen Aufenthaltsort preiszugeben oder die Leute, für die er arbeitete. »Danke. Das war sehr aufschlussreich. Sie dürfen jetzt gehen.« Er machte eine wedelnde Handbewegung.

Von der abfälligen Geste gekränkt, stand Mary abrupt auf und stopfte den Umschlag mit dem Geld in ihre Handtasche. Im Gehen stieß sie gegen den Gast, der hinter ihr saß, und verschwand dann eilig nach draußen. Monsieur Blanc sah ihr aufmerksam nach, ehe er sich wieder seinem Teller widmete. Auf der Sauce Hollandaise klebte ein graues Haar, eine Hinterlassenschaft von Mrs Dalkeith. Angeekelt schob er den Teller von sich.

22

Hauptsitz von Centurion International, Los Angeles

Harvey sah auf die Uhr. Es war zehn vor sieben. Er war gern zeitig im Büro, auch wenn ihn dort nichts weiter erwartete als eine Abfolge öder Strategiemeetings. Aber zum Mittagessen würde er ins Lazy Joe's gehen, eines der wenigen Restaurants in Los Angeles, wo man ein anständiges Steak bekam. Es hat doch alles sein Gutes, dachte er. Jetzt fehlten nur noch gute Nachrichten von Monsieur Blanc.

Bei dem Gedanken, dass ein Teil seines Plans noch immer nicht ausgeführt war, und zwar vor allem deshalb, weil er sich in die Abhängigkeit eines Fremden begeben hatte, fasste er das Lenkrad fester und verschärfte seinen Fahrstil. Bei Centurion angekommen, parkte er den großen SUV auf seinem Platz direkt vor dem Hauptgebäude. Beim Eintreten nickte er dem Sicherheitsmann zu.

»Irgendwelche Nachrichten für mich?«, fragte er die Empfangsdame, eine sinnliche Latina namens Carla mit einer Schwäche für Designerschuhe, die sie sich bei dem Gehalt, das er ihr zahlte, gewiss nicht leisten konnte. Er nahm sich vor, ihre Bankkonten überprüfen zu lassen, um zu sehen, ob es Hinweise auf verdächtige Einzahlungen gab. Das Letzte, was er brauchte, war eine Angestellte, die sich ihre Shoppinglust mit dem Verrat von Geheiminformationen finanzierte.

»Guten Morgen, Mr Newman. Nur Ihre Frau, die Sie daran erinnert, dass im Golfklub heute Abend eine Wohltätigkeitsveranstaltung stattfindet«, erwiderte sie mit ihrem melodiösen lateinamerikanischen Akzent und warf ihm ein strahlendes Lächeln zu.

»Wie könnte ich das vergessen? Einen Abend lang Händeschütteln mit den schlimmsten Langweilern der Stadt«, sagte er sarkastisch. Seine Stimmung hellte sich etwas auf, als er einen verstohlenen Blick auf die tiefe Spalte zwischen ihren dunkelhäutigen Brüsten warf und den verspielten Rand eines Spitzen-BHs entdeckte, der hinter der weit ausgeschnittenen weißen Bluse hervorlugte. Das war doch ein angenehmer Anblick am frühen Morgen. Vielleicht war er auch zu misstrauisch, und die Schuhe waren gar nicht echt, genauso wie die Titten. Seine Frau hätte solche Dinge drei Meilen gegen den Wind gerochen. Nur würde er nie zulassen, dass die beiden sich begegneten.

»Hey, Harve.« Bob Lowenstein, sein Stellvertreter und Leiter von Centurion Systems, der Technologieabteilung des Unternehmens, trat durch die Tür. Er war ein großer schlaksiger Mann mittleren Alters mit langen Armen und Beinen, der in seiner Jugend garantiert immer in die Basketballmannschaft gewählt worden war, sich inzwischen jedoch ein wenig gebeugt hielt. Er hatte tiefsitzende blaugraue Augen, die er gern in die Ferne richtete, wie einer der frühen Besiedler des amerikanischen Westens, der beständig den Horizont nach Regenwolken absuchte. »Ich habe ein paar Testergebnisse für dich, die du dir vor dem Meeting ansehen solltest«, sagte er mit seinem gedehnten Südstaatenakzent, wie immer genau bedacht auf die Wahl seiner Worte.

Harvey nickte grimmig und bedeutete Bob, mit in sein Büro zu kommen. Er war froh, dass sich andere mit den Details befassten, vor allem was die neuen Waffensysteme betraf, die sie entwickelten. In seinen Anfangsjahren als Soldat hatte seine Ausrüstung noch aus einem M16-Gewehr und einem Buck-Jagdmesser bestanden. Seither hatte sich vieles verändert, und die neuen Systeme sorgten für satte Gewinne und nicht abreißende Regierungsaufträge. Er wies Carla an, zwei Tassen Kaffee zu bringen, dann wandte er sich Bob zu. »Was hast du für mich?«

»Ohne Coltan wird es leider keine weiteren Fortschritte geben, fürchte ich. Und wir brauchen verdammt viel davon. Ohne das Metall können wir die Chips nicht fertigstellen, und das bedeutet, das Projekt ist so lange auf Eis gelegt.«

Harvey quittierte die Nachricht mit einem düsteren Nicken. Der Konflikt im Kongo, der die Lieferung des seltenen Metalls unterbrach, hatte sie völlig unvorbereitet getroffen.

»Die anderen Elemente sind so gut wie fertig. Der Prototyp funktioniert. Hier sind ein paar Aufnahmen.« Er klickte sich durch die Verzeichnisse seines Laptops und öffnete ein Video. »Hier.« Bob zeigte auf den Bildschirm.

Harvey erkannte mit Mühe eine menschenleere Straße, vermutlich in einem der Elendsviertel von Los Angeles. Das flackernde Neonschild eines Drugstore warf bizarre Schatten auf den Gehsteig, der einzige Hinweis darauf, dass es sich nicht um ein Foto, sondern um bewegte Bilder handelte.

»Schön, Bob, und was genau soll ich da sehen?«, fragte Harvey. Geduld gehörte nicht zu seinen hervorstechenden Tugenden.

»Schau auf die Tür der Lagerhalle.« Bob deutete auf die linke Seite des Monitors. Harvey sah hin, konnte aber nichts entdecken außer einem Haufen grauer Decken, die in einem dunklen Eingang lagen. Sie bewegten sich leicht, dann schälte sich ein bleiches Gesicht heraus, mit tief in den Höhlen liegenden Augen. Eine Stimme flüsterte: *PEP-*

Test, Stufe fünf, Ziel in Schussweite, Entfernung zweihundert Meter, bereit zur Zielerfassung.

Es klickte ein paarmal, dann ertönten ein tiefes Summen und ein Zischen. Die Decken stoben auseinander und gaben eine magere Gestalt frei, blass und geisterhaft, ein Junkie in zerrissenen Kleidern, die an ihm herumwippten, während er wie ein Verrückter auf und ab hüpfte, als hätte er heiße Kohlen unter den Füßen. Seine Schmerzensschreie waren selbst auf die Entfernung so laut, dass die Aufnahme verzerrte. Dann beruhigten sich seine Bewegungen wieder etwas, und sein grotesker Tanz wurde langsamer. *Nähere mich dem Ziel, bereit zur Zielerfassung aus fünfzig Meter,* sagte die Stimme, unterbrochen von elektrostatischem Fiepen und Zwitschern.

»Das waren zweihundert Meter bei Stufe zwei?«, fragte Harvey bewundernd. »Hat ihn ganz schön durchgeschüttelt.«

»Das ist noch gar nichts. Warte, bis du siehst, was jetzt kommt«, erwiderte Bob.

Ziel erfasst, fahre Wirkungsgrad auf Stufe sechs herunter, fuhr die Stimme auf dem Video fort, während sich die Kamera auf das Ziel zubewegte. Man hörte das dumpfe Geräusch von Gummisohlen auf dem Gehweg. Harvey sah die Angst im Gesicht des Mannes, er hatte entdeckt, was auf ihn zukam, und schüttelte den Kopf, sodass seine blonden Dreadlocks hin und her schwangen wie Lianen. *Nein, Mann, hör auf … ich habe nichts getan. Was auch immer es ist, ich bin es nicht gewesen … ich hab nichts angestellt, ehrlich, Mann …* Seine Stimme klang wie aus weiter Ferne, flehentlich und kläglich. Er wühlte tief in seinen Taschen und warf dann eine Handvoll zerknitterter Dollarscheine in Richtung der Kamera. *Mehr hab ich nicht,*

Mann, hier, kannst alles haben … Die Stimme war erstickt vor Panik.

Ziel erfasst. Es war das Letzte, was der Mann im Leben hörte.

Es klickte, summte, zischte. Hände und Gesicht des Mannes blähten sich zu glutroten Blasen auf, und ein grellweißes Licht blitzte auf, zu grell für die Kamera. Dann war der Bildschirm schwarz.

»Unfassbar«, sagte Harvey kopfschüttelnd. »Tödlich auf fünfzig Meter Entfernung, trotz des herabgesetzten Wirkungsgrads. Wann ist das Meeting mit der Außenministerin?«

»Um neun.«

»Das hier werden wir ihr mit Sicherheit nicht zeigen. Hast du die Aufnahmen von den Tests mit den Schweinen und Ziegen?«

»Zum Abspielen bereit«, antwortete Bob und begann zu tippen.

»Gute Arbeit, Bob«, lobte Harvey. »Irgendwas müssen wir ihr präsentieren, damit sie einen Eindruck davon bekommt, wie zeitintensiv dieser Auftrag ist. Was habt ihr mit der Leiche gemacht?«

»Gar nichts«, sagte Bob. »Einfach liegen lassen. So wie sonst auch immer. Es war eine von Mr. Clives besseren Ideen, die neue Technologie an Junkies und Pennern auszuprobieren.«

»Für Sie immer noch *Sir Clive*, Mr. Lowenstein.« Harvey äffte den affektierten Tonfall des Briten nach.

»Weißt du noch, wie wir vergessen haben, ihn dem Botschafter korrekt vorzustellen? Mann, der hat doch einen Stock verschluckt.« Bob erlaubte sich ein seltenes Lächeln und fügte dann trocken hinzu: »Er geht gleich um acht

Uhr online. Wir haben eine sichere Satellitenverbindung eingerichtet. Er wird live und in Farbe beim Meeting dabei sein.«

Harvey nickte. Mit seinen politischen und geheimdienstlichen Verbindungen, an die selbst Centurion nicht herankam, war Sir Clive eine Bereicherung für das Projekt. Er war zwar teuer, doch bislang lohnte sich die Investition – zumindest solange der Plan funktionierte, den er zur Sicherung der Coltan-Minen im Kongo entwickelt hatte.

23

Schnellzug London–Cambridge, 14:18 Uhr

Jack beobachtete durch das Waggonfenster, wie Londons Vorstädte vorüberzogen. Die Worte seines Vaters ertönten unablässig in seinem Kopf, als liefe eine Schallplatte mit Sprung. *Da ist was faul, Jack … du musst wissen, wo deine Prioritäten liegen.* Trotzdem hatte er sich dafür entschieden, zu Sir Clive zurückzugehen und dem MI6 zu erlauben, das Modul wieder in seinen Bauch zu pflanzen. Die örtliche Betäubung begann bereits nachzulassen, doch man hatte ihm versichert, sie würde lange genug anhalten, dass das Entfernen schmerzlos sein würde.

»Machen Sie sich keine Gedanken, Jack«, hatte Sir Clive gesagt und ihm fest eine Hand auf die Schulter gelegt, in einer beinahe väterlichen Geste, als empfinde er einen gewissen Stolz auf den jungen Mann, der sich der Bewährungsprobe gestellt und die Herausforderung angenommen hatte. Er hatte überrascht, aber auch erleichtert gewirkt. »Ich kann nicht versprechen, dass Ihnen nichts geschehen wird, aber ich kann Ihnen versprechen, dass wir unser Bestes geben werden, um zu verhindern, dass Ihnen etwas geschieht. Wir werden vom Nachbarzimmer aus alles beobachten.«

Er besaß wirklich große Überzeugungskraft, und Jack war noch nicht so zynisch und abgebrüht wie sein Vater.

Sie hatten ihm vier Kameras mitgegeben, die er in den vier Ecken des Raumes anbringen sollte, und eine Nadelkopfkamera, die er am Revers seines Jacketts befestigte. Sie würden alles live auf einen Monitor im Nebenraum übertragen.

»Wenn sich auch nur im Geringsten andeutet, dass die Sie kaltmachen wollen, sind wir sofort zur Stelle. Aber wir müssen ihnen die Chance lassen, das Modul zu entwenden, damit sie denken, sie hätten gewonnen. Anschließend müssen wir uns an ihre Fersen heften, um zu sehen, wohin sie uns führen.« Sir Clive war von seinem Schreibtisch zum Fenster getreten und hatte auf die Themse hinuntergeblickt. »Sie haben da eine bedeutsame Aufgabe übernommen, Jack«, hatte er hinzugefügt. »Ich hoffe, das ist Ihnen bewusst.«

Jack wusste immer noch nicht so recht, warum er es tat, aber er hatte das befriedigende Gefühl, sich richtig entschieden zu haben. Es war die Gefahr, die ihn reizte, die Chance, sich auszuprobieren – und irgendwo in einem Winkel seines Gehirns der ebenso hartnäckige wie irrationale Gedanke, dass Paul genauso gehandelt hätte. Wahrscheinlich war es vor allem das: Jack wollte sehen, ob er seinem großen Bruder das Wasser reichen konnte.

Als der Zug in den Bahnhof von Cambridge einfuhr, erhob sich Jack von seinem Sitz. Es fühlte sich eigenartig an, ohne Gepäck hier anzukommen, ganz anders als sonst, wenn er mit Koffern und Taschen angereist war, um das neue Studienjahr zu beginnen. Diesmal hatte er andere Pläne. Aus dem Augenwinkel bemerkte er die zwei Männer vom Secret Service, die Sir Clive für ihn abgestellt hatte. Sie fielen nicht auf zwischen den Touristen; von militärischer Steifheit war, anders als er erwartet hatte, keine Spur zu sehen. Auf dem Bahnhofsvorplatz rief er ein Taxi. Normalerweise wäre er zu Fuß gegangen, als armer Student hätte er für zehn Minuten Entfernung kein Geld ausgegeben. Aber heute hatte er zu viel im Kopf, um sich auch noch Gedanken darüber zu machen, ob die hastig zusammengeflickte Wunde in seiner Seite den Weg zum King's College überstehen würde.

Die Fahrt mit dem Taxi verlief ereignislos. Über der Stadt wölbte sich der für die Gegend typische Wolkenhimmel, die Straßen waren frei. Alles sah aus wie sonst auch an einem gewöhnlichen Sonntagnachmittag. Touristen machten Fotos von der King's Chapel, und in der benachbarten Kneipe vertrieben sich Studenten gut gelaunt die Zeit mit Poolbillard. Ein paar von ihnen kannte Jack aus dem Programmierkurs – alles andere als langweilige Computer-Nerds, die außerdem so gebildet waren, dass es richtig Spaß machte, mit ihnen beim Pubquiz mitzumachen. Das war sein Leben gewesen, sein ganz normales Studentenleben, das er jetzt wie ein Außenstehender betrachtete, als sei es ein Theaterstück und er der Zuschauer. Es kam ihm vor wie ein Traum, der nachwirkte, auch wenn man längst wachgeworden war. *Denk nicht darüber nach, zumindest für den Augenblick,* beschwor er sich. Nun hieß es erst einmal abwarten, was die nächsten zwanzig Stunden bringen würden.

24

Queens Road, Cambridge

Die menschliche Natur war und blieb unberechenbar, ganz gleich, wie viel Mühe man sich bei Planung und Vorbereitung gab. Dr. Ahmed Seladin saß im Fond eines Mercedes-Vans und hörte sich Monsieur Blancs Anweisungen an. Er war im Grunde ein ruhiger, zurückhaltender, berechnender Typ, aber der Schlafmangel und der ständige Druck, den Auftrag erfüllen zu müssen, hatten ihn an den Rand einer Paranoia gebracht. Ob er je entkommen würde? Würde der Chinese ihm sein Geld geben und ihn nach Marokko zurückfliegen lassen, oder würde er ihn mit aufgeschlitzter Kehle irgendwo in einem feuchten, finsteren Waldstück außerhalb von Cambridge abladen?

»Bitte, Monsieur Blanc, gehen wir alles noch einmal durch, um Missverständnisse auszuschließen«, sagte Ahmed mit einem nervösen Lächeln.

Monsieur Blanc hob die Brauen. Der Marokkaner begann ihm allmählich Sorgen zu bereiten. Er hatte bei diesem Mann von Anfang an seine Zweifel gehabt. Aus dem Dossier über ihn wusste er von den Gerüchten, die sich um seine Zeit als Krankenhauschirurg rankten, und den Anschuldigungen, dass er Patientinnen gegenüber seine Vertrauensstellung ausgenutzt habe. Monsieur Blanc hatte das gar nicht gefallen, doch ihm waren diesmal bei der Auswahl seiner Leute die Hände gebunden. Als Geschäftsmann kannte Monsieur Blanc keine Skrupel, aber es gab gewisse Werte, die ihm heilig waren – eine Konsequenz seiner streng katholischen Erziehung.

Monsieur Blanc schlug den Touristenstadtplan von

Cambridge auf. »Hier ist das King's College. Das Zimmer des Jungen liegt am Third Court.« Er drückte einen Stummelfinger auf den Plan. »Er wird heute Nachmittag dort sein. Falls er noch nicht da ist, wenn wir kommen, warten wir. Sobald er auftaucht, entfernen Sie das Modul. Der Wagen wird dort auf uns warten. Wir fahren zu einem Privatflugplatz. Wie vereinbart, werden wir die Summe auf Ihr Konto überweisen, sobald wir in der Luft sind. In Marokko trennen sich dann unsere Wege.«

Ahmeds Augen weiteten sich. Obwohl die Formulierung ohne Hintergedanken gewählt war, sah er sich bereits von einem Schergen des Chinesen durch eine offene Flugzeugtür gestoßen und viele hundert Meter in die Tiefe stürzen. Er zwang sich erneut zu einem schwachen Lächeln. »Alles klar. Das ist wirklich ein guter Plan. Nur eines macht mir Sorgen, Monsieur Blanc, und das ist der Junge. Er war sehr schnell und sehr – wie soll ich sagen? – effizient. Ich würde mich wohler fühlen, wenn ich mich selbst schützen könnte. Mit einer Waffe zum Beispiel.«

Monsieur Blanc musterte ihn einen Moment lang. Der Araber sah aus, als stünde er kurz vor einem hysterischen Anfall. Ein gefährlicher Zustand für einen Mann mit einer Waffe. Wenn er sie ihm allerdings verweigerte, könnte es passieren, dass er sich querstellte und seinen Teil des Deals, nämlich das Modul zu entfernen, nicht erfüllen wollte.

»In Ordnung, Dr. Seladin, Sie sollen Ihre Waffe haben.« Monsieur griff hinter sich und öffnete den Koffer mit den beiden überzähligen .45 Glock-Pistolen. Er hielt dem Arzt eine davon hin. »Ich hoffe, Sie wissen, wie man mit dem Ding umgeht?«

Ahmed nickte und griff gierig nach der Waffe, drehte sie in seinen Händen und studierte sie genau. Schießen gehörte zu den wenigen Dingen, die er in seiner kurzen Zeit beim Militär wirklich gelernt hatte. Er ließ die Pistole in seiner Jackentasche verschwinden.

Der Fahrer wandte den Kopf und sagte über die Schulter leise zu Monsieur Blanc: *Es wird Zeit*. Der Chinese nickte und reichte Ahmed einen Stadtplan und eine Digitalkamera. »Hier. Versuchen Sie nach Möglichkeit wie ein Tourist auszusehen und nicht wie ein Terrorist.«

25

Centurion International, Los Angeles

Carla betrat Harveys Büro und stellte den Kaffee auf dem Schreibtisch ihres Chefs ab. »Ich bin an meinem Platz, wenn Sie noch etwas brauchen«, sagte sie mit einem verführerischen Lächeln, das den unverfänglichen Satz sofort erotisch auflud.

»Kann sie eigentlich auch tippen?«, fragte Bob, als sie den Raum verlassen hatte.

Harvey nickte. »Sie kann tippen und Steno, sie hat meine Termine im Griff, und sie kocht einen hervorragenden Kaffee.«

Bob nahm einen Schluck. Seine Miene verriet, dass er Harveys Meinung zum Kaffee nicht teilte, aber er sagte nichts, weil er das überflüssig fand.

Harvey fand diesen Wesenszug an ihm ziemlich lästig – ständig den Eindruck zu vermitteln, dass er mehr wusste als sein Gegenüber, sich darüber aber ausschwieg, weil der andere es ohnehin nicht begreifen würde.

Aber man durfte Bob nicht unrecht tun. Der Mann war Astrophysiker, er hatte sein Studium in Harvard als Jahrgangsbester abgeschlossen, mit vierundzwanzig promoviert und anschließend eine erfolgreiche Karriere in den Forschungs- und Entwicklungsabteilungen mehrerer Blue-Chip-Waffenfirmen hingelegt. Dabei hatte er sich ein paar Privilegien verdient, zu denen er offenbar auch zählte, dass er sich selbst nicht zu erklären brauchte.

Harvey war überrascht gewesen, als Bob mit der Idee ankam, eine Laserwaffe für die Infanterie zu entwickeln, auf der Basis sogenannter Pulsed Energy Projektiles. Diese nichttödlichen Energiewaffen existierten bereits seit einigen Jahren, waren jedoch so schwer und voluminös, dass sie auf Fahrzeuge montiert werden mussten. Zu den dankbaren Abnehmern zählten vor allem befreundete Diktatoren, weil sich die Waffe bestens zur Kontrolle der eigenen Bevölkerung eignete. Ein Laser feuert einen Impuls ab, der beim Einschlag eine Plasmawolke erzeugt. Explosion und Druckwelle lösen beim Ziel starke Schmerzen und Lähmungserscheinungen aus und machen es kampfunfähig. Die Handwaffe, die Centurion entwickelt hatte, verfügte darüber hinaus über mehrere Einstellungsstufen, sodass sich die Wirkung je nach Bedarf intensivieren ließ. Auf der höchsten Stufe ließ sie das Ziel schlagartig in einem Feuerball verglühen.

Bislang war es niemandem gelungen, PEP-Waffen so klein zu konstruieren, dass ein Fußsoldat sie tragen konnte, jedenfalls nicht ohne Verlust von Wirkungskraft. Erst Bob und sein Entwicklerteam hatten es geschafft. Doch dann waren die Coltan-Lieferungen durch den Konflikt im Kongo ins Stocken geraten, der einzigen Region weltweit, die so viel von dem seltenen Erz zu liefern vermochte, dass Centurion die Verträge mit dem Verteidigungsministerium erfüllen konnte.

Bobs Handy summte. Er klappte es auf, brummte mehrmals tief in das Mikrofon, ein Ton wie von einer dicken Stubenfliege, die gegen eine Glasscheibe prallt, und schaltete dann den Bildschirm ein, der an einem Ende des großen Konferenztisches aufgestellt war. »Sir Clive ist online«, erklärte er.

»Sir Clive, wie geht es Ihnen?«, sagte Harvey laut zu Sir Clive Mortimers Abbildung, die alles andere als begeistert wirkte. »Wir stören hoffentlich nicht am Sonntagnachmittag?«

Sir Clive trug ein Dinnerjackett und eine weiße Fliege. Er winkte missmutig ab. »Nun, ich hatte schon gehofft, das Ende der Matinee nicht zu verpassen. Es ist verdammt schwer, Karten für Tosca zu bekommen, aber Sie sagten, es sei dringend. Und Sie zahlen mir schließlich genug, um mich aus der Oper holen zu dürfen.«

»Die Heldin wird sich am Ende von den Klippen stürzen«, sagte Bob trocken.

Harvey hob die Brauen. Er wusste, dass Bob vielseitige Interessen hatte, aber dass er seine langen Gliedmaßen in die Sitze der New Yorker Oper faltete, um sich einen Abend lang Gejaule von Fettleibigen anzuhören, das hatte er nicht erwartet.

Sir Clive lachte. »Und da heißt es immer, ihr Amis habt keinen Sinn für Humor.«

»Wie ist es mit dem jungen Mann gelaufen? Ist er bereit, mitzumachen und sich das zehnte Modul abnehmen zu lassen?«, fragte Harvey.

»Er ist mit im Boot. War ein Kinderspiel. Ich habe ihm die Geschichte erzählt, die wir abgesprochen hatten, Atombombe fürs Internet, Cyber-Terrorismus und so weiter, das Übliche. Genau das, was ich auch Regierungsmitgliedern gegenüber erzählt habe und worauf sogar diese Meisterzyniker hereingefallen sind. Wenn er heil aus der Sache rauskommt, werde ich ihm, glaube ich, einen Job anbieten. Was ist mit Monsieur Blanc? Haben Sie inzwischen von ihm gehört?«

Harvey verlagerte im Sitzen sein Gewicht. »Noch nicht, aber er hat mir versprochen, dass er die Sache im Griff hat«, erwiderte er.

»Das sollte er auch, schließlich lassen wir jede Menge Informationen an ihn durchsickern«, sagte Sir Clive entrüstet. »Er hat bei dieser Sache schon zweimal was versaut. Wenn er es nicht schafft, die Module an den Käufer im Kongo zu liefern, haben wir leider keinen Vorwand, um in das verdammte Land einzufallen, und Sie müssen auf Ihr kostbares Coltan verzichten.«

Harvey knirschte mit den Zähnen. In seiner Firma wagte niemand, so mit ihm zu sprechen. Bob sah ihn abwartend an. Ob er sich das gefallen ließ? Der Boss atmete tief durch, um seine Beherrschung wiederzugewinnen. Er brauchte den weinerlichen Briten noch. Besser, er ließ es jetzt dabei bewenden.

»Monsieur Blanc hat mir, wie gesagt, versichert, dass er alles im Griff hat. Von meinem Standpunkt aus können wir im Moment nicht viel machen. Sind Sie sicher, dass der junge Kerl nicht wieder in Kung-Fu-Manier über den Arzt herfällt, statt ihn das Modul entnehmen zu lassen?«

»Ganz sicher«, erwiderte Sir Clive zuversichtlich. »Wir haben ihn mit Schmerzmitteln vollgepumpt und ihm versichert, dass wir im Notfall eingreifen.«

»Und das hat er Ihnen abgenommen?«, fragte Bob ungläubig.

»Allerdings, Bob. Wie gesagt, er ist aus einem anderen Holz geschnitzt als seine Altersgenossen. Glück für uns.«

Wenn er im Labor nicht aufgewacht wäre, wäre er gar nicht erst in diese Situation geraten, dachte Harvey, verkniff sich jedoch erneut eine Bemerkung.

26

Kinshasa Airport, Demokratische Republik Kongo

Clement Nbotou sah auf die Uhr. Die blitzende Rolex hob sich auffällig von seiner dunklen Haut ab. Sie war der einzige Luxus, den er sich im Dschungel gönnte, und das auch nur, weil seine Soldaten sie für eine Fälschung hielten. Wenn sie den leisesten Verdacht geschöpft hätten, dass sie echt sein könnte, hätten sie sie zweifellos längst mit Hilfe einer Machete an sich gebracht. Er führte vielleicht die größte islamistische Miliz im Ost-Kongo, aber Söldner blieben Söldner, und der Versuchung, so einen kostbaren Gegenstand zu besitzen, war schwer zu widerstehen. Außerdem waren sie ein zusammengewürfelter Haufen, bettelarm, und die Hälfte von ihnen war kaum so groß wie die Kalaschnikows, die sie über der Schulter trugen. Eine Berufsarmee auf offenem Gelände würde sie zermalmen. Doch hier im Dschungel, wo ihre Gegner andere Kindersoldaten waren, Zivilisten oder Glücksritter, die eine eigene Coltan-Mine aufmachen wollten, waren sie grausam effektiv.

Von Kinshasa nach Nord-Kivu hatten sie ein Privatflugzeug genommen, eine zweimotorige Cessna, die einer britischen Minengesellschaft gehörte und die er hin und wieder benutzen durfte. Solange die Firma ihre Arbeit ungehindert fortsetzen wollte, musste sie eben gewisse Zugeständnisse machen. In der Hauptstadt war Clement aus geschäftlichen Gründen gewesen; bei diesen Gelegenheiten trug er immer seinen dunkelblauen Armani-Anzug und das cremefarbene Hemd, das er mehrmals am Tag wechselte. Es machte ihm Spaß, die Vorurteile seiner Geschäftspartner aus China oder Indien Lügen zu strafen, die damit rechneten, dass er im verdreckten Tarnanzug und mit Patronengurten über den Schultern auftrat.

Doch kaum am Flugplatz angekommen, hatte er den Kampfanzug wieder angezogen und war erneut Oberbefehlshaber der Truppen, die über die Hälfte aller Coltan-Minen der Region kontrollierten – während die andere Hälfte jederzeit damit rechnete, dass er sich in ihre Geschäfte einmischte oder sich ihre Lieferungen unter den Nagel riss.

Clement zog einen kleinen Samtschmuckbeutel aus seiner Brusttasche und schüttete das blaugraue Metall auf das Tablett, das er vor sich hatte: Columbit-Tantalit, auch bekannt als Coltan. Man wusste nie, welches Metall, welches Mineral, als Nächstes wertvoll und für den Rest der Welt unersetzbar werden würde. Im letzten Jahrhundert war es Gummi gewesen, dann Diamanten und Gold für Zahnfüllungen und Stromkabel. Im Augenblick war es aus Tantal gewonnenes Coltan. Seine Reaktionsträgheit, sein hoher Schmelzpunkt und seine hervorragenden Leitereigenschaften machten es zum gefragten Bestandteil für jede komplexe Prozessortechnik, für Handys, PCs und Hightech-Waffen.

Clement schüttelte den Kopf. Coltan war extrem selten. Nur eine einzige Region weltweit konnte es in ausreichenden Mengen abbauen, und der Großteil dieser Region stand unter seinem Befehl. Es war ihm egal, wofür das

Metall verwendet wurde, solange er die Versorgungskette kontrollieren und die Bemühungen seiner Konkurrenten mit allen verfügbaren Mitteln in Schach halten konnte. Und vor allem solange das Geld, das er dafür bekam, sicher auf seinem Schweizer Bankkonto landete. Er sah aus dem Fenster auf das üppige Grün unter ihm.

Der Kongo war eines der fruchtbarsten Länder der Welt, dazu reich an Bodenschätzen. Doch zugleich litt das Land unter seinen Regierungen, die zu schwach und durch interne Querelen und ethnische Konflikte zu zerrissen waren, um so etwas wie eine funktionierende staatliche Ordnung durchzusetzen. Die Vereinten Nationen hatten grandios versagt in ihrem kläglichen Versuch, den Ausbruch eines Bürgerkriegs zu verhindern. Für skrupellose und zu allem entschlossene Männer wie Clement Nbotou war der Kongo ein Paradies. Entweder man beherrschte diese Welt, oder man wurde von ihr beherrscht. Das hatte er schon in jungen Jahren gelernt.

Monsieur Blanc sollte am Nachmittag auf demselben Rollfeld landen. Der dicke Chinese hatte ihn viele Jahre lang zuverlässig und günstig mit Kalaschnikows versorgt und sogar ein paar der größeren amerikanischen Luftabwehrraketenwerfer beschafft, die sie hinten auf ihren Toyota-Geländewagen montiert hatten. Nur bei Landminen hatte er gestreikt, sehr zu Clements Überraschung. Doch er hatte verstanden, dass jeder Mann seine Grenzen hatte, ganz gleich wie unlogisch sie nach außen hin erscheinen mochten.

Monsieur Blanc war auch derjenige gewesen, der ihm von der Internetbombe berichtet hatte. Dass er eine Quelle beim britischen Geheimdienst habe, der an einer Art Fernzünder für das Internet arbeite, etwas, das die virtuelle

Welt auf den Kopf stellen würde. Höflich, mit geduldigem Lächeln auf den Lippen, hatte sich Clement den Vortrag angehört. Persönlich hatte er kein Interesse an den Modulen, denn in seiner Welt hätten sie wenig praktischen Nutzen. Doch er war aus tiefster Seele Kaufmann, und er hatte sofort erkannt, was für ein Potenzial so eine Waffe auf dem offenen Markt haben würde. Seine Verbindungsmänner bei den islamistischen Milizen hatten beste Beziehungen, afghanische Rebellen mit Kontakten zu Ölmagnaten, Leute, die von der Technologie profitieren würden und bereit wären, einen hohen Preis dafür zu bezahlen. Und so hatte er ein paar Erkundigungen eingezogen und einem Treffen mit dem Chinesen zugestimmt. Er war sicher, dass er im Nahen Osten einen guten Preis für die Module erzielen würde, ungeachtet dessen, was sie wirklich leisten konnten.

Das Flugzeug senkte die Nase zu einem steilen Landeanflug auf das üppig grüne Dschungeldach, das rasch näher rückte. Clement Nbotous Magen machte Anstalten sich zu drehen. Es war der Teil der Reise, den er am meisten hasste. Es konnte immer passieren, dass eine Ziege oder ein Huhn vor das Flugzeug lief, sich im Fahrwerk verfing und sie ins Gebüsch rasten. Der Pilot hielt Kurs auf einen über zwei Kilometer langen Streifen aus tadellos glattem Beton – das war etwas anderes als die üblichen provisorischen Dschungelrollfelder, die nicht viel mehr waren als eine längliche Lichtung. Diese Rollbahn hatte ihn eine hübsche Stange Geld gekostet, aber die Investition lohnte sich, denn sie ermöglichte es ihm, sein Vermögen zu sichern, das die Summe der Kosten um ein Vielfaches überstieg. Mit einem heftigen Ruck setzten die Räder auf, die Maschine bremste ab, und der Pilot ließ sie auf eine Gruppe Milizionäre und einen Armeejeep zurollen, ehe er sie endgültig zum Stillstand brachte.

Clement stieß geräuschvoll Luft aus. Wenn Gott gewollt hätte, dass ich fliege, hätte er mir Flügel gegeben, hatte seine Mutter immer gesagt. Stattdessen hatte er ihr einen Sohn mit einer außergewöhnlich hohen Schmerzgrenze geschenkt, der groß und stark war und mit den bloßen Händen einer Gazelle das Genick brechen konnte. Gott hatte gewollt, dass er ein Krieger, ein Anführer wurde. Es war Clements Bestimmung, festen Boden unter den Füßen zu spüren. Anderen ausgeliefert zu sein war ihm ein Gräuel, auch wenn es nur für die Dauer eines kurzen Fluges war und der Pilot sein Handwerk verstand. Eines Tages würde er sich die Zeit nehmen, selbst fliegen zu lernen.

»Willkommen, mein General«, begrüßte ihn Uko Nbochigando, sein Stellvertreter, im örtlichen Bantu-Dialekt, ihrer gemeinsamen Muttersprache, als er aus dem Flugzeug stieg. In der Gegend gab es ebenso viele Sprachen und Dialekte wie Dörfer und Traditionen.

»Ich hoffe, Sie hatten einen guten Flug«, fuhr Uko mit breitem Lächeln fort und nahm seine Fliegersonnenbrille ab. Die tiefe Narbe über seinem linken Auge zog die Haut nach unten und verlieh seinem Gesicht einen dauerhaft spöttischen Ausdruck.

Statt zu antworten, brummte Clement nur. Die Luft war feucht und schwer, und schon spürte er, wie sein Armeehemd am Rücken klebte. »Gehen wir. Ich halte mich nicht gern unter freiem Himmel auf«, sagte er und kletterte auf die Rückbank des Jeeps.

Uko nickte und bedeutete dem Mann am Steuer loszufahren. Er kannte Clement gut genug, um zu wissen, dass es am Fliegen lag, wenn er schlechte Laune hatte.

Der Jeep steuerte über eine provisorische Straße auf das Militärcamp zu, das sie auf dem Gelände einer alten Kolonialvilla eingerichtet hatten. Sie hatte einst einem belgischen Gummibaron gehört und lag rund eine Fahrstunde von der Rollbahn entfernt, je nach Regen und Anzahl der Löcher in der unbefestigten Piste. Die belgischen Kolonialherren waren die Ersten gewesen, die die Schätze der Region ausgebeutet hatten, aber mit Sicherheit nicht die Letzten …

Das Haus des Gummibarons war im Ost-Kongo von Anfang an dem Untergang geweiht gewesen. Kaum war es fertiggestellt, begann, durch Hitze und Feuchtigkeit bedingt, die Farbe von den Wänden zu blättern, und die eleganten Stuck- und Gipsverzierungen hatten feinste Risse gebildet. Clement konnte nicht umhin, den Elan der Menschen zu bewundern, die dieser feindseligen Umwelt um jeden Preis ihren Willen aufzwingen wollten, die den Dschungel zu bändigen versuchten, indem sie Lianen und Kletterpflanzen beschnitten und tonnenweise Baumaterial über den Fluss transportierten.

Die Villa war in einem erbarmungswürdigen Zustand, dennoch ließ sie den Glanz vergangener Kolonialzeiten erahnen. Die weiße Veranda mit ihren stattlichen Pfeilern war noch intakt, während der Tennisplatz unter Moos und Baumwurzeln, die sich durch den Asphalt gebohrt hatten, kaum noch zu erkennen war. Im ehemaligen Ballsaal stand ein Flügel mit verrosteten oder gerissenen Saiten und verzogenen Hämmern, der nur noch ein kläglich misstönendes Klirren von sich gab.

Clement warf einen Blick in den Hof und betrachtete kurz die Kinder, die auf Munitionskisten in Gruppen zusammensaßen und rauchten, ihr Blick leer wie die Hülsen abgefeuerter Patronen, abgestumpft von der Arbeit, die er sie tun ließ, dem routinemäßigen Töten. Sie nahmen ihn kaum wahr, so beschäftigt waren sie mit dem Buschfleisch, das sie über kleinen Feuern brieten. Salutiert wurde in dieser Armee nicht. Es gab gerade so viel Ordnung, dass sie ihre Befehle befolgten, so viel Essen, dass sie nicht stahlen, und so viel Jungle-Brew-Bier, dass ihre Gefühle abstumpften. Die meisten kamen gar nicht auf den Gedanken, seine Befehle infrage zu stellen. Kaum zehn bis zwölf Jahre alt, mordeten sie schon, seit sie denken konnten.

»Ich will einen vollständigen Bericht über den Betrieb in der Mine im vergangenen Monat. Hat es Verluste gegeben? Oder Probleme zwischen den Männern? Außerdem will ich die Erzraffinerie besichtigen. Angeblich hat es letzte Woche dort gebrannt.« Clement zog ein Taschentuch aus der Hose und wischte sich den Schweiß von der Stirn. Er atmete tief durch und fuhr mit gesenkter Stimme fort: »Aber vorher werde ich meine übliche Erfrischung nehmen. Sie haben diesmal hoffentlich eine gute Wahl getroffen? Die letzte Dschungelkatze hat gebissen wie eine Python.«

»Ja, Sir«, beeilte sich Uko zu versichern, »ich denke, Sie werden zufrieden sein. Wir haben sie aus einem Dorf im Norden geholt. Die Menschen dort sind für ihre besondere Schönheit bekannt. Am Anfang war sie ziemlich wild, aber dann haben wir ihr Opium in den Tee gemischt, und jetzt ist sie wunderbar gefügig.«

Clement nickte und stieg die geschwungene Marmortreppe zu den Räumen hoch, in denen er Quartier bezogen hatte. Wenn er in den Dschungel zurückkam, pflegte er immer ein besonderes Ritual. Es war schließlich Kriegsgebiet, und wie alle afrikanischen Generäle neigte er zum

Aberglauben. Rituale mussten eingehalten werden, sonst drohte Unbill.

Er stieß gegen die große zweiflüglige Tür und betrat das Schlafzimmer. Nahe dem mit Schlagläden abgedunkelten Fenster kauerte in einer Ecke eine dunkle Gestalt in einem roten Sarong. Ein junges Mädchen, ein Kind, kaum älter als dreizehn, die Augen vor Angst geweitet.

Nach der Hitze des Dschungels war es kühl hier im Raum, kühl wie in einem Grab. Im Dämmerlicht sah er die Tränen auf ihren Wangen. Sie schluchzte leise, verstummte aber sofort, als sie ihn entdeckte. Langsam und bedächtig löste er seinen Gürtel und wickelte sich den langen Lederriemen um die rechte Hand, sodass die Schnalle nach außen zeigte.

»Du sollst ein zähes kleines Ding sein. Weißt du, was man mit Fleisch macht, wenn es zäh ist?«

Er stand jetzt über ihr. Sein Körpergeruch war penetrant. Das Mädchen schüttelte heftig den Kopf.

»Man klopft es, bis es zart ist. Wirst du zäh sein?«

Wieder schüttelte sie den Kopf, diesmal noch heftiger.

»Braves Mädchen«, erwiderte Clement, ehe er die Hand hob und ihr so hart mit der Faust ins Gesicht schlug, dass einer ihrer Zähne quer durch den Raum flog.

27

King's College, Cambridge

Jack öffnete vorsichtig die Tür zu seinem Zimmer. Vielleicht lauerte ihm schon jemand auf. Aber da war niemand. Der Raum sah genauso aus wie vor drei Wochen, als er zuletzt hier gewesen war, so wie eine chaotische Studentenbude eben aussah. Überall auf dem Boden und auf dem Schreibtisch stapelten sich Bücher, die meisten davon aus der Bibliothek, die Leihfrist längst abgelaufen. Dazwischen ein Kaffeebecher voller grünem Schimmel, in dem man das Penicillin hätte neu entdecken können, und in einer Ecke ein überquellender Wäschekorb. Jack ging ins Badezimmer und spritzte sich kaltes Wasser ins Gesicht, dann packte er die Kameras aus, die man ihm beim MI6 gegeben hatte. Sie waren nur wenige Zentimeter groß. Er verteilte sie so, wie man ihm gesagt hatte – möglichst hoch und möglichst nah an den Ecken. Dann sah er auf die Uhr. Wie lange würde er warten müssen?

Es klopfte an der Tür. Er atmete tief durch. Ging es schon los? Er öffnete.

»Hi, Jack, alles klar?« Es war der MI6-Officer, der mit im Zug gesessen hatte. Er sah sich mit fachmännischem Blick im Raum um. »Die Kameras sind okay. Sie übertragen direkt in das Zimmer auf dem Flur gegenüber. Jetzt können wir nur noch abwarten.«

Jack fragte sich, was sein Nachbar, der für seine dauerhaft schlechte Laune berühmte Dr. Hargreaves, emeritierter Professor für Neuere Geschichte, dazu gesagt hatte, dass sein Zimmer zweckentfremdet wurde. Wahrscheinlich gar nichts. Vermutlich hatte er höchstpersönlich die Hälfte aller aktuellen hochrangigen MI6-Mitarbeiter ausgesucht.

»Ach, das hätte ich fast vergessen«, sagte der Offizier und reichte Jack eine braune Papiertüte. »Was zu essen«, fügte er auf dessen irritierte Reaktion hin an. »Versuchen Sie etwas zu essen, es ist nicht abzusehen, wie lange das Ganze dauern wird. Suchen Sie sich irgendeine Beschäftigung, was immer Sie wollen, nur verlassen Sie das Zimmer nicht.«

Jack nickte und stellte die Tüte auf seinen Schreibtisch. Am liebsten hätte er Amanda angerufen, um ihr alles zu erzählen, doch Sir Clive hatte es ihm ausdrücklich verboten. »Sie dürfen mit niemandem in Kontakt treten. Gehen Sie nicht ans Telefon, schreiben Sie keine E-Mails. Wenn jemand bei Ihnen klopft, sehen Sie zu, dass Sie ihn möglichst schnell loswerden. Sagen Sie, dass Sie sich nicht wohlfühlen. Das dient Ihrer Sicherheit, aber auch der der anderen.« Jack hatte aufmerksam zugehört und gehorsam genickt.

Er setzte sich an den Schreibtisch und leerte die Papiertüte auf die Platte. Obst, Schokoriegel, ein paar eingeschweißte Fleischpastetchen, eine Tüte Chips und eine Dose Cola. Ein ganz normales Lunchpaket. Er griff nach einem Lehrbuch und begann zu lesen. Warum nicht die Zeit nutzen und versuchen aufzuholen, was er in den letzten drei Wochen versäumt hatte?

Zu seiner Überraschung war seine Nervosität bald verflogen. Seine Lider wurden schwer, und er legte sich auf die harte College-Matratze und schloss die Augen. Sein Körper entspannte sich, die Muskeln begannen sich zu lockern. Sein letzter Gedanke war, ob er seinen Angreifern glaubhaft vorspielen konnte, dass ihn ihr Eindringen überraschte.

Irgendwo aus dem Dunkel drang ein hartnäckiges Klopfen. Fingerknöchel auf Holz. Jack richtete sich auf und rieb sich das Gesicht. Da war es wieder. *Tock, tock, tock*. Er sah auf die Uhr: Es war Viertel vor neun. Ob die Angreifer klopften? Unwahrscheinlich. Er stand auf, schaltete das Licht an und öffnete die Tür vorsichtig einen Spaltbreit.

Einen Sekundenbruchteil später prallte sie ihm mit voller Wucht ins Gesicht, wie ein Schlag mit einem Kricketschläger gegen die Stirn. Einen fremden Stiefel auf der Brust, taumelte er rückwärts, und zwei Männer packten seine Handgelenke und pressten ihn zu Boden. Der Drang, sich zu wehren, war stark, doch er unterdrückte ihn. Ein Taschentuch wurde ihm in den Mund gestopft, bis er würgen musste. Aber die Augen verbanden sie ihm nicht. *Wenn sie Ihnen nicht die Augen verbinden, bedeutet das, dass es ihnen egal ist, ob Sie sie erkennen. Vermutlich haben sie dann vor, Sie zu töten,* hatte Sir Clive ihm erklärt, als gäbe er Tipps, wie man in Ascot auf das richtige Pferd setzt. *Wenn es danach aussieht, greifen wir sofort ein.*

Als Jack aufblickte, schaute er in ein Gesicht, das ihm bekannt vorkam – es war der Mann aus dem Pharmalabor. Er trug immer noch denselben grauen Anzug. Ohne weißen Kittel diesmal, dafür mit Zweitagebart und dunklen Ringen unter den Augen. Er sah abgezehrt aus und bewegte sich fahrig, als wäre er einem Nervenzusammenbruch nahe. Der Mann kniete sich neben ihn und öffnete die Aktentasche, die er unter dem Arm getragen hatte. Jack sah, wie er zitterte. Was hielt er da in der Hand? Ein Skalpell war es jedenfalls nicht.

Zur Überraschung aller machte der Mann einen Schritt rückwärts und hielt fuchtelnd eine Pistole in die Luft, dann dröhnten zwei Schüsse ohrenbetäubend laut durch den geschlossenen Raum. Jack spürte, wie der Druck auf seinen Armen nachließ, aber dafür auf seinem Bauch zunahm. Einer der Männer, die ihn am Boden gehalten hatten, war über ihm zusammengebrochen, der andere lag neben ihm, mit weit aufgerissenen Augen, totenstill, erstarrt im Schock über den unerwarteten Angriff.

»Zuerst das Geld. Dann entnehme ich das Modul.« Die Stimme des Mannes klang angestrengt. Er sprach langsam und abgehackt, atmete unregelmäßig. Wer auch immer noch im Raum war, reagierte nicht. »So war das nicht vereinbart. Ich werde nicht zulassen, dass Sie mich zum Schweigen bringen, nach all dem, was ich durchgemacht habe. Nicht bevor ich mein Geld habe.«

»Dr. Seladin«, sagte eine andere Stimme, die erstaunlich ungerührt klang, mit starkem französischem Akzent. »Sie machen die Angelegenheit für mich ganz schön kompliziert. Ich weiß nicht recht, was ich getan habe, um solches Misstrauen zu verdienen.«

Jack hob seinen Kopf. An der Tür stand ein unglaublich dicker Chinese im Anzug, mit kühlem, geduldigem Blick, die Handflächen offen vor sich haltend.

»Bitte schneiden Sie das Modul heraus, damit wir uns auf den Weg machen können«, sagte er. »Sie werden Ihr Geld bekommen«, fügte er hinzu.

»Nein. Wir nehmen ihn mit. Ich operiere das Modul erst heraus, wenn Sie das Geld überwiesen haben«, widersprach der Mann mit einem der Hysterie nahen, heiseren Flüstern und stieß seine Waffe bei jeder Silbe in Richtung des Chinesen.

»Nun gut, aber dann lassen Sie uns schnell machen. Diese Colleges pflegen so manche skurrile Tradition, aber Schüsse in einem Studentenzimmer dürften dennoch für ungebetene Aufmerksamkeit sorgen.«

Dr. Seladin wirkte verlegen, nachdem Monsieur Blanc so ohne Weiteres zugestimmt hatte. Er nickte und ließ seine Waffe ein Stück sinken.

Das genügte dem Chinesen. Er trat vor, ein Stück glänzendes Metall in seiner rechten Hand, das er dem Mann blitzschnell durch den Brustkasten ins Herz trieb.

»Kommen Sie«, zischte er Jack ins Ohr, zog ihn am Arm

auf die Beine und drückte ihm die Klinge in die Nierengegend. Als sie auf den Flur hinaustraten, hatten sich bereits Türen geöffnet und Studenten waren herausgetreten.

»Alles in Ordnung, das war nur ein bisschen Feuerwerk. Chinesisches Neujahr. Kein Grund zur Sorge«, erklärte der dicke Chinese und stieß Jack unsanft die Treppen hinunter, durch den Second Court und über die Brücke.

Jack blickte wiederholt über seine Schulter. Keine Spur von Sir Clives Team. Hatten sie ihn im Blick, um den besten Zeitpunkt zum Eingreifen abzupassen? Oder würden sie zulassen, dass der fette Chinese ihn mitnahm? Jack spürte, wie sich die Spitze der Klinge in seine Seite drückte. So wie der Mann das Ding hielt, wusste er genau, wie man es benutzte. Jack hätte vielleicht eine Chance, wenn er zwischen sich und den Stahl ein paar Zentimeter Abstand bringen könnte, doch bis dahin musste er die Zähne zusammenbeißen und durchhalten.

»Hier entlang«, sagte der Mann und führte ihn durch die Eisentore am hinteren Ausgang des Collegecampus. Ein Mercedes-Van mit geschwärzten Scheiben wartete an der Straße. Wo blieben Sir Clive und seine Leute? Es war nicht davon die Rede gewesen, dass er sich von diesen Typen verschleppen lassen sollte.

Jetzt oder nie, dachte Jack mit Blick auf die verkehrsreiche Straße. Die Autos würden ihm Deckung geben, wenn er es auf die gegenüberliegende Seite schaffte. Doch im selben Moment spürte er einen scharfen, stechenden Schmerz im Nacken, sein Blick verschwamm, und seine Beine versagten ihm den Dienst.

Monsieur Blanc fing den jungen Mann im Fallen auf, steckte die Spritze wieder ein und versuchte ihn in den Wagen zu verfrachten.

»Probleme?«, erkundigte sich der Fahrer über die Schulter.

»Könnte man so sagen«, erwiderte Monsieur Blanc außer Atem. »Wir haben das zehnte Modul, aber leider befindet es sich in dieser unpraktischen Verpackung.« Er deutete auf Jacks leblose Gestalt.

Der Fahrer beeilte sich, ihm zu Hilfe zu kommen. »Was haben Sie mit ihm vor?«, fragte er und betrachtete den ein Meter fünfundneunzig großen, blonden Jüngling, der bewusstlos in sich zusammengesunken dalag. Seine Füße ragten aus der Tür.

Monsieur Blanc zuckte mit den Schultern. »Ihn mitnehmen, für etwas anderes bleibt keine Zeit. Würden Sie mir bitte behilflich sein, Gustav.«

Durch die Windschutzscheibe eines gemieteten Ford Focus auf der anderen Seite der Straße beobachtete Archie Hartman, wie zwei Männer Jack in einen Wagen wuchteten. Seine Hände krallten sich um das Lenkrad, bis sie nicht mehr vor Wut zitterten. Er musste tatenlos zusehen, wie sein Sohn entführt wurde. Gegenüber parkte ein Standardeinsatzwagen des MI6, ein Vauxhall Astra mit schwarzen Scheiben. Mit Sicherheit saßen Überwachungsoffiziere vom Secret Service darin, um dem Mercedes zu folgen.

Archie schlug mit den Fäusten auf das Lenkrad. Wie war Jack nur in diesen Schlamassel hineingeraten? Warum hatte er, Archie, das nicht kommen sehen und versucht es dem Jungen auszureden? Mit einem Griff in seine Jackentasche fischte er seinen Flachmann heraus. Er nahm einen Schluck Whisky, schleuderte die Flasche dann aber angeekelt auf den Boden. Sogar in dieser Situation fiel ihm nichts Besseres ein, als seine eigenen Rettungsversuche zu sabotieren.

28

MI6-Zentrale, Vauxhall, London

Sir Clive hatte die Bilder live in der Kommandozentrale des MI6 verfolgt. Die Ereignisse hatten eine unerwartete Wendung genommen, dennoch verweigerte er dem Einsatzteam die Erlaubnis, einzugreifen und den Jungen zu retten. *Wir müssen sehen, wohin sie mit den Modulen wollen, wem sie sie verkaufen wollen,* hatte er in das Funkmikro gezischt. Und die Männer vor Ort hatten sich widerstrebend gefügt.

Sir Clive wusste genau, wohin Monsieur Blanc wollte. Er wusste, dass auf einem Flugplatz außerhalb von Cambridge eine Privatmaschine wartete, er wusste, wohin sie fliegen würde, und er wusste, dass der Käufer Clement Nbotou war. Doch wenn Nbotou die Module nicht kaufte – und das würde er nicht tun, wenn sie nicht vollzählig waren –, gäbe es keinen Vorwand, einen Geheimtrupp zu entsenden, um ihn auszuschalten, keinen Vorwand, die Kontrolle über das Machtgebiet des Generals und damit die Coltan-Minen für die Freunde bei Centurion zu übernehmen. Freunde? Nein – Freunde waren etwas anderes, korrigierte sich Sir Clive, es sei denn, man war der Meinung, dass Freundschaft käuflich war.

Harvey Newman hatte ihn vor ein paar Jahren auf einer Messe, bei der Defence Fair in Houston, angesprochen. Den Begriff *fair* hatte Sir Clive im Zusammenhang mit Rüstungsmessen immer unpassend gefunden. Bei den jährlichen Verkaufskonferenzen kam die Rüstungsindustrie zusammen und stellte ihre neuesten Waffensysteme vor, errichtete imposante Stände, um Regierungen, Despoten oder auch paranoide Milliardäre davon zu überzeugen, dass sie unmöglich auf diesen brandneuen lasergesteuerten, teflonbeschichteten, panzerbrechenden Flugkörper verzichten könnten. Mit elegantem Anzug und strahlendem Lächeln erläuterten die Verkäufer fachmännisch, wie sich letale Wirkung und nichtzivile Verluste maximieren ließen.

Sir Clive war aus dienstlichen Gründen da gewesen, allerdings nicht um zu kaufen, sondern um den Markt zu sondieren. Vieles von dem, was der MI6 an Waffen einsetzte, hatte man selbst entwickelt, aber so eine Messe war eine gute Möglichkeit, Ideen zu sammeln und zu sehen, was sonst noch so angeboten wurde. Außerdem war es interessant zu beobachten, wer dort einkaufte.

Er war überrascht gewesen, als ihn ein Fremder ansprach, der sich als Harvey Newman vorstellte. Noch mehr hatte ihn überrascht, dass der Mann seinen Namen kannte. *Ich werde Sie nicht lange belästigen, Sir Clive, ich weiß, Sie sind ein viel beschäftigter Mann.* Sir Clive war zwar nicht inkognito unterwegs, aber er trug auch kein Namensschild am Revers. Außerdem war er unter falschem Namen in die USA eingereist. Einem ersten Impuls folgend, hatte er sich in der Halle umgesehen, ob er eine Falle befürchten musste, hatte sich die Ausgänge eingeprägt und überlegt, wie er am besten nach draußen gelangen könnte.

Harvey war sein verstohlener Blick nicht entgangen. »Entschuldigen Sie, ich wollte Sie nicht erschrecken«, sagte er ruhig und hielt Sir Clive seine Visitenkarte entgegen. »Ich bin geschäftlich hier. Meine Firma hat auf der anderen Seite der Halle einen Stand.«

Sir Clive las die Karte: *CENTURION, Strategie, Verteidigung und integrierte Waffensysteme.* Ein bekannter Name, ein Big Player der amerikanischen Rüstungsindustrie. Deckte fünfzig Prozent aller Verträge mit der US-Regierung über die Absicherung von Ölfirmen im Irak. Das Unternehmen hatte es sogar geschafft, dass nie offiziell gegen seine Einsatzkräfte ermittelt worden war, obwohl behauptet wurde, dass einigen von ihnen der Finger ziemlich locker am Abzug saß.

»Ich will Ihnen auch nichts verkaufen«, fuhr Harvey mit einem breiten Grinsen auf seinem sonnengebräunten Gesicht fort. »Ich würde Sie gern auf einen Kaffee einladen und dabei ein bisschen erzählen, was meine Firma macht. Vielleicht berühren sich ja unsere Interessen an der einen oder anderen Stelle.« Er hielt sich bewusst bedeckt, hoffte aber, dass der Brite verstand, dass da etwas für ihn herausspringen könnte.

Sir Clive nickte. Ihm war nicht entgangen, wie lässig der Mann *meine Firma* gesagt hatte, als wäre ein milliardenschweres Unternehmen etwas, das man sich nebenbei zulegte. Er sah auf die Uhr. Ein paar Stunden blieben ihm noch, ehe er seinen Heimflug antreten musste. Und im Grunde genommen war der Mann kein Unbekannter. »Nun, warum nicht?«, erwiderte er.

Harvey hatte seine Hausaufgaben gemacht, bevor er den Mann vom MI6 angesprochen hatte. Er wusste, dass Sir Clive sich mit seiner schroffen Art so viele Feinde beim Geheimdienst Ihrer Majestät gemacht hatte, dass er mit Sicherheit nie zum Generaldirektor befördert werden würde und dass sein Gehalt ein Witz war im Vergleich zu dem, was er bei einer privaten Sicherheitsfirma verdienen könnte. Harvey wusste außerdem, dass er ein kompetenter und geschickter Planer war, skrupellos, wenn es sein musste, und nie um kreative Ideen verlegen. Dass er fähig war, Probleme zu antizipieren und Lösungsstrategien für sie zu entwickeln, ehe sie aus dem Ruder liefen, während andere noch gar nicht begriffen hatten, dass etwas schiefzugehen drohte.

Jeder Mensch hatte seinen Preis, und was die Vorstandsmitglieder von Centurion jährlich verdienten, war vermutlich wesentlich mehr als alles, was Sir Clive in seinem ganzen Leben vom Secret Service bekommen würde. Doch Harvey wusste, dass er mit Geld allein nicht zu ködern wäre. Er war kein Söldner, sonst hätte er längst seinen Dienst quittiert und sich einen lukrativeren Job gesucht. Die finanzielle Seite konnte durchaus eine Rolle spielen, aber sie würde nicht der ausschlaggebende Faktor sein. Nein, er würde an Sir Clives Abenteuerlust und an seine Eitelkeit appellieren müssen. Ihn mit dem Nervenkitzel locken, unter großem Druck eine schwierige Aufgabe zu erledigen. Das Geld wäre dann nur ein angenehmer Nebeneffekt.

»Was kann ich für Sie tun, Mr Newman?«, sagte Sir Clive, als der Amerikaner zwei große Pappbecher mit Kaffee auf den Metalltisch stellte.

Harvey lächelte. »Die Frage ist eher, was wir für Sie tun können.« Er nahm einen Schluck Kaffee und verzog mit einem angewiderten Laut das Gesicht. »Entschuldigen Sie bitte das Spülwasser. Dieses Land kann vieles, nur keinen anständigen Kaffee machen.«

Sir Clive ging nicht darauf ein. Smalltalk interessierte ihn nicht.

»Haben Sie auf der Messe irgendetwas Spannendes entdeckt?«, fuhr Harvey im Plauderton fort, begriff aber im selben Moment, dass ihn diese Taktik nicht weiterbringen würde. Sir Clive blieb stumm und hielt seine klaren blauen Augen auf ihn gerichtet, ohne zu blinzeln, die Lippen locker geschlossen.

Dann würde er eben gleich zum Punkt kommen. »Wir schätzen Ihre Arbeit, Sir Clive«, sagte Harvey mit gesenkter Stimme. »Wir beobachten Sie schon eine ganze Weile. Im Irak. In Nigeria. Sie gehen präzise und effizient vor und setzen Ihre Einheiten geschickt ein. Das gefällt uns.«

Sir Clive erlaubte sich ein vorsichtiges Lächeln. Das mündete zweifellos in ein Verkaufsgespräch. Vermutlich nahm der Mann an, dass er zum Einkaufen hier war, und würde ihm gleich einen dicken Deal über irgendein überteuertes, ungetestetes und dazu völlig nutzloses Flugkörpersystem vorschlagen.

»Wir könnten jemanden wie Sie in unserem Vorstand gebrauchen. Auf reiner Beraterbasis, versteht sich, sodass Sie nicht mehr als einen Tag pro Monat investieren müssten.«

Sir Clive war überrascht. Mit dieser Wendung hatte er nicht gerechnet. Aber er ließ sich nichts anmerken. »Warum ich?«, fragte er ruhig.

»Sie haben Erfahrung mit Afrika. Wir könnten dort Rat und Hilfe gebrauchen. Haben Sie schon mal etwas von Coltan gehört?«

Sir Clive nickte. »Selbstverständlich. Es ist der Grund dafür, dass die Zivilbevölkerung im Ost-Kongo von drei verschiedenen Staaten und ein paar Milizen gleichzeitig massakriert wird. Dass eine der schönsten Regionen der Welt zur Hölle auf Erden geworden ist. Aber für diese Erkenntnisse brauchen Sie keinen Geheimdienst. Darum kümmern sich schon die Menschenrechtsorganisationen.«

»Da haben Sie vollkommen recht. Wir brauchen Ihren Rat auch mehr in einer strategischen Frage. Wir entwickeln im Auftrag der US-Regierung eine neue Waffe, für die wir das Metall benötigen. Im Augenblick stocken die Lieferungen, und das wenige, was wir bekommen, ist so teuer, dass unsere Gewinnmargen darunter leiden.« Er nahm einen Schluck Kaffee und schnitt erneut eine Grimasse. »Und wir schätzen es nicht, wenn unsere Gewinnmargen leiden.« Er öffnete seine Aktentasche und schob ein Foto über den Tisch. Clement Nbotou, mit Handy am Ohr, in Zürich vor einer Bank im Sonnenschein. Ein Geschäftsmann im Maßanzug und frisch gestärktem weißem Hemd. Seine goldumrandete Christian-Dior-Sonnenbrille schimmerte im hellen Licht.

»Wissen Sie, wer das ist?«

Sir Clive betrachtete das Bild. Er nickte, sprach den Namen jedoch nicht aus. »Wir haben ihn im Visier. Ein intelligenter, hoch gefährlicher Mann. Nicht einer von den üblichen Westentaschendiktatoren.«

»Clement Nbotou.« Harvey sah so zornig aus, als hätte ihn der Mann persönlich beleidigt. »Er hat sich eine Privatmiliz aufgebaut und die ganze Gegend unter seine Kontrolle gebracht. Er ist der Grund dafür, dass wir bei diesem Projekt rote Zahlen schreiben.« Er tippte mit dem Finger auf das Foto.

»Was soll Ihrer Meinung nach mit ihm passieren?«, fragte Sir Clive zurückhaltend.

Harvey schüttelte grinsend den Kopf. »Nun, wir hatten gehofft, dass Sie uns dort unten ein wenig unter die Arme greifen könnten. Ich weiß, dass Sie für den Secret Service verdeckte Operationen in Nigeria geleitet haben und dass Sie sich mit Dschungelkrieg auskennen und wissen, wie man Milizen spaltet und zerschlägt.«

Sir Clive runzelte die Stirn. Es war tatsächlich ein Verkaufsgespräch, allerdings versuchte ihm der Amerikaner kein windiges Waffensystem anzudrehen, sondern einen Auftrag. »Keine Regierung, weder Ihre noch meine, würde ein militärisches Eingreifen billigen, um die Lieferung eines Metalls zu gewährleisten, mit dessen Hilfe Waffen gebaut werden«, erwiderte er schnell. »Die UN-Friedenstruppen sind noch nicht einmal lange genug in der Region geblieben, um den Schutz der Zivilbevölkerung zu garantieren.« Er schwieg nachdenklich. »Aber wenn die Sicherheit britischer oder amerikanischer Staatsbürger akut gefährdet wäre, könnte man sie überzeugen, verdeckt zu operieren. Die Gefährdung müsste allerdings beträchtlich sein. Das wäre eine Lösung – eine geheime Operation statt eines offiziellen Militäreinsatzes.«

Harvey nickte zufrieden. Er hatte den Mann richtig eingeschätzt. Man musste ihm nur eine knifflige Aufgabe stellen, damit er anbiss. Er gehörte zu der Sorte Mensch, die einer Herausforderung nicht widerstehen konnte.

Auf dem Flug nach Hause dachte Sir Clive über das Angebot nach. Die Entlohnung wäre mehr als fürstlich, der Interessenskonflikt mit seiner Tätigkeit für den MI6 beträchtlich, aber nicht unüberwindlich, solange er sich diskret verhielt. Er hatte die Hälfte seines Berufslebens damit verbracht, im Verborgenen zu wirken, hatte einige Male für Regierungsmitglieder und hohe Beamte seine Beziehungen spielen lassen, obwohl er genau wusste, dass ihre Motive eher privater denn politischer Natur waren. Außerdem würde ihm jetzt, da er die neue Abteilung für Cyber-Terrorismus leitete, ohnehin niemand mehr in die Suppe spucken. Im Grunde genommen war er sein eigener Boss, und sein Auftrag bestand darin, mit Hilfe seines Verstandes und seiner Routine die vermeintliche oder echte Bedrohung durch Terror aus dem Internet zu lokalisieren und zu neutralisieren.

Es sprach nichts dagegen, dass er nebenbei für eine große Rüstungsfirma ein wenig beratend tätig war und sich ein kleines Zubrot verdiente, um die magere Pension aufzustocken, die er vom Secret Service bekommen würde. Er lehnte sich im Sitz zurück und bedeutete der Stewardess, ihm einen Whisky zu bringen, den er in kleinen Schlucken trank – ein seltener Moment der Entspannung.

Welche Motive dieser Harvey Newman und seine Firma auch immer verfolgten – wenn sie Erfolg haben wollten, gab es nur eine einzige Strategie: Clement Nbotou musste besiegt und abgesetzt werden. Und dabei würde er ihnen nur allzu gern behilflich sein.

29

Marshall Airfield, Cambridge

Archie Hartman und das Überwachungsteam vom MI6 mussten dem Mercedes nicht lange nachfahren. Fünf Kilometer außerhalb von Cambridge bog der Wagen auf einen Privatflugplatz ein. Dort wartete ein gecharterter Jet, der Monsieur Blanc und seine Fracht nach Afrika bringen sollte.

»Ziele um einundzwanzig Uhr am Flugplatz eingetroffen. Keine der Maschinen hat bislang abgehoben«, meldete einer der MI6-Offiziere in sein Funkmikro. Sie hatten abseits der Haupteinfahrt geparkt, rund um dem Flugplatz Stellung bezogen und ihre Nachtsichtgeräte auf die Privatmaschinen gerichtet, die aufgereiht am Rand des Rollfelds standen.

»Behalten Sie die Lage im Auge«, erwiderte Sir Clive. »Wir werden über Satellit verfolgen, welche Maschinen in den nächsten paar Stunden mit welchem Ziel abheben. Sehen Sie zu, dass Sie die Leitwerknummern herausbekommen.« Er wusste genau, dass der Flug in den Ost-Kongo gehen würde, zu dem privaten Flugfeld, das sich Clement Nbotou hatte bauen lassen. Der Unternehmergeist dieses Mannes war wirklich bewundernswert. Das Rollfeld gab ihm die Möglichkeit, Waffen und sogar schwere Rüstungsgüter einfliegen und das Coltan abtransportieren zu lassen, ohne dass der Staat sich einmischen konnte. Das verschaffte ihm einen erheblichen Vorteil gegenüber seinen Konkurrenten.

»Eins noch, Sir Clive«, meldete sich der Offizier erneut. »Außer uns beobachtet noch jemand den Flugplatz. Sein Wagen hatte sich an den Mercedes gehängt. Allerdings ziemlich unauffällig. Erst war er hinter uns, dann vor uns, und zum Schluss hat er sich abhängen lassen. Klassische Überwachungsmethode.«

Sir Clive schürzte die Lippen. »Versuchen Sie möglichst nah an ihn heranzukommen, aber lassen Sie sich auf keinen Fall entdecken. Unser Hauptziel bleibt Monsieur Blanc.« Er hatte einen Verdacht, wer der unerwartete Beobachter sein könnte, aber er rechnete seinetwegen nicht mit Schwierigkeiten. Jacks Vater war schon so lange Alkoholiker, dass er für diese Mission mit Sicherheit keine Bedrohung darstellen würde. Und falls er wider Erwarten nüchtern sein sollte, müsste man ihn eben verschwinden lassen.

Ready for departure. Cleared for take-off. Gedämpft schnarrte die Stimme des Piloten durch die Lautsprecher in die Kabine. Monsieur Blanc verkrampfte sich leicht in seinem Sitz und legte seine Hände fest auf die Armlehnen. Er war schon einige Male mit Privatjets geflogen. Im Gegensatz zu den großen Verkehrsflugzeugen fühlten sie sich alles andere als sicher an. Er versuchte nicht daran zu denken, dass sie auf dem schmalen Streifen Asphalt landen würden, den Clement Nbotou in den Dschungel gelegt hatte.

Als sich die Maschine in die Nacht erhob, drehte er den Kopf zur Seite und sah aus dem Fenster. Ein wolkenloser blauschwarzer Himmel spannte sich über den Osten Englands, Dörfer und Städte verschmolzen zu Haufen gelb leuchtender Perlen in der Landschaft. Der Student war noch nicht wieder zu sich gekommen. Monsieur Blanc hatte nicht darauf geachtet, wie viel von dem Sedativum er ihm verabreicht hatte, hoffentlich genug für mindestens acht Stunden. So lange würde es nämlich dauern, bis sie gelandet wären und möglichst auch das Modul aus ihm entfernt hätten.

»Wollen Sie es nicht jetzt gleich herausnehmen?«, fragte Gustav, sein treuer Assistent, sobald sie die Flughöhe erreicht hatten. Monsieur Blanc zuckte lässig mit seinen fleischigen Schultern, so wie er es sich in seiner Pariser Zeit bei den Franzosen abgeschaut hatte.

»Ich weiß nicht, wo genau es liegt, und außerdem ist das hier nicht mein Flugzeug«, entgegnete er.

Gustav sah ihn fragend an.

»Nun, stellen Sie sich doch mal vor, was das für eine Sauerei gäbe«, erklärte Monsieur Blanc und schwenkte seinen Arm durch den Raum. Der Flieger, den Centurion zur Verfügung gestellt hatte, war ein Learjet auf dem neuesten Stand der Technik und mit dicken Teppichen und behaglichen Ledersesseln ausgestattet – nicht gerade die richtige Umgebung für eine improvisierte Operation mit Klappmesser und Löffel.

Gustav nickte. »Ich sehe nach, ob das Tape hält. Nicht

dass er aufwacht und einen Anfall bekommt.« Damit ging er zum Heck des Fliegers, wo Jack mit Klebeband an ein Gepäckregal fixiert war.

Das Sedativum hatte sich in Jacks Körper rasch abgebaut. Ein kleinerer Mann wäre mehrere Stunden bewusstlos geblieben, doch Jack spürte bereits, wie die Benommenheit nachließ. Er öffnete leicht die Augen und horchte auf die Geräusche um ihn herum, das tiefe Dröhnen der Triebwerke, das Rauschen der Klimaanlage im Passagierraum. Vor ihm auf dem Boden standen zwei schwarze Stiefel. Eine Hand packte ihn grob am Haar, riss seinen Kopf zurück und zerrte prüfend an dem Klebeband.

Die Stiefel entfernten sich wieder. »Alles okay. Puls, aber sonst keine Lebenszeichen«, sagte eine Stimme.

Jack überlegte, wohin die Reise ging. Versuchte sich zu bewegen, aber das Tape machte ihn vollkommen handlungsunfähig. Sein Bauch schmerzte an der Stelle, wo man ihm das Modul wieder eingesetzt hatte. Es steckte knapp unter der Haut, aber durch seine gekrümmte Haltung wurde es tief in den Bauchraum gedrückt. Die örtliche Betäubung ließ allmählich nach. Ob Sir Clive ihnen folgte? Irgendwie hatte Jack daran seine Zweifel. Aus unerfindlichen Gründen hatte der Mann zugelassen, dass man ihn verschleppte. Ein beklemmender Gedanke formte sich in Jacks Kopf. Nicht daran, dass man bald versuchen würde, das Modul brutal aus ihm herauszuschneiden, oder dass sein Leben in Gefahr wäre, sobald seine Entführer das Modul in der Hand hatten. Nein. Er dachte daran, dass er doch auf seinen Vater hätte hören sollen und dass er schon wieder einen Riesenfehler gemacht hatte, den der Alte ihn mit Sicherheit bis ans Ende seiner Tage spüren lassen würde.

30

Centurion International, Los Angeles

»Läuft alles nach Plan?«, fragte Harvey Newman in sein Handy, während er rastlos in seinem Büro auf und ab ging. Das Treffen mit der Außenministerin war ziemlich frustrierend verlaufen. Sie hatte gedroht, den Auftrag zurückzuziehen, da angeblich über Kürzungen im Verteidigungshaushalt nachgedacht würde. Offenbar war die Regierung nicht länger bereit, für das, was Firmen wie Centurion großspurig als »nationale Sicherheit« verkauften, Blankoschecks zu unterschreiben.

Die Waffe an sich hatte sie jedoch ganz offensichtlich beeindruckt, und da hatte Harvey gepokert. Wenn die US-Regierung den milliardenschweren Vertrag tatsächlich kündigen wollte, müsse man sich leider andere Auftragnehmer suchen, zur Not auch Regime, die für Demokratie nicht so viel übrig hätten – versteckte Drohungen, Einschüchterungsversuche, das übliche Topmanager-Gequatsche.

Außerdem wartete er dringend auf Neuigkeiten von Sir Clive über das zehnte Modul. Nbotou musste das komplette Set vorliegen, sonst hätten sie keine Rechtfertigung für ihre Operation.

Sir Clive dachte über Harvey Newmans Frage nach. Lief alles nach Plan? Nicht unbedingt, aber bislang waren sie auf dem richtigen Weg. Es gab keinen Grund zur Panik. Noch nicht. »Das kommt darauf an, wessen Plan Sie meinen«, erwiderte er. »Monsieur Blanc befindet sich mitsamt den zehn Modulen auf dem Weg in den Kongo. Das einzige Problem ist, dass das letzte Modul noch in dem jungen Mann steckt.«

Harvey Newman stieß einen verärgerten Fluch aus.

»Außerdem hat es in einem College in Cambridge drei Tote gegeben, zwei Söldner und einen marokkanischen Arzt. Da wird es jede Menge Nachfragen geben«, sagte Sir Clive. Es war jedenfalls ziemlich unwahrscheinlich, dass er auf absehbare Zeit zu offiziellen Anlässen ins King's College eingeladen wurde.

»Was ist schiefgelaufen?«, fragte Harvey.

»Der Arzt hat kalte Füße bekommen und Monsieur Blanc bedroht. Hatte offenbar Angst, dass er sein Geld nicht kriegt. Er war Zivilist, wahrscheinlich hat ihn die ganze Sache mental überfordert. Monsieur Blanc musste den jungen Mann sedieren und in ein Flugzeug verfrachten.«

»Bin gespannt, wie unser Freund Clement darauf reagiert«, sagte Harvey gedämpft.

»Wenn Monsieur Blanc das Modul nicht während des Fluges entfernen kann, wird der General sicher nichts dabei finden, es höchstpersönlich herauszuoperieren. Oder er lässt es einen seiner Kindersoldaten machen.«

»Kein schönes Ende für den jungen Mann«, bemerkte Harvey.

Sir Clive biss die Zähne zusammen. »Nein«, sagte er. »Leider nicht. Trotzdem ist unsere Hauptsorge im Moment die Frage, wie wir Nbotou entmachten können. Sobald Monsieur Blanc bei ihm ist, haben wir den perfekten Vorwand, um ihn auszuschalten.«

»Wie werden Sie das Ihrer Regierung beibringen?«, wollte Harvey wissen. Es klang, als hätte er irgendetwas im Mund, einen Kugelschreiber vielleicht, der rhythmisch gegen seine Zähne schlug. Sir Clive war immer wieder erschüttert über die schlechten Manieren, die dieser Mann an den Tag legte.

»Ich werde ein paar Stunden verstreichen lassen und dann eine Sondersitzung einberufen. Ich werde den Ministern erzählen, dass der Geheimdienst Hinweise auf eine mögliche Bedrohung der Datensicherheit Großbritanniens bekommen hat. Und schließlich werde ich vorschlagen, dass wir die Gefahr am besten gleich im Keim ersticken, ehe sie sich ausweitet.«

»Ist das alles?« Harveys Stimme klang ungläubig.

»Manchmal ist weniger mehr, Mr. Newman. Außerdem geht es nicht darum, eine Invasion gebilligt zu bekommen oder die britische Armee in einen langen Krieg ohne klare Ausstiegsstrategie zu schicken. Wir wollen nur die Erlaubnis, eine kleine Sondereinheit mit Elitesoldaten in eine Region im Kongo zu entsenden, um einen skrupellosen und widerwärtigen Despoten auszuschalten. Einen Mann, der, den Kenntnissen des Secret Service zufolge, schon lange versucht mittels Cyber-Terrorismus die Datensicherheit Großbritanniens zu untergraben.«

»Hm«, machte Harvey. Sir Clives Zuversicht rang ihm Bewunderung ab, ein Gefühl, das ihm so fremd war, dass er es nicht mit Worten zum Ausdruck zu bringen vermochte. »Nun ja, ich werde jetzt gleich zusammen mit meinem Strategieteam zum Flughafen fahren. Rufen Sie mich an, sobald Sie die offizielle Zusage für die Operation haben. Da wir den großen Vogel nehmen, müssen wir …«

»Den was?«, fiel ihm Sir Clive ins Wort.

»Den großen Vogel, die firmeneigene 747. Den Learjet habe ich Monsieur Blanc geliehen. Wir müssen also auf einem größeren Flughafen landen. Ich habe ein paar Muster dabei, die ich Ihnen gern zeigen würde. Prototypen des neuen Systems. Wir könnten Ihre Jungs damit ausstatten und ein bisschen im Kongo herumballern. Als eine Art Praxistest. Um zu sehen, wie sie sich in Kampfsituationen bewähren.«

»Schauen wir mal«, entgegnete Sir Clive zurückhaltend. Er würde ein hochspezialisiertes und erfahrenes Team bestimmt nicht mit unerprobten Waffen in eine Geheimoperation schicken. Schlimm genug, dass sich dieser Mensch in seine Pläne, Nbotou zu entmachten, einmischte. Fast rechnete er damit, dass Newman mit einem Haufen Rambos auftauchen würde, die auf Stundenbasis arbeiteten.

31

General Nbotous Camp, Demokratische Republik Kongo

Clement wickelte sich ein Pflaster um den Daumen. Die Wunde war tief und der Blutfluss schwer zu stoppen. Das Mädchen war wild, sie hatte gekämpft wie ein Löwe und gebissen, obwohl Uko versucht hatte, sie mit Drogen ruhigzustellen. Jetzt war sie ans Bett gefesselt, und die hässlichen Striemen, die sein Gürtel auf ihren Armen und Beinen hinterlassen hatte, leuchteten dunkellila auf ihrer braunen Haut. Clement schloss die Tür nicht ab. Er war noch nicht fertig mit ihr.

»Kommen Sie, Sir, das Essen ist fertig«, rief Uko vom Fuß der Treppe, ein Lächeln auf den Lippen und eine offene Flasche Bier in der Hand.

Clement nickte und ging langsam zu ihm hinunter. In einem Halfter an seiner Seite steckte eine Pistole, die er selten benutzte. Er bevorzugte die Machete, die in einer Scheide lässig über seiner Schulter baumelte. Sie war wesentlich besser für die brutale Justiz geeignet, mit der er seine Soldaten in Schach hielt. Er nahm Uko das Bier ab und trat nach draußen. Einen kleinen Schluck schüttete er auf den Boden, für die Ahnen, den Rest der Flasche leerte er in zwei Zügen.

Uko reichte ihm eine zweite Flasche und sagte: »Der Koch hat Hühnchen à la Moambe gemacht. So wie Sie es am liebsten haben, schön scharf und mit Maniok. Und ein paar von den Kindern haben Buschfleisch für Sie geräuchert.«

Ein Junge tauchte neben Clement auf, ein Kind von höchstens sechs Jahren, in einem zerrissenen Fußballshirt mit dem Logo von Manchester United, das ihm bis zu den Knien reichte. Mit feierlichem Ernst in seinen großen Augen hielt er ihm einen Teller voll Rauchfleisch hin. Clement wedelte die Fliegen von den rosa Fetzen und schob sich eine Handvoll in den Mund. Geräucherter Affe. Er erkannte die charakteristische, aromatische Süße, die feste Struktur des mageren Muskelfleisches. Ein Wunder, dass es überhaupt noch Affen gab, so wie die Soldaten hinter ihnen her waren.

Er kniete sich neben den Jungen, legte ihm seine große Hand unters Kinn und hob seinen Kopf an, um ihm tief in die Augen zu sehen. »Habt ihr das Fleisch geschossen?«, fragte er.

Der Junge schüttelte den Kopf. »Nein, Sir, mit Draht gefangen. Wir haben eine Schlinge gemacht. Willst du sehen?«

Clements Augen bohrten sich in die des Kindes. Er glaubte dem Kleinen durchaus, aber er wusste, dass die Jungs in seiner Abwesenheit gern aufs Geratewohl Tiere abschossen, um einmal etwas anderes zu essen zu bekommen als immer nur Maniok. Um die Tiere ging es ihm nicht, er wollte nur nicht, dass Munition vergeudet wurde.

»Hier, nimm dir auch was von dem Fleisch«, sagte er

und ließ das Kind los. »Und ein Bier bekommst du auch. Uko, hol dem jungen Soldaten hier ein Bier.« Er tätschelte dem Jungen den Kopf und ging dann die Stufen der Veranda hinunter, um einen Rundgang durch das Camp zu machen.

32

Centurion-Learjet, 10 000 Meter über Afrika

Jack bewegte mühsam die Füße. Der Schmerz in seiner Seite, der durch die gekrümmte Haltung ohnehin stark war, nahm dadurch noch mehr zu, aber er wollte unbedingt versuchen die Blutzirkulation in Gang zu halten. Nicht dass seine Gliedmaßen taub waren, wenn man ihm die Fesseln abnahm, und er sich dann nicht wehren konnte …

Es war still an Bord des Flugzeugs. Die Lampen waren heruntergedimmt, und seine Entführer fühlten sich offenbar so sicher vor ihrem festgezurrten Mitreisenden, dass sie eingeschlafen waren. Jack hatte die Zeit genutzt, um nachzudenken, und ein paar Beschlüsse gefasst. Es wäre dumm, sich auf Sir Clive zu verlassen, so viel stand fest. Jack war nichts weiter als eine Marionette für ihn. Man konnte ihm nicht trauen. Jack hatte die Situation immer wieder in Gedanken durchgespielt und war zu dem Schluss gekommen, dass es für ihn nur eine realistische Überlebenschance gab: Er würde Monsieur Blanc verraten, was er wusste – dass die ganze Sache ein Bluff war, dass die Module zu nichts nütze waren, dass sie nichts anderes waren als eine Art Trojanisches Pferd, mit dessen Hilfe der MI6 herausfinden wollte, wer möglicherweise Interesse an einer Cyberattacke auf Großbritannien hatte. Er würde dem Chinesen klarmachen, dass er, wenn er die Module verkaufte, sich selbst in Gefahr bringen würde, da er nicht beweisen konnte, dass er mit dem Coup nichts zu tun hatte, zumal er finanziell davon profitierte.

Der Plan war gut. Aber wie sollte er an den Fettwanst herankommen? Würden sie ihm wieder eine Spritze verpassen, wenn er versuchte ihn anzusprechen? Es gab nur eine Möglichkeit, das herauszufinden.

»Sir, Sir«, flüsterte er heiser. Es war besser, möglichst höflich zu beginnen. Niemand rührte sich. Vom vorderen Ende des Passagierraums drang leises Schnarchen zu ihm. Monsieur Blancs runder Kopf ruhte schwer auf dem feisten Nacken.

»Entschuldigen Sie bitte«, sagte er etwas lauter. Das Schnarchen endete abrupt mit einem Grunzen.

»Hallo! Ist da wer?« Keine Antwort. »Bitte entschuldigen Sie die Störung, aber könnte ich vielleicht etwas zu trinken haben? Nur etwas Wasser, bitte?« Er hörte, wie ein Ledersitz knarzte. Schritte näherten sich auf dem Teppich. Dann stand der Chinese über ihm und rieb sich die Augen. Er hatte sein Jackett ausgezogen und sah in Hemd und Hose seltsam privat aus, fast verletzlich. Wie schade, dass Jack ihm jetzt nicht einfach die Faust ins Gesicht rammen konnte. Der Chinese blickte mit einem verächtlichen Schnaufen auf ihn herab und verschwand wieder. Hoffentlich ging er nicht die Spritze holen. Jack wollte nicht, dass das Letzte, was er in seinem Leben sah, das Gesicht eines fettleibigen Waffenhändlers war, der ihm eine Spritze in den Nacken jagte. Stattdessen kam er mit einem Glas Wasser zurück und kniete sich neben Jack auf den Boden. Im Dämmerlicht konnte Jack seine Augen nicht sehen, nur zwei dunkle Höhlen unter schweren Lidern.

Monsieur Blanc musterte ihn eine Zeitlang, ehe er ihm das Glas an den Mund hielt. Es war besser, seine Arme nicht loszumachen. Sonst hätte er sie binnen Sekunden an der Kehle. Jack trank gierig, etwas von der kalten Flüssigkeit tropfte an seinem Kinn herab. Monsieur Blanc tupfte es mit einer Papierserviette weg. Eine seltsam fürsorgliche Geste. Statt sich schnell zu erheben, blieb er hocken und betrachtete den jungen Mann.

»Danke«, sagte Jack. Zum ersten Mal fiel ihm der Geruch auf. Der schwere, süße Duft von Rosen, vermischt mit etwas anderem, etwas Widerlichem. Es war ein Mundgeruch, der einen Elefanten umgehauen hätte, schlimmer als der seines Professors im King's College. Jack drehte unwillkürlich den Kopf weg, holte tief Luft und räusperte sich. »Das ist ganz schön mutig, was Sie da tun. Sehr mutig sogar«, sagte er und nickte langsam mit dem Kopf, ohne den Chinesen anzusehen.

Monsieur Blanc runzelte die Stirn. Wovon redete der Kerl?

Jack fuhr fort zu nicken und hielt den Blick abgewandt. Es sollte so aussehen, als wäre er kurz davor, die Nerven zu verlieren. »Ich meine diesen Auftrag. Die zehn Module. Die … Internetbombe.« Er schüttelte den Kopf und lachte kurz auf. »Das muss man diesen James-Bond-Typen lassen, sie müssen Ihnen ein wirklich gutes Angebot gemacht haben.«

Monsieur Blanc blieb auf Jacks Höhe und lehnte sich gegen das Gepäckregal. Jack lachte leise in sich hinein, sodass sein ganzer Körper zuckte. Das Lachen wurde schließlich lauter und wilder und mischte sich mit der Hysterie, die er in den letzten paar Tagen ständig in sich gespürt und immer unterdrückt hatte. Am Ende brach er in Tränen aus, die ihm über die Wangen rannen. Er zuckte und bebte, während ihm Monsieur Blanc gegenübersaß und ihn mit unbewegter Miene beobachtete.

»Mal ehrlich, wer würde denn auf so was hereinfallen?«, brachte Jack schließlich wieder heraus, wobei die letzten Worte in Keuchen untergingen. »Sie trauen sich wirklich was«, fügte er hinzu. »Wem um alles in der Welt wollen Sie die Dinger verkaufen? Die werden nicht gerade begeistert sein, wenn sie feststellen, dass man sie hinters Licht geführt hat. Wie viel bekommen Sie dafür? Genug, um hinterher für immer von der Bildfläche verschwinden zu können?«

Monsieur Blanc stand auf und ging zurück zu seinem Platz. Er hatte genug gehört. Der junge Mann war kurz davor durchzudrehen. Er hatte das oft genug miterlebt, um die Anzeichen zu erkennen; oft genug hatte er Menschen sogar selbst an den Rand des Nervenzusammenbruchs gebracht. Trotzdem mochte stimmen, was er sagte. Monsieur Blanc lehnte sich im Sitz zurück und trommelte mit den Fingern auf der Armlehne. Im Augenblick konnte er ohnehin nichts tun, außer den Piloten zu bitten umzukehren, doch der Pilot stand im Sold der amerikanischen Firma, die ihn, Monsieur Blanc, damit beauftragt hatte, die zehn Module zu stehlen. Der Mann würde keine Befehle von ihm annehmen.

Monsieur Blanc dachte an die Treffen mit dem namenlosen Amerikaner von Centurion – einem grauen Mann mittleren Alters, mittlerer Größe, im grauen Anzug mit grauen Haaren und einem Aktenkoffer voller Bargeld als Anzahlung. Einem Mann, der so durchschnittlich war, dass man ihn kaum beschreiben konnte. Obwohl er bewusst versucht hatte, sich die Züge des Mannes einzuprägen, fiel es ihm schwer, sich das Gesicht ins Gedächtnis zu rufen. Er sah aus wie unzählige andere weiße US-Amerikaner.

Wahrscheinlich war genau das der Grund gewesen, warum ausgerechnet er ihn angesprochen hatte. Es war letzten Sommer gewesen, in Paris im Hotel Georges V. Monsieur Blanc hatte in der Hotelbar gesessen und Tomatensaft getrunken, um die Zeit bis zu seinem nächsten Termin mit einem israelischen Waffenhändler zu überbrücken. Der Amerikaner hatte von einer Gelegenheit gesprochen, von einer Chance für Monsieur Blanc, an hochmoderne biologische Waffen zu gelangen, an Systeme, die Erkenntnisse aus der synthetischen Biologie nutzten. Organische, zellbasierte Strukturen, gekoppelt mit komplexer Mikrochiptechnologie, in England entwickelt. Er hatte Monsieur Blanc seinen Vorschlag unterbreitet. Dass er zunächst abwarten solle, bis die Komponenten der Waffe getestet und ihren Wirten entnommen wären, und sie dann an einen afrikanischen Abnehmer verkaufen solle. Er würde angemessen dafür entlohnt werden, und das Geld, das er für den Verkauf der Module erzielen würde, könnte er in voller Höhe behalten. Um seine ehrlichen Absichten zu unterstreichen, hatte ihm der Mann eine fürstliche Anzahlung angeboten.

Monsieur Blanc kannte sich auf dem internationalen politischen Parkett gut genug aus, um zu wissen, dass das Angebot nicht so sauber sein musste, wie es klang. Dass er möglicherweise für eine großangelegte Spionageoperation benutzt wurde. Doch wenn die Bezahlung stimmte, war ihm das egal. Es wäre nicht das erste Mal, dass er mehr oder weniger direkt im Auftrag eines staatlichen Geheimdienstes tätig wurde, und wahrscheinlich nicht das letzte

Mal. Und die Bezahlung war in Ordnung, mehr als in Ordnung. Sofort war das Gefühl wieder aufgekommen, das er in seinen Anfangsjahren in Paris kennengelernt hatte, das Gefühl von Macht und Unabhängigkeit, das mit einer gut gefüllten Geldbörse einherging.

War er umsichtig genug gewesen? Er kannte Clement Nbotou schon seit vielen Jahren. Der Mann war zwar ein Tyrann, aber ehrlich und unkompliziert, wenn es ums Geschäft ging. Er zahlte pünktlich, und man konnte deutlich besser mit ihm arbeiten als mit vielen anderen Milizenchefs oder südamerikanischen Drogendealern, mit denen Monsieur Blanc sonst zu tun hatte. Bislang war immer alles gutgegangen. Er hatte dem General nie faule Ware angedreht. Seine Waffen waren stets zuverlässig und günstig gewesen. Doch das hier war eine neue Technologie. Außerdem hatten die Amis die Idee gehabt, an Nbotou zu verkaufen. Warum ausgerechnet an ihn? In Monsieur Blancs Kopf überschlugen sich die Gedanken. Sollte er über den Tisch gezogen werden? Steckte ein Konkurrent dahinter, der ihm eins auswischen wollte? Nein, dazu war die ganze Sache zu verwickelt, und zu viele Akteure hatten die Finger im Spiel. Da steckte etwas Größeres dahinter.

Er warf einen Blick über die Schulter auf den jungen Mann, der, von seinem Anfall erschöpft, eingeschlafen war. Irgendetwas an ihm machte Monsieur Blanc nervös. Wie er seinen Kopf hatte sinken lassen, halb zur Seite, die Augen geschlossen – die perfekte Haltung, um jedes Wort im Passagierraum belauschen zu können. Er schüttelte den Kopf. Vielleicht litt er allmählich unter Verfolgungswahn. Andererseits wäre es kein Fehler, auf alles vorbereitet zu sein, dachte er und löste seinen Sicherheitsgurt, um ihn zu einem Ball zusammenzurollen und durch einen seiner eigenen Verkaufsschlager zu ersetzen: einen leichten Segeltuchgürtel mit versteckten Taschen auf der Innenseite. Sie enthielten etwas Plastiksprengstoff, ein paar Unzen Gold und einen Peilsender, der im Notfall ein codiertes Signal mit seinen exakten Standortdaten an eine israelische Sicherheitsfirma senden würde. In ihren Verkaufsunterlagen versprach die Firma, binnen vierundzwanzig Stunden an jedem Ort der Welt zu sein. Es war die einzige Versicherung, die Monsieur Blanc jemals abgeschlossen hatte, und er hatte sie noch nie in Anspruch genommen. Er hoffte, dass er sie nicht brauchen würde, sobald sie im Kongo ankamen.

33

Archie Hartman sah in den Rückspiegel. Er war sicher, dass ihm jemand folgte, schon seit er den Flugplatz bei Cambridge verlassen hatte. Es war nicht der schwarze Astra, sondern ein blauer Ford, der zunächst auf Abstand blieb und dann allmählich näher heranrückte. Ein Flugzeug hatte an diesem Abend abgehoben, und er hatte sich die Leitwerknummer notiert. Jetzt wollte er so schnell wie möglich nach Hause, um im Internet Flugpläne zu recherchieren, doch mit dem Ford im Nacken änderte er seinen Plan. Wer auch immer das war, sollte auf keinen Fall vor seiner Haustür landen.

Stattdessen steuerte er im zügigen Tempo auf die Londoner Innenstadt zu. Es war kaum Verkehr auf der Autobahn und weit und breit keine Polizei zu sehen. Er trat das Gaspedal durch, doch die Scheinwerfer hielten den Abstand. Wenn er nicht nach Hause konnte, musste es eben eines der Vierundzwanzig-Stunden-Internetcafés in der Edgware Road tun. In einer Seitenstraße fand er einen Parkplatz, marschierte zunächst Richtung Café und schlug dann einen Haken, um ein schäbiges Hotel mit greller Leuchtreklame über der Tür zu betreten. Ärgerlich fragte er sich, warum er keine Ersatzkleidung mitgenommen hatte. Das war immer noch die beste Methode, um Verfolger abzuschütteln. Er war eindeutig aus der Übung.

Das Hotel besaß einen zweiten Ausgang über die Pianobar. Der Anblick, der sich Archie im schummrigen Licht bot, war deprimierend: Geschäftsleute mittleren Alters, die mit Hostessen vom Begleitservice um zwei Uhr morgens billigen Champagner tranken, die jungen Frauen mit aufgesetztem Lächeln, die Männer mit roten Gesichtern und erfüllt von der Gewissheit, dass sie sich nicht weiter ins Zeug legen mussten, um an ihr Ziel zu gelangen.

Wieder auf der Straße, entdeckte Archie neben einer U-Bahn-Haltestelle einen dieser neuen Sandwich-Shops, die überall in der Stadt wie Pilze aus dem Boden schossen. Er trat ein und bestellte ein sogenanntes Dreißig-Zentimeter-Sub mit Speck, Ei, Salat, Chili, Huhn, Tomaten und allem möglichen anderen Kram. Das Ding sah aus, als hätte jemand in einem Supermarkt eine Bombe hochgejagt und dann mit einem labberigem Weißbrot den Boden aufgewischt. Noch nicht einmal der Speck war frisch gebraten, stellte er beim ersten Bissen angewidert fest.

Draußen warf er einen Blick die Straße hinauf und hinunter. In den Cafés saßen immer noch Leute, die trotz der späten Stunde Espresso tranken, darunter ein paar Taxifahrer, die auf die belebende Wirkung des Koffeins hofften. Ein nicht abreißender Strom von Fahrzeugen wälzte sich durch die Nacht. Archie sah sich nach dem blauen

Ford um. Er war nicht mehr zu sehen, aber die Verfolger konnten in der Zwischenzeit längst den Wagen gewechselt haben.

Archie warf das Sandwich weg und überquerte die Straße, um das Internetcafé zu betreten. Er ließ sich einen Zugangscode geben und ging an den chinesischen Schülern vorbei, die in Online-Kriegsspiele vertieft waren, zu einer der Nischen im hinteren Teil, die einen guten Blick über den ganzen Raum bot – ein idealer Platz. Er gab den Code ein und wartete, bis der Computer hochgefahren war. Das Ziel des Fluges würde er mit Sicherheit nicht herausbekommen, aber zumindest den Eigentümer der Maschine. Er suchte passende amerikanische und britische Websites und tippte jeweils die Leitwerknummer ein.

Fündig wurde er schließlich auf der Seite der UK Civil Aviation Authority. Die britische Luftfahrtbehörde verzeichnete als Eigentümer des Learjets eine Gesellschaft, die sich Aviation Corps Ltd. nannte, eine private Chartergesellschaft mit Sitz in den USA. Archie hatte noch nie davon gehört, googelte den Firmennamen auf gut Glück und fand ein paar Artikel der *Financial Times*. Aviation Corps gehörte einem Unternehmen namens Defence Analytics, das, wie er ein paar Klicks weiter einem Artikel der *New York Times* entnahm, ein Ableger von Centurion International war.

Das hörte sich vielversprechend an. Diesen Namen kannte er gut. Jeder, der mit militärischen Angelegenheiten zu tun hatte, kannte ihn. Wenn er sich recht erinnerte, hatten zwei seiner ehemaligen Kameraden vom SAS schon für das Unternehmen gearbeitet; sie waren damals gar nicht begeistert gewesen von den schießwütigen Rambos, die sie ausbilden und führen sollten. Angeblich war Centurion nicht sonderlich wählerisch, was die Zusammensetzung seiner Bodentruppen anging – da waren ehemalige Soldaten, die wegen Gehorsamsverweigerung aus der Armee ausgeschlossen worden waren, Vorbestrafte, die man wegen illegalen Waffenbesitzes oder Drogenmissbrauchs verurteilt hatte, und Ähnliches mehr.

Archie holte sein Handy heraus und wählte die Nummer des Marshall Airfield in Cambridge. »Hallo, könnte ich bitte die Flugplatzleitung sprechen?«, fragte er mit verstellter Stimme und verändertem Akzent in ausgesucht höflichem Tonfall ganz nah ins Mikrofon.

»Selbstverständlich, Sir, darf ich fragen, wer am Apparat ist?«

»Hier Centurion«, erklärte er selbstbewusst, ohne einen Namen zu nennen. Die Telefonistin drückte ein paar Knöpfe, erneut war Telefonläuten zu hören. Dann antwortete eine männliche Stimme. »Richard Short, diensthabender Flugplatzleiter. Was kann ich für Sie tun?«

»Es hat da eine Verzögerung bei unserer Lieferung für Flug L421AC gegeben. Wären Sie so nett, dem Piloten mitzuteilen, dass wir innerhalb der nächsten Stunde da sind?«

Er hörte das hektische Klappern einer Computertastatur. »Tut mir leid, Sir. Die Maschine ist um zweiundzwanzig Uhr gestartet. Nächste Landung in Burundi, Bujumbura Airport.«

Archie war überrascht. Burundi lag in Zentralafrika, zwischen Ruanda und der Demokratischen Republik Kongo. Warum um alles in der Welt brachten sie seinen Sohn dorthin? Vielleicht war es aber auch nur ein Ablenkungsmanöver, während sie in Wirklichkeit irgendeine andere, private Landebahn ansteuerten. In der Region kannte er sich ganz gut aus. Gab es da einen Privatflugplatz, auf dem ein Learjet landen konnte? »Wie ärgerlich«, sagte er ins Telefon. »Aber vielen Dank für die Information. Sieht so aus, als müssten wir DHL bemühen.«

Archie klappte das Handy zu, während seine Finger bereits Flüge nach Burundi suchten. Brussels Air bot einen Direktflug nach Bujumbura ab London Heathrow. Er könnte sofort zum Flughafen fahren, den Wagen dort stehen lassen und sich ein paar Sachen zum Anziehen kaufen. Alles Übrige könnte er besorgen, sobald er in Afrika ankam. Doch halt – er brauchte einen Pass. Er suchte vergeblich seine Taschen ab. Zu dumm, jetzt musste er doch zuvor zu Hause vorbeifahren.

34

Der MI6-Agent lehnte sich auf seinem Stuhl zurück. Das Interesse für das Online-Spiel in einer Ecke seines Bildschirms war nur vorgetäuscht. In Wirklichkeit hatte er Archie Hartman im Auge, wobei es schwierig war, über die Nischen hinweg etwas zu sehen. Es war unmöglich, einen Blick auf dessen Monitor zu werfen, ohne aufzufallen. Egal, dachte er und loggte sich in das lokale Netzwerk des Cafés ein. Er konnte den Internetbrowser von Hartmans Rechner aufrufen und einfach nachsehen, welche Seiten der Mann angeklickt hatte. Er fand die Webadressen, Flugnummern, Zeitungsartikel, die Flüge nach Burundi und griff dann sofort zum Handy, um Sir Clive anzurufen.

»Blake Edwards hier. Es gibt Neuigkeiten«, erklärte er ohne weitere Floskeln.

»Ich höre«, sagte Sir Clive in knapper Strenge zu seinem langjährigen Einsatzleiter.

»Ziel hat Flugdestination recherchiert und ein Ticket nach Burundi gekauft.«

Sir Clive verarbeitete die Information schweigend. »Er setzt alles auf eine Karte«, sagte er. »Unmöglich, dass er weiß, was los ist oder wo Jack steckt. Wahrscheinlich hat er nur die Flugnummer überprüft. Ich nehme an, er fliegt nach Bujumbura?«

»Ja«, bestätigte Edwards.

Sir Clive fuhr sich mit der Hand durch die Haare. Genau genommen war Bujumbura der Flughafen, der Clements Camp am nächsten lag, wobei die Entfernung immer noch enorm war und der Weg über den riesigen Tanganjikasee und mitten durch den Busch führte. Wollte der Mann wirklich auf gut Glück losziehen? Andererseits, selbst wenn er wusste, wohin er wollte – und das bezweifelte Sir Clive ernsthaft –, folgte er trotz allem nur seinem Instinkt. Er wollte möglichst nahe an die Gefahr heran, die seinem Sohn vielleicht drohte. Außerdem würde er mit dem Wagen mindestens eine Woche brauchen, um das Camp zu erreichen. Und es war eine gefährliche Reise durch den Ost-Kongo, ein Gebiet, das mehrere Milizenchefs unter sich aufgeteilt hatten.

Er sah noch einmal in die Akte, die Mary über Archie Hartman zusammengestellt hatte. Er war jetzt Ende fünfzig, aber das Bild war schon einige Jahre alt. Es zeigte einen kräftigen Mann Mitte dreißig, der grinsend vor einer Reihe Palmen stand, die Arme lässig um zwei schmutzstarrende Zivilisten gelegt, die einen Kopf kleiner waren als er, Weiße mit unrasierten Gesichtern und zerrissenen Kleidern. Auf der Rückseite des Fotos stand, ordentlich mit Kugelschreiber geschrieben: *Nigeria, 1981, Befreiung zweier Geiseln.*

Sir Clive erinnerte sich, von der Operation gehört zu haben. Zwei Mitarbeiter einer Ölgesellschaft waren entführt worden, um Lösegeld zu erpressen. Die Thatcher-Regierung hatte kompromisslos reagiert und sofort den SAS entsandt, um britische Geschäftsinteressen zu schützen und die »Jungs« heimzuholen. Die »Jungs« waren in diesem Fall zwei Männer mittleren Alters, die selbst nach einem Monat Geiselhaft aussahen, als könnten sie noch ein paar Pfunde abspecken. Wie viele Verluste hatte es bei diesem Auftrag gegeben? Wie professionell waren die Entführer gewesen? Waren es geldgierige Söldner gewesen oder eher einheimische Dörfler, die es dem ausländischen Ölkonzern heimzahlen wollten, dass er alles mit Öl verseuchte und auf ihren angestammten Jagdgründen Gasflammen entzündete?

Sir Clive seufzte. Es spielte keine Rolle. Befehl war Befehl, und Soldaten wurden nicht fürs Denken bezahlt, auch nicht beim SAS. Und das war vermutlich auch richtig so. Archie Hartman dachte eindeutig zu viel, geriet dadurch immer wieder in Schwierigkeiten und bedrohte auf diese Weise die Operation, die Sir Clive so sorgfältig vorbereitet hatte. Sollte er zulassen, dass der alte Knacker in den Kongo aufbrach und bei der Suche nach seinem Sohn alles vermasselte? Sollte er nicht lieber seinen Mann vom operativen Dienst beauftragen, ihn auszuschalten? Sir Clive überflog noch einmal die Akte. *Ausgezeichnet für Tapferkeit … von seinen Vorgesetzten als furchtlos und kompromisslos beschrieben … Kampfeinsätze in einigen der blutigsten Konflikte*. Es war wirklich ein Jammer, aber jetzt war nicht der Moment, um sentimental zu werden. Nicht wenn das Risiko so hoch war. Der Mann könnte sich wider Erwarten zu einer echten Gefahr entwickeln und mit seinen

Aktionen die Attacke auf Nbotou gefährden. Vielleicht würde er sogar die Presse einschalten. Sir Clive griff zum Hörer und rief Blake Edwards an.

»Code drei«, ordnete er an und fügte hinzu: »Und seien Sie auf der Hut. Er ist vielleicht ein alter Löwe, aber noch längst kein zahnloser, und er verfügt über jede Menge Kampferfahrung. Sie brauchen ein Team von mindestens drei Mann. Ach, und Edwards, machen Sie es so schnell und schmerzlos wie möglich.«

Altgediente Soldaten verdienten einen würdevollen Tod, dachte er grimmig und schloss die Akte.

Er wollte die Dokumente gerade zurück ins Archiv schicken, als ihm auf der Rückseite etwas ins Auge fiel. Mit Bleistift hatte jemand »DSM, eine Legende!« darauf geschrieben. Sir Clive überlegte einen Moment lang. Es war bei Spezialeinheiten üblich, sich Spitznamen zuzulegen, aber diesen kannte er nicht, und das fand er eigenartig. Er griff zum Telefon und rief einen alten Bekannten im Verteidigungsministerium an. »n'Abend, Roberts, ich habe hier eine Akte mit dem Kürzel ›DSM‹ auf der Rückseite, der Name des Offiziers ist Hartman, Special Forces. Sie haben nicht zufällig eine Ahnung, wofür ›DSM‹ steht?«

Roberts reagierte nicht sofort. Wahrscheinlich musste er erst recherchieren und würde später zurückrufen. Aber so kam es nicht.

»DSM?«, tönte es überrascht aus dem Hörer. »Der Sensenmann? Sie haben seine Akte?«

Sir Clive sagte nichts. Dieser Spitzname klang alles andere als harmlos.

»DSM ist eine echte Legende«, fuhr Roberts aufgeregt fort. »Nach der Sache mit seinem Sohn ist er ein bisschen vom rechten Pfad abgewichen. Ein paarmal wurde er wegen exzessiver Gewaltanwendung abgemahnt. Aber wenn es einen Mann gab, der garantiert aus jeder verzwickten Lage herauskam und dabei über Leichen ging, dann war das DSM. Ist er wieder aktiv?«

»Nein, nein«, wehrte Sir Clive ab, ehe er den Hörer auflegte. Ein leiser Zweifel begann an ihm zu nagen – ein ungewohntes, lästiges Gefühl.

35

Batley Hall, Hertfordshire, England

Frühnebel hing über dem Wildpark. Die Februarsonne war noch zu schwach, um die Wolken zu teilen, die sich über das Tal wälzten und die stattliche Villa verdeckten. Das Anwesen gehörte dem Direktor einer großen Privatbank, der es jedoch selten nutzte, weil er lieber von den Bahamas aus arbeitete. Stattdessen stellte er es gern hochrangigen Vertretern der britischen Regierung zur Verfügung, als Trainingslager, für Konferenzen oder auch nur als Schlupfloch, wenn es im Kabinett mal wieder hoch herging. Sogar Personal war vorhanden. *Wie aufmerksam*, dachte Harvey Newman. Aber wenn man scharf auf einen Adelstitel war, musste man sich eben ein bisschen ins Zeug legen.

Heute waren es keine Regierungsvertreter in eleganten schwarzen Jaguars, die über die anderthalb Kilometer lange Auffahrt stoben, sondern der Mann von Centurion und seine Entourage aus Beratern, Strategen und Planern. Statt in Jaguars kamen sie in einem Konvoi von Cadillacs der SRX-Reihe, acht spritHungrigen Luxus-SUVs, die die gesamte Straßenbreite für sich beanspruchten. Als im Nebel unvermittelt ein Reh auftauchte, stimmten sie ein Hupkonzert an. Das Tier sprang verängstigt von der Straße. Weitere Rehe auf einer nahen Wiese schraken hoch und sahen den vorbeipreschenden Wagen nach.

»Wo zum Henker sind wir?«, fragte Harvey, ohne den Fuß vom Gas zu nehmen. »Soll das vielleicht eine Safari werden, oder was?«

Der Asphalt ging in Kies über, der unter den Reifen knirschte. Als sie um die letzte anmutige Kurve bogen, war sogar Harvey Newman beeindruckt von dem Anblick, der sich bot. Im Nebel erhob sich ein imposantes elisabethanisches Sandsteinhaus mit eleganten, zweiflügligen Fenstern, die im spärlichen Licht schimmerten.

»Nicht übel«, kommentierte er trocken. Schon hatte er das Telefon in der Hand und tippte Sir Clives Nummer ein. »Wir sind vor Ort, Sir Clive, im Kontrollzentrum. Werden jetzt das Lager errichten. Wann können Sie hier sein?«

Sir Clive saß in seinem Büro und rieb sich die Augen. Es war sieben Uhr morgens. Er hatte die ganze Nacht nicht geschlafen. Es gab immer noch keine Neuigkeiten von dem Einsatzteam, das Jacks Vater erledigen sollte. Er hatte Stunden damit zugebracht, Satellitenbilder des Ost-Kongo zu studieren und sämtliche Geheimdienstberichte über Clement Nbotou zusammenzutragen, um den Putsch vorzubereiten. Monsieur Blancs Flugzeug sollte inzwischen gelandet sein, sodass Nbotou die zehn Module innerhalb der nächsten Stunde erhalten würde. Sobald es so weit war, würde Sir Clive eine Notsitzung mit den zuständigen Ministern einberufen.

»Gegen Mittag«, erwiderte er. »Hatten Sie einen guten Flug?«

»Fantastisch, danke. Es geht nichts über einen Flug in der eigenen 747.« Harvey steckte das Telefon ein und stieg aus dem Wagen, als ihm aus dem Nebel eine geisterhafte Gestalt in Schwarz entgegenkam.

»Guten Morgen, Sir. Im Salon stehen Tee und eine Auswahl an Gebäck für die Herrschaften bereit.«

Harvey hob erstaunt eine Braue. War es möglich, dass es hier tatsächlich einen leibhaftigen Butler gab?

»Danke«, sagte er und widerstand der Versuchung, *James* oder *Charles* hinzuzufügen. »Gibt's auch Kaffee?«

»Ich bin sicher, das lässt sich einrichten, Sir. Wenn Sie so weit sind, folgen Sie mir bitte in die Eingangshalle. Sie sind im Ostflügel untergebracht. Gewiss wird Ihnen die Unterkunft angemessen geräumig erscheinen.«

Der Mann drehte sich um und ging zum Haus zurück.

Harvey grinste Bob an. »Angemessen geräumig«, echote er. »So einen brauchen wir unbedingt für Los Angeles.«

Bob verzog spöttisch das Gesicht. »Ich wette, der tippt schneller als deine Sekretärin«, bemerkte er leise.

36

Dasselbe Licht, das durch die Fenster der Villa von Batley Hall schien, fiel auch durch die verschmierten hohen Scheiben des alten Backsteingebäudes im Osten von London und malte ein Karomuster auf den staubigen Fußboden. Die alte Industriehalle in Bow sollte in Bälde saniert und in schicke Luxusapartments umgewandelt werden.

Archie Hartman nahm von alledem nichts wahr. Durch die eng um seinen Hals geschnürte Haube erkannte er nur grauschwarze Konturen, während eine Hand ihn brutal an einem Arm durch den Raum zerrte. Ein Fuß in seiner Kniekehle zwang ihn zu Boden.

Die drei Männer waren gut, nein, mehr als gut, echte Profis. Er hatte sie nicht einmal kommen sehen. Das Erste, was er von ihnen mitbekommen hatte, war ein Schlag auf den Hinterkopf gewesen, der ihn zu Boden gestreckt hatte – beinahe wäre er sogar k.o. gegangen. Vor zwanzig Jahren hätte er sich in diesem Moment noch blitzschnell wegrollen, aufstehen und wegrennen können. Doch ein zweiter Schlag hatte dafür gesorgt, dass er nirgends mehr hinging. Zu sich gekommen war er in einem engen, heißen Kofferraum, mit rasenden Kopfschmerzen und so fest gefesselt, dass er sich kaum rühren konnte. Es roch nach Benzin und Abgasen. Der Wagen fuhr nicht besonders schnell und musste alle paar Minuten halten. Wahrscheinlich waren sie auf dem Weg durch die Londoner Innenstadt.

Nach rund einer Stunde hielten sie an, öffneten den Kofferraum und zerrten ihn heraus. Keiner sagte ein Wort. Sie fragten ihn nicht nach seinem Namen, sprachen keine Drohungen aus. Secret Service, kein Zweifel. Sie waren so anders als normale Soldaten. Als hätten sie Angst, die Kontrolle zu verlieren, wenn sie ein Gespräch begannen und menschliche Regungen zeigten.

Archie war nie so gewesen. Er hatte einem Mann stets in die Augen gesehen, ihm eine letzte Zigarette angeboten. Seine Macht bestand schon immer darin, dass ihm alles egal war. Auch jetzt. Er empfand weder Angst noch Reue. Jack war genauso, das hatte er in dem heranwachsenden jungen Mann erkannt.

Er hatte gegen die engen Wände seines Gefängnisses getreten, so fest und so lange er konnte, bis seine Wut verraucht war, verwandelt in Dellen und Verformungen, die er der Metallhülle um sich herum zugefügt hatte. Seine Entführer waren einfach in eine ruhige Seitenstraße eingebogen und hatten abgewartet, bis er sich verausgabt hatte. Das Schicksal, das er so vielen anderen bereitet hatte, war ihm jetzt selbst beschieden. Seine Dämonen hatten menschliche Gestalt angenommen und standen lässig hinter ihm, um Rechenschaft von ihm zu fordern, Rechenschaft für alles, was er getan hatte. Sie zogen ihm die Haube ab. Er warf einen Blick über die Schulter. Sie trugen keine Masken – ein Zeichen dafür, dass sie ihm keine Gelegenheit lassen würden, sie später wiederzuerkennen. Und jung sahen sie aus, wie ein paar junge Leute auf dem Weg zu einem Fußballspiel oder in den Pub.

Er dachte an Jack. In welche Welt war sein Sohn da hineingeraten? Wenn er etwas bereute, dann dass er den Jungen nicht gezwungen hatte, sich dem Ganzen zu entziehen, solange er noch die Chance dazu hatte. Andererseits, er hätte ohnehin nichts ausrichten können. Jack war viel zu eigenwillig und konnte es gar nicht erwarten, sich zu erproben. Das war schon immer so gewesen. Er hatte sich stets doppelt so eifrig in alles gestürzt wie alle anderen, ganz gleich ob es um Fußball, um sein Studium oder ums Feiern ging, das ihn als Teenager beinahe aus der Bahn geworfen hätte. Als wollte er erfolgreich genug für zwei sein, als wollte er das Fehlen seines Bruders kompensieren.

Archie fiel einer seiner Kameraden aus der Zeit in Neapel ein, der ihm erzählt hatte, was der Junge für ein begabter Kämpfer sei, dass sich in ihm kaltschnäuzige Skrupellosigkeit mit perfekter Balance, messerscharfen Reflexen und erstaunlicher Muskelkraft verbänden. Archie hatte damals eine seltsame Mischung aus Stolz und Besorgnis empfunden. Jack war ein Kämpfer wie er selbst, nur dass der Junge von seiner Mutter auch noch eine außergewöhnliche Intelligenz geerbt hatte.

Den Tod vor Augen, in einer verlassenen Lagerhalle kniend, spürte Archie, wie die Angst um seinen Sohn verflog und einem neuen, tröstlichen Gefühl Platz machte: der Gewissheit, dass Jack perfekt gerüstet war, was auch immer das Leben – oder der Secret Service – für ihn bereithielt, viel besser, als er selbst es je gewesen war. Er wusste, dass sein Sohn einen Ausweg finden, dass er irgendwie wieder nach Hause gelangen würde. Er wandte sich seinen Henkern zu, mit einem Gesichtsausdruck, den sie nicht zu deuten wussten, einem Selbstvertrauen, das weder Worte noch Drohungen brauchte, um Wirkung zu zeigen.

»Hören Sie, ich werde nicht versuchen, Sie von Ihrer Arbeit abzuhalten. Befehl ist Befehl«, fing Archie an. »Aber Sie sollten eines wissen. Wenn Sie jetzt den Abzug drücken, wird Sie eines Tages ein junger Mann …«, er korrigierte sich, »ein Mann holen. Nicht jetzt, nicht gleich. Aber in einem Jahr, vielleicht auch später. Er wird Sie holen, und er wird dabei so schnell sein, dass Sie ihn gar nicht wahrnehmen. Er wird Sie töten, im Schlaf, auf dem Weg zur Arbeit oder zum Abendessen mit Ihrer Freundin.« Er hielt inne und sah jedem von ihnen in die Augen. »Wenn Sie jetzt schießen, sind Sie alle drei nur noch lebende Tote.«

Er sprach ganz ruhig, ohne dramatischen Unterton, als wäre es gar nicht seine Absicht, ihnen zu drohen. Er war nüchtern und gelassen und so zuversichtlich im Angesicht des Todes, dass die drei MI6-Agenten unwillkürlich kurze Blicke tauschten. Befehle waren Befehle, man befolgte sie, ohne zu fragen, aber das schloss nicht aus, dass man weitere Konsequenzen zu fürchten hatte.

Der Offizier mit der Waffe trat vor und drückte Archie

den Lauf an die Stirn. »Das reicht«, sagte er, den Finger am Abzug, bereit, das Ziel auszuschalten. Doch dann beging er einen Fehler. Er zögerte eine Millisekunde zu lang.

37

Ost-Kongo, 09:00 Uhr

Final checks completed. Please prepare for landing. Die Stimme des Piloten schnarrte durch den Passagierraum. Monsieur Blanc stellte seine Uhr zwei Stunden vor auf Ortszeit um. Die Landebahn war ziemlich kurz, sodass der Pilot die Schubumkehr aktivieren musste, sobald das Fahrwerk den Boden berührte.

Jack schob sich so nah wie möglich an das Gepäckregal heran. Es kam ihm vor, als wären sie fünf Stunden in der Luft gewesen, wobei er keine Ahnung hatte, in welche Richtung sie geflogen waren.

Mit einem Ruck setzte die Maschine auf, und sofort röhrte die Schubumkehr los. So eine Bremsung hatte er noch nie erlebt. Es war, als wäre das Flugzeug in ein Stahlnetz geschossen, das sich bis zum Äußersten dehnte. Dann rollte die Maschine langsam über die Landebahn, und die Beleuchtung in der Kabine ging an.

Wo um alles in der Welt waren sie?

Monsieur Blanc und sein Assistent sprachen am anderen Ende des Passagierraums miteinander, sodass er nichts verstehen konnte. Vielleicht berieten sie, ob sie ihm das Modul sofort herausschneiden oder es lieber bis zu dem Treffen mit dem Unbekannten in seinem Bauch lassen sollten. Einer aus der Crew kam auf ihn zu, ganz offensichtlich bemüht, ihm nicht ins Gesicht zu sehen, und versuchte vergeblich, die Tür nach außen aufzustoßen, doch der Hebel bewegte sich keinen Millimeter.

»He, Sie! Wo sind wir?«, sagte Jack in der Hoffnung, dass der Mann reagierte. Doch dieser ignorierte ihn. »Sie da an der Tür! Wo sind wir? Was ist hier los? Sie wissen schon, dass es illegal ist, Menschen zu entführen, oder?«

Schließlich gelang es dem Crewmitglied, die Tür zu öffnen. Jack überlegte, ob er wohl der Pilot war und wie es kam, dass er für jemanden wie diesen Monsieur Blanc arbeitete. Der Mann stand jetzt mit dem Rücken zu ihm, doch Jack hatte ihn angesehen, als er auf ihn zukam. Er war ziemlich sicher, dass er ihn wiedererkennen würde, wenn es sein musste.

»Nun, Jack, ich fürchte, Ihre Reise endet hier«, sagte Monsieur Blanc und schnitt das Tape durch, mit dem er an dem Gepäckregal fixiert war. Sobald auch das Band um Knöchel und Handgelenke entfernt war, versuchte Jack loszustürzen, doch seine vom langen Flug steifen Muskeln protestierten mit schmerzhaften Krämpfen. Er schlug lang hin, direkt zu Monsieur Blancs Füßen, der mit Belustigung reagierte. »Zehn von zehn Punkten für Ihren Mut, *mon brave*. Wohin wollen Sie denn so überstürzt?« Er wandte sich um. »Gustav, helfen Sie mir, den jungen Mann die Treppen hinunter und zum Jeep zu bringen.«

Gustav schwang sich Jack über die Schulter und marschierte stöhnend vor Anstrengung die Flugzeugtreppe hinab, wobei Jacks Kopf unsanft gegen die Ausstiegsluke stieß. Hitze schlug ihnen entgegen, feucht, erstickend, scheußlich. Aus dem Dschungel am Ende der Landebahn stieg Dampf auf. Gustav ließ Jack einfach auf den Asphalt fallen und sah sich um. Neben einem Holzverschlag standen drei Halbwüchsige, von deren Schultern lässig Kalaschnikows baumelten. Einer von ihnen trug statt einem Kampfanzug Bermudashorts und Flipflops. Gustav war bei der russischen Armee ausgebildet worden und schüttelte den Kopf über den armseligen Zustand dieser Soldaten.

Jack reckte den Hals, um festzustellen, wo er war. Der Asphalt war unerträglich heiß und brannte an seiner Wange.

»Soll ich das Modul hier herausschneiden?«, sagte Gustav und deutete auf Jack, eine Hand bereits an seinem Jagdmesser.

Monsieur Blanc beobachtete, wie die drei Kindersoldaten langsam näher kamen, die Waffen direkt auf sie gerichtet. »Nun, im Augenblick möchte ich möglichst alles vermeiden, was die Jungs mit den Kanonen nervös machen könnte.«

Gustav nickte. Er hatte Monsieur Blanc schon öfter nach Afrika begleitet und wusste, dass diese Kinder ziemlich schreckhaft waren und wahrscheinlich unter Drogen standen. Die drei blieben stehen, und der größte deutete auf den Jeep. »Einsteigen, da, ins Auto.« Er fuchtelte mit der Waffe, um seiner Aufforderung Nachdruck zu verleihen. Gustav bückte sich und hob Jack auf, um ihn sich wieder über die Schulter zu hieven. Keine einfache Aufgabe, wenn man bedachte, wie groß und schwer der junge Kerl war und dass er ständig versuchte, die Zähne in seinen Nacken zu versenken.

Monsieur Blanc trat nahe an Jacks Gesicht heran. »Ich muss sagen, dass ich den Verlauf der Ereignisse sehr bedauere. Der Mann, der in Ihrem Zimmer in Cambridge durchgedreht ist, war einfach eine Belastung. Aber ich werde versuchen, das Modul so schmerzlos wie möglich zu entnehmen.« Er schwieg einen Moment lang und fügte dann hinzu: »Sagen Sie, Sie haben doch in Cambridge studiert … können Sie die Uni empfehlen? Ich hoffe, eines Tages das Theologiestudium fortzuführen, das ich in jungen Jahren begonnen habe. Ist es sehr teuer, einen Platz zu bekommen?«

Jack stöhnte, als Gustav ihn auf die Rückbank des Jeeps wuchtete. Am liebsten hätte er dem Chinesen gesagt, er solle sich zum Teufel scheren, andererseits war es eine gute Gelegenheit, so etwas wie eine Verbindung zu ihm aufzubauen, wenn auch nur ansatzweise, sodass er vielleicht doch noch einmal kurz nachdachte, ehe er ihn umbrachte. »Das läuft über Gespräche und Prüfungen. Man kann sich keinen Platz kaufen. Man muss einfach verdammt hart arbeiten.«

Monsieur Blanc nickte nachdenklich. »Danke, Jack. Es gibt ja auch die amerikanischen Eliteuniversitäten, Yale und so weiter, aber wenn man bedenkt, dass die Leute wie George Bush aufgenommen haben, sind sie offenbar nicht sonderlich wählerisch.«

Der Jeep holperte über die Piste. Der Junge, der am Steuer saß, erreichte nur knapp die Pedale und konnte kaum über das Lenkrad sehen. Die Kalaschnikow lag in seinem Fußraum. Gustav, der neben ihm saß, hätte am liebsten sofort überprüft, ob die Waffe gesichert war, und dann das Steuer übernommen.

Der Wald war stellenweise gerodet. Erwachsene und Kinder gruben mit den bloßen Händen im gelbbraunen Schlamm, den sie in Schüsseln auswuschen. Jack sah wahllos in die Erde gefurchte tiefe Gruben, provisorische Minen, durchzogen von Metallrinnen mit schlammigem Wasser, das von geübten Fingern durchgesiebt wurde. »Was machen die da?«, fragte er.

Monsieur Blanc tupfte sich den Schweiß von der Stirn. »Sie graben nach Coltan. Leider werden sie nicht sonderlich gut dafür bezahlt. Jedenfalls nicht von dem Mann, den wir gleich treffen werden.«

»Dann müssen wir in …« Jack überlegte. Gab es nicht im Ost-Kongo ein besonders hohes Vorkommen des Metalls? Ihm fiel ein Artikel aus dem *Economist* ein, den er kürzlich gelesen hatte. Darin waren der hohe Preis des Erzes und der entsprechende Dominoeffekt auf die Technologieindustrie beklagt worden. »… in der Demokratischen Republik Kongo sein«, vervollständigte er seinen Satz.

Monsieur Blanc nickte. »Nur dass an diesem Ort der Name des Landes keine Bedeutung hat. Die Regionen werden von Männern mit Waffen kontrolliert. Der Mann mit den meisten Waffen bestimmt, wie der Ort heißen soll.«

Jack nickte. »Und Sie werden einem dieser Männer zehn Pseudowaffen als Köder übergeben, damit die britische Armee …« Er konnte den Satz nicht beenden. Ein Fausthieb traf sein Gesicht, der ihm die Lippe aufriss.

»Nicht hier, Jack. Ihre Andeutungen sind hier nicht erwünscht.«

Jack schwieg, nicht ohne sich ein verstohlenes Grinsen zu erlauben. Er hatte den Chinesen verunsichert. Auch wenn er nach wie vor behauptete, ihm nicht zu glauben, war Monsieur Blanc bei weitem nicht so entspannt, wie er tat.

Und das aus gutem Grund. Monsieur Blanc wusste aus Erfahrung, dass Clement seinen Besuchern immer mindestens einen Jungen schickte, der ihre Sprache verstand und die unbeobachteten Gespräche auf der Fahrt belauschen konnte. Wenn Jack recht hatte und die Module wirklich nur ein Köder waren, ein ausgeklügeltes Täuschungsmanöver, dann würde Clement das bald herausfinden. Ein Grund dafür, dass der General sein kleines Reich schon so lange hielt, war, dass er ein Gespür für solche Dinge hatte. Monsieur Blanc blickte sorgenvoll in den Dschungel. Wenn Clement es herausfand, wäre es das erste und zweifellos das letzte Mal in seiner Karriere als Waffenhändler, dass er sein Schicksal nicht in der Hand hatte. Ein unheimliches Gefühl.

38

Batley Hall, Hertfordshire, England, 12:00 Uhr mittags

Harvey Newman nahm am Kopf des schmucklosen Esstisches Platz. Im Grunde fühlte er sich ziemlich wohl in dieser Umgebung. Die Jagdtrophäen an den Wänden, die ausgestopften Hirschköpfe, die Geweihe, die gekreuzten Schwerter über dem riesigen Kamin, die Musketen und Wappen sprachen ein tiefes, unstillbares Bedürfnis in ihm an. Er fühlte sich seelenverwandt mit demjenigen, der das alles aufgehängt hatte. Am besten kaufte er sich so eine Hütte und ließ sie nach Kalifornien verschiffen, um das Ganze bei Sonnenschein genießen zu können.

Bob setzte sich neben ihn und schob ihm einen Stapel Papiere zu.

»Wie ist dein Zimmer, Bob?«, erkundigte sich Harvey, ohne auf die Unterlagen einzugehen.

»Alt und verstaubt. Mit Himmelbett und Bildteppichen an den Wänden. Wie in einem dieser Gespensterfilme aus den Siebzigern.«

»Meins auch, ist das nicht toll? Ich fühle mich wie Heinrich der Achte.«

»Hat dir Sir Clive gesagt, wann er kommt?«, fragte Bob, nahm sich eins der angerichteten Sandwiches vom Teller und biss hinein. »Was ist das denn?« Er zog sich mit angewiderter Miene ein Stück Gurke aus dem Mund. »Wie kann man denn um Himmels willen Gurke in ein Sandwich packen? Gibt's in diesem Land kein Salt Beef?«

Harvey lachte so, dass er sich kaum beruhigen konnte. »Hier, versuch die mal. ›James‹ hat mir erzählt, dass sie sie mit einheimischem Käse und hausgemachten Pickles machen.«

»Pickles?«, echote Bob skeptisch.

»Sauer eingelegtes Gemüse. So was wie Relish. Die sind jedenfalls nicht schlecht.« Er schob seinem Kollegen den Teller zu. »Sir Clive hat mich vorhin angerufen und gesagt, dass er auf dem Weg hierher ist. Sie kommen mit einem Chinook-Transportheli. Seine Kumpels aus dem Kabinett haben zugestimmt, und er hat einen kleinen Spezialtrupp zusammengestellt. Zehn Mann. Er meint, sie seien die Besten.«

»Hm«, machte Bob unbeeindruckt. »Hoffen wir, dass sie besser ausgebildet sind als die Leute, die diese Sandwiches gemacht haben.«

Sir Clive sah zu, wie London unter dem Helikopter kippte. Die Themse teilte die Stadt wie ein geschwungenes silbernes Band. Er hatte Ed Garner an Bord und ein eilends zusammengerufenes Spezialistenteam aus den Chelsea Barracks: Sprengstoffexperten, Mediziner, Linguisten, Soldaten, die mehr mitbrachten als nur physische Kraft und den unbedingten Willen, sie einzusetzen – und die Erfahrung mit der Region hatten. Ed Garner würde sie führen.

Die Sitzung im Kabinett war gut verlaufen. Der Premierminister war ebenfalls der Meinung gewesen, dass hier britische Sicherheitsinteressen betroffen wären, und hatte den Einsatz gebilligt. Dr. Calder hatte ihm ein paar Satellitenbilder von Clements Camp und dem nahe gelegenen Flugfeld gezeigt und erläutert, wie sie vorgehen würden. Das Einsatzteam würde nachts mit dem Fallschirm abspringen, mit Wärmebildkameras die Abläufe im Camp verfolgen und sich ein Bild über dessen Grundriss machen.

Ein Absprung im Dschungel war immer eine heikle Angelegenheit. Wenn einer der Männer die Landezone verfehlte, hing er möglicherweise für den Rest der Nacht in einer Baumkrone. Würde er entdeckt, wäre der Einsatz massiv gefährdet.

Zwei Kilometer vom Camp entfernt hatte Dr. Calder eine Lichtung ausgemacht. Offenbar waren die Bäume für den Abbau von Coltan gefällt worden, aber inzwischen lag die Stelle verlassen da. Es war im weiten Umkreis der beste Platz, um die Männer abzusetzen.

Dass sie für einen offenen Kampf nicht genug Männer hatten, war klar. Doch der SAS-Einsatztrupp verfolgte ohnehin ein anderes Ziel. Der Plan war, an verschiedenen Stellen des Flugfeldes Sprengstoff zu verteilen. Es sollte etwa eine Stunde lang Explosionen und Blitze geben, ein Höllenfeuerwerk, das die Landebahn jedoch nicht beschädigen sollte. Nbotou würde sofort seine Milizionäre hinschicken, denn er durfte nicht riskieren, dass sein Flugfeld zerstört würde, der Schlüssel zu seinem finanziellen und militärischen Erfolg. Ein Ring von M16-Springminen würde die Verwirrung zusätzlich erhöhen. Jedes Mal, wenn eine detonierte, schnellten in Hüfthöhe Hunderte von Kugeln los. Diese Antipersonenminen hatten einen Explosionsradius von fast zweihundert Meter und machten somit nicht nur den Menschen zum Krüppel, der auf sie trat, sondern auch alle anderen, die sich zufällig in der Nähe befanden.

Im Schutz dieser Ablenkung würden sie das Camp selbst angreifen. Und hier würden die Detonationen sehr wohl Schaden anrichten. Vier Sprengsätze würden die Außenmauer zerstören. Mit Panzerfäusten würden sie das Hauptgebäude demolieren. Kernziel ihrer Taktik war es aber, Panik unter den Kindersoldaten auszulösen. Sir Clive rechnete damit, dass viele von ihnen Hals über Kopf in den Dschungel flüchten würden, sobald sie einem echten, bis an die Zähne bewaffneten Feind gegenüberstanden. Einem kongolesischen Bauern die Knarre vors Gesicht zu halten war ein Leichtes. Doch wohin zielen, wenn förmlich aus dem Nichts die britische Armee auftauchte? Mit Sicherheit würden sie wild durcheinanderballern und viele Verluste durch Eigenbeschuss verursachen. Damit von seinen Leuten niemand durch eine versprengte Kugel umkam, mussten sie auf jeden Fall Schutzwesten tragen.

Sie würden blitzschnell eindringen. Clement musste identifiziert und sofort eliminiert werden. Sie würden Blendgranaten einsetzen, die beim Explodieren grelles Licht und einen ohrenbetäubenden Knall erzeugten, eine Waffe, die nicht zum Töten eingesetzt wurde, sondern um Verwirrung zu stiften. Sie würden das Gebäude durchkämmen und alle Fluchtwege abschneiden. Sir Clive hatte den Männern außerdem zu verstehen gegeben, dass es nicht schlimm wäre, wenn es auch den dicken Chinesen treffen würde, der Clement die Module verkauft hatte. Die Soldaten hatten die Botschaft verstanden. Ein Chinese, der britische Rüstungsgeheimnisse an den Meistbietenden verkaufte, musste sich nicht wundern, wenn er durch eine britische Kugel ums Leben kam.

Der Helikopter drehte eine Runde über Batley Hall, ehe er auf dem versteckt gelegenen Hubschrauberlandeplatz aufsetzte. Die Stelle war durch ein Arboretum am Ende des streng angelegten Gartens vom Haus aus nicht zu sehen. Sir Clive war sicher, Harvey würde ihn zu überreden versuchen, die neuen Waffen in einer Kampfsituation zu testen, und sich bei der Gelegenheit ein paar bewegte Bilder sichern, die er anschließend zu Werbezwecken verwenden konnte. Wir werden sehen, dachte er. Es schadete sicher nicht, wenn die Männer ein wenig mit dem Gerät spielen konnten. Aber ein realer Kampfeinsatz war nicht geeignet, um herauszufinden, ob sie funktionierten oder nicht.

»Sir Clive, wie schön, Sie zu sehen!«, schrie Harvey über das Flappen der Rotorblätter, trat auf den Briten zu und schüttelte ihm herzlich die Hand. »Wie ich höre, haben Sie die Zustimmung des Kabinetts. Das ist gut, sehr gut.«

Sir Clive nickte und wandte sich zu Ed Garner um, der im Begriff war, den Hubschrauber zu entladen. »Ed, kommen Sie mal her. Hier ist jemand, den ich Ihnen vorstellen möchte.«

Ed ließ die Tasche, die er über der Schulter hatte, zu Boden fallen und streckte die Hand aus. »Ed Garner. Freut mich, Sie kennenzulernen.«

»Harvey Newman. Wir werden bei dieser Operation zusammenarbeiten.«

Ed nickte. Sir Clive hatte ihm erzählt, dass Harveys Rüstungsfirma Geheimwissen an Nbotou lieferte. Vermutlich war nicht viel dahinter. Aber in den USA wurde die Spionage oft und gern an private Firmen delegiert. Man wusste nie, mit wem man es beim nächsten Mal zu tun haben würde.

»Wie war Ihr Flug?«, erkundigte sich Harvey.

»Danke, gut«, erwiderte Ed. Er sah zerstreut aus, als hätte er Wichtigeres zu tun, als hier herumzustehen und Smalltalk zu halten.

»Lassen wir Ed und die Jungs ihre Sachen ausladen, Harvey«, sagte Sir Clive, eine Hand auf Harveys Schulter, und lenkte ihn auf das Haus zu. »Sie wissen ja, wie das ist. Man muss Sicherheitschecks durchführen, überprüfen, ob die Fallschirme korrekt gepackt sind und so weiter.«

»Klar, kein Problem. Hat mich gefreut, Sie kennenzulernen, Ed, und viel Glück«, sagte Harvey gut gelaunt. Sobald sie außer Hörweite waren, wurde seine Miene ernst. »So, Sir Clive, und nun erklären Sie mir die Strategie, mit der Sie Nbotous Camp übernehmen werden. Es muss alles laufen wie geschmiert, damit unser ugandischer Freund den General ablösen kann.«

Harvey hörte aufmerksam zu, während Sir Clive ihm seinen Plan erläuterte. Zum ersten Mal in seinem Leben hatte er nichts zu verbessern oder anzumerken. Der Brite hatte an alles gedacht. Offenbar war er wirklich so gut wie sein Ruf, eine Seltenheit in dieser Branche.

39

London Heathrow Airport, 10:00 Uhr

Archie war auf dem Weg durch den Zoll. Das Ortungsgerät steckte in einer Sporttasche, die er am Check-in-Schalter aufgegeben hatte. Außer seiner Brieftasche, einem Handy, seinem Pass und dem Flugticket hatte er sonst nichts bei sich. Was er brauchte, würde er sich vor Ort in Burundi besorgen. Er hatte in der Stadt noch ein paar alte Kontakte aus seiner Militärzeit, die er ausfindig machen konnte. Männer, wie es sie nur in Afrika gab, Männer, die an alles herankamen, solange der Preis stimmte: Informationen, Waffen, jegliche Art von Ausrüstung.

Der Zollbeamte winkte ihn durch, und Archie schenkte ihm ein höfliches Lächeln, dem ein stechender Schmerz folgte. Er hatte dem Agenten so fest in die Hand gebissen, dass er sich fast den Kiefer ausgerenkt hatte – durch den Muskel am Daumenballen bis auf die Sehne des Abzugsfingers. Die Waffe war sofort gefallen, und der MI6-Offizier war so geschockt gewesen, dass er nicht einmal aufschrie. Archie hatte die Automatikpistole mit seinen gefesselten Händen aufgefangen und, ohne einmal Luft zu holen, zwei Schüsse auf seine Entführer abgegeben. Binnen weniger Sekunden war er frei gewesen.

Erleichtert hatte er festgestellt, dass der jahrelange Suff seine Instinkte nicht dauerhaft zerstört hatte und seine Reflexe immer noch schnell genug waren. *Früher hätten sie mich aber erst gar nicht in den Kofferraum gesteckt,* hatte er reuig gedacht, und außerdem waren sie keine richtigen Militärs, sondern nur Geheimagenten gewesen. Aber immerhin hatte er es noch pünktlich zum Flughafen geschafft.

Archie sah auf die Abfluganzeige und ging dann in eine Buchhandlung, um sich mit Karten und Reiseführern über Burundi und die Demokratische Republik Kongo einzudecken. Auf dem Flug würde er sich so viel wie möglich anlesen, über Geografie, Sprachen und die verschiedenen ethnischen Gruppen und Gebräuche jeder Region. Es lohnte sich immer, gut vorbereitet zu sein. Man wusste nie, welcher Fetzen Information einem am Ende das Leben rettete. Seine einzige Sorge war, dass die Reichweite des Ortungsgerätes nicht ausreichte, um Jack zu finden.

40

Demokratische Republik Kongo, 1 km vor Nbotous Camp

Die Sonne kletterte immer höher, während die Schatten sich zurückzogen, als jagte ihnen die strahlende Hitze Angst ein. Der Jeep war mit einer Reifenpanne liegen geblieben. Gustavs Befürchtung, dass der Junge mit dem Fahren überfordert war, hatte sich als begründet erwiesen. Schon unweit des Flugfelds war er über einen scharfkantigen Steinbrocken gefahren, und die Erschütterung hätte sie fast in den nächsten Graben befördert.

Jetzt standen sie neben dem Wagen, während Gustav mit einem verrosteten Schraubenschlüssel vergeblich an den Radmuttern zerrte. Niemand sprach. Die Hitze war kaum auszuhalten. Irgendwann gelang es dem Russen, das Rad abzunehmen und den Ersatzreifen einzusetzen. Gustav fragte nicht lange um Erlaubnis, sondern hockte sich einfach hinters Steuer und ließ den Motor an. Die blutjungen Milizionäre protestierten nicht. Es war nicht damit zu rechnen, dass er sich auf dieser schmalen Piste mitten durch den Dschungel verfuhr.

»Gute Arbeit, Gustav«, sagte Monsieur Blanc und klopfte ihm auf die Schulter. Seit fünf Jahren war der Mann jetzt sein persönlicher Assistent. Er war zwar nicht der Hellste, aber dafür ein Arbeitstier, zuverlässig, stark und außergewöhnlich mutig.

Jack hatten sie hinten in den Jeep verfrachtet. Seine Seite tat immer noch weh, aber vor allem kämpfte er jetzt mit dem Plastikklebeband um seine Handgelenke und Knöchel. Einer der Kindersoldaten war neben ihn geklettert, der mit dem Fußballshirt. Achtlos spielte er mit dem Sicherungshebel seiner Kalaschnikow und stieß mit dem Lauf gegen die Bänder, die Jack gefesselt hielten. Wie alt mochte der Junge sein? Vielleicht zehn. Auf jeden Fall älter, als er wirkte, so verhungert und unterernährt, wie er aussah.

»Magst du Fußball?«, fragte Jack, und als der Junge die Stirn runzelte, versuchte er es mit: »Football, tu aimes ça?« Er deutete auf das ManU-T-Shirt und fragte sich, ob in dieser Region wohl noch Französisch gesprochen wurde.

Der Junge nickte schüchtern. »Wanwuni«, sagte er mit einem Nicken, machte eine kickende Bewegung mit den Fingern und warf sich in Jubelpose.

»Wanwuni?«, echote Jack. Was sollte das heißen? Er überlegte einen Augenblick. »Wayne Rooney?«, sagte er schließlich lachend.

»*Oui, oui,* Wan Runi, guter Spieler, sehr gut«, sagte der Junge mit einem Lächeln und war für einen Moment kein Kindersoldat, sondern ein fröhlicher kleiner Junge. Einer der älteren schrie ihm von vorne etwas zu. Jack hatte den Wortlaut nicht verstanden, aber die Bedeutung war klar. Der Junge sollte den Mund halten.

Die Kinder mussten alle drei anpacken, um das rostige Tor der alten Kolonialvilla zu öffnen. Gustav fuhr hindurch und parkte im Hof, so nah wie möglich am Haus. *Verdammte Scheiße,* murmelte er und sah sich um. Die Luft war drückend, es roch nach Tod. Zwei Jungen waren dabei, einen Affen zu häuten, und das sehnige rote Fleisch zog Myriaden von Fliegen an. Die Hände des Tieres waren von den Armen abgetrennt und beiseitegelegt worden und sahen aus wie ein Paar Kinderhandschuhe, allerdings mit heraushängenden Sehnen. Gustav spuckte angeekelt aus.

»Willkommen in der bescheidenen Hütte von Clement

Nbotou«, sagte Monsieur Blanc leise. Er war schon einmal hier gewesen, und wie damals überkam ihn das beklemmende Gefühl, an einem der schrecklichsten Orte der Erde zu sein.

»Hier stinkt's zum Himmel«, erwiderte Gustav und hielt sich seinen Ärmel vor die Nase. Eine Mischung aus offener Latrine, Rauch und Körperausdünstungen schnürte ihm die Kehle zu.

Jack war es hinten im Wagen gelungen, sich in eine aufrechte Position zu wuchten. Ihm verursachte der Anblick ebenfalls Übelkeit, vor allem aber empfand er Trauer und Mitleid. Diese Kinder waren ebenso Gefangene wie er. Vielleicht noch mehr als er, denn er war fest entschlossen zu fliehen, während sie aussahen, als hätten sie sich in ihr Schicksal ergeben, weil sie ohnehin nirgendwo hinkonnten.

»Monsieur Blanc, *mon très cher ami*!« Clements tiefe Stimme dröhnte aus dem Hauseingang. »Ich hoffe, Ihre Reise war nicht allzu unbequem.« Er trabte die Treppen herunter auf sie zu. Auf seiner schwarzen Haut schimmerte ein Schweißfilm, und seine Augen überstrahlten sein Haifischgrinsen.

Gustav machte unwillkürlich einen Schritt zurück. Der Mann war ein Riese, wesentlich größer und robuster als er. Nbotou beherrschte alles, was um ihn herum war, Menschen und Dschungel. Aber das lag nicht nur an seinem Körperbau, es war die geballte Energie, die er ausstrahlte, die schiere Aura seiner Persönlichkeit.

Nbotou beugte sich vor und umarmte Monsieur Blanc überschwänglich, ehe er Gustav die Hand schüttelte. Sein Griff war überraschend weich, fast zart. Ein Mann wie

Clement Nbotou hatte es nicht nötig, sich zu behaupten, indem er anderen bei der Begrüßung die Hand zerquetschte.

»Was bringen Sie mir denn da mit, wie ein Hühnchen verschnürt auf dem Rücksitz?« Ein erstauntes Lächeln auf den Lippen, deutete er auf Jack.

Monsieur Blanc räusperte sich. »Hm, ja … das ist eine lange Geschichte. Kann ich Ihnen bei einer Flasche Whisky erzählen«, erwiderte er souverän und griff hinter sich, um eine Schachtel mit Single Malt hervorzuholen, die er Clement entgegenhielt.

Clements Augen hellten sich auf. »Laphraoig. Meine Lieblingsmarke! Im Kongo schwer aufzutreiben«, sagte er mit einem dunklen, bellenden Lachen und klopfte Monsieur Blanc auf den Rücken.

Zum ersten Mal wurde Jack bewusst, wie klein dieser Chinese war. Mit seinem beträchtlichen Leibesumfang wirkte er komisch, fast wie ein Clown, und das war ein klarer Vorteil für ihn: Die Leute, mit denen er Geschäfte machte, würden ihn mit Sicherheit nie als Bedrohung wahrnehmen.

Clement führte sie die Stufen hoch ins Haus. An der Tür angekommen, drehte er sich um. Sein Lächeln war erloschen, seine Miene kalt. Er zeigte auf die zwei Jungen, die sich an dem Affen zu schaffen machten, schrie ihnen etwas im Befehlston zu, deutete auf Jack und verschwand dann im Haus. Die Jungen ließen das Fleisch sofort fallen und rannten zu ihren Waffen, um sich rechts und links von ihm aufzustellen, wie Schulkinder, denen der Lehrer aufgetragen hatte, den Schulhof zu beaufsichtigen. Allerdings Schulkinder mit Waffen.

Jack kämpfte nach wie vor mit den Fesseln um seine

Arme und Beine. Die beiden Jungen beobachteten ihn mit traurigen Augen. Einer von ihnen kaute auf einem Stück Rinde.

»Ich bin Jack«, stellte sich Jack lächelnd vor. »Freut mich, euch kennenzulernen.«

Die Jungen reagierten nicht. Jack streckte die Zunge heraus und verdrehte die Augen zu einem Schielen. Der jüngere der beiden lachte. Der andere sah ihn nur ernst an. Es war ein gewagter Versuch, aber die Kinder boten ihm wahrscheinlich noch am ehesten die Chance zur Flucht. Wenn er nur einen der beiden dazu bewegen könnte, seine Armfessel zu lösen. Er blickte blinzelnd in die Sonne. Aber er wäre ihnen auch schon dankbar, wenn sie ihn in den Schatten schieben würden. Die Hitze war unerträglich, seine Kehle trocken wie Schleifpapier. Er hatte seit dem Flug nichts mehr getrunken. Wie lange würde er im erbarmungslosen Gleißen der Sonne durchhalten?

Es verging eine Stunde, vielleicht waren es aber auch zwei oder drei, ehe Monsieur Blanc wieder aus der Villa kam. Die sengende Hitze, die Krämpfe in seinen Armen und Beinen und der stechende Schmerz in seiner Seite hatten für Jack jede Minute zu einer Ewigkeit anwachsen lassen. Er hatte versucht leise zu zählen, doch dann irgendwann wütend festgestellt, dass er nicht mehr wusste, wo er war. In seinem Hirn war die natürliche Ordnung der Dinge durcheinandergeraten.

»Nun, Jack«, setzte der Chinese an. »Ich habe eine gute und eine schlechte Nachricht. Die gute ist, dass das Treffen mit Clement positiv verlaufen ist und dass er unsere Begründung dafür, warum Sie hier sind, mit Humor und Wohlwollen aufgenommen hat.« Er stieß einen leisen Seufzer aus. »Die schlechte ist, dass Gustav und ich jetzt das Modul herausschneiden werden.«

Jack war zu erschöpft, um zu reagieren. Er versuchte zum Haus hinüberzusehen, doch vor seinen Augen tanzten unzählige winzige weiße Punkte. Schwankend erschien Gustav auf der Treppe. Er rülpste laut.

»Kommen Sie, Gustav, bringen wir den Jungen hinein.« Er neigte sich zu Jack. »Für einen Russen verträgt er nicht viel.«

Das war das Letzte, was Jack hörte, ehe er das Bewusstsein verlor.

41

Batley Hall, Hertfordshire, England, 14:00 Uhr

Sir Clive Mortimer hätte es nicht geglaubt, wenn er es nicht mit eigenen Augen gesehen hätte. Gerade noch stand da ein wiederkäuendes Reh, im nächsten Moment blitzte ein heißer, greller Feuerball auf, und das Tier war verschwunden. Natürlich hatte er sich Harveys Werbevideos angesehen, doch sie hatten ihn nicht überzeugt. Er hatte irgendeine optische Manipulation dahinter vermutet.

»Passen Sie auf, dass Sie mit dem Ding keinen Brand verursachen«, warnte Sir Clive, während sie über die verkohlten Reste des Tierkadavers stiegen. Der Geruch von verbranntem Fleisch stach in der Nase.

Harvey musste grinsen. »Ich muss sagen, Bob ist wirklich ein Genie: Er hat den Prototyp auf handliche Größe verkleinert und gleichzeitig den Impulsstrahl so verstärkt, dass das Ziel einfach verglüht. Und das war noch nicht einmal die höchste Stufe.«

»Sehr beeindruckend«, erwiderte Sir Clive.

Bob Lowenstein lächelte bescheiden. »Ich habe ein sehr gutes Team.«

»Wie hoch ist die Reichweite?«

»Fünfhundert Meter maximal. Aber man kann verschiedene Operationsmodi einstellen. Je niedriger die Stufe, umso breiter der Streuwinkel. Statt das Ziel in Flammen zu setzen, kitzelt man auf der niedrigsten Stufe nur seine Nervenzellen, sodass es sich nicht mehr von der Stelle rühren kann«, erklärte Bob.

»Wollen Sie Ihre Leute die Waffe nicht mal ausprobieren lassen?«, schlug Harvey vor. Er war froh, Sir Clives Interesse geweckt zu haben.

Sir Clive rieb sich das Kinn. »Haben Sie schon Umwelttests gemacht? Hitze, Feuchtigkeit, Staub, extreme Kälte?«

»Selbstverständlich. Die Stresstests haben bereits vor über einem Jahr stattgefunden«, sagte Bob. »Wir sind längst in der Produktionsphase. Alles, was wir brauchen, ist eine zuverlässige Versorgung mit Coltan.«

»Und die Energiekapazität?«

»Auf höchster Stufe fünfhundert Impulse pro Einsatz. Aber man kann, wie gesagt, den Streuwinkel erweitern, dann lassen sich mindestens fünfzig Menschen gleichzeitig immobilisieren, und zwar immer noch auf eine Entfernung von hundert Metern.«

Sir Clive nickte. »Was meinen Sie, Ed, sollen wir das ausprobieren?«

Ed Garner nahm die Waffe genauer unter die Lupe. Sie war leicht, mit ihrem Gehäuse aus Karbonfaser kaum schwerer als eine kleine Maschinenpistole, einfach zu bedienen, und lag gut in der Hand. »Solange das Ding keine

Ladehemmung hat, soll's mir recht sein. Vielleicht sollten wir probehalber noch ein paar Schuss abfeuern, bevor wir in den Flieger steigen. Was kosten die pro Stück?«

»Für Sie, Ed, vierhundertfünfzigtausend Dollar«, sagte Harvey geschäftsmäßig.

»Soll das ein Witz sein?«, erwiderte Ed lachend. »Das ist ein stolzer Preis für eine Pistole.«

»Aber was für eine Pistole! Schalten Sie auf maximale Streuung und halten Sie auf die Weide dort.«

Ed sah ein wenig unsicher zu den Kühen hinüber. Er hatte eigentlich keine Lust, sie vorzeitig zu Hackfleisch zu verarbeiten.

»Wählen Sie die schwächste Stufe. Damit jagen Sie ihnen nur ein bisschen Angst ein«, ermunterte ihn Harvey.

Ed richtete den Waffenlauf auf die Kühe. Ein Zischen, ein Krachen, ein grelles Licht – und die Tiere brachen in Panik aus und stürmten mit wackelnden Köpfen und Schaum vor dem Maul aufeinander zu oder drehten sich taumelnd im Kreis.

»Auf Menschen hat es den gleichen Effekt. Es ist ein seltsames Gefühl, ein brennender Schmerz unter der Haut. Löst Panik aus, ist nicht tödlich, wird aber einen Trupp Soldaten garantiert aufhalten«, sagte Bob voller Überzeugung.

»Kommen Sie jetzt. Ich denke, wir haben für einen Tag genug Milch sauer werden lassen«, sagte Sir Clive. »Ed, ich möchte die Operation noch einmal mit Ihnen durchgehen und sämtliche Details zu Absprung und Wiederaufnahme klären. Damit Sie vollständig im Bilde sind.«

»Gut«, sagte Ed. »Wann geht's los?«

»Sie fliegen heute Abend um zwanzig Uhr von der Brize Norton Airbase ab. Der Chinook wird Sie dorthin bringen.

In den frühen Morgenstunden sollten Sie dann über dem Kongo zum Absprung bereit sein. Die Aufklärung sollte, wenn möglich, nicht länger als einen Tag in Anspruch nehmen. Das Timing ist immens wichtig.«

Ed nickte düster, denn er hielt gute Vorbereitung für mindestens ebenso wichtig. Sir Clives Pläne waren mit heißer Nadel gestrickt. Hoffentlich hatte er nichts übersehen. Es war durchaus fraglich, ob Clement Nbotous Milizionäre so schlecht ausgebildet und ausgestattet waren, wie Sir Clive annahm.

42

Bujumbura Airport, Burundi, 18:00 Uhr

Archie Hartman eilte die Stufen hinunter und über die Landebahn. Vom Asphalt stieg die letzte Nachmittagshitze in sein blasses Gesicht. Es war ein ruhiger Flug gewesen, aber geschlafen hatte er trotzdem nicht. Er war zu sehr mit Lesen und Nachdenken beschäftigt gewesen. Er nahm seine Sporttasche vom Gepäckband und hoffte, dass das Ortungsgerät nicht zu sehr durchgeschüttelt worden war.

Eine Reihe Taxis wartete hoffnungsvoll vor dem Flughafen, mit lächelnden Fahrern, die alle den günstigsten Preis der ganzen Stadt versprachen. Archie nahm den erstbesten Wagen. Um seine Sicherheit machte er sich wenig Sorgen. Sollte der Fahrer dumm genug sein, ihn in irgendeiner Weise anzugreifen, würde es ihm übel ergehen. Richtig übel.

»Bringen Sie mich zum besten Hotel der Stadt, nicht in irgendeine Absteige, die vom Cousin Ihres Freundes oder vom Onkel Ihres Schwagers geführt wird«, sagte er mit lässigem Grinsen und wedelte mit einem Hundertdollarschein. »Dort warten Sie auf mich. Dann bekommen Sie morgen noch so einen.«

Das überzeugte den Fahrer. Hundert Dollar waren mehr, als er in einem ganzen Monat verdiente.

»Ach, und dann würde ich mir gern Ihr Handy ausleihen«, fügte Archie hinzu. »Keine Sorge. Nur für ein Ortsgespräch.«

Später am Abend, nachdem er den Hotelinhaber so weit gebracht hatte, ihm ein Zimmer mit abschließbarer Tür und ein Moskitonetz ohne Riesenlöcher zu geben, machte sich Archie in die Stadt auf. Er hatte Spike van de Weye erreicht, einen Exsoldaten und Exsöldner, der jetzt eine Bar besaß, mit Waffen dealte und auch sonst so ziemlich alles besorgen konnte.

Archie nannte dem Fahrer die Adresse, und der machte sich sofort auf den Weg durch den dichten Innenstadtverkehr, vorbei an Hotels und Cafés voller Menschen, weiter in die Außenbezirke der Stadt.

»Sicher, dass das der richtige Weg ist?«, fragte Archie, als die Ampeln immer seltener wurden und die Straßenoberfläche holpriger. Mehr Schlaglöcher als Asphalt, dachte er grimmig, während sein Kopf gegen das Wagendach schlug.

»Bar Terese?«, erkundigte sich der Fahrer.

Archie nickte.

»Richtiger Weg. Sehr beliebtes Lokal.«

Archie sah aus dem Fenster. Die Bebauung war eng, die Häuser einstöckig und notdürftig aus Holz und Wellblech zusammengezimmert. Manche hatten Strom, vor anderen brannten kleine Feuer. Dann ertönte im Dunkeln Musik, basslastige Rumba und flirrende kongolesische Gitarren. Das Taxi hielt.

»Wir sind da, Sir. Folgen Sie einfach der Musik«, riet der Fahrer und stieg aus dem Wagen, um ein paar Bekannte an der Bar mit einem Pfiff zu begrüßen. Archie ging ihm nach. Das Ganze sah eher wie ein Betonbunker aus, dem die Frontwand entfernt worden war, als wie eine Bar. Über verblichenen Plastiktischen und -stühlen baumelten Glühbirnen, aus ein paar dicken Boxen wummerte Musik. Im Hintergrund dröhnte, kaum übertönt vom stampfenden Bass, das disharmonische Tuckern des Dieselgenerators, der das Lokal mit Strom versorgte.

Spike saß an der Bar. Er hatte ein gerötetes Gesicht und sandblondes Haar, das in wilden Büscheln von seinem rosa Schädel abstand. Archie hatte anfangs angenommen, dass sein Spitzname daher kam. Erst später hatte er erfahren, dass er so genannt wurde, weil er für den Nahkampf ein gekerbtes Spike-Messer verwendete. Sie hatten bislang zweimal zusammengearbeitet, bei SAS-Operationen in Nigeria. Spike hatte jeweils Basisinformationen beschafft.

Er war teuer, aber zuverlässig, jedenfalls solange man pünktlich bezahlte. Archie und er waren etwa gleich alt, allerdings war Spike mit den Jahren füllig geworden. Sein Bauch hing ihm über den Gürtel, und sein Nacken quoll über den Kragen seines kurzärmeligen Safarihemds. Er saß mit dem Rücken zu Archie, eine Zigarette in der einen Hand, die andere um eine junge Schwarze gelegt. Ehe Archie seinen Namen sagen konnte, hatte er sich schon umgedreht und war heraus ins Dunkel der Straße getreten.

»Archie, alter Schweinehund, bist du das?«, sagte er, und ein breites Grinsen erschien auf seinem Gesicht. »Du siehst totenbleich aus, Mann, bist du wegen der Sonne hier?« Ein tiefes, grollendes Lachen war zu hören, während er Archie in seine mächtigen Arme schloss. Er mochte ein paar Pfunde zugelegt haben, doch Archie spürte, dass die Muskeln unter dem Fett immer noch fest waren. »Aber jetzt mal im Ernst«, fuhr er fort. »Ich nehme an, du bist nicht zum Vergnügen hier, sondern aus geschäftlichen Gründen. Wäre sonst ein ganz schön weiter Weg für einen Drink.«

Archie setzte ein wenig überzeugendes Lächeln auf. »Geschäftlich, ja. Du siehst gut aus, Spike.«

»Du meinst, ich bin fett geworden, was? Macht nichts. Weiß ich selbst. Kommt von zu viel Fleisch. Lass uns in mein Büro gehen.« Er führte Archie an der Bar vorbei zu einer Tür, die in dieser Umgebung auffällig massiv wirkte.

»Nettes Lokal«, sagte Archie, weil ihm nichts anderes einfiel. Er war noch nie gut in Smalltalk gewesen.

Spike lachte. »Es ist vielleicht ein Drecksloch, aber es ist mein Drecksloch. Und fürs Geschäft ist es auch gut, die Leute wissen, wo sie mich finden, und keiner kommt auf die Idee, den Laden auszurauben.« Er drückte den Lichtschalter und schloss die Tür hinter Archie. Der Raum war klimatisiert und kühl. »Setz dich. Lange her, dass wir uns gesehen haben. Was kann ich für dich tun, alter Freund?« Zwei Whiskeygläser erschienen auf dem Schreibtisch, und aus einer der Schubladen zog Spike eine Flasche.

Archie nahm ein Glas und leerte es, wobei er sich vornahm, dass es das einzige bleiben würde. Aber es wäre unhöflich gewesen abzulehnen. Spike schenkte nach. Aber danach wäre wirklich Schluss.

»Ich brauche die Sachen von dieser Liste«, erklärte Archie und schob einen Notizzettel über den Tisch. »Wie lange wird das dauern?«

Spike zog an seiner Zigarette, trank den Whiskey aus und warf einen Blick auf die Liste. Keine großen Herausforderungen, alles Standardausrüstung, Sachen, die er auf Lager hatte, Gurte, Handwaffen, Morphium, ein Satellitentelefon, Jagdmesser, eine Hängematte, Malariatabletten. Den Helikopter zu besorgen würde vielleicht ein paar Tage dauern, würde aber auch kein Problem sein. »Soll das ein Campingausflug werden? Mit ein bisschen Jagen?«, sagte er lächelnd.

»So etwas in der Art«, erwiderte Archie.

»Pass auf«, sagte Spike, »besorg mir das Geld, dann bekommst du die Sachen morgen früh.«

»In Ordnung. Gib mir dein Telefon und deine Kontodaten, sag mir, was es kosten soll, dann überweise ich es sofort.«

Spike war überrascht. Normalerweise feilschten seine Kunden. Seine Preise waren hoch, zu hoch, um sie einfach so zu akzeptieren, und Archie hatte noch nicht einmal nach der Summe gefragt, ehe er zugestimmt hatte. Spike sah ihn prüfend an und bemerkte das leichte Zittern seiner Hand und den angespannten Ausdruck in seinen Augen. »Bist du in Schwierigkeiten?«, sagte er gedehnt.

Archie runzelte die Stirn und kratzte sich am Kopf. Es gab keinen Grund, den Mann anzulügen. »Ich nicht«, erwiderte er. »Mein Sohn ist da draußen. Ich will ihn zurückholen.«

Spike nickte. Er kannte Archie schon lange und wusste, dass ihn der Tod seines ersten Sohnes Paul vollkommen aus der Bahn geworfen hatte. Man hatte damals nirgends mehr mit ihm hingehen können, weil es immer in einem Desaster geendet hatte, mit einem Dutzend verwüsteter Kneipen und ebenso vielen gebrochenen Nasen. »Komm, ich geb dir die Sachen sofort. Anschließend sehen wir zu, wo wir einen Helikopter herkriegen«, sagte er und stand auf. »Und mach dir keine Gedanken wegen der Bezahlung. Das erledigen wir später.«

43

General Nbotous Camp, Ostkongo

Als Jack erwachte, spürte er einen brennenden Schmerz in seinem Bauch, und über ihm schwebten zwei verschwommene Gestalten. Das konnte nur ein Albtraum sein. Von den Händen eines der Männer triefte es rot, eine tiefe Stimme murmelte etwas auf Französisch. Schwärze drang aus seinen Augenwinkeln und dämpfte das Licht, doch irgendetwas über ihm glitzerte wie Sonnenstrahlen auf dem Wasser. War das ein Kronleuchter? In seinen Eingeweiden wütete eine Ratte, die versuchte sich wild strampelnd einen Weg nach draußen zu bahnen. Die Haut dehnte sich immer weiter, dehnte sich bis zum Zerreißen, bis sie schließlich aufplatzte.

Wie aus einer anderen Welt drangen leise Stimmen an sein Ohr.

Hier, machen Sie das sauber und legen Sie es zu den anderen Modulen.

Was werden Sie mit ihm machen? Ihn verbluten lassen? Im Dschungel abladen?

Unheilvolle Stille.

Ich werde ihn mit ein paar Stichen zusammenflicken, damit er erst einmal am Leben bleibt. Clement hat ziemlich deutlich gemacht, dass er keine weiße Leiche auf seinem Land haben will. Man weiß nie, wer kommt, um danach zu suchen. Es ist besser, er lebt, bis wir ihn irgendwo im Busch abladen können. Eine Leiche würde bei dieser Feuchtigkeit sofort anfangen zu stinken.

Zwei Paar Füße entfernten sich. Dann kam eins wieder zurück. Eine Flüssigkeit wurde über seinen Bauch geschüttet. Diesmal war der Schmerz zu groß, das Brennen des Alkohols, der die Wunde desinfizieren sollte, und Jack verlor das Bewusstsein.

Trotz fehlender Ausbildung hatte Monsieur Blanc durchaus Übung mit chirurgischen Eingriffen. Er hatte in seinem Leben schon einige Verwundungen behandelt, leichte, aber auch schwere, und seine Stummelfinger waren erstaunlich geschickt. Er trat zurück, um sein Werk zu bewundern. Die Stiche waren ordentlich und stramm, die frische Narbe sah sauber und beinahe professionell aus.

Es gab noch einen weiteren Grund, den Jungen am Leben zu erhalten. Das Modul hatte dicht unter der Haut gesessen und war nicht mit dem umgebenden Gewebe verwachsen gewesen, wie Dr. Seladin ihn hatte glauben lassen. Und das gab Monsieur Blanc zu denken. Wenn es keine Verbindung zu lebender organischer Materie gab, wozu brauchte man dann einen lebenden Wirt für das Modul? Womöglich hatte Jack tatsächlich recht mit seiner Geschichte … Die Module waren nutzlos, und entweder er oder Clement sollte hinters Licht geführt werden – ein äußerst beunruhigender Gedanke.

Er wischte dem jungen Mann die Stirn, die von der Sonne krebsrot war.

»Die Operation war ein voller Erfolg, wie ich höre?«

Monsieur Blanc zuckte zusammen. Clement stand in der Tür.

»Ja, es war nicht schwer, das Modul zu entnehmen. Jetzt ist das Set vollständig. Sie könnten es sofort an Ihren Käufer weiterleiten«, sagte Monsieur Blanc.

Clement winkte ungeduldig ab. »Kommen Sie, heben wir uns das Geschäftliche für später auf. Jetzt essen wir erst mal. Es gibt Moambe, schön scharf, so wie Sie es mögen.«

Monsieur Blanc nickte, goss sich etwas Desinfektionsmittel über die Hände und trocknete sie mit einem Taschentuch. Er hasste die zähen, scharf gewürzten, undefinierbaren Fleischbrocken, die Clement schon beim letzten Mal serviert hatte, aber er konnte unmöglich dankend ablehnen. Schon gar nicht in Gegenwart der halb verhungerten Kindersoldaten, die am Tisch bedienten.

Clement ging zu Jack hinüber und beugte sich dicht über ihn. Er spürte den schwachen Atem an seinem Ohr. »Er lebt noch. Das war gute Arbeit. Vielleicht rufe ich das nächste Mal lieber Sie, statt meinen Arzt in der Schweiz aufzusuchen.«

Monsieur Blanc zwang sich zu einem Lachen. »Ich fürchte, das wäre keine gute Idee. Ich kann eine Stichwunde nähen. Zur Not könnte ich wahrscheinlich auch eine Kugel entfernen oder eine Blutung durch Ausbrennen stoppen, aber das war es dann auch. Schlachtfeldmedizin. Die ausgefeilte Schönheitschirurgie, die Sie so wunderbar jung hält, würde mich schwer überfordern.«

Unter brüllendem Gelächter schlug Clement Monsieur Blanc auf die Schulter. »Sie schmeicheln mir, mein Freund.« Mit einem Blick auf Jack fügte er hinzu: »Und was passiert jetzt mit ihm?« Er studierte den leblosen Körper des jungen Mannes, der groß und muskulös war. »Ich denke, es ist kein Fehler, ein oder zwei Wachen in diesem

Raum abzustellen«, sagte er nach einer Weile. »Nur falls er aufwacht.«

»Einverstanden.« Monsieur Blanc nickte. »Und sie sollten auf jeden Fall bewaffnet sein. Er wird schnell aggressiv«, erklärte er. »Und wo ist jetzt Ihr berühmtes Moambe?«

44

Hercules-Flugzeug der britischen Luftwaffe, über der Demokratischen Republik Kongo

Der Nachthimmel war blauschwarz und, von ein paar Wolkenfetzen abgesehen, sternenklar. Die holprige Hercules war nicht unbedingt besonders gut geeignet, um mit dem Fallschirm abzuspringen, aber ein anderes Transportflugzeug war kurzfristig nicht aufzutreiben gewesen. Die donnernden Propeller machten es außerdem unmöglich, während des Fluges noch einmal in Ruhe Kräfte zu sammeln.

Ed Garner schritt das Flugzeug ab, um jedes Teammitglied noch einmal einzeln anzusprechen. Das war allerdings nur in einer Mischung aus Zeichensprache und Schreien möglich, so laut dröhnten die Triebwerke. Zum einen wollte er sehen, ob die Männer gut vorbereitet waren, zum anderen aber brauchte er selbst Ablenkung, um nicht ständig an den Absprung zu denken. Es war der riskanteste Teil des Unternehmens, weil so vieles schiefgehen konnte: falsch berechnete Windgeschwindigkeit, ein Fehler des Navigators, der sie kilometerweit von ihrem Sammelpunkt wegbrachte, Ausrüstungsmängel, ein Haupt- oder Reserveschirm, der sich nicht öffnete. Ed war lange genug beim Militär, um alles schon einmal erlebt zu haben. Beruhigt wäre er erst wieder, sobald die Männer wohlbehalten gelandet und in Stellung gegangen waren. Er öffnete die Tür zum Cockpit, und als er sie hinter sich schloss, ließ der Lärm der Triebwerke sofort nach. Es war der einzige Bereich in der Maschine, der zumindest halbwegs schallisoliert war.

»Wie lange brauchen wir noch bis zur Absprungzone?«, fragte er den Kopiloten.

»Zwanzig Minuten. Zeit für die letzten Checks. Wir werden die Ladeklappen öffnen. Sie müssen möglichst dicht hintereinander springen.«

»Gut«, erwiderte Ed entschlossen. »Wie hoch sind wir?«

»Zwanzigtausend Fuß, aber für den Absprung gehen wir auf fünfzehntausend runter.« Der Kopilot hatte keine Ahnung, was die Männer vorhatten, sobald sie festen Boden unter die Füße bekamen. Er musste es auch nicht wissen. Sein Job war es, diesen Flieger zu steuern, das Team zu den angegebenen Koordinaten zu bringen und die Klappen zu öffnen.

Ed bedankte sich mit einem Nicken und kehrte zu seinen Männern zurück.

»Zeit für den letzten Sicherheitscheck, Jungs. Wir springen in zwanzig Minuten.«

Die Männer mit den schwarz-grün beschmierten Gesichtern machten sich mit routinierter Betriebsamkeit an ihre Ausrüstung, schnallten sich die Fallschirme auf ihre breiten Schultern und prüften die Sicherungshebel ihrer Waffen.

Ed ging auf die Ladeklappen zu. Der hintere Teil der Maschine vibrierte besonders stark, Metall klirrte auf Metall, und es war noch lauter als vorne im Rumpf. Über die interne Funkverbindung fragte er im Cockpit nach: »Wie lange noch bis zur Absprungzone?«

»Zehn Minuten, *over*«, ertönte schnarrend die Stimme des Piloten.

Ed wies den Trupp an, in Stellung zu gehen. Sobald sich die Klappen öffneten, würden sie paarweise springen. In Anbetracht der Dunkelheit und der kleinen Lichtung, auf der sie landen mussten, war es ein riskantes Unterfangen. Die Windgeschwindigkeit lag bei sieben Knoten, aber der Wind war immer noch stark genug, um sie irgendwo in das dichte Blätterdach des Dschungels zu tragen, wenn sie das Flugzeug nicht rechtzeitig verließen.

Langsam gingen die Ladeklappen auf. Eine Bö fuhr durch das Flugzeug, und ein hochfrequentes, brüllend lautes Surren ertönte, der Lärm der Triebwerke, jetzt ungedämpft. Vom Adrenalin aufgeputscht, warteten die Männer mit angespannten, konzentrierten Mienen auf das Kommando.

»Fertig zum Absprung! Los, los, los!«, rauschte die Stimme des Piloten aus dem Intercom.

Nacheinander traten die Männer an die Klappe und sprangen. Ed sah ihnen zu. Als das letzte Paar draußen war, trat er selbst an die Kante der Ladeklappe und konzentrierte sich noch einmal auf den Sprung. Gleich würde sein Körper wie ein Stein fallen, während der Magen oben blieb; binnen Sekundenbruchteilen würde er aus festem Stand in das haltlose Nichts stürzen und im eiskalten, laut wie ein Wasserfall rauschenden Luftstrom dem Erdboden entgegenrasen.

Gleich würde ihm nur noch sein Instinkt helfen.

45

Monsieur Blanc, Gustav und Uko kauten sich mühsam durch das zähe Fleisch, aus dem das Gericht auf ihren Tellern bestand, lachten gezwungen über Clements Witze und erschlugen hin und wieder vereinzelte Moskitos, die einen Weg durch die Mückennetze an den Fenstern gefunden hatten. Sie hörten sich seine Geschichten über Dschungelkämpfe an, über das Dorf, in dem er aufgewachsen war, seine siegreichen Schlachten und die Sprengsätze, mit denen er seinen Maybach präpariert hatte.

»Wer versucht, den Wagen zu stehlen, kann nicht mal mehr weglaufen«, sagte er und tupfte sich den Mund ab. »Und das meine ich ganz wörtlich. Die Ladung geht nämlich in Hüfthöhe hoch.«

Immer wenn er wichtige Gäste hatte, ließ Clement im Speisezimmer anrichten, wo an den Wänden trübe, gesprungene Spiegel hingen und Lianen sich durch Risse in den Fensterrahmen wanden wie grüne Tentakel, die das Haus umschlingen wollten. Sie veranschaulichten bildhaft, dass der Kongo keine Gegend war, in der sich eine Kolonialmacht lange halten konnte.

Keiner von ihnen achtete auf das entfernte Grollen über den Wolken, dazu waren sie viel zu sehr an Flugzeuglärm gewöhnt. Keiner außer Clement. Es klang nach einer großen Turboprop-Maschine. Aber sie lagen nicht auf einer offiziellen Flugstrecke, weder nach Kinshasa noch nach Kampala in Uganda. Gelegentlich kamen Hilfsflugzeuge vorbei, aber die landeten meist auf dem Militärstützpunkt im Westen des Kongo. Er machte einem der Jungen, die bedienten, ein Zeichen. »Ihr geht sofort zu zweit raus und beobachtet den Himmel«, befahl er, »einer aufs Dach, einer auf den Baum. Los, los!«

Der Junge nickte und sauste aus dem Zimmer. Der Baum, den sie als Beobachtungsstand nutzten, stand am Ende des Hofes. Er kletterte hoch und rief einem seiner Kameraden zu, auf das Hausdach zu steigen. Der Flugzeuglärm war erstorben, irgendwo in westlicher Richtung. Angestrengt sah er zum Nachthimmel hoch und versuchte im letzten Licht des Tages etwas zu erkennen. Nichts. Vom anderen Ausguck her pfiff es, der zweite Junge war bereits auf dem Dach, hielt sich am Schornstein fest und deutete mit einem erneuten Pfiff nach Osten. Der Junge im Baum spähte in die angezeigte Richtung. Für den Bruchteil einer Sekunde erschien vor einer Wolke ein Fleck, ein huschender Schatten. Dann noch einer. Zwei weitere. Vielleicht ein paar Vögel. Wahrscheinlich nichts von Bedeutung. Sie blieben auf ihren Posten und spähten, aufmerksam horchend, weiter in den Himmel.

In seinem Zimmer im ersten Stock hatte Jack den Flugzeuglärm ebenfalls gehört. Er war zwar stark dehydriert und geschwächt von der Gluthitze und der improvisierten OP des Chinesen, aber das charakteristische Dröhnen der vier Propellertriebwerke hatte er sofort erkannt: eine Hercules. Wer auf Militärstützpunkten aufgewachsen war, kannte das Geräusch. Er lauschte angestrengt. Es wurde leiser, dann wieder lauter. Hatte der Wind die Richtung gewechselt? Oder hatte das Flugzeug abgedreht? Den Kurs geändert? Im Prinzip konnte es nur einen Grund geben, warum es abdrehte: Es hatte Ladung abgeworfen.

Mit Mühe hob er den Kopf, um besser hören zu können, doch etwas Kaltes stieß gegen seine Brust. Ein schwarzes, glänzendes Rohr in den Händen eines kleinen Jungen, der ihn konzentriert anblickte. Die Waffe war so schwer, dass seine Arme unter dem Gewicht zitterten. Jack lehnte den Kopf wieder zurück, und der Druck des Pistolenlaufes ließ nach. War das eine Rettungsmission? Er wagte nicht daran zu glauben.

»Nun, Clement, herzlichen Dank für Ihre Gastfreundschaft«, sagte Monsieur Blanc und stand von der Lattenkiste auf, die man ihm zum Sitzen gegeben hatte. »Aber ich denke, ich sollte noch mal nach dem Jungen sehen. Nicht dass er inzwischen zu sich gekommen ist.« Einen Augenblick später fügte er hinzu: »Oder gestorben ist …«

»Selbstverständlich«, erwiderte Clement gut gelaunt. »Aber nachher spielen wir zusammen eine Runde Blackjack. Mal sehen, ob Sie das Geld zurückgewinnen können, das ich Ihnen letztes Mal abgenommen habe.«

»Das bezweifle ich«, sagte Monsieur Blanc und trank den letzten Schluck von seinem Bier, das in dem schwülen Speiseraum rasch warm geworden war und unangenehm bitter schmeckte.

Draußen im Flur kühlte ein Luftzug, der durch die offene Tür drang, die Schweißperlen in seinem Nacken. Er dachte wieder an Jacks Warnung und wie das Modul implantiert gewesen war. Da gab es Fragen, auf die er dringend Antworten brauchte.

Eilig wuchtete er seine Leibesfülle die Stufen der Marmortreppe zum ersten Stock hoch, und die körperliche Anstrengung in dieser feuchten Hitze trieb ihm erneut den Schweiß auf die Stirn. Wie er den Dschungel hasste. Er konnte es gar nicht erwarten, Clements gottverlassenem Höllenloch zu entrinnen und in sein Pariser Palais oder das Château in der Nähe von Poitiers zurückzukehren. Geld verdienen konnte man in diesem Geschäft, und meistens machte ihm die Arbeit sogar Spaß. Aber Clements falsche Jovialität strapazierte seine Geduld. In Wahrheit war der Mann eine Bestie. Mit ihm an einem Tisch zu sitzen, seinen unverdaulichen Fraß hinunterzuwürgen und über seine Witze zu lachen erforderte mehr diplomatisches Geschick, als er aufzubringen vermochte.

Als er Jacks Zimmer betreten wollte, hörte er ein leises Wimmern vom anderen Ende des Flurs, wie von einem verletzten Tier. Er ging darauf zu und zog an einer schweren Holztür, die schief in den Angeln hing. Einen Augenblick lang fürchtete er, sie wäre verschlossen, doch sie ließ sich nur so schwer bewegen, weil sie völlig verzogen war. Clement sperrte seine Türen nicht ab; es gab ohnehin nichts, was sich zu stehlen lohnte.

Die Laute verstummten, als er die Tür öffnete. Neben dem Fenster schnappte jemand kurz nach Luft. In einer Ecke des Raums entdeckte Monsieur Blanc eine schmale Gestalt. Ein junges Mädchen, fast noch ein Kind. Er wusste, dass Clement Entführungen und Vergewaltigungen systematisch einsetzte, um die verbliebenen Reste der einheimischen Bevölkerung einzuschüchtern.

Er trat auf das Mädchen zu. »Schon gut, schon gut, *ça va, ça va*«, sagte er leise und so beruhigend, wie er konnte, mit vorgestreckten offenen Händen. Das Mädchen wich, so weit es ging, in die Ecke zurück. Sie war am Bett festgebunden. Ein Kabel schnitt in ihre Haut über dem Knöchel. Ohne zu überlegen, zog er sein Taschenmesser heraus und schnitt die Fessel durch. Einen Erwachsenen hätte er zurückgelassen, der hätte sich selbst wehren können, aber ein Kind? Er konnte sie unmöglich Nbotou überlassen. Die Gesichter der Nonnen aus der Mission in Shanghai erschienen vor seinem geistigen Auge und rechtfertigten seinen Entschluss.

Er nahm das Mädchen am Arm, zog sie in die Streifen orangegelben Lichts, das durch die Schlagläden fiel, und musterte rasch ihren Körper. Ein spärlicher Fetzen von einem Kleid bedeckte sie notdürftig, Arme und Beine verunstalteten hässliche Striemen von den Schlägen, die sie bekommen hatte.

Kopfschüttelnd sagte er: »Komm … *viens*«, nahm sie an der Hand und führte sie zur Tür hinaus.

Sie ließ sich widerstandslos mitnehmen. Aus irgendeinem Grund wirkte dieser fette kleine Mann nicht bedrohlich auf sie. Vielleicht war es sein Blick oder der Klang seiner Stimme.

Monsieur Blanc hatte sich noch nicht überlegt, was er mit ihr anstellen würde. Was er Clement sagen würde. Das Wichtigste war, sie erst einmal aus diesem Zimmer zu holen.

»Wohin bringst du mich?«, fragte sie.

Er war überrascht, dass sie Englisch sprach. Lächelnd hob er eine Schulter. »Ich weiß nicht. Nach Hause vielleicht? Wo wohnst du?«

Das Mädchen zuckte die Achseln. »Weit weg.«

Monsieur Blanc nahm wieder ihre Hand und führte sie den Flur entlang. Er klopfte an dem Zimmer, wo Jack festgehalten wurde. Es kam keine Antwort. Er klopfte erneut. Ein kleiner Junge öffnete die Tür einen Spaltbreit. Monsieur Blanc schob ihn beiseite und betrat den Raum.

Jack hob mühsam den Kopf und hievte sich auf die Ellbogen. Der Junge mit der Waffe schrie etwas mit hoher Kinderstimme. Monsieur Blanc scheuchte ihn weg.

»Haben Sie es gehört?«, fragte Jack mit derselben heiseren Stimme, die er gehabt hatte, als er aus dem Labor entflohen war.

»Ob ich was gehört habe?«, fragte Monsieur Blanc zurück, einerseits verwirrt, andererseits erleichtert, dass der Junge lebte und Fragen stellen konnte.

»Flugzeugtriebwerke, Turboprops, den Sound der Hercules. Die britische Armee schickt uns schwere Geschütze. Ich schätze, morgen früh wimmelt es hier von Soldaten.«

Monsieur Blanc trat auf ihn zu und wackelte mit dem Finger. »Sie reden wirres Zeug. Ich habe nichts gehört. Das wäre mir aufgefallen.«

Jack lehnte sich wieder zurück. »Wie Sie meinen. Sie müssen mir nicht glauben. Ich nehme an, Nbotou hat keine Möglichkeit, die Module hier zu testen, sonst hätte er Sie längst an Ihren Eingeweiden an dem Affenbrotbaum im Hof aufhängen lassen.« Ihm fiel das Mädchen ins Auge, das ängstlich hinter dem Chinesen stand. »Wer ist Ihre kleine Freundin da?«

»Niemand. Nur ein Kind, das Nbotou zum puren Vergnügen gequält hat.«

»Was haben Sie mit ihr vor?«, fragte Jack und runzelte die Stirn.

»Ich weiß es nicht«, erwiderte Monsieur Blanc und wischte sich erschöpft den Schweiß von der Stirn. »Sie hier rausbringen«, fügte er schwach hinzu.

»Oh, ein großer Wohltäter. Man sollte Sie zum UNICEF-Gesandten ernennen«, bemerkte Jack sarkastisch.

»Halten Sie um Himmels willen den Mund«, erwiderte Monsieur Blanc gereizt. »Wie muss man Sie eigentlich noch behandeln, damit Sie endlich still sind?« Doch in seine Verärgerung mischte sich Respekt. Dieser junge Kerl war ganz schön zäh. Er zog eine Holzkiste näher an den provisorischen OP-Tisch heran und wandte sich an den Jungen, der an der Tür stand. »Geh etwas zu essen und zu trinken holen. Hopphopp!« Er klatschte in die Hände, und der Junge sauste aus dem Zimmer.

Monsieur Blanc beugte sich zu Jack herunter und sagte leise: »Als ich das Modul aus Ihrem Bauch geholt habe, ist mir aufgefallen, dass es mit dem Gewebe nicht verwachsen war. Was Ihre Behauptung stützen würde, dass das Ganze eine Falle ist. Aber warum hier, warum Nbotou, warum der britische Geheimdienst? Nbotou ist ein Tyrann und verdient nichts anderes als Verachtung, aber das hat euch Briten bislang noch nie genügt, um Leute wie ihn aus dem Verkehr zu ziehen. Normalerweise lasst ihr die Milizenchefs in aller Ruhe über ihre kleinen Reiche herrschen, solange eure wirtschaftlichen Interessen nicht beeinträchtigt sind.«

Jack stemmte sich an der Tischkante in eine sitzende Position hoch und fühlte sich schwindelig, als ihm das Blut aus dem Kopf wich. »Ich habe keine Ahnung. Was hat er denn zu bieten, außer Coltan? Ist das Zeug wirklich so wertvoll?«

»Für die Waffenproduktion vielleicht.« Monsieur Blanc seufzte. Es war ein langer Tag gewesen, und es würde eine lange Nacht werden. »Die ganze Geschichte ist jedenfalls große Scheiße«, sagte er schließlich.

Jack fiel auf, dass er den Mann zum ersten Mal fluchen gehört hatte. Durch den französischen Akzent klangen die Worte seltsam verfremdet. Unter anderen Umständen hätte er lachen müssen.

»Ich hätte mich nie darauf einlassen sollen«, fuhr der Chinese fort. »Wissen Sie, Jack, manchmal sind die großen Konzerne die schlimmsten. Sie erkaufen sich die Rückendeckung der Regierungen und stellen sich dann selbst über das Gesetz.«

Das Kind erschien mit einem Teller und einer Flasche Bier. Das große Maschinengewehr baumelte bedrohlich lose an seiner Schulter. Monsieur Blanc und Jack hatten denselben Gedanken. Wenn er stolperte und die Waffe zu Boden fiel, könnte sich eine Salve lösen und ein tödliches Inferno im Raum entfachen. Sie beobachteten ihn nervös, wie er über die wackeligen Holzdielen balancierte. Als er Monsieur Blanc die Sachen übergab, seufzten beide erleichtert auf.

»Was meinen Sie, wie viele von den Kindern pro Jahr aus Versehen durch Schüsse ums Leben kommen?«, fragte Jack, nahm Monsieur Blanc den Teller ab und setzte die Flasche an. Das Bier lief ihm köstlich kühl die Kehle hinunter in seinen leeren Magen.

»Bestimmt einige. Schmeckt's?«

Jack antwortete nicht, weil er sich gierig das scharfe Hühnerfleisch in den Mund stopfte. »Ich bin in einer Londoner Vorstadt aufgewachsen«, sagte er zwischen zwei Bissen. »Da gab es Sachen wie Kebab mit Chilisauce. Im Vergleich dazu ist das hier eine echte Steigerung.« Er schaufelte sich noch einen Löffel von dem Fleischgericht in den Mund. »Meinen Sie wirklich«, sagte er kauend, »dass die Leute, die Sie engagiert haben, sich so viel Mühe geben würden, nur um an das Coltan zu gelangen?«

Monsieur Blanc zuckte die Achseln. »Ich denke, die würden noch ganz andere Sachen tun. Wenn sie das Metall brauchen, um einen Vertrag zu erfüllen, schrecken sie garantiert vor nichts zurück. Und Nbotou gibt das perfekte Ziel ab. Er hat riesige Mengen von dem Zeug hier, und zwar schon abgebaut und bereit zur Auslieferung.« Er dachte einen Augenblick nach und fuhr dann fort: »Aber wenn sie ihn wirklich ausschalten wollen, müssen sie richtig gute Männer schicken. Die Hälfte der Milizionäre hier sind zwar Kinder, aber sie kennen diesen Dschungel wie ihre Westentasche. Sie wissen, wo die Minen sind, krabbeln in Windeseile Bäume hoch und schießen, ehe die Angreifer überhaupt ahnen, dass sie unter Beschuss stehen.« Er sah Jack an. »Der größte Fehler aber wäre es, einen Mann wie Clement zu unterschätzen. Es kommt nicht von ungefähr, dass er die ganze Gegend hier kontrolliert. Er weiß, was er tut.«

46

Zwei Schirme gingen auf, zwei weitere folgten in rascher Folge. Wie Regenwolken spannten sie sich über das grüne Dach des Dschungels. Der Gegenwind zerrte so an Ed, dass er nur unter größter Anstrengung einen Blick auf den Höhenmesser auf seinem Handrücken werfen konnte. Noch zwei Sekunden, bis er im letzten möglichen Moment die Reißleine ziehen würde. *Zwei, eins* … ein jäher Ruck riss seine Schultern nach oben, und dann lag er nicht mehr horizontal in der Luft, sondern hing an den Schnüren des Fallschirms. Das Rauschen wurde schwächer, die Fallgeschwindigkeit ließ abrupt nach. Erleichtert zählte er neun weitere Fallschirme. Alle waren aufgegangen. Jetzt blieb nur noch zu hoffen, dass der Navigator die Position der Lichtung richtig berechnet hatte und sie nicht in den Baumkronen hängen blieben. Der Kongo schlängelte sich wie ein silbernes Band unter ihm durch die Dunkelheit. Rechter Hand glommen geisterhafte gelbe Lichter. Das musste Clements Camp sein. Wo war das Flugfeld? Aber zum Suchen blieb jetzt keine Zeit. Die Lichtung wurde sichtbar, ein grauer Kreis, der sich deutlich von der tiefen Schwärze des Dschungels abhob.

Die Fallschirme verschwanden einer nach dem anderen im Blätterdach. Die Männer setzten auf dem Boden auf und zogen sofort die Schirme zu sich heran. Als Ed an den Baumwipfeln vorbeischwebte, nahm er noch einmal Tempo heraus, kurz bevor seine Füße den Boden berührten – eine Landung wie aus dem Lehrbuch. Er lief ein paar Schritte, drehte sich um, zog den Fallschirm zu sich heran, wuchtete das Paket von den Schultern und packte es zusammen. Die Bedingungen für diesen Nachtsprung waren ideal gewesen: gute Sicht, kaum Wind und kein Regen. So weit, so gut. Aber das war erst der Anfang der Mission.

Mit raschen Schritten näherten sich die anderen Mitglieder des Teams. Ed deutete wortlos auf die Bäume, und sie sprinteten darauf zu, um im dichten Unterholz Deckung zu suchen.

Die beiden kleinen Späher starrten angestrengt in die Nacht. Sie waren nicht sicher, was sie da gerade gesehen hatten. Die Schatten, die sich kurz gegen die Wolken abgehoben hatten, waren längst verschwunden. Es war unmöglich zu sagen, was sie verursacht hatte. Die beiden kletterten von ihren Beobachtungsständen herunter und liefen zum Haus. Sollten sie den General damit behelligen? Den großen Boss? Einmal hatte er einen Jungen halb totgeschlagen, weil er ihn beim Blackjack unterbrochen hatte. Aber man wusste nie bei ihm. Es kam immer darauf an, wie viel er getrunken hatte.

Unsicher steuerten sie den Speiseraum an. Clements donnerndes Gelächter dröhnte durch den Flur. Seine Gäste stimmten nervös mit ein, wie schlechte Schauspieler in einem surrealen Stück. Der Junge, der auf dem Baum gesessen hatte, stieß die Tür auf. Er war ein Jahr älter als sein Freund und fest entschlossen zu zeigen, wie tapfer er war. Er stapfte auf den Esstisch zu und salutierte unbeholfen. Niemand beachtete ihn.

Clement hatte eine Flasche Whiskey geöffnet und goss gerade großzügig Gustavs Glas voll.

»Ich sage Ihnen, mein Freund, trinken Sie nicht von dem Jungle-Brew-Bier, davon wird man nämlich blind. Ich schwör's bei Gott.« Er lachte laut. »Zumindest war das meine Ausrede, als mich Uko in Kinshasa mal in ein Luxusbordell geschleppt hat.«

Der Junge wusste nicht, was er tun sollte. Sollte er den Boss ansprechen oder sich lieber wieder aus dem Raum schleichen? »Sir, bitte, Sir«, sagte er leise, den Arm immer noch schief über dem Kopf haltend. Als der General nicht reagierte, trat er näher und tippte ihm leicht auf die Schulter.

Clement schnellte taumelnd herum, griff mit rollenden Augen nach seiner Pistole und kippte dabei fast vom Stuhl. Der Junge wich nervös zurück, während sein Freund sich mit dem Rücken gegen die Tür drückte. Clement hievte sich unsicher auf die Beine und hielt sich mit einer Hand an der Tischkante fest.

Die Pistolenmündung schwankte unentschlossen zwischen den beiden Kindern hin und her. »Ich könnte schwören, hier sind zwei von euch. Ich muss betrunkener sein, als ich dachte!« Mit dröhnendem Gelächter schob er die Waffe zurück ins Halfter. »Und jetzt, Soldat, sag mir, was du am Himmel gesehen hast«, befahl er und legte eine Hand schwer auf die Schulter des Jungen.

»Ich weiß nicht, Sir. Da war etwas vor den Wolken. Ein Flackern. Wir haben es beide gesehen.«

Clements Augen verengten sich. »Ein Flackern?«, wiederholte er. »Senkrecht oder waagrecht über den Himmel?«

Der zweite Junge trat vor. Offenbar drohten ihnen keine Prügel. »Senkrecht«, sagte er beflissen. »Aber nur eine Sekunde lang.«

Clement nickte. Trotz beachtlicher Mengen Alkohols im Blut konnte er immer noch erstaunlich klar denken. »Nehmt zwei von den Jungs mit, zwei von den jüngeren. Zieht keine Militärkleidung an. Geht ohne Waffen und Messer. Nehmt nur ein paar Stöcke mit. Rennt dorthin, wo ihr die Schatten am Himmel gesehen habt. Das kriegt ihr doch hin, oder?« Clement sah sie aufmunternd an. »Eins noch: Ihr seid heute keine Soldaten. Ihr seid Kinder, die nachts im Dschungel Fallen aufstellen, um Buschfleisch für ihre Mama zu holen. Verstanden?«

Die beiden Jungen nickten voller Ernst.

»Gut. Wenn ihr irgendwas findet, abgebrochene Äste, Spuren von Menschen, die nichts auf unserem Land verloren haben, kommt ihr sofort zurück und gebt mir Bescheid. Ist das klar?«

Er scheuchte die beiden Jungen hinaus und schwenkte nachdenklich sein Glas. Ein Flackern am Himmel war noch lange kein Grund zur Panik, aber da war ja noch der Fluglärm … Er leerte den Whiskey in einem Zug. Es war nur so ein Gefühl. *Aber seinem Instinkt zu folgen schadet nie,* dachte er und stellte das Glas geräuschvoll auf den Tisch zurück.

47

»Und wie sieht Ihr Plan aus?«, fragte Jack. »Jetzt da Sie eine Familie haben«, fügte er hinzu und deutete auf das Mädchen, das hinter Monsieur Blanc stand. »Ich schätze, hier wird bald höllisch die Kacke dampfen.«

Monsieur Blanc zog sein seidenes Taschentuch heraus und tupfte sich die Stirn. »Ich glaube nicht, dass heute Abend noch ›die Kacke dampfen‹ wird, wie Sie sich auszudrücken belieben. Wenn tatsächlich Fallschirmjäger gelandet sind, brauchen sie erst einmal einen Tag, um sich vorzubereiten, in Stellung zu gehen, das Gelände zu erkunden. Ich bin ganz zuversichtlich, dass wir wohlbehalten von hier wegkommen, zumal Gustav und ich morgen Abend auf Nbotous Flugfeld von einem Helikopter abgeholt werden.« Er faltete das Tuch zu einem ordentlichen Quadrat und schob es wieder in die Tasche. »Ein Helikopter ist für diese Gegend immer noch die sicherste Art zu reisen. Hier etwas zu landen, das größer ist als eine zweimotorige Cessna, ist eine echte Herausforderung für den Piloten.« Er sah das Mädchen an. »Und dich bringen wir in dein Dorf zurück, *d'accord*? Du kannst es uns von der Luft aus zeigen.«

Das Mädchen nickte mit dem leisen Anflug eines Lächelns.

Monsieur Blanc wandte sich wieder Jack zu. »Ich werde Nbotou erzählen, ich hätte sie auf den Fluren herumspazieren sehen und würde sie gern behalten.«

»Glauben Sie, dass er Ihnen das abnimmt?«, fragte Jack.

Monsieur Blanc zuckte die Achseln. »Er ist ein Mann.

Er wird annehmen, dass jeder andere Mann genau die gleichen archaischen Motive hat wie er. Frauen sind für ihn etwas zum Spielen. Wenn er seinen grausamen Spieltrieb befriedigt hat, überlässt er sie seinen Milizionären.« Er ging zum Fenster. »Und die stürzen sich wie hungrige Hyänen auf sie, misshandeln und vergewaltigen sie und lassen sie dann verrecken.« Er gab ein eigenartiges Knurren von sich und schüttelte den Kopf.

Jack lehnte sich auf seiner provisorischen Bahre zurück und betastete mit den Fingerspitzen vorsichtig die saubere OP-Naht auf seinem Bauch. Ihm kam der Gedanke, dass Monsieur Blanc, obwohl er in geschäftlichen Dingen keine Skrupel kannte und sich mit den übelsten Subjekten einließ, doch gewisse moralische Grundwerte besaß, die ihn von Männern wie Clement Nbotou unterschieden. Es war ein bizarrer Kontrast.

»Sie haben mich toll zusammengeflickt, viel besser als die beim MI6«, sagte er und fragte dann: »Ich will mich ja nicht aufdrängen, aber wäre in Ihrem Helikopter vielleicht noch ein Platz für mich frei?« Er versuchte sein Gesicht zu einem liebenswürdigen Lächeln zu verziehen.

»Bedauerlicherweise nein«, erwiderte Monsieur Blanc bestimmt. »Aber ich lege keinen Wert darauf, unnötig zu töten. Ich habe also nicht die Absicht, Ihnen das Leben zu nehmen.«

»Oh, wie rücksichtsvoll von Ihnen …«, bemerkte Jack.

»Halten Sie den Mund«, fiel ihm der Chinese ins Wort. »Sie können heute Nacht Ihre Chance nutzen und fliehen. Die Wache hier im Raum dürfte kein Problem für Sie darstellen, und die anderen sind um diese Uhrzeit sowieso entweder high oder sturzbetrunken – oder beides. Wenn Ihnen das nicht zusagt, können Sie auch bis morgen warten und mit Gustav in den Dschungel fahren. Er wird einen der Jeeps nehmen und Nbotou erzählen, dass er Sie wegbringt, um Sie zu erschießen und zu verscharren.«

»Und Sie meinen, dass das die bessere Alternative ist?«, fragte Jack ungläubig.

»Gustav wird Ihnen nichts tun. Ich werde ihm strikte Anweisung geben, und normalerweise ist er sehr gehorsam«, versicherte Monsieur Blanc mit einem leichten Lächeln und wandte sich zum Gehen. »Das Bedürfnis, so schnell wie möglich zu fliehen, ist groß, ich weiß. Aber ich denke, in diesem Fall ist die zweite Option wirklich die bessere. Versuchen Sie über Nacht etwas Kraft zu schöpfen. Ich kümmere mich darum, dass Sie morgen früh etwas zu essen bekommen.«

Jack nickte und lehnte sich zurück. »Wissen Sie, was Sie mir außerdem besorgen könnten?«, sagte er, als Monsieur Blanc den Raum schon beinahe verlassen hatte. »Eine Karte und einen Kompass.«

48

Ed Garner schaltete das GPS-Gerät ein. Sein Team hatte sich in der üblichen Erkundungsformation aufgestellt, vier Mann außen, der Rest in der Mitte. Die Ausrüstung wurde noch einmal überprüft, dann rief Ed die Koordinaten ihrer beiden Ziele ab, das Flugfeld und Clements Camp.

Die digitale Karte zeigte ihre Position an: Sie waren sechzehn Kilometer vom Flugfeld und zwanzig Kilometer von der Villa entfernt. Auf jedem anderen Gelände würde es in lockerem, kraftsparendem Dauerlauf mit vollem Marschgepäck nicht länger als eine Stunde dauern, um beide Ziele zu erreichen. Doch im Dschungel war alles anders. Die Männer, die auf diese Mission mitgekommen waren, hatten alle Erfahrung mit dem Dschungel, und alle wussten, dass sie wegen des dichten Unterholzes höchstwahrscheinlich wesentlich langsamer vorankommen würden. Falls sie keine Trampelpfade von Menschen oder Tieren fanden, würden sie sich mit der Machete einen Weg durch das Gestrüpp schlagen müssen, und das würde mindestens dreimal so lange dauern.

»Wir teilen uns in zwei Gruppen zu je fünf Mann auf«, wies Ed seine Leute an. »Team eins nimmt sich das Flugfeld vor.« Er nannte die Koordinaten. »So weit alles klar?« An McCallister gewandt, fügte er hinzu: »Gavin, ich möchte, dass Sie Team eins führen.«

Der wortkarge Schotte, der Marcon Pharmaceuticals so eindrucksvoll in Schutt und Asche gelegt hatte, nickte. Er freute sich schon darauf, auf dem Asphaltstreifen ein hübsches kleines Feuerwerk zu veranstalten.

»Und nicht vergessen: Ich will nicht, dass das Flugfeld selbst zerstört wird. Die umliegenden Gebäude dürfen ruhig in die Luft gehen, aber die Rollbahn soll intakt bleiben.«

Gavin nickte erneut.

»Sobald Sie die Sprengsätze ausgelegt haben«, fuhr Ed fort, »melden Sie sich über Funk, dann gebe ich unsere GPS-Daten durch. Wir anderen behalten mit Parabolmikros und Wärmebildkameras das Camp im Auge. Höchstwahrscheinlich werden wir dazu in die Bäume steigen, es sei denn, wir finden eine geeignete Deckung am Boden. Bis Sie die Sprengladungen angebracht haben, wird es dämmern, Sie müssen auf dem Weg zurück zu uns also höllisch aufpassen. Ich habe keine Ahnung, wann im Camp morgens der Betrieb losgeht, aber mit Sicherheit sind rund um die Uhr ein paar Späher wach. Sollten Sie entdeckt werden, schießen Sie gezielt und bitte mit Schalldämpfer.«

Gavin nickte. Die Aussicht, dass es jetzt bald losgehen würde, setzte eine gehörige Dosis Adrenalin in ihm frei. »Okay, Jungs, ihr habt gehört, was der Mann gesagt hat«, wandte er sich an seine Leute. »Los geht's! Ich gehe mit dem GPS voran. Versucht an mir dranzubleiben.«

»Das dürfte ja wohl kein Problem sein, Monsterbacke«, bemerkte Mick grinsend, aber Gavin war schon im Busch verschwunden, der an dieser Stelle relativ licht war. »Haltet je zehn Meter Abstand zum Vordermann«, wies er mit Blick über die Schulter an. »Wenn sich die Wolken wieder vor den Mond schieben, setzt eure Nachtsichtgeräte ein.«

Ed sah ihnen nach, wie sie in der Dunkelheit verschwanden. Die Geräusche des Dschungels klangen laut in seinen Ohren, das Schnarren der Zikaden surrte schrill wie ein Zahnarztbohrer. Er wandte sich an die zurückgebliebene Gruppe. »Okay, Männer, gut zuhören. Den Satellitenbildern zufolge gibt es zu beiden Seiten des Camps je einen guten Beobachtungspunkt hoch in einem Baum. Je besser unsere Position, desto schneller finden wir heraus, wie dieses Camp funktioniert. Vielleicht können wir von dort aus sogar Panzerfäuste einsetzen, sobald das Feuerwerk auf dem Flugfeld begonnen hat. Und wir können sehen, wer aus dem Haus gerannt kommt.« Er blickte in die Runde. »Wenn wir hier den ersten Versuch vermasseln, sind wir am Arsch. Dann müssen wir zu Fuß durch den Dschungel und über den Tanganjikasee nach Uganda. Und mir behagt die Vorstellung gar nicht, erst hundertfünfzig Kilometer weit durch den Dschungel zu marschieren, um dann ziemlich lange zu schwimmen. Also bitte, konzentriert euch. Dies ist ein ganz gewöhnlicher Einsatz und ein ganz gewöhnliches Milizen-Camp. Für euch dürfte das ein Spaziergang werden.«

Die Männer um ihn herum nickten mit angespannten Gesichtern.

Ed sah auf die Uhr. »Okay, dann folgt mir. Zehn Meter Abstand. Sehen wir zu, dass wir bis zum Morgengrauen in Stellung sind.«

Jack lag auf dem Tisch und stellte sich schlafend, während er aus dem Augenwinkel den Jungen beobachtete, der ihn bewachen sollte. Das Kind verfolgte müde und gelangweilt eine Ameise, die über den Lauf seines Gewehres krabbelte. Es wäre ein Leichtes, den Jungen zu überwältigen, ihm vielleicht sogar die Waffe abzunehmen, aber aus dem Haus und in den Dschungel zu entkommen war eine andere Geschichte. Konnte man Monsieur Blanc wirklich trauen? Der Mann war ein Rätsel und voller Widersprüche, und doch strahlte er, ganz im Gegensatz zu Sir Clive, eine gewisse Vertrauenswürdigkeit aus. Mit geschlossenen Augen entschied Jack abzuwarten und ließ seinen erholungsbedürftigen Körper in einen Zustand der Entspannung sinken.

49

Monsieur Blanc schleuderte seine Karten auf den Tisch. »Das reicht jetzt, Clement«, protestierte er. »Sie haben mir für eine Nacht genug Geld abgenommen. Ich brauche ein wenig Ruhe.« Bis in die frühen Morgenstunden hatte er seine Pechsträhne anhalten lassen. Er hatte um einen Kartentausch gebeten, als klar war, dass er bald pleite sein würde, und seinen Schuldenberg in echten Fünfzigdollarnoten anwachsen lassen, bis fast zwanzigtausend Dollar zusammengekommen waren. Um das Geld ging es ihm nicht. Die Summe war ein Bruchteil dessen, was Clement ihm für die Module bezahlte. Zu verlieren war eine Geste, seine Art Geschäftsbeziehungen zu pflegen und sich beim Kunden erkenntlich zu zeigen.

Clement sah ihn verschmitzt an. »Ruhe? Sind Sie da sicher, Monsieur Blanc? Mit dem Mädchen auf dem Zimmer? Die ist eine ganz Wilde, das kann ich Ihnen sagen. Da werden Sie sicher keine Ruhe finden.« Er setzte ein schiefes Lächeln auf und nickte bedeutungsvoll.

Monsieur Blanc bemühte sich, seinen Ekel hinter einem lüsternen Grinsen zu verbergen. Der General hatte ihm das Mädchen nur allzu gern überlassen. *Bestimmt wollte sie abhauen, die kleine Wildkatze*, hatte er gesagt, als Monsieur Blanc ihm erzählt hatte, er habe sie auf dem Flur gefunden.

»Sie haben mich durchschaut, Clement«, erwiderte er und stand vom Tisch auf. Gustav war in einem Korbsessel eingenickt. Monsieur Blanc ließ ihn schlafen und nahm die Marmortreppe zum ersten Stock.

Draußen vor dem Camp lieferten sich die Jungen ein Wettrennen durch den Dschungel. Jeder wollte der Erste sein, der dem General etwas Wichtiges mitzuteilen hatte. Sie hatten nur eine ungefähre Vorstellung davon, wohin sie gingen, und orientierten sich am Mond. Das Ganze war ein Abenteuer für sie, zumal sie froh waren, einmal nicht diese blöden schweren Waffen mitschleppen zu müssen.

Nachts klang der Dschungel anders. Das Quaken der Frösche und alle anderen Geräusche wirkten wie verstärkt. Die Kinder folgten einem alten Trampelpfad, ohne zu wissen, wonach sie suchten, aber im Grunde war ihnen das gar nicht wichtig. Für sie war es eine willkommene Gelegenheit, der Alltagsroutine im Camp zu entkommen. Im wilden Wettlauf preschten sie dahin und peitschten mit ihren Stöcken das Unterholz. Sie kannten die Gegend gut und wussten genau, welche Abschnitte des Dschungels nicht vermint waren und wo das Blätterdach so licht war, dass sie ihre Taschenlampenbatterien schonen konnten. Immer weiter drangen sie in den Busch vor, bis ihnen allmählich die Beine schwer wurden.

Erst nach fast zwei Stunden Marsch beschloss Toma, ihr Anführer, eine Rast einzulegen. Mit seinen dreizehn Jahren war er der Älteste und Größte der Gruppe, und so akzeptierten die anderen seinen Vorschlag und lehnten sich an Baumstämme oder hockten sich auf den Boden. Toma fischte einen zerdrückten Zigarettenstummel aus seiner Tasche, den er im Camp vom Boden aufgelesen hatte, und versuchte ihn anzuzünden. Beeindruckt verfolgten die anderen diese Demonstration von Überlegenheit. Er paffte energisch, bis schließlich eine dünne Rauchfahne aufstieg und die glühende Spitze im Dunkeln glomm.

»Diese Aktion ist total bescheuert, Jumo«, fuhr er einen der Jüngeren an. »Warum hast du dem General gesagt, du hättest was gesehen? Wenn du gelogen hättest, hätten wir im Camp bleiben und uns ein bisschen Jungle Brew besorgen können.« In seinem Hals kratzte ein Hustenreiz. »Ich glaube sowieso nicht, dass du irgendwas gesehen hast. Du versuchst andauernd dich vor dem General aufzuspielen.«

»Halt's Maul«, sagte Jumo. »Bloß weil du ein fauler Sack bist.«

Toma stellte sich drohend vor ihm auf, die Hände locker an den Seiten. »Sag das noch mal, und ich schlag dir alle Zähne aus.«

Jumo wich ängstlich zurück. Er war erst zehn und hätte es mit einem Halbwüchsigen niemals aufnehmen können.

»He, Schluss jetzt mit Quatschen. Hört mal«, zischte einer der Jungen, und sein nervöser Tonfall ließ die anderen sofort aufhorchen. Durch die Geräusche des Dschungels, das unablässige Zirpen der Zikaden, die schnarrenden Rufe der Frösche und das Pfeifen des Windes, war noch etwas anderes zu hören, ein Geräusch, das nicht hierhergehörte. Ein ungleichmäßiges Rascheln, begleitet von knackenden Zweigen, das zwischendurch sekundenlang verstummte. Wie schwere Schritte, die sich um Lautlosigkeit bemühten.

»Vielleicht ein Gorilla?«, mutmaßte Toma.

»Hier gibt es keine Gorillas mehr«, erwiderte Jumo und spitzte die Ohren. »Hört doch mal. Was auch immer das ist, es sind mehrere davon. Schnell, hoch in die Bäume!« Er sauste los und versuchte am nächsten Stamm Halt zu finden. Keuchend und stöhnend vor Anstrengung zog er sich an den Lianen hoch bis in die Krone. Unter ihm ertönte Gelächter. Toma war am Boden geblieben und zog immer noch an seiner Kippe, ohne zu merken, dass sie längst ausgegangen war.

»Schaut euch das an, die kleine Dschungelmaus hat Angst vor einem Gorilla«, spottete er kopfschüttelnd. »Ich bleibe lieber unten, vielleicht erwische ich ein bisschen Buschfleisch. Aber du kriegst dann nichts davon ab.«

Die anderen Jungen hatten sich um ihn versammelt und

blickten zu Jumo hoch. Am liebsten wären sie alle in die Bäume geklettert, doch sie fürchteten sich vor Toma und seiner Häme.

Toma wandte sich feixend in die Richtung, aus der die Geräusche kamen. »Putt, putt, putt, komm her, mein Äffchen, braver Junge, bring dem lieben Toma ein bisschen Buschfleisch …« Er schnalzte mit der Zunge und zog etwas aus der Tasche, das er vor sich hielt. Es schimmerte in der Dunkelheit.

Mein Gott, er hat eine Waffe dabei, dachte Jumo kopfschüttelnd. Dass er es wagte, dem General gegenüber so ungehorsam zu sein. *Entweder ist er extrem ängstlich oder extrem dumm.*

Das Geräusch kam näher. »Komm, mein Junge, hierher, die Soldaten haben eine kleine Überraschung für dich, du kommst nämlich auf ihre Speisekarte …« Im Geiste sah er schon die Gesichter der anderen vor sich, wenn er mit so einer Trophäe heimkam. Mit einem Gorilla könnten sie für den Rest der Woche in Fleisch schwelgen. Außerdem würden ihn die älteren Jungs respektieren, und er dürfte endlich beim Fußball mitmachen. »Komm schon … trau dich«, lockte er.

Die Geräusche verstummten. Die Jungen blickten einander unsicher an und sahen dann zu Toma. Sie wandten sich in die Richtung, in die seine Waffe zeigte, in die bedrohliche, unergründliche Düsternis des Dschungels. Auf Tomas Stirn erschien ein stecknadelkopfgroßer, rot leuchtender Punkt. Er selbst bemerkte davon nichts, aber die anderen sahen es und begannen sich so leise wie möglich von ihm zu entfernen.

»He, wo wollt ihr hin, was soll …?« Er beendete den Satz nicht.

Ein rätselhaftes Zischen ertönte, gefolgt von Rauschen und Krachen. Dann explodierte Toma vor ihren Augen als grellweiß leuchtender Ball, und sein Schrei hallte noch durch die Nacht, nachdem sein Körper längst zu einem schwarzen Klumpen geschrumpft war. Vor Entsetzen wie gelähmt sahen die Jungen zu. Sie kannten alle möglichen Waffen, hatten oft mit angesehen, wie Gliedmaßen von Rümpfen getrennt wurden, aber sie hatten dem angreifenden Feind immer ins Gesicht blicken können.

Das Zischen baute sich erneut auf. Diesmal reagierten die Kinder panisch und rannten um ihr Leben, doch es war zu spät. Ed Garner hatte beschlossen, die Funktionen der neuen Waffe zu testen. Er erhöhte den Streuwinkel des Plasmaimpulses, sodass in einem Durchmesser von fünfundzwanzig Meter der Dschungel um sie herum in Flammen aufging, eine Momentaufnahme in gleißendem Licht, wie ein Standbild aus einem Schwarzweißfilm, die Körper der Jungen als fliehende Schatten. Dann herrschte vollkommene Dunkelheit.

Links von ihm war ein Wimmern zu hören. Er schaltete auf Nachtsicht um. Hinter einem Baumstamm zu seiner Linken regten sich zwei Silhouetten. *Kinder,* dachte er angewidert, hob die Waffe und feuerte je drei Kugeln auf sie ab. Dabei machte er sich in Gedanken eine Notiz über die Schussdistanz. Die Schussparabel war offensichtlich noch nicht optimal. Das würde Centurion nachbessern müssen. Er scannte den Dschungel nach allen Seiten. Keine lebenden Ziele mehr. Nichts als Leichen.

Er kehrte zu seinen Männern zurück und bedeutete ihnen wortlos, den Marsch durch den Dschungel sofort wieder aufzunehmen.

Hoch oben im Baum atmete Jumo tief durch. Seine Hände, mit denen er sich an den Ästen festklammerte, zitterten wie wild, sodass die Blätter raschelten wie von einer sanften Brise geschüttelt. Er blickte hinunter auf die Schatten, die geduckt den Pfad entlangschlichen. Soldaten wie sie hatte er noch nie gesehen. Sie erschienen ihm wie Riesen, die ihre Ausrüstung als ausladende Buckel auf dem Rücken trugen. Und wie sie sich bewegten: flink, umsichtig, stets in voller Alarmbereitschaft, unablässig nach Minen, Fallstricken und feindlichen Soldaten Ausschau haltend.

Jumo kletterte den Baum hinab. Er kannte einen zweiten Weg zum Camp, auf dem er den Trupp überholen konnte. Das hier war sein Terrain, in diesem Wald war er schneller als der beste Elitesoldat. Er würde durch den Busch zum Camp zurückkehren und dem General berichten, was da auf ihn zukam.

50

Es war noch dunkel, als Jack erwachte. Die Dämmerung ließ sich als grauer Streifen am fernen Horizont erahnen, wie der Anflug einer Idee, stumm und unausgegoren, noch weit entfernt vom tosenden Jubel der ersten Sonnenstrahlen.

Dreihundert Kilometer weiter östlich war unterdessen sein Vater dabei, den Helikopter zu inspizieren, den Spike ihm besorgt hatte. Besonders vertrauenerweckend sah das Ding nicht aus. Ein Lego-Modell hätte ihm ein besseres Gefühl gegeben. Archie hatte das Ortungsgerät in der Nacht zweimal überprüft. Der Apparat war alles andere als präzise, das Signal schwankte und verschwand manchmal ganz, aber er hatte keine Alternative. Sobald sie in der Luft wären, würde er sein Glück versuchen. Es gab keine andere Möglichkeit, seinen Sohn zu finden.

Jack verlagerte sein Gewicht. Sein Rücken war verspannt, die Seite schmerzte, und seine Kehle war ausgedörrt. Der Tisch, auf dem er lag, knarrte unter seiner Bewegung. Als sich seine Augen an das Dämmerlicht gewöhnt hatten, erkannte er eine Gestalt; es war der Junge, der die Tür bewachte. Er schlief. Jack hatte keine Ahnung, wie spät es war. Aber wenn es eine Chance zur Flucht gab, dann jetzt. Der Junge regte sich, vom Knarren im Schlaf gestört.

»Könntest du mir vielleicht was zu trinken holen, Kumpel?«, bat Jack, um zu prüfen, ob er wach geworden war.

»Mmh?«, machte der Junge im Halbschlaf.

»Schon gut, vergiss es.«

Weiter vorn auf dem Flur klopfte unterdessen Jumo energisch an die Tür des Generals. Den Boss aus dem Schlaf zu reißen hätte ihm normalerweise eine Heidenangst bereitet, doch die hatte das Adrenalin aus seinem Blut gespült. Die Tür öffnete sich einen Spaltbreit. Einer von Nbotous persönlichen Leibwächtern lugte misstrauisch heraus.

»Was willst du?«, zischte er durch seine gelben Zähne.

»Bitte, Sir, ich muss dem General berichten.«

Der Mann musterte den Jungen mit den aufgerissenen Augen und geweiteten Pupillen, der am ganzen Körper zitterte und keuchend nach Luft schnappte.

»Womit habt ihr euch denn heute zugeballert? Mit Jungle Brew? Oder mit Kakaoblättern? Ich sag dir was: Solche Streiche sind es nicht wert. Du musst nicht immer tun, wozu dich die älteren Jungs anstiften. Niemand stört den Schlaf des Generals«, sagte er und schloss die Tür.

Jumo trommelte erneut dagegen, diesmal noch hartnäckiger. »Sir, bitte, Sir, es ist wirklich wichtig!«

Der Mann öffnete die Tür und holte zu einer Ohrfeige aus. »Ich habe es dir einmal gesagt, ich werde es dir nicht zweimal sagen. Verschwinde! Du hast kein Recht, den General im Schlaf zu stören.«

Jumo duckte sich unter dem Hieb hinweg und wich rücklings in den Flur zurück. Verärgert die Faust schwenkend, trat der Leibwächter aus der Tür und zog einen Schlagstock aus seinem Gürtel. »Verschwinde, sonst verpass ich dir richtig Prügel.«

Als er das letzte Mal zugelassen hatte, dass jemand den General weckte, hatte *er* die Prügel bezogen. Zufrieden sah er dem Jungen nach, der sich den Flur entlangtrollte.

Jumo schüttelte den Kopf über die Dummheit des Mannes. Der Kerl war genauso dumm wie Toma, der mitten in der Nacht im Dschungel mit einer Waffe herumfuchtelte, weil er meinte, einen Gorilla gesehen zu haben. Warum ließ der General nur solche Schwachköpfe für sich arbeiten? Jumo stand im Freien und blickte in den nächtlichen Himmel hinauf, wo sich über dem Blätterdach bereits der erste graue Schimmer der Dämmerung abzeichnete. Schluss damit. Die Zeit des Weglaufens war vorbei. Jetzt würde er für sich selbst einstehen. Entschlossen stürmte er ins Haus zurück, die Treppe hinauf und warf sich gegen die Tür des Generals. Er hämmerte mit den Fäusten dagegen und schrie: »Alarm! Alarm!«

Ab sofort würde er selbst entscheiden, was richtig und was falsch war.

Gavin McCallister hatte das Flugfeld des Generals erreicht, den breiten grauen Streifen, der den Dschungel durchschnitt wie ein Fluss aus Beton. Es war fast zwei Kilometer lang und bot einen eindrucksvollen und irgendwie unheilvollen Anblick. Die Kosten und Mühen, die mit Bau und Unterhalt verbunden waren, sprachen für den starken Willen des Bauherrn. Für einen kurzen Moment fragte sich Gavin, ob der MI6 den Mann vielleicht unterschätzte. Jemand, der mitten in der Wildnis ein Bauprojekt dieser Größe durchzog, war mit Sicherheit auch imstande, eine funktionierende Armee aufzustellen.

Er bedeutete seinen Männern, geduckt zu bleiben. Das Rollfeld wurde bestimmt bewacht. Und wenn nur ein paar schläfrige Soldaten in der baufälligen Holzhütte am anderen Ende saßen.

»Okay, Männer, die Sprengsätze sollen gleichmäßig verteilt werden. Wir können auf dieser Seite der Rollbahn bleiben. Die Explosionen sollen einen anhaltenden Raketenbeschuss simulieren, sie müssen also so lange wie möglich andauern. Dem GPS zufolge ist das Camp nur ein paar Kilometer von hier entfernt, und es gibt eine Piste, die dorthin führt. Wenn ihr schnell seid und wir vor Tagesanbruch fertig sind, können wir die Piste nehmen. Wenn nicht, müssen wir uns einen Weg quer durch den Busch hacken. Noch Fragen?«

Die Männer schüttelten die Köpfe und setzten die Rucksäcke mit dem Sprengstoff ab, um die Fernzünder zu überprüfen.

»Gut. Wir gehen paarweise vor. Einer montiert den Sprengsatz, der andere hält die Augen offen.«

Sechs Kilometer weiter, unweit vom Nbotous Camp, wischte sich Ed Garner mit dem Ärmel die Stirn. Es war eine schwüle Nacht, und der Rucksack lastete ihm schwer auf den Schultern. Der Schweiß von seiner Stirn lief ihm ständig in die Augen und sammelte sich in den Wimpern. Es war ein mühsamer, gefährlicher Trip. Ständig liefen sie Gefahr, auf eine Landmine zu treten, und die Dämmerung war nicht mehr fern.

Eds Blick fiel auf zwei hohe Bäume. Von dort oben aus würden sie im Camp mit Hilfe ihrer Mikros und Kameras alles verfolgen können. Um nicht entdeckt zu werden, mussten sie in Stellung gehen, solange es noch dunkel war.

Die Männer verstanden seinen stummen Befehl sofort.

Es brauchte Zeit, bis das Klopfen in Clements von Whiskey und Zigarren benebeltes Hirn vordrang.

»Was ist das? Was ist los?«, fragte er gereizt, den Blick auf den Tumult vor seinem Bett gerichtet. Einer seiner Leibwächter hatte einen kleinen Jungen am Genick gepackt.

»Verzeihung, Sir, dieser Junge versucht schon die ganze Zeit Sie zu wecken. Er wollte an mir vorbei in Ihr Zimmer schlüpfen, aber ich habe ihn erwischt. Wenn Sie wieder schlafen möchten, werde ich es gern übernehmen, ihm eine Tracht Prügel zu verpassen.« Der Mann versuchte zu salutieren, was ihm mehr schlecht als recht gelang, weil Jumo sich unterdessen mit aller Kraft seinem Griff zu entwinden versuchte.

Clement legte den Lichtschalter um, und die schwache Glühbirne an der Decke tauchte den Raum in gelbliches Schummerlicht. Mit gerunzelter Stirn kratzte er sich am Kopf.

»Ich kenne den Jungen. Hab ihn gestern Abend in den Dschungel geschickt«, sagte er ungeduldig. »Lass ihn.« Er wandte sich Jumo zu. »Und jetzt sag mir, Junge, was ist so wichtig, dass es nicht bis morgen warten kann?«

Jumo schüttelte den Leibwächter ab. »Soldaten, Sir. Sie kommen auf das Camp zu.«

Clement setzte sich abrupt auf und sah dem Kind tief in die Augen. »Wie viele?«

»Fünf. Vielleicht auch mehr.« Jumo überlegte und ließ die Szene mit den dunklen Gestalten noch einmal vor seinem geistigen Auge ablaufen. »Nein. Fünf. Genau fünf, Sir.«

»Hast du die Uniformen gesehen? Waren es Ugander?« Bei dem letzten Wort würgte Clement einen dicken Schleimklumpen hoch und spuckte ihn zielsicher in einen Elefantenfuß-Schirmständer, ein Relikt aus den Tagen der ursprünglichen Bewohner. Seit über einem Monat rechnete er schon mit einem Überfall ugandischer Truppen. Ihre Helikopter hatten bereits über dem Camp gekreist und waren erst abgezogen, als er mit Luftabwehrraketen auf sie geschossen hatte. Was für eine Verschwendung von Munition.

»Nein, keine Ugander. Gar keine Dschungelsoldaten, Sir. Viel stärkere Waffen und große Rucksäcke. Eine reiche Armee.«

Zum Zeichen, dass sich der Junge setzen solle, klopfte Clement neben sich auf das Bett. Fünf gut ausgerüstete Soldaten, die auf das Camp zukamen. Was konnte das bedeuten? Nur eine Eliteeinheit würde es wagen, mit lediglich fünf Mann in feindliches Gebiet einzudringen. Briten und Amerikaner entsandten gern kleine Trupps, Spezialeinheiten, die Guerillataktiken beherrschten, mit denen sie Angst und Schrecken verbreiteten. Aber was um alles in der Welt wollten sie ausgerechnet hier? Waren sie hinter ihm her? Es gab jede Menge andere bewaffnete Milizen, auf die sie es abgesehen haben könnten.

»Gut gemacht, es war richtig von dir, mich zu wecken. Die anderen Jungs haben sich wahrscheinlich an ihre Fersen geheftet, nehme ich an?«

Jumo schluckte und blinzelte mit seinen großen Augen. »Nein, Sir. Sie haben es leider nicht geschafft. Sie sind ... alle getötet worden, Sir.« Er bemühte sich vergeblich, seine Stimme ruhig zu halten.

Jetzt war ihm die Aufmerksamkeit des Generals endgültig sicher. »Wie?«, fragte er, stand vom Bett auf und streifte seinen Kampfanzug über.

Jumo zögerte.

»Wie?«, bellte Clement.

»Sie sind verbrannt, Sir. Es war ein weißes Feuer. Erst Toma, dann die anderen alle auf einmal.«

»Flammenwerfer?«, fragte Clement nach, schlang sich seinen Gürtel um die Mitte und zurrte ihn unter dem Bauch fest.

»Nein. Nur Licht. Kein Benzin. Und ein knisterndes Geräusch, wie wenn ein Insekt verbrennt.«

Clement runzelte die Stirn. Der Junge musste unter Schock stehen. Wahrscheinlich hatte er die Einzelheiten des Angriffs verdrängt. Es konnte nur ein Flammenwerfer gewesen sein. »Und sie sind alle tot?«

»Ja, Sir, mit einem Schuss. Alle tot.«

Clement schüttelte den Kopf und wandte sich dem Leibwächter zu. »Sag Uko, dass er sofort zu mir kommen soll. Und weck die anderen Soldaten. Sie sollen sich kampfbereit machen.«

51

Jack hatte die Unruhe im Flur mitbekommen und wollte aufstehen, um zu sehen, was los war, doch sein kindlicher Wächter fing sofort an, mit der Waffe herumzufuchteln. So nervös, wie der Junge wirkte, würde er wahrscheinlich sogar wirklich abdrücken, überlegte Jack, doch dann stürmte Gustav zur Tür herein und schob das Kind mitsamt der Kalaschnikow ungerührt beiseite.

»Kommen Sie mit«, sagte er zu Jack. »Befehl von Monsieur Blanc. Ich bringe Sie aus dem Camp heraus.«

Der Whiskey vom Vorabend hatte seinen Tribut gefordert. Der Russe sah schwer mitgenommen aus, und dunkle Ringe lagen unter seinen Augen.

»Los jetzt, auf geht's!«, drängte er ungeduldig und zerrte Jack an der Schulter hoch, doch der entwand sich seinem Griff.

»Wieso? Was ist denn los?«, fragte er misstrauisch und wich zurück.

»Irgendwas geht da vor. Im Camp herrscht ein ziemliches Durcheinander.«

Jack rannte zum Fenster. Im Morgengrauen kaum mehr als dunkle Silhouetten, schwirrten die Milizionäre kreuz und quer durch das Camp, überprüften Ausrüstung oder schleppten Material über den Hof.

»Die meisten stehen sonst nicht vor zwölf auf. Es muss also irgendetwas passiert sein«, sagte Gustav. »Ich gehe jetzt jedenfalls, ob Sie mitkommen oder nicht. Es war nicht meine Idee, Sie mitzunehmen.«

Jack musterte den Handlanger des Chinesen mit gerunzelter Stirn. Die Bewegungen des Mannes waren fahrig und nervös. Vielleicht stimmte sogar, was er sagte. »Also gut, dann machen Sie mich los.« Jack hielt ihm die gebundenen Hände entgegen.

Gustav zog ein Jagdmesser aus dem Gürtel und schnitt rasch die Fessel durch. Der Junge mit der Waffe schrie ihn an, doch Gustav fegte ihn mit einem gezielten Stoß beiseite, riss die Tür auf und rannte hinaus und die Treppe hinunter, ohne sich nach Jack umzusehen, durchquerte die Küche mit den weißen Delfter Kacheln und trat hinaus in den Garten hinter dem Haus. Eine Reihe Jeeps stand nahe an der Villa unter Bäumen. Zwei davon hatten am Heck Maschinengewehre, drei nicht. Gustav bestieg einen ohne Aufbau, denn je leichter das Fahrzeug war, desto schneller würden sie vorankommen.

»Wohin wollte denn Monsieur Blanc mitten in der Nacht?«, fragte Jack und kletterte auf den Beifahrersitz.

Gustav ignorierte ihn und ließ energisch den Wagen an. Er löste die Pistole aus dem Halfter und legte sie sich entsichert auf den Schoß. Der Motor heulte auf und ratterte geräuschvoll, als er den Rückwärtsgang einlegte und einen so engen Bogen beschrieb, dass sie beinahe kippten. Um sie herum rannten die Kindersoldaten von Zelt zu Zelt, schlüpften im orangegelben Licht der Lampen in ihre improvisierten Uniformen und schwangen sich Patronengurte über die Schultern. Gustav hielt auf das Tor zu. Die beiden Wachen traten in die Mitte und zogen die schweren Torflügel gerade so weit auf, dass das Auto hindurchpasste. Sie stellten keine Fragen. Clement hatte ihnen eingeschärft, Monsieur Blanc und seine Begleiter mit Respekt zu behandeln, schließlich war er ihr wichtigster Waffenlieferant.

Gustav riss die Gänge durch, während der Wagen über die Piste holperte. Er steuerte direkt auf den Dschungel zu, weg von Camp und Flugfeld. Als sie etwas Abstand zwischen sich und die Villa gebracht hatten, sicherte er seine Waffe und steckte sie zurück ins Halfter.

Jack sah über die Schulter. Dunkelheit fraß sich hinter ihnen über die Straße, als wollte sie sie jagen und mitsamt dem spärlichen Licht, das sie abstrahlten, verschlingen.

»Also, wo ist Monsieur Blanc?«, wiederholte er. Er wollte zwar wissen, was zu der Planänderung geführt hatte, doch gleichzeitig wollte er Gustav nicht vom Fahren ablenken. Die Strecke mit ihren kratergroßen Schlaglöchern und Lianen, die sich ständig um die Räder zu wickeln drohten, erforderte die volle Aufmerksamkeit des Fahrers.

Gustav zuckte die Achseln. »Sie sollten es am besten wissen. Was Sie ihm gestern erzählt haben, hat ihm anscheinend Angst eingejagt. Normalerweise hat er vor nichts Angst. Er hat mir gesagt, dass er abwarten will, bis die anderen sich ins Koma gesoffen haben, um dann im Schutz der Dunkelheit das Camp zu verlassen … mitsamt dem Mädchen«, fügte er kopfschüttelnd hinzu. Er kannte Monsieur Blanc schon lange, aber dessen jähe sentimentale Anwandlungen waren ihm immer noch ein Rätsel.

»Aber wohin ist er gegangen? Ich dachte, ein Helikopter würde Sie beide heute Abend abholen«, sagte Jack verständnislos. Die schwachen Frontscheinwerfer des Jeeps warfen mit ihrem kümmerlichen Licht zerrissene Schatten auf den holprigen Weg vor ihnen.

»Das dachte ich auch. Aber Monsieur Blanc ist ein Mensch, der auf seinen Instinkt hört. Er hat mir gesagt, dass wir uns an dieser Straße treffen würden. Richten Sie sich auf einen langen Marsch ein. Wir bleiben im Wagen, so lange wir können, danach gehen wir zu Fuß weiter. Ein Hubschrauber auf dem Flugfeld wäre viel zu gefährlich.«

Gustav schwieg kurz und sagte dann: »Jetzt dürfte er bald auftauchen. Weit kann er zu Fuß nicht gekommen sein.«

52

Uko knöpfte hastig seine Kampfjacke zu, als er Clements Zimmer betrat. »Ich habe den Soldaten befohlen, sich bereitzumachen«, berichtete er eilig. »Was ist denn los? Warum die Hektik?« Er blinzelte durch die vom Whiskey immer noch schweren Lider.

»Irgendwer ist auf dem Weg hierher. Hat vier meiner Jungs erledigt. Einfach so. Es sind entweder Amis oder Briten«, sagte Clement. Er warf einen Blick auf die Aktenmappe in der Ecke und dachte an die Module, die sie enthielt. »Ich werde das Gefühl nicht los, dass wir das alles Monsieur Blanc zu verdanken haben.« Kopfschüttelnd fuhr er fort: »Wo steckt der überhaupt? Er soll zu mir kommen.«

»Ja, Sir.« Uko salutierte, trabte über den Flur zu Monsieur Blancs Zimmer und trat ohne anzuklopfen ein. »Der General will Sie sehen. Los, aufstehen.« Als vom Bett her keine Reaktion kam, ging er darauf zu, um den Schlafenden wachzurütteln. »Aufstehen, los«, wiederholte er und fasste an die Decke, die unter dem Druck seiner Hand sofort nachgab. Als er sie zurückzog, fand er statt den Chinesen zwei große Kissen. Uko machte kehrt und rannte zu Clement zurück.

»General, der Mann ist weg.«

Clement hieb mit der Faust gegen die Wand. Er war es gewohnt, selbst das Heft des Handelns in der Hand zu halten. Bei diesem Spiel jedoch hatten andere die Regeln aufgestellt. »Der weiße junge Mann … der, aus dem sie das letzte Modul geschnitten haben. Sieh nach, ob der wenigstens noch in seinem Bett liegt.«

Erneut trabte Uko den Flur entlang und fand den jungen Bewacher des Weißen. »Wo ist er, wohin ist er verschwunden?«, rief er ihm entgegen. Der Junge zuckte angstvoll die Achseln. Uko packte ihn fest an den Schultern, schüttelte ihn und schleuderte ihn gegen die Wand. »Wo ist er hin?«, schrie er.

»Ich weiß es nicht«, antwortete der Junge. Er war ebenso verwirrt wie verletzt. Clement hatte ihm doch befohlen, die Fremden mit Respekt zu behandeln. »Er ist mit dem anderen Mann gegangen, dem großen, der nach Whiskey gestunken hat.«

»Wann war das?«, wollte Uko wissen und bohrte seine Finger so fest in die Schultergelenke des Jungen, dass dieser vor Schmerz zusammenzuckte.

»Gerade eben erst, Sir, vor ein paar Minuten.«

Uko stürmte die Stufen hinunter und durch den Vordereingang hinaus. Die Milizionäre hatten das Tor bereits wieder geschlossen. Der Jeep war nicht mehr zu sehen. Die schweren Schritte des Generals polterten hinter ihm die Treppe herab und brachten das ganze Haus zum Beben.

Clement atmete tief durch und legte Uko eine Hand auf die Schulter. »Weg?«, fragte er.

Uko nickte. Auf seiner Glatze schimmerte eine frische Schweißschicht. »Ja, Sir. Gerade eben erst. Sollen wir ihm jemanden hinterherschicken?«

Clement ballte die rechte Hand zur Faust, schlug sie in die linke und begann auf der Veranda auf und ab zu gehen. Die alten Holzplanken knarrten unter seinem Gewicht, und Möbel und Fenster quietschten bei jedem Schritt. »Nein.

Das wäre Zeitverschwendung. Wir müssen uns hier vor Ort vorbereiten. Was wir tun müssen, ist …« Er verstummte und überdachte noch einmal die Situation. Fünf Elitesoldaten, die sich näherten, möglicherweise mehr, bereit, tödliche Waffen einzusetzen. »Im Augenblick müssen wir vor allem so tun, als ob nichts wäre«, fuhr er fort. »Diese Soldaten sollen nicht den Eindruck gewinnen, dass wir gewarnt sind. Es sind nicht viele. Ihr einziger Vorteil ist das Überraschungsmoment, und das haben wir ihnen bereits genommen. Die Überraschung liegt auf unserer Seite. Ruf die Kommandanten zusammen. Wir halten Kriegsrat.«

53

»Sprengsätze sind montiert. Machen uns jetzt auf den Weg, Ed, *over*«, sagte Gavin McCallister in sein Funkgerät. Die Sprengladungen verbargen sich entlang einer Seite des Rollfelds. Sie würden ein eindrucksvolles Feuerwerk aus Rauch- und Phosphorbomben abgeben, als wäre im Ost-Kongo der dritte Weltkrieg ausgebrochen.

»Gute Arbeit«, erwiderte Ed. »Wir sitzen in den Bäumen. Im Camp sind ganz schön viele Frühaufsteher unterwegs. Unüblich für eine Armee dieser Art.« Er hatte durch sein Nachtsichtgerät überrascht festgestellt, dass die Milizionäre trotz der frühen Stunde bereits ihre Waffen reinigten und luden und ihre Ausrüstung überprüften. »Wie lange werden Sie noch …« Er unterbrach sich, als zwei Männer auf die Veranda heraustraten. Auf die Entfernung konnte er es nicht mit Sicherheit sagen, aber die Wahrscheinlichkeit war hoch, dass Nbotou dabei war.

Er machte den Rest des Teams aufmerksam. »Wer ist das

auf den Stufen vor dem Haus?«, zischte er. »Kann jemand positiv identifizieren?« Sie hatten vor ihrem Aufbruch Fotos des Milizenführers gesehen, doch im grünlichen Licht der Thermalsicht war er nicht zweifelsfrei zu erkennen.

»Das muss der General sein«, sagte Ian Cleaver, der beste Scharfschütze im Team. »Darauf verwette ich meine Kanone.« Er hatte seine Waffe bereits auf die massige Gestalt von Clement Nbotou gerichtet, der auf der Veranda auf und ab wanderte. Die Nacht war klar und windstill. Der Abstand zum Ziel betrug weniger als fünfhundert Meter. »Ich hab ihn im Visier, Ed. Ein Wort von Ihnen, und er ist ein toter Mann.«

Ed biss sich auf die Lippe. Zu gern hätte er den Befehl gegeben, diesen verdammten Scheißkerl hier und jetzt zu erledigen. Aber das ging nicht, sie brauchten Gavin und sein Team als Verstärkung für den anschließenden Teil des Einsatzes. Außerdem mussten sie damit rechnen, dass Clement einen tüchtigen Stellvertreter hatte. »Nicht schießen, Ian. Wir müssen auf Gavin warten. Verfolgen wir lieber noch eine Weile über Mikros und Wärmebilder, was die da unten so treiben.«

Er sah zähneknirschend zu, wie der General wieder im Haus verschwand.

Gustav hielt am Rand der Piste. Lange waren sie nicht gefahren, höchstens zwanzig Minuten. Vor ihnen in der Dunkelheit blinkte mehrmals ein schwaches Licht wie von einer Taschenlampe auf.

»Ist er das?«, fragte Jack.

Gustav nickte wortlos und legte sich erneut die entsicherte Pistole auf den Schoß. Im Schritttempo kroch der Jeep voran.

»Es wäre vielleicht besser, wenn Sie mir die Waffe geben. Dann können Sie sich aufs Fahren konzentrieren«, schlug Jack vor.

Gustav schüttelte den Kopf. »Keine Sorge, ich kann gleichzeitig fahren und schießen.«

Im fahlgelben Kegel der Scheinwerfer erschien schwitzend und schwer atmend Monsieur Blanc. Sein Leinenanzug war schweißnass und klebte ihm am Körper. Auf dem Rücken trug er einen großen Rucksack und über jeder Schulter eine Waffe. Jack war beeindruckt, dass er es so weit geschafft hatte. Bislang hatte der Chinese auf ihn gewirkt, als könnte er größere Strecken nur mit Hilfe eines Dessertwagens überwinden.

»Meine Güte, Gustav, Gott sei Dank sind Sie da. Ich fürchtete schon, Sie wären nicht weggekommen.«

Neben ihm stand das Mädchen aus dem Lager, einen Patronengürtel über der Schulter. Sie wirkte ruhig und gefasst und trotz des langen Marsches nicht im Geringsten angestrengt.

»Komm, Florence. Wir fahren noch ein Stück mit dem Auto, bis die Piste zu schlecht wird.« Er hielt ihr die Hand entgegen, um ihr helfen, doch sie schwang sich leichtfüßig in den Wagen, drehte sich zu ihm um und streckte ihm mit schüchternem Lächeln ihrerseits die Hand hin. Monsieur Blanc war nicht zu stolz, das Angebot anzunehmen. »Unglaublich«, sagte er. »Sie kann die halbe Nacht marschieren, jemandem ins Auto helfen, der doppelt so groß ist wie sie, und gerät nicht mal ins Schwitzen.« Er wischte sich mit einem bereits triefenden Taschentuch die Stirn und quetschte seine Leibesfülle neben sie auf die Sitzbank.

»Fahren Sie, Gustav, die Gegend ist nicht sicher«, sagte

er und nahm den Rucksack ab. »Sobald wir Nbotous Territorium verlassen haben, sind wir im Bezirk Nord-Kivu. Die Miliz dort ist kein Stück weniger grausam und skrupellos« – er unterbrach sich und fing an, in seinem Gepäck zu wühlen –, »aber zum Glück für uns längst nicht so gut organisiert.« Er fischte eine Waffe aus dem Rucksack und reichte sie Jack. »Ich hoffe, Sie wissen, wie man damit umgeht. Wenn nicht, halten Sie einfach drauf, aber sehen Sie zu, dass Sie um Himmels willen keinen von uns treffen.«

Jack drehte die Beretta in der Hand. Es war lange her, dass er zuletzt eine benutzt hatte. Ihm fiel ein, wie er mit seinem Vater zum Schießstand gefahren war, kurz nachdem seine Mutter ausgezogen war. Unfähig, ihrem Schmerz auf andere Weise Ausdruck zu verleihen, hatten sie den Pappkameraden die Herzen herausgeballert.

»Ich weiß, wie man damit umgeht, Monsieur Blanc. Aber wieso die Planänderung? Ich dachte, ein Helikopter kommt Sie heute Abend vom Flugfeld abholen …«, sagte er über die Schulter.

Der Wagen prallte gegen eine Unebenheit auf der Piste, und es krachte so laut, als wäre eine Achse gebrochen.

Monsieur Blanc hob eine Braue. »Ich habe Ihnen geglaubt, Jack, das ist alles. Nicht sofort natürlich. Anfangs dachte ich noch, Sie bluffen. Aber dann habe ich das Modul aus Ihnen entfernt und entdeckt, dass es nicht verwachsen war, dass Sie mitnichten ein Wirt waren, dass das Ding nur des Showeffekts wegen implantiert worden war. Da bekam ich Zweifel. Und genau wie Sie erkenne ich sofort den Klang einer Hercules, selbst auf mehrere Kilometer Entfernung.« Er wischte sich wieder die Stirn. »Wer seiner Intuition zweimal misstraut, ist selbst schuld.«

Es hatte zu regnen begonnen. Dicke Tropfen kühlten die warme Luft.

»Sie haben etwas anderes organisiert?«, fragte Jack.

Monsieur Blanc nickte. »Nicht weit von hier, rund vierzig Kilometer entfernt, ist eine Lichtung. Wir fahren so weit wie möglich und gehen dann zu Fuß weiter. Sie sind herzlich eingeladen, sich uns anzuschließen, aber ich sage Ihnen gleich: Im Helikopter ist kein Platz für Sie.«

Jack nickte. Damit hatte er gerechnet. Er wunderte sich ohnehin, dass der Chinese ihn mitgenommen hatte. »Warum haben Sie mich nicht einfach im Camp zurückgelassen?«, fragte er vorsichtig, als könnte Monsieur Blanc seine Entscheidung im letzten Moment rückgängig machen.

Der dicke Asiate runzelte die Stirn und setzte ein beinahe verlegenes Lächeln auf. »Ich glaube, dass Sie mir mit Ihren Hinweisen das Leben gerettet haben. Also tue ich alles, um Ihnen das Ihre zu retten. So weit es eben geht.« Er hielt inne und lachte lautlos in sich hinein. »Nach meiner Erfahrung sieht das Universum diese Art von ungesühnter Schuld gar nicht gern. Halten Sie mich ruhig für abergläubisch.«

Abergläubisch? Nein. Eher für komplett durchgeknallt, dachte Jack. Er drehte sich um und blickte in den Dschungel, wo im schwachen Licht allmählich das Leben erwachte und die hohen dunkelgrünen Silhouetten sich mehr und mehr als Bäume zu erkennen gaben.

Plötzlich brach der Jeep auf dem unbefestigten, schlammigen Weg aus. »Wenn es weiter so regnet, werden wir bald laufen müssen, Chef«, sagte Gustav und lenkte mit Vollgas dagegen. Wasser spritzte zu beiden Seiten hoch, und das Reifenprofil fand nur mit Mühe Halt in der rutschigen Oberfläche.

»Machen Sie langsam, Gustav«, warnte Monsieur Blanc. »Wir müssen so weit wie möglich mit dem Wagen vorankommen, sonst wird das eine sehr, sehr lange Wanderung.«

54

Nbotou saß am Kopfende des Tisches und wartete ungeduldig, bis seine Kommandanten Platz genommen hatten. Er konnte seinen Zorn kaum beherrschen.

»Jemand ist da draußen und auf dem Weg hierher«, sagte er in die Runde. »Oder vielleicht sogar schon vor dem Tor. Nach dem Bericht, den ich erhalten habe, dürfte es sich um amerikanische oder britische Spezialeinheiten handeln. Ich habe keine Ahnung, was die wollen oder hinter wem sie her sind. Mein Verdacht ist, dass der fette Chinese etwas damit zu tun hat.« Er holte tief Luft und zündete sich eine Zigarre an. Der starke Rauch der Montecristo würde ihm helfen, sich zu konzentrieren. »Aber wer weiß schon, was dahintersteckt, wenn eine sogenannte westliche Demokratie ihre Armee ausschickt.« Er räusperte sich und spuckte auf den Boden. »Ganz gleich, warum sie hier sind – ich muss euch sicher nicht daran erinnern, wie gefährlich diese Soldaten sein können. Ihr wisst alle, mit welchen Methoden sie arbeiten. Als sie letztes Jahr das Camp der ugandischen Befreiungsarmee überfielen, um Geiseln zu befreien, haben sie niemanden geschont. Nicht mal die Geiseln.« Er schüttelte den Kopf, und die Männer am Tisch schmunzelten. Die Anspannung ließ spürbar nach. Clement zog fest an seiner Zigarre und stieß den Rauch durch seine breiten Nasenlöcher aus. »Ihre Waffe ist die Überraschung, die Verwirrung, die sie stiften. Sonst hätten sie gegen eine überlegene Armee wie die unsere niemals eine Chance.« Die Männer nickten und murmelten zustimmend. »Aber den Vorteil haben wir ihnen genommen – und damit ihre wirkungsvollste Waffe. Diesmal liegt das Überraschungsmoment auf unserer Seite.« Um den Tisch herum erhob sich abermals zustimmendes Gemurmel.

Ed Garner hielt das Richtmikro auf das Camp, aber es regnete so stark, dass man außer dem Prasseln von Wassertropfen auf die großen Blätter der Dschungelbäume kaum etwas hören konnte. Irgendwann jedoch fand er im Innern des Hauptgebäudes, was er gesucht hatte – eine herrisch tönende Stimme, die eine ihm unbekannte Sprache sprach. Er justierte den High-End-Verstärker, um die Frequenz zu filtern, und bedeutete Oliver Denbigh, dem Sprachexperten des Teams, die Kopfhörer aufzusetzen. Der Offizier beugte sich vorsichtig herüber, um sie entgegenzunehmen. Die Bäume boten zwar guten Sichtschutz, doch es war schwierig, sich darin zu bewegen. Sie waren alle mit einem Kletterseil an den dicken Ästen gesichert, die durch den Regen gefährlich glatt geworden waren. Ein Fehltritt, und man würde hilflos und weithin sichtbar vor dem Camp baumeln, wie ein Bungee-Springer, der sich verheddert hatte.

Denbigh schob sich die Kopfhörer über die Ohren. Ein statisches Knistern ertönte, als Ed das Mikro zurechtrückte. Der Linguist identifizierte die Sprache sofort als Bantu-Dialekt, der dem Suahili in Satzmelodie und grammatikalischer Struktur ähnelte. Er verstand zwar nicht jedes Wort, konnte aber dem Inhalt folgen.

»... letzte Nacht vier Soldaten getötet ... wachsam bleiben ... in Stellung ... uns bereithalten ...« Es war eine Ansprache, kein Zweifel. Um das zu erkennen, reichten die wenigen Fragmente, die er verstanden hatte. Er wandte sich Ed zu, der in diesem Moment den gleichen Gedanken hatte wie er.

Sie wissen, dass wir hier sind.

»Verdammt«, fluchte Ed, griff zum Funkmikro und rief Gavin an. »Gavin, wo stecken Sie, *over*?«

»Dem GPS zufolge zwei Kilometer von euch entfernt«, ertönte Gavins Stimme.

»Ihr müsst vorsichtig sein. Wir glauben, dass sie uns schon erwarten. Kommt so schnell wie möglich hierher.«

»Scheiße«, brummte Gavin.

»Wir müssen reingehen, solange uns die Dunkelheit noch Schutz bietet. Es wird in der nächsten halben Stunde anfangen zu dämmern; uns bleibt also keine Zeit mehr.«

»Ihr geht ohne uns rein?«, fragte Gavin.

»Es gibt keine Alternative. Ihr müsst das Feuerwerk zünden.«

»Wann?«

»Jetzt«, sagte Ed knapp und wandte sich seinen Männern zu. »In rund zwanzig Sekunden wird drüben auf dem Flugfeld ein Inferno losbrechen. Wir gehen davon aus, dass eine beträchtliche Anzahl von Milizionären das Camp verlassen wird, um das Feuer zu bekämpfen. Sobald sie weg sind, greifen wir das Haus mit Panzerfäusten an.«

Eine laute Explosion unterbrach ihn, deren Vibrationen den Baum zum Erzittern brachte.

»Denbigh, Sie bleiben hier draußen und verfolgen mit Kamera und Mikro, was im Camp vor sich geht. Und Sie geben uns Feuerschutz.«

Wieder eine Explosion, diesmal noch lauter, und der

Himmel erstrahlte in grellweißem Licht. Im nächsten Moment war es stockdunkel.

»Headsets überprüfen.« Die vier Männer stellten sicher, dass ihre Ohrstöpsel und die Mikros funktionierten.

»Ich will, dass im Camp alle Lichter ausgehen, also seht zu, dass ihr den Generator erwischt«, sagte Ed und lehnte sich rücklings in sein Sicherungsseil. Als der Wald bei einer erneuten Explosion erbebte, wäre er beinahe kopfüber in die Tiefe gestürzt, konnte sich im letzten Moment jedoch abfangen. Er grinste die Männer an. »Ich will mir doch nicht den Hals brechen, bevor es überhaupt losgeht.«

Als die Mauern des alten Kolonialgebäudes unter der ersten Explosion erzitterten, zuckten Nbotous Kommandanten erschrocken zusammen. Von den Rissen in den Gipsverzierungen regnete es weißen Staub.

»Das Flugfeld!«, rief einer der Männer, die um den Tisch saßen. »Das kam vom Flugfeld! Wir müssen es verteidigen!« Er sprang von seinem Stuhl auf, ebenso wie alle anderen. Keiner der Kommandanten wusste, was zu tun wäre, aber alle wollten sich mutig und entschlossen zeigen.

Nbotou hörte die Panik in der Stimme des Mannes. Das Letzte, was er jetzt gebrauchen konnte, war ein Kommandant, der seine Soldaten mit vollen Hosen in einen Feuersturm führte. »Hiergeblieben! Niemand rührt sich ohne meinen Befehl.« Er hob die Hand, horchte auf die Geräusche von draußen und versuchte herauszufinden, ob sich Flugzeuge oder Hubschrauber in der Luft befanden. Eines stand aber fest: Das Flugfeld wäre jetzt ohnehin nicht mehr zu retten.

»Otope, du führst deine Männer auf der Straße Richtung Flugfeld. Nach einem Kilometer kehrst du um und schickst nur zwei oder drei Soldaten vor, die nachsehen sollen, was passiert ist. Die übrigen sollen das Camp umstellen. Wir werden es von innen verteidigen, aber ich möchte, dass ihr von außen die Augen offen haltet und seht, wer hineingeht. Mischt euch nicht in den Kampf ein, bis ihr mein Signal erhaltet.« Er grinste Otope an. »Ihr werdet unser kleines Geheimnis sein. Die kleine Überraschung, die wir für unseren Feind bereithalten.« Er wandte sich den anderen zu. »Und ihr umstellt mit euren Einheiten die Außenmauer des Hauses.«

Wieder ertönte eine Explosion, diesmal noch lauter, und die Wände bebten. Nbotou blinzelte nicht einmal.

»Ich werde mit meiner persönlichen Leibgarde hier im Zentrum des Gebäudes, in der Nähe des Tunnels, bleiben.« Er klatschte in die Hände und lächelte seine Männer an. »Schon lange her, dass wir einen angemessenen Gegner hatten, was, Jungs?« Er klopfte den beiden Kommandanten, die ihm am nächsten standen, kräftig auf die Schulter. »Zeigen wir den Scheißkerlen, wie man in Afrika kämpft.«

Nbotou versammelte seine Leibwächter um sich und machte sich auf den Weg in die Speisekammer. Der Raum war klein, aber kugelsicher, weil er mit dicken, bleiverkleideten Wänden ausgestattet war – Hightech-Kühltechnik des neunzehnten Jahrhunderts. Außerdem befand sich unter den Bodendielen der Eingang zu einem Tunnel, der etwa anderthalb Kilometer weit in den Dschungel hinausführte. Falls die Situation für Nbotou brenzlig wurde, konnte er das Camp jederzeit unbemerkt verlassen. Und zur Not konnte er am Tunneleingang eine Bombe zünden und die ersten Meter des Ganges zum Einsturz bringen, damit ihm niemand folgte.

55

Florence überlief ein Schauer, als eine erneute Explosion den Dschungel erschütterte.

»Das hätte ins Auge gehen können, was, Gustav?«, sagte Monsieur Blanc.

Gustav reagierte nicht, denn er musste sich voll aufs Fahren konzentrieren. Wasser strömte den Weg entlang, die Räder drehten im Schlamm durch und gerieten immer wieder ins Schlittern. Er zuckte bei jeder Explosion zusammen, schaffte es aber trotzdem irgendwie, den Wagen in der Spur zu halten. Jack rechnete damit, dass sie den Jeep bald stehen lassen mussten. Der Regen ließ nicht nach, und das graue Licht der Dämmerung wurde von schweren dunklen Wolken aufgesogen.

Hinter einer Biegung begann der Weg leicht anzusteigen. Das Gefälle genügte, um die Hinterräder durchdrehen zu lassen, die sich dabei immer tiefer in den Schlamm gruben.

»Machen Sie langsam, sonst bleiben wir hier schon stecken«, sagte Monsieur Blanc gereizt.

Gustav ignorierte ihn jedoch und gab Vollgas, sodass eine Schlammfontäne hinter ihnen hochspritzte und sich die Räder noch tiefer in den weichen Untergrund gruben. Gustav drehte den Zündschlüssel um, der Motor erstarb, der Jeep rutschte ein Stück rückwärts und blieb stehen.

Jack sprang hinaus und sah sich die Hinterräder an, die fast bis zur Achse im dunkelbraunen Schlamm steckten. Mit diesem Wagen würden sie nirgendwohin gelangen, jedenfalls nicht bei diesem Wetter.

»Entweder wir graben das Auto aus und warten, bis es

aufhört zu regnen, oder wir lassen es stehen und gehen zu Fuß weiter«, erklärte er.

Monsieur Blanc wuchtete seine Leibesfülle aus dem Jeep, um sich den Schlamassel selbst anzusehen. »Er hat recht«, sagte er und griff nach seinem Rucksack, dem er ein GPS-Gerät entnahm, ehe er ihn sich auf den Rücken schwang. »Wir sind fünfzehn Kilometer vom Landeplatz entfernt. Wenn wir zu Fuß gehen, werden wir nach meiner Schätzung bis zum Abend dort sein.«

Gustav sah nicht überzeugt aus. »Wir sind am Rand von Nbotous Territorium, Chef. Von hier ab hat die ugandische Befreiungsarmee das Sagen.« Er sah sich nervös um.

Monsieur Blanc zuckte ungerührt mit den Schultern. »Dann schlage ich vor, Sie sehen nach, ob Ihre Waffe trotz Regen noch funktioniert.«

»Wie weit ist es von hier bis zur Grenze?«, erkundigte sich Jack.

»Kommt darauf an, bis zu welcher Grenze. Ruanda und Uganda sind nicht weit, doch als sicherste Option würde ich Ihnen Burundi empfehlen. Da haben Sie noch einen ganz schön weiten Weg vor sich.« Er wandte sich gestikulierend an Gustav: »Geben Sie dem jungen Mann eins von Ihren Messern, das mit dem Kompass im Griff. Sagen Sie, Jack, waren Sie als Kind bei den Pfadfindern?«

Jack schüttelte den Kopf.

»Wie schade. Bei dem, was Sie vorhaben, hätten Ihnen die Fertigkeiten genützt, die man dort beigebracht bekommt. Hier …« Er griff sich in die Tasche.

Jack überlegte, was der Chinese wohl zum Vorschein bringen würde. Ein Handy? Eine Schachtel Streichhölzer? Nein. Statt etwas Nützlichem förderte er eine Visitenkarte zutage.

»Über diesen Briefkasten in Paris kann man Kontakt zu mir aufnehmen«, erklärte Monsieur Blanc. »Sollten Sie lebend hier herauskommen, schreiben Sie mir doch mal. Jemanden mit Ihrem Durchhaltevermögen kann ich immer gebrauchen.«

Jack nahm die Karte mit großen Augen entgegen. Der Typ hatte vielleicht Nerven.

»Schauen Sie nicht so enttäuscht drein. Betrachten Sie das Ganze als ein großes Abenteuer.« Monsieur Blanc wandte sich an Gustav, der schmollte, weil er sein Lieblingsmesser hatte herschenken müssen. »Höchste Zeit zu verschwinden«, sagte er und machte sich auf den Weg. »Für Sie, Jack, geht's immer Richtung Osten«, rief er über die Schulter und zeigte mit einer Hand in den Dschungel. »Und vielen Dank noch mal.«

Jack sah ihnen nach, wie sie auf dem Weg verschwanden, alle bis auf die Haut durchnässt, Monsieur Blanc in seinem Leinenanzug, neben ihm die junge Schwarze, die er vor Nbotou gerettet hatte, dahinter die riesenhafte Gestalt des Russen. Sie wirkten wie eine groteske Zirkustruppe, ein Clown, kugelrund wie ein Stehaufmännchen, eine gazellengleiche Akrobatin und ein mürrischer Bär, der brav Kommandos befolgte, ohne recht zu begreifen, was andere an seiner Kraft so faszinierend fanden.

Schwaches Dämmerlicht begann die Wolken zu durchdringen, und die regenfeuchte Luft um ihn erwärmte sich allmählich. Das Grüppchen verschwand hinter einer Wegbiegung ins Dunkel, begleitet von einem infernalischen Soundtrack aus donnernden Explosionen. Jack musste unwillkürlich lachen, die Szene war zu komisch, und die Erleichterung darüber, allein und ganz unvermittelt nicht mehr bedroht zu sein, löste ein an Hysterie grenzendes

Schwindelgefühl in ihm aus. Unfassbar, dass er Monsieur Blanc am Ende doch noch unbeschadet entkommen war. Dabei hatte er die ganze Zeit auf den geeigneten Moment zur Flucht gewartet.

Er drehte sich dem Waldrand zu und benutzte den Kompass, um sich nach Osten zu wenden. Jetzt gab es nur noch ihn und den Dschungel. Ein kilometerlanger Marsch durch gefährliches Gebiet stand ihm bevor, doch er empfand bei dem Gedanken keine Angst. Stattdessen dachte er an seinen Vater und die Campingausflüge, die sie zusammen gemacht hatten, als er noch ein Kind war, in die wilde Ursprünglichkeit der französischen Alpen oder des New-Forest-Nationalparks in Hampshire. Bevor er zu einem aufsässigen, reizbaren Teenager geworden war, der sich mehr für Mädchen und Drogen interessierte als für ein Wochenende mit seinem Vater in einem Wald voller Moskitos. Hier draußen, am Rande des Dschungels, der ihm ebenso abschreckend wie verlockend erschien, fühlte sich Jack seinem Vater näher als jemals zuvor. Mit einem Mal konnte er nachvollziehen, was für ein Leben dieser Mann geführt hatte, welche Einsamkeit er erduldet und welchen Gefahren er ins Auge geblickt hatte. Wenn er hier herauskam, beschloss Jack, würde er seinen Vater regelmäßig anrufen und sich Zeit nehmen, dessen verrückten Geschichten zu lauschen.

Falls er je wieder hier herauskam.

56

Ed Garner ließ sich am Seil herab und landete fast lautlos auf dem Boden. Die drei anderen Soldaten folgten ihm und suchten sofort Deckung im Unterholz. Das Haupttor des

Camps hatte sich geöffnet, und ein Schwarm Milizionäre strömte heraus. Manche zu Fuß, manche in Jeeps, strebten sie die Piste entlang in Richtung des Flugfeldes.

Ed versuchte einen Überblick über ihre Anzahl zu bekommen. »Gavin«, sagte er in sein Funkgerät, »Nbotous Milizionäre sind auf dem Weg. Es sind knapp tausend, zu Fuß oder in Jeeps, *over.*«

Keine Antwort.

»Gavin, hören Sie mich? *Over.*«

Unheilvolle Stille.

Scheiße, dachte Ed. »Gavin, Truppen sind auf dem Weg in Ihre Richtung. Verstanden? *Over.*«

Nichts.

Technische Probleme. Ganz sicher. Unmöglich, dass jemand, der so erfahren war wie Gavin, in einen Hinterhalt geraten war, schon gar nicht im Schutz der Dunkelheit.

»Keine Antwort von Gavin?« Das war Denbighs Stimme aus der Baumkrone, der das gleiche Frequenzband nutzte.

»Noch nicht. Ich versuche es weiter. Was sehen Sie auf den Wärmebildern?«

Denbigh blickte prüfend auf seinen Monitor. Gruppen von Menschen glühten rot innerhalb der Mauern, die das Camp umschlossen. Im Haus war nichts zu sehen. »Sieht so aus, als hätten sie vier Einheiten im Hof postiert, die das offene Gelände sichern. Wenn Sie die Dunkelheit nutzen wollen, sollten Sie so rasch wie möglich reingehen.«

»Wo ist die beste Eintrittsstelle?«

»Rückwärtige Mauer und vorne links. Jeweils mittig.«

»Wir nehmen die linke Mauer. Sobald wir drüber sind, lassen Sie die Panzerfäuste fliegen. Wir steuern unsere Granaten bei. Aber passen Sie auf, dass Sie nicht versehentlich uns treffen.«

Ed rannte über den nicht bewaldeten Geländestreifen und duckte sich hinter einem Stapel Ölfässer nahe dem Eingang zum Camp. Die drei Soldaten folgten ihm. Sie vergewisserten sich, dass niemand herauskam, dann sprinteten sie auf die Mauer zu und suchten sich eine geeignete Stelle zum Hochklettern. Die Lianen, die die bröckelige Fassade überwucherten, boten guten Halt. Ed griff über sich, zog sich hoch und legte sich flach auf den Mauerkranz, den Kopf zur Seite gedreht. Gleich hinter der Mauer verbargen sich unter Abdeckplanen Kisten mit Munition – eine ideale Deckung. Er ließ sich hinuntergleiten und ging hinter der Plane in Stellung. Die Männer folgten mit wendigen, präzisen, sorgfältig trainierten Bewegungen.

»Wir sind drin, Denbigh«, sagte er leise in sein Mikro.

»Feuer auf den rechten Sektor eröffnet«, kam die Antwort. Ein Zischen ertönte, dann das Donnern einer Explosion. Gelbe Flammen züngelten aus einer Ecke des Hofes. In rascher Folge schlugen zwei weitere Geschosse ein. Ein Benzintank spuckte blaue Flammen aus. Brennende menschliche Silhouetten, lebende Fackeln, rannten durcheinander und wälzten sich am Boden. Ed und seine Männer bombardierten die Milizionäre ohne Unterlass mit ihren Granaten und ernteten im Gegenzug Maschinengewehrsalven, ziellos, abgehackt, panisch.

»Denbigh, wo sind die Ziele jetzt?«, sagte Ed in sein Mikro und duckte sich hinter die Plane.

Der Offizier in der Baumkrone blickte prüfend auf seinen Monitor und sah gleißend weißes Feuer und rötliche Silhouetten, die davor wegrannten. »Zwei Einheiten haben sich ins Haus geflüchtet«, meldete er. »Die übrigen halten die Stellung. Eine vor dem Hauptgebäude, eine am Tor.«

Ed machte seinem Team ein Zeichen. »Zwei von euch

putzen die Truppe vor der Villa weg. Ich werde zwischen den beiden Einheiten hindurchsprinten, feuern und dann im Springbrunnen in Deckung gehen. Mit ein wenig Glück werden sie sich in dem Durcheinander gegenseitig beschießen. Bleibt in Position, bis ich das Signal gebe.«

Er rannte los, quer über den gepflasterten Hof. Die Flammen tauchten die Szenerie in flackerndes Licht, gezackte Schatten zuckten über den Boden. Ed wandte sich den Milizionären am Tor zu und feuerte ein paar Salven auf sie ab, um sich dann umzudrehen und in Richtung Haus zu schießen. Schattengestalten stürzten zu Boden, gefolgt von vielstimmigen hohen Schreien. *Kinder*. Darauf war Ed nicht vorbereitet. Erwachsene Männer gaben nicht solche Laute von sich, wenn sie getroffen wurden. Das Blut drohte ihm in den Adern zu erstarren, und er zögerte den Bruchteil einer Sekunde zu lange, ehe er den rettenden Satz in den Springbrunnen machte. Die Kugel traf ihn an der linken Schulter und riss ihn im Fallen herum. Schmerz empfand er nicht, nur heiß wurde ihm. Das Adrenalin betäubte die Wunde. Er ballte prüfend seine linke Faust und öffnete sie wieder. Der Arm ließ sich noch bewegen, es war also nur eine Fleischwunde.

Noch mehr Kugeln jagten über seinen Kopf hinweg, die beiden Einheiten erwiderten das Feuer und ließen Salve auf Salve folgen. Ein ohrenzerfetzendes Chaos brach los, Kugeln schlugen im Haus ein, in den Einfriedungsmauern um das Camp, zischten wahllos hin und her und zerfetzten gnadenlos die eigenen Waffenbrüder. Als die Kommandanten begriffen, was los war, versuchten sie verzweifelt, laut schreiend das Feuer einstellen zu lassen, doch ihr Gebrüll ging im Kugelhagel unter.

»Mehr Granaten, Männer, auf die zwei verbliebenen

Einheiten«, befahl Ed ächzend in sein Mikro und wagte kaum, den Kopf über die steinerne Umfassung des Brunnens zu heben.

Der erneute Beschuss gab den schlecht ausgebildeten und schlecht ausgerüsteten Milizionären endgültig den Rest. Sie stürmten in panischem Entsetzen auf das Tor zu und trampelten sich gegenseitig zu Boden, bei dem Versuch, das Camp so schnell wie möglich zu verlassen, wie Ratten, die bei Hochwasser durch einen Gully flüchten. Erbarmungslos schoss Denbigh von seinem Posten hoch oben im Baum eine Panzerfaust nach der anderen ab. Jede Detonation riss einen Krater in den Boden, Gestalten wurden nach außen geschleudert, doch im Sog der Menge schloss sich der Strom sofort wieder über der Lücke, unaufhaltsam und tödlich.

Von seinem Baum aus entdeckte Denbigh zwei Männer, die aus der Masse der Kindersoldaten herausragten und versuchten die Flüchtenden am Kragen zurückzuhalten und Ordnung in das heillose Durcheinander zu bringen. Wahrscheinlich höhere Offiziere, mutmaßte er, oder was auch immer es für Dienstgrade in dieser Art von Armee gab. Denbigh nahm sein Gewehr, jagte beiden eine Kugel in den Kopf und sah zu, wie sie zusammenbrachen. Die Überreste der Armee flohen in den Dschungel.

Ed Garner hob seinen Kopf über den Springbrunnenrand. Es war ein Anblick des Grauens, der sich in der heraufziehenden Morgendämmerung bot. Der Hof war mit Leichen übersät, zum Teil in Fetzen gerissen, ohne Arme oder Beine. Pflastersteine und festgestampfte Erde waren vom Blut rotbraun verschmiert. Über dem Ganzen lag das unablässige Wimmern und Schreien der verwundeten und sterbenden Milizionäre.

»Fertigmachen zum Übergriff, *over*«, ordnete er über sein Headset-Mikro an. Die Männer sprinteten auf die Villa zu, nahmen die Stufen zur Veranda und postierten sich rechts und links von der Eingangstür. Ed sprang über den Springbrunnenrand und schloss sich ihnen an.

»Denbigh, wie sieht's aus, wo sind die Ziele?«

Der Offizier blickte auf den Monitor. »Gleichmäßig über alle Zimmer verteilt. Das wird ein ganz schönes Geballer geben. Sollten wir nicht lieber auf McCallister warten? *Over*.«

»Keine Zeit«, erwiderte Ed. Sie mussten fertig sein, ehe die Sonne aufging. Sonst konnten sie ebenso gut gleich die Flucht ergreifen. Er wandte sich an sein Team. »Zieht die Masken auf. Wir setzen Chemie ein. Anders lässt sich ein Gebäude dieser Größe nicht räumen. Geht paarweise rein, einer gibt Feuerschutz, der andere setzt das Nervengas frei. Wir haben zwölf Kanister, also mehr als genug. Den Anführer identifizieren wir dann später unter den Leichen.«

57

»Sie haben den Hof eingenommen, General. Die Soldaten sind in Panik geflohen, denn sie können nicht kämpfen, wenn sie ihren Feind nicht sehen.«

Nbotou spürte Wut in sich aufsteigen. Uko, sein Stellvertreter, war in die Speisekammer gekommen, um einen Lagebericht abzugeben.

»Als Nächstes werden sie versuchen das Haus einzunehmen«, fuhr Uko fort.

»Wie viele Männer hast du im Innern postiert?«, wollte Nbotou wissen.

»Zwei Divisionen. Etwa zweihundert Soldaten.«

Nbotou schüttelte den Kopf und nagte an seiner Unterlippe. »Zweihundert? Bist du wahnsinnig? Ein paar Mörser und Granaten, und die Hälfte davon ist weg vom Fenster. Hör zu, Uko«, sagte er und legte einen Finger an den Mund. Draußen herrschte unheilvolle Stille. »Der Beschuss am Rollfeld hat aufgehört. Das heißt, sie bereiten sich auf den Angriff vor.«

Nbotou langte unter den Tisch und zog die Falltür auf. Ehe er hinunterstieg, wandte er sich um und legte seinem Kameraden eine Hand auf die Schulter. »Du musst hierbleiben und das Camp verteidigen. Ich werde nur meine Leibgarde mitnehmen und mich draußen im Dschungel mit Otope treffen. Haltet sie auf, solange ihr könnt. Wir werden das Camp umstellen und sie von außerhalb erledigen.« Salutierend verschwand er in dem Gang, gefolgt von den zehn kampferprobten Männern seiner Leibgarde.

Er wusste, es war nur noch eine Frage von Sekunden, bis die fremden Soldaten in das Haus eindrangen, und er wusste, dass es keinen Sinn haben würde, sich ihnen entgegenzustellen. Gegen einen Guerillaangriff musste man sich mit List und Tücke wehren, eine andere Chance gab es nicht. Das Fundament des Hauses war mit Sprengstoff vermint. Sobald er weit genug weg war, würde er den Zünder aktivieren. Es tat ihm leid, den alten Kasten zu zerstören. Das Anwesen war genau das Richtige für ihn gewesen, und er hatte dem Bau durchaus Respekt gezollt. Aber diese Angreifer waren keine normalen Soldaten. Es war nicht die Art von Armee, die sich diszipliniert in Reihen aufstellte und lehrbuchmäßig Schüsse auf den Feind abfeuerte. Sie gehörten zu der Sorte, die sich tagelang in Bäumen versteckte, um sich dann bei Nacht anzuschleichen und einem im Bett die Kehle durchzuschneiden, und zwar so lautlos, dass nicht einmal die eigene Leibgarde etwas bemerkte. Nein, gegen diese Männer half es nicht, offen zu kämpfen. Man musste sie ins Haus locken, sie glauben machen, sie hätten gewonnen, und dann das Gebäude auf sie herabstürzen lassen. Leider würden dabei auch seine eigenen Leute draufgehen. Aber das nahm er in Kauf. Im Ost-Kongo ließen sich Soldaten leicht ersetzen.

In dem Moment, in dem er um die Kurve bog, wusste Gavin McCallister, dass es vorbei war. Eine ganze Division von Soldaten stürmte auf sie zu. Es war keine gute Idee von ihm gewesen, die Straße zu nehmen, statt sich querfeldein durch den Dschungel zu schlagen. Er hatte der schnellen Alternative den Vorzug vor der sicheren gegeben, weil er so rasch wie möglich die anderen erreichen wollte. Ein kalkuliertes Risiko, das sich als fataler Irrtum erwies.

Nbotous Soldaten verharrten für den Bruchteil einer Sekunde, dann legten sie an. In der ersten Salve fielen sofort zwei von Gavins Männern. Es hatte keinen Sinn, das Feuer zu erwidern, es waren viel zu viele. Gavin stürzte sich ins Unterholz und spürte das brennende Stechen einer Kugel, die in Fleisch eindrang, heiß und kalt gleichermaßen. Zwanzig Meter lagen zwischen ihm und den sich nähernden Milizionären, binnen Sekunden wären sie bei ihm. Schon kamen die Schritte von der Stelle, an der er eben noch gestanden hatte. Er schleppte sich tiefer in den Dschungel hinein, mitten durch die dichte Vegetation, und blickte über die Schulter zurück. Er konnte immer noch die Straße sehen, wo seine Kameraden bereits von Kugeln niedergestreckt worden waren. Zwei Soldaten zückten ihre Macheten und trieben sie in die Leichen, schlitzten die

Leiber auf und verstümmelten sie. Mit mechanischen, ritualisierten Bewegungen rieben sie sich das warme Blut auf ihre Gesichter. Einer von ihnen zeigte auf den Weg, auf Gavins rötlich braune Spuren, die ins Unterholz führten.

Raschelnd kamen sie näher, die Schusswaffe in der einen, die Machete in der anderen Hand. Gavin hatte Messer immer gehasst, und er wusste genau, dass er von diesen Gegnern keinen raschen Tod erwarten konnte. Sie würden ihn erst in aller Ruhe aufschlitzen und ihm seine Eingeweide zeigen, ehe sie ihm den Rest gaben. Er zog eine Handgranate vom Gürtel. Sie fühlte sich sonderbar beruhigend an. Messer hatte er immer gehasst, doch Explosionen waren seine Welt gewesen. *Ich kann genauso gut mit einem ordentlichen Rumms abtreten,* dachte er und zog den Stift.

Nbotou eilte durch den Tunnel, und durch die Detonationen oberhalb rieselte beständig Erde auf seinen Nacken herab. Der Gang, den Arbeiter aus den Coltan-Minen gegraben hatten, war eng, aber sorgfältig abgestützt. Er war über anderthalb Kilometer lang und führte zu einer Lichtung mit vier großen Containern, wie sie auf Frachtschiffen verwendet wurden. Nbotou hatte sie aus Kinshasa einfliegen und von einem Helikopter an Ort und Stelle absetzen lassen. Sie enthielten seine Coltan-Reserven und waren von Tarnnetzen überzogen, die inzwischen vollständig zugewuchert und auf Satellitenbildern aus der Luft nicht zu erkennen waren.

Die Zünder waren am Ende des Tunnels angebracht. Clement eilte im Laufschritt dahin, um die Sprengung möglichst bald auszulösen und das Haus mitsamt allen, die sich darin befanden, dem Erdboden gleichzumachen.

Ed hustete, und das Innere seiner Gasmaske beschlug, doch er konnte sie auf keinen Fall absetzen. Sie hatten für jeden Raum zwei Kanister Nervengas dabeigehabt und die Maschinenpistolen, um alles niederzumähen, was zu fliehen versuchte. Die Luft im Haus war von dem Gift erfüllt, blassgrüner Nebel schwebte über den Leichen, die überall verstreut lagen, an den Fenstern, an den Türen. Das Nervengift wirkte binnen Sekunden, indem es das Atemsystem lahmlegte. Es war, als fiele einem ein Klavier auf die Brust, die Lunge war mit einem Schlag zerfetzt und nutzlos.

»Da müssen wir verdammt viele anschauen, um den Anführer zu identifizieren«, sagte einer von Eds Männern und drehte eine Leiche mit dem Fuß um. »Und wir haben ganz schön viel aufzuräumen.«

»Darum brauchen wir uns nicht zu kümmern. Sobald wir die Leiche haben, funke ich das durch, und wir sind raus. Damit ist unser Job erledigt«, erwiderte Ed. Dann hörte er Denbighs Stimme im Ohr, der immer noch draußen im Baum saß.

»Ed, hier regt sich was, irgendwas ist da los.«

Ed rannte zu einem Fenster, konnte aber nicht über die Außenmauer sehen. Drei Stufen auf einmal nehmend, stürmte er die Treppe hoch in die erste Etage.

»Was ist es? Was können Sie sehen?«, fragte er und stieg über die Leichen, um in Nbotous Zimmer durch die Schlagläden zu spähen.

»Irgendwas bewegt sich im Dschungel«, sagte Denbigh. »Ich denke, die gehen in Stellung. Es sind die Milizionäre, die geflohen sind. Irgendjemand organisiert sie.«

»Scheiße«, fluchte Ed, die Augen auf den Dschungelrand gerichtet. »Verdammte Scheiße. Es gibt zwei Möglichkeiten. Entweder wir bleiben und kämpfen, oder wir teilen uns auf und versuchen unser Glück im Dschungel. Da unsere Munition begrenzt ist, sehe ich keine Alternative zum Dschungel.«

»Was ist mit Nbotou? Wir wissen nicht, ob wir ihn haben«, gab einer der Männer zu bedenken.

»Ich pfeif auf Nbotou. Er ist entweder tot oder geflohen. Wir können jedenfalls nichts mehr tun. Wie sieht's draußen aus, Denbigh?«

»Truppen in Stellung außerhalb der Campmauer. Ich kann Ihnen die genauen Positionen durchgeben, aber es ist schon fast Tag. Die werden Sie sehen, sobald Sie über die Mauer klettern oder durch das Tor kommen. Es wäre keine schlechte Option, bis zur Dämmerung durchzuhalten. *Over.*«

Ed schüttelte den Kopf. »Keine Chance, unsere Munition ist fast alle. Jetzt oder nie.«

Denbigh sah auf die Wärmebildkamera. »Okay. Gehen Sie zur hinteren Seite der Mauer. Dort ist die Feindkonzentration am geringsten. Ich werde auf der Vorderseite für Ablenkung sorgen, ein paar Granaten …«

Er beendete seinen Satz nicht. Mit einem gewaltigen Donnern flogen die Wände des Hauses nach außen weg, Trümmer wurden in dichten Staubwolken hoch in die Luft geschleudert und schnellten quer durch die Bäume im Hof. Holz barst, dann brach das Dach in sich zusammen. Binnen Sekunden lag die ganze koloniale Grandeur in Schutt und Asche.

»Hört ihr mich? Team eins? Irgendjemand? Bitte kommen!«, drängte Denbigh.

Keine Antwort.

»Team eins, bitte kommen?«

Er versuchte es bei Gavin. »Team zwei?«

Nichts.

Der Staub begann sich gerade zu legen, als etwas an ihm vorbeizischte. Ein Stein. Dann noch einer. Er sah nach unten. Vier Kindersoldaten standen am Fuß des Baums und grinsten zu ihm hoch, als hätten sie eine Katze entdeckt, die sie herunterholen wollten. Ihre Waffen hatten sie abgelegt, um die Steine zu werfen. Jetzt nahmen sie sie wieder auf.

»Scheiße«, fluchte Denbigh, als im Kugelhagel dicht neben ihm Baumrinde absplitterte. Er suchte Schutz hinter dem Stamm und sprach leise in sein GPS. »Officer Denbigh, LMS, Denbigh hier, LMS, bitte kommen.« Dieser Einsatz war gescheitert. Ihm blieb nur noch, den letzten Funkspruch abzusetzen: *Last Man Standing*. »Tod des Ziels nicht bestätigt«, fuhr er fort. »Ich wiederhole, Tod des Ziels nicht bestätigt.«

Nbotou hörte den Donner der Explosion und gönnte sich ein kurzes Lächeln der Genugtuung, während er sich die Leiter hochzog und aus der Falltür kletterte. »Otope, bitte kommen! Was kannst du erkennen?«, fragte er in sein Walkie-Talkie.

»Das Haus ist eingestürzt, die feindlichen Soldaten waren drin. Ich werde ein paar Jungs hinschicken, um zu sehen, was wir aus den Trümmern retten können.«

58

Haltsuchend presste Archie seine Hand gegen die Scheibe des Helikopters, der im stürmischen Wind hüpfte und schlingerte. Der Pilot hatte für einen Flug unter solchen

Bedingungen den doppelten Preis verlangt und trotzdem nicht glücklich ausgesehen, als Archie zugestimmt hatte.

Das Wetter beeinträchtigte durch seine atmosphärischen Störungen auch die Funktion des Ortungsgeräts, dennoch waren sie in die richtige Richtung unterwegs, das verriet ihm nicht zuletzt ein Donnern in der Ferne, wie das Dröhnen lauter Explosionen. Archie wusste genau, was los war, aber er hütete sich, den Piloten einzuweihen. Eine Stunde lang flogen sie nun schon durch den schweren Regen, und das gelbe Blinklicht war immer weiter in die Mitte des Displays gerückt. Archie machte sich dennoch keine allzu großen Hoffnungen. Selbst wenn Jack die Omega trug, die er ihm gegeben hatte, könnte er mehrere Kilometer von dem Standort entfernt sein, den das Gerät anzeigte.

»Was ist das?« Er zupfte den Piloten am Ärmel und deutete nach unten. Es sah aus, als wäre ein Teil des Dschungels weggesprengt worden. Eine kleine Armee ameisengroßer Silhouetten kletterte in dem Krater herum.

Der Pilot war zu beschäftigt damit, den Hubschrauber stabil zu halten, um einen Blick nach unten werfen zu können, und zuckte nur die Achseln. »In dieser Region gibt es ständig Ärger. Kämpfe unter verfeindeten Milizen und solche Dinge. Immer geht es um Diamanten, Coltan oder irgendwelche anderen halbwegs wertvollen Bodenschätze. Die haben alle einen Knall«, sagte er, als wäre damit alles erklärt.

Archie spähte durch das vom Regen blinde Fenster. Die Explosion hatte erst kürzlich stattgefunden. Trümmer lagen in der ganzen Umgebung verstreut, und Staub hing noch in der Luft. Als er genauer hinsah, entdeckte er die Tastatur eines zerborstenen Konzertflügels, die wie ein fauliges Gebiss hoch oben in einem Baum hing.

»Gehen Sie tiefer«, ordnete er an.

Der Pilot biss sich auf die Lippe und kreiste einmal um das Camp. »Es ist keine gute Idee, sich hier länger aufzuhalten.«

Archie sah sich alles an, das Ziegeldach, das auf den Boden gestürzt war, den Hof, der wie ein Armeecamp aussah, die Kinder, die ihre Waffen in die Luft feuerten. Er blickte auf das Ortungsgerät. Der gelbe Punkt hatte fast die Mitte des Displays erreicht. In was für einen Schlamassel war Jack da hineingeraten?

»Wir fliegen jetzt in nordöstliche Richtung, Captain, und auf der nächsten Lichtung setzen Sie mich ab. Falls keine kommt, werde ich mich abseilen.«

»Ganz wie Sie wünschen. Es ist Ihre Beerdigung«, sagte der Pilot kopfschüttelnd. Er hatte sein Geld bereits bekommen. Ihm konnte es egal sein, wenn sein Passagier unbedingt in einem Kriegsgebiet herumspazieren wollte.

59

MI6-Zentrale, Vauxhall, London

Sir Clive war in sein Büro nach London zurückgekehrt, allerdings nicht ohne Harvey versprechen zu müssen, ihn über die Fortschritte der Spezialeinheit auf dem Laufenden zu halten. Er hatte den Amerikaner gewarnt, dass der Einsatz zwei Tage dauern und es keinen Funkkontakt geben würde, bis der Ausgang feststand.

»Zwei Tage?! Was um alles in der Welt soll ich zwei Tage lang hier machen?«, hatte Harvey erwidert.

Sir Clive hatte mit den Schultern gezuckt, vage auf die Geweihe an der Wand gedeutet und etwas von Jagd gesagt.

»Soweit ich weiß, gibt es außerdem ein paar historische Stätten hier in der Nähe. Die Dorfkirche besitzt ein seltenes Buntglasfenster. Ein Besuch könnte sich lohnen.«

Dieser Amerikaner vereinte unbändige Energie mit grenzenloser Ungeduld. Das war wahrscheinlich der Grund dafür, warum er in seinem Geschäft so erfolgreich war. Und es war ganz sicher der Grund dafür, warum er seine Mitmenschen ständig vor den Kopf stieß. Aber Sir Clive war in Gedanken längst wieder bei den zahllosen anderen Aufgaben, die auf seinem Schreibtisch warteten. Er war gerade die Berichte durchgegangen und beim dritten Espresso angelangt, als mit einem Summen die LMS-Nachricht auf seinem Handy eintraf.

Tod des Ziels nicht bestätigt.

Scheiße. Sir Clive wartete auf weitere Informationen, aber es kam nichts mehr. Er griff zum Hörer und rief Dr. Calder an – ein Verstoß gegen das Protokoll, aber es ging nicht anders. Bei einem Geheimeinsatz dieser Art war Kontakt zu beteiligten Mitarbeitern streng zu unterlassen, aber nach der Nachricht, die er gerade bekommen hatte, war dieser Einsatz ohnehin so gut wie vorbei.

»James, Sie müssen mir eine sichere Verbindung zu folgender Nummer herstellen.« Er las die Ziffern von seinem Handydisplay ab. »Benutzen Sie ein Trilaterationsverfahren und leiten Sie das Ganze über eine andere Abteilung. Das Gespräch darf auf keinen Fall zurückzuverfolgen sein.« Er hörte, wie James tippte. Der Mann stellte den Befehl nicht in Frage, sondern machte sich sofort kommentarlos an die Arbeit. Das war einer der Gründe, warum Sir Clive ihn beim Erklimmen der Karriereleiter immer in seiner Nähe behalten hatte.

»Erledigt«, sagte James. »Es wird ein paarmal piepsen,

während die Verbindung hergestellt wird. Dann können Sie sprechen. Aber denken Sie daran: Je länger Sie sprechen, desto leichter lässt sich der Anruf zurückverfolgen.«

In der Leitung knisterte es statisch, dann ertönte ein Summen wie von einem alten Modem.

Einen Sekundenbruchteil später war er mittendrin im Geschehen: Aus dem Hörer drang der schwere Atem des Offiziers, das Rascheln und Kratzen von Stoff am Headset, im Hintergrund ratterten blechern Maschinengewehrsalven.

»Hier spricht Ihr Oberbefehlshaber. Habe die LMS-Nachricht erhalten. Erwarte Statusbericht.«

»Hier Officer Denbigh. Team eins ist gefallen. Team zwei vermutlich auch. Zielerreichung ungewiss.« Er bemühte sich den Kugelhagel zu übertönen. »Camp zerstört. Ziel verfügt über Entsatzkräfte. Stehe unter Beschuss.«

Sir Clive überlegte rasch. Wenn die Truppen noch in Stellung waren, hieß das, dass Nbotou ein gewisses Maß an Kontrolle über sie haben musste, dass er noch am Leben war und sich in der Nähe des Camps aufhielt.

»Wie ist Ihre Position, können Sie sich in Deckung bringen?«

»Schlecht. Sitze auf einem Baum. Werde von vier Gegnern von unten beschossen.«

Sir Clive dachte nach. »Was ist das für ein Baum?«, fragte er.

Es entstand eine kurze Pause. Die scheinbar belanglose Frage hatte den Soldaten verwirrt.

»Keine Ahnung. Irgendein Scheißriesenbaum.«

»Sind Sie angeleint?«

»Klar, an den Stamm.«

Wieder zischten Kugeln vorbei und brachten Holz zum Splittern.

»Okay, hören Sie zu«, sagte Sir Clive. »Sie lassen jetzt zwei Granaten fallen. Beide auf derselben Seite. Damit schalten Sie die Gegner aus. Die Explosion wird den Baum in die entgegengesetzte Richtung schnellen lassen, Richtung Dschungel. Halten Sie sich gut fest, und klettern Sie dann hinüber in einen anderen Baum. Ich rufe in zehn Minuten wieder an und gebe neue Anweisungen durch. *Over.*« Sir Clive legte auf, ohne auf eine Antwort zu warten. Er würde früh genug herausfinden, ob sein Vorschlag dem Mann das Leben gerettet hatte oder nicht.

60

Jack hielt nach Fährten oder Trampelpfaden Ausschau, die ihm den Weg durch den Busch erleichtern würden. Aber da war nichts, nur undurchdringliches Dickicht. Sollte er Monsieur Blancs Rat befolgen und nach Osten gehen oder lieber weiter der ansteigenden Straße folgen? Er beschloss auf einen Baum zu klettern, um sich einen Überblick zu verschaffen. Das würde ihn viel Kraft kosten, doch von oben würde er am besten sehen können, welche Route ihn durch den erbarmungslosen Dschungel führen würde.

Er blickte nach oben, wählte einen Baum aus und hängte sich an die herabbaumelnden Lianen, um zu testen, ob sie sein Gewicht hielten. Dann zog er sich dem Blätterdach entgegen wie an einem Kletterseil, indem er sich die Pflanze zwischen die Beine klemmte und mit den Armen Stück für Stück hochzog – eine schweißtreibende Übung, für die er vor allem Kraft im Oberkörper brauchte. Jeder Zug zerrte außerdem schmerzhaft an seiner Wunde. Hoffentlich hielt die Naht des Chinesen.

Als er einen Ast erreichte, der dick genug war, um ihn zu tragen, schwang er sich darauf und schüttelte die Glieder aus, damit wieder Blut in die verkrampften Muskeln gelangte. Von hier aus ließ es sich leichter klettern, da waren jede Menge Äste, und er musste sich nicht mehr nur allein mit dem Oberkörper halten. Er zog sich weiter hoch, streckte, klammerte, hievte sich mit aufgerissenen Händen dem grünen Dach des Dschungels entgegen. Als sich das Laub lichtete, hielt er inne, die Arme um den Baumstamm geschlungen. Hinter dem Blättervorhang öffnete sich die weite Landschaft.

Der Anblick raubte ihm den wenigen Atem, der ihm geblieben war. Dampf stieg aus dem dichten Blätterdach auf, und die Sonne teilte die dicke graue Decke aus Regenwolken. Der Himmel war in ein zauberhaft überirdisches Licht getaucht. Vögel segelten an Jack vorbei. Es war eine andere Welt, vollkommen mit sich im Gleichgewicht und gänzlich unabhängig vom Menschen. Sie zu sehen gab ihm ein Gefühl von Erhabenheit und Stärke, doch gleichzeitig fühlte er sich klein und unbedeutend.

Jack atmete tief durch und sog die Morgenluft in seine Lunge. War es das, was die feinen Pinkel aus Cambridge erlebten, wenn sie in einem Freisemester das Abenteuer suchten? Wohl kaum. Beim Gedanken an die Uni fiel ihm mit Macht Amanda ein, und schmerzliche Sehnsucht stieg in ihm auf, mit einer Intensität, die ihn selbst überraschte. Die Vorstellung, sie nie mehr wiederzusehen, sie nie mehr im Arm halten zu können, war schrecklicher als alles, was der Dschungel noch an Überraschungen für ihn bereithalten mochte.

In der Ferne stieg eine dünne Rauchfahne aus den Bäumen hoch, ein Hinweis auf ein Camp, auf die Gegenwart von Menschen. Die Aussicht auf ein Frühstück am frühmorgendlichen Feuer und ein wenig Trockenheit nach dem nächtlichen Regenguss erschien ihm wie eine Verheißung. Was war das? Ein kongolesisches Dorf? Ein Milizencamp? Wie weit war es bis dorthin? Und wo genau lag es überhaupt? Es sah aus, als gäbe es eine Art Pfad in die Richtung; der Dschungel schien entlang einer gedachten Linie weniger dicht zu sein, so als wäre das gleichmäßige Grün des Blätterdachs durchgeschnitten. Es war auf jeden Fall seine größte Chance. Ein Tagesmarsch höchstens – jedenfalls solange der Untergrund einigermaßen passierbar war. Wenn es ein Dorf war, würde er etwas zu essen bekommen und einen Führer, der ihn aus dem Dschungel geleiten konnte. Dafür würde er sich erkenntlich zeigen. Wenn es ein Milizencamp war, würde er versuchen zu stehlen, was er an Essen und Waffen brauchte.

Jack setzte sich rittlings auf den Ast und klammerte sich mit den Beinen fest. Er zog sein Hemd aus und riss zwei Stoffstreifen davon ab. Seine Hände waren vom Klettern an den Lianen aufgescheuert und steckten voller Splitter. Er versuchte sie mit den Zähnen aus der Haut zu ziehen, um in der feuchten Hitze des Dschungels keine Infektion zu riskieren. Dann wickelte er den Stoff um seine Hände und machte sich an den Abstieg.

Nbotous Leibwächter mussten mit Macheten einen Pfad durch den Dschungel schlagen, obwohl diese Route regelmäßig benutzt wurde: Zweimal im Monat schleppten die Truppen des Generals das Coltan, das in den Minen gefördert oder gestohlen wurde, hier entlang. Doch der Dschungel brauchte jedes Mal nur wenige Tage, um den schmalen Streifen wieder in Besitz zu nehmen.

Der General hörte die Gesänge, lange bevor er das Camp erreichte. Das vielstimmige Siegesgeheul drang schon von weitem durch die Bäume – sein Name, aus zahllosen Kehlen skandiert. Nbotou ging langsam über die Straße auf sie zu. Er genoss den frenetischen Jubel, den sie ihm entgegenbrachten, die Waffen in die Luft gereckt.

61

Oliver Denbigh verfolgte die improvisierte Siegesparade. Die Anweisungen seines Oberbefehlshabers hatten sich als erstaunlich nützlich erwiesen. Die beiden Granaten hatten die Gegner am Boden zerfetzt und den Baumstamm mit ohrenbetäubendem Bersten gespalten, sodass er sich den benachbarten Bäumen entgegenbog. Denbigh hatte sich festgeklammert, während er wie auf einem sinkenden Schiff an Lianen und Ästen vorbeirauschte. In einem Winkel von etwa siebzig Grad wurde der Stamm schließlich von einem Blauen Eukalyptus aufgefangen, in den Oliver hinüberkletterte. Er nahm mit, was er an Ausrüstung tragen konnte, und versuchte sofort eine Position zu finden, die ihm Deckung gab und trotzdem einen Blick auf das Camp ermöglichte.

»Haben Sie es geschafft?«, ertönte Sir Clives Stimme aus den Ohrstöpseln, in einem Tonfall, der nicht den geringsten Zweifel zuließ.

»Jawohl«, antwortete Oliver knapp und etwas außer Atem.

»Sind Sie gut getarnt? Können Sie das Camp im Auge behalten?«

Oliver wischte sich den Schweiß von der Stirn, ehe er

antwortete. Vorgesetzte hatten immer ganz schön hohe Ansprüche. »Habe alles im Blick, Sir«, erwiderte er, löste das Zielfernrohr von seinem Gewehr und benutzte es als Fernglas.

»Was sehen Sie?«

Oliver überflog die Szenerie. Es war ein schlimmer Anblick. Das Gebäude lag in Trümmern, der Boden ringsherum war rötlich braun gefärbt, als wäre das Gebäude selbst beim Einstürzen ausgeblutet.

Die zerquetschten Leichen zweier Männer aus seinem Team waren aus dem Schutt gezerrt worden. Soldaten tanzten um sie herum, schlugen auf leeren Ölfässern den Takt dazu und reichten Plastikkanister mit Jungle Brew herum. Die panische Angst, die sie während des Gemetzels empfunden hatten, war in hemmungslose Euphorie umgeschlagen.

»Eine Art Siegesfeier«, gab er Sir Clive durch. Ihm fehlten sowohl der Wille als auch die Worte, um genauer zu beschreiben, was er sah. »Sie singen und schreien irgendwas … klingt wie Nbotous Name … Es kommen immer mehr dazu.«

Lachend und gestikulierend kamen zwei Kinder von der Straße aus ins Camp gerannt und riefen ihre Kameraden zusammen. Im Schlepptau hatten sie einen Jungen mit einem Bambusstab, auf den der Kopf eines Soldaten aus Oliver Denbighs Team mitsamt dem schwarzen Kevlarhelm gespießt war. Sehnen baumelten aus dem abgetrennten Hals. Über einem Querholz hing die Jacke, sodass das Ganze aussah wie eine schaurige Vogelscheuche. Oliver konnte nicht erkennen, wer es war. Der Junge, der das Gebilde trug, hielt es mit stolzer Miene hoch, damit die Freunde seine Bastelarbeit bewundern konnten. Es war wie Karneval. Sie schrien begeistert auf, als sie es sahen, manche hielten ihre Waffen in die Richtung und ballerten los.

»Denbigh, sind Sie noch da? Denbigh? Bleiben Sie dran. Was passiert da?«

Oliver war nicht sicher, wie lange Sir Clive schon auf ihn einredete. Die Stimme in seinem Ohr war in dem grausigen, lärmenden Schauspiel, das sich ihm bot, vollkommen untergegangen.

»Alles in Ordnung, Sir.« Er sah sich das Gesicht näher an, das auf dem Pfahl steckte, vom Schmerz verzerrt zu einer Grimasse, die auch der Tod nicht zu entspannen vermocht hatte. War es Adam? Mick? Gavin McCallister? Der Impuls, das Feuer zu eröffnen, ihre Siegesfeier zu beenden und sich vom Baum herabzuschwingen, um gnadenlos Rache zu üben, war fast unwiderstehlich.

»Denbigh, bleiben Sie dran. Hören Sie mich? Bleiben … Sie … dran.« Sir Clive sprach langsam und deutlich. Er hatte solche Dinge schon öfter erlebt. Selbst die besten Männer waren nicht gegen Schockzustände gefeit, gegen das Grauen, Tod und Sterben mit ansehen zu müssen. Es musste ein entsetzlicher Anblick sein, wenn sich ein routinierter Elitekämpfer aus der Realität in den schützenden Kokon zurückzog, den psychische Traumata um das Gehirn webten. Herausholen konnte er den Mann nicht, also musste er anders versuchen, ihn bei der Stange und handlungsfähig zu halten.

»Was sehen Sie noch?«, fragte er.

Olivers Blick wanderte über die Straße. Eine Gruppe von Männern marschierte diszipliniert in ordentlichen Reihen. Nbotou ging in ihrer Mitte und nahm mit erhobenen Händen die Huldigungen seiner Gefolgschaft entgegen.

»Der General … der General kommt.«

Sir Clive setzte sich abrupt auf und umklammerte den Hörer fester. Das war die Chance, den Mann doch noch zu erledigen. Er musste dafür sorgen, dass Denbigh am Drücker blieb. »Okay, Denbigh. Jetzt ist Ihre Gelegenheit, alles zum Guten zu wenden, all den schlimmen Dingen ein Ende zu bereiten. Verstehen Sie?«, sagte er ruhig und beschwichtigend, als spräche er mit einem verstörten Kind.

Oliver nickte, sagte aber nichts. Aus irgendeinem Grund erschien es ihm vollkommen logisch, dass in seinem Ohr eine fremde Stimme erklang.

»Montieren Sie Ihr Zielfernrohr. Nehmen Sie den Mann im Zentrum der Gruppe ins Visier.«

Oliver befestigte das Zielfernrohr auf seinem Gewehr und spähte hindurch. Der Kopf des Generals erschien im Fadenkreuz. Breit grinsend hielt er die Arme hoch und boxte mit den Fäusten triumphierend in die Luft.

»Sobald Sie frei zum Schuss kommen, drücken Sie ab und schalten ihn aus. Dann wird alles gut werden.« Sir Clive flüsterte jetzt fast beschwörend in den Hörer.

Der dumpfe Schlag einer schallgedämpften Waffe ertönte dreimal kurz hintereinander.

Sir Clive verkrampfte sich. »Was ist, Denbigh? Haben Sie ihn erwischt?«

Oliver sah zu, wie der Jubel – die Trunkenheit, das rhythmische Trommeln auf den Ölfässern – allmählich erstarb. Die Trommelschläge gerieten aus dem Takt und verstummten schließlich. Nbotou lag mit geborstenem Kopf leblos auf dem Boden. Nur seine linke Hand regte sich noch, ein letzter zuckender Gruß seiner Nervenzellen.

»Er ist tot. Der General ist tot«, sagte Oliver. Seine Stimme klang, als gehörte sie jemand anders.

»Ausgezeichnet. Hervorragende Arbeit. Bleiben Sie bis

Einbruch der Nacht auf Ihrer Position, und begeben Sie sich dann zum Sammelpunkt.« Sir Clive legte auf. Jetzt musste der Soldat allein klarkommen. Man konnte einem Mann nicht endlos Händchen halten.

Er wählte Harveys Nummer.

»Harve«, sagte er in freundschaftlichem Ton, weil er wusste, dass der Amerikaner sich gern so ansprechen ließ. »Gute Nachrichten. Sie können Phase zwei einleiten. Nbotou ist ausgeschaltet, sein Camp zerstört, die Hälfte seiner Armee davongelaufen oder tot. Sie können jetzt Ihren befreundeten ugandischen Milizenchef hinschicken, um das Camp zu übernehmen und das begehrte Coltan an Sie auszuliefern.«

Oliver Denbigh blickte auf die Menschen hinunter, die mit ausgestreckten Armen zu ihm hochzeigten und ihre Waffen anlegten. Er hörte das Knattern der Schüsse, doch er wusste, dass sie ihm nichts anhaben würden, denn er war unbesiegbar. Die Kugeln würden an ihm abprallen, das hatte ihm das schrecklich grinsende Gesicht in dem Kevlarhelm gesagt. Er stand auf seinem Ast auf und beugte sich vor, zog sein Messer aus der Scheide und klemmte es sich zwischen die Zähne. Jetzt einfach mitten hineinspringen und sie alle niedermetzeln. Die Stimme von Sir Clive sprach immer noch in seinem Kopf und gab ihm in herrischem Ton klare Anweisungen. Er ließ sich fallen und hörte den Wind in seinen Ohren rauschen. Doch die Kugeln spürte er nicht, auch nicht den Schmerz, als sie seinen herabstürzenden Körper durchsiebten.

62

Der Weg, dem Jack folgte, schien regelmäßig benutzt zu werden. Es bestand also durchaus die Gefahr, dass er mitten in der Wildnis jemandem in die Arme lief. Die Wunde in seiner Seite juckte und sonderte ein gelbliches Sekret ab. Das war kein gutes Zeichen. Sein Körper fühlte sich heiß an, selbst in Anbetracht der hohen Temperatur, die um ihn herum herrschte. Da waren Pflanzen mit hinterhältigen Stacheln, die ihm gefährlich nahe kamen, und im Unterholz raschelten Giftschlangen. Vielleicht hätte er sein Glück doch lieber auf der Straße versuchen sollen.

Er blieb stehen, um gegen einen Bambustrieb zu schlagen, der hohl, aber gedämpft klang, ein Zeichen dafür, dass er Wasser enthielt. Jack durchschnitt den faserigen Stamm, bis Wasser herausschoss, der Regen der letzten Nacht. Er hielt sein Gesicht in den nassen Strahl und trank gierig. So war es schon besser. Das Wasser war zwar warm, wirkte aber dennoch kühlend auf seiner Haut. Er nahm eine Grille von einem nahen Ast und biss hinein. Der Geschmack war widerlich bitter, aber er brauchte dringend Eiweiß. An einem Baumstamm wanderten Ameisen entlang, die fast drei Zentimeter lang waren. Er pflückte sie eine nach der anderen von der Rinde ab, zerkaute und schluckte sie mit zusammengebissenen Zähnen. Dass sein Vater bei den Special Forces gewesen war, kam ihm jetzt zugute. Er war mit Survival-Geschichten aufgewachsen.

Der Dschungel wurde enger, das Blätterdach dichter, sodass Jack in beständiges, gleichmäßiges Dämmerlicht gehüllt war. Er hatte sich bemüht, die Entfernung zu der vor ihm liegenden Ansiedlung möglichst genau zu überschlagen, indem er sie in zwanzig Baumlängen eingeteilt hatte. Im schummrigen Halbdunkel des Waldes würde es schwer werden, das Zeitgefühl nicht zu verlieren, das war ihm vorher schon bewusst gewesen.

Er musste in Bewegung bleiben und dafür sorgen, dass er nicht dehydrierte. Mühsam schleppte er sich vorwärts und verschlang dabei alles, was ihm an Proteinen in die Finger kam, Insekten, Raupen und Käfer. Plötzlich blieb er stehen. Vor ihm lag etwas quer auf dem Weg, etwas mit schwarzem Fell und grotesk verdrehten Gliedmaßen, dessen verfilzter Balg geplatzt zu sein schien – ein toter Affe. Jack legte sich die Hand über die Nase und trat näher heran. Das vergammelte Fleisch wimmelte von sich windenden gelben Larven.

Ob er sie essen konnte? Sie wären eine gute Energiequelle, aber das verwesende Fleisch, an dem sie sich gütlich taten, war voller Bakterien. Er müsste sie vorher abkochen. Doch dafür war keine Zeit. Nicht in dieser Hitze, nicht mit der fiebrigen Stirn und dem brennenden Gefühl in seinen Adern.

Doch die Wunde in seiner Seite musste dringend gereinigt und die Infektion behandelt werden. Er wandte sich wieder dem halb verwesten Kadaver zu. Und wenn er sich ein paar Maden schnappte und auf seine Wunde legte, damit sie das abgestorbene Fleisch fraßen? Theoretisch sollte das funktionieren; sein Vater hatte die Methode einmal in einer seiner Schauergeschichten erwähnt. Aber wie stellte man so etwas praktisch an? Von plötzlichem Schwindel erfasst, griff Jack sich an die Stirn. *Reiß dich zusammen*, ermahnte er sich und näherte seine Hand dem toten Tier. Der Gestank drehte ihm fast den Magen um. Die Eingeweide waren zerfetzt, und ein Fliegenschwarm schwirrte ärgerlich summend auf, als er versuchte eine Handvoll Maden zu greifen. Sie krümmten und wanden sich in seiner Handfläche. Er musste sich schwer zusammennehmen, um sie nicht mit aller Kraft sofort in den Dschungel zu schleudern.

Der Anblick der wimmelnden Larven in seiner Hand brachte Jack fast aus dem Gleichgewicht, als er aufstand, und ein Würgereflex schnürte ihm die Kehle zu. Er steckte sie in seine Hemdtasche und taumelte weiter. Er musste immer in Bewegung bleiben und so weit wie möglich kommen. Rasten würde er erst, wenn sein Körper ihm endgültig den Dienst versagte. Dann würde er sich einen Baum mit einem dicken Ast suchen, auf den er klettern konnte. Dort würde er den Maden Zeit geben, das abgestorbene Fleisch aus der Wunde zu fressen.

Zäh verstrich die Zeit. Jack hielt regelmäßig an, um sich Flüssigkeit zuzuführen, doch sie kühlte nicht mehr und konnte das heiße Brennen in seiner Kehle nicht mehr lindern. Die Formen des Urwaldes begannen sich zu verwandeln, und Pflanzen nahmen menschliche Gestalt an. Ein großer dünner Baum mit abstehenden Ästen erinnerte Jack an seinen Tutor in Cambridge. *Du musst dich mehr anstrengen, Jack, du musst dein Potenzial voll ausschöpfen, lass dir die Chance nicht entgehen,* hörte er ihn salbungsvoll predigen. Jack duckte sich, als plötzlich ein Ast zum Schlag gegen ihn ausholte. Sein Gegner aus dem Uni-Boxkampf, den er k.o. geschlagen hatte, beäugte ihn streitlustig. *Komm schon, Jack, du hast doch nicht ernsthaft geglaubt, dass ich mich auszählen lasse?* Immer mehr Stimmen mischten sich in die Geräusche des Waldes. Baumstämme morphten in menschliche Wesen, die auf ihn zukamen. Exfreundinnen fragten, warum er sich nie wieder gemeldet habe, alte Lehrer prophezeiten ihm, dass er es im Leben nie zu etwas bringen würde.

Dann erschien sein Bruder Paul.

Paul sagte nichts, sondern stand einfach nur regungslos vor ihm. Der Lärm der Stimmen verebbte, die anderen Figuren verschwanden. Jack blieb stehen. Sein Bruder und er, sie waren ganz allein zwischen den mächtigen Bäumen. Er spürte, wie sein Herz in seiner Brust hämmerte. Das Gesicht, das ihm entgegenblickte, hatte die kränklich graue Tönung einer Wachsfigur, und von seinen Fingern troff Wasser. Jack ging langsam auf seinen Bruder zu, um ihn aus nächster Nähe ansehen zu können, und streckte ihm die Hand entgegen. Pauls Mund bewegte sich, aber es kam kein Laut heraus. Als er hustete, strich sein Atem kühl über Jacks Wange. Jack wandte sich instinktiv nach seinem Vater um. Er war wieder acht Jahre alt.

»Dad, Dad, es ist Paul, ich habe ihn gefunden, er ist hier, es geht ihm gut, er hat sich nur versteckt«, rief er den Bäumen zu. »Paul ist hier, er ist hier!« Er würde heimlaufen und Hilfe holen, es war nicht weit, und diesmal würden sie sofort ins Krankenhaus fahren. Diesmal würde sein Bruder wieder gesund werden. »Dad! Dad!«, schrie er in den Dschungel. »Paul ist hier! Wir können ihn gesund machen, er wird wieder gesund!«

Dann stand sein Vater vor ihm, die Hände in die Hüften gestemmt.

»Hier entlang, Dad, wir müssen zurück, wir müssen den Weg zurückgehen, um Paul zu holen«, sagte Jack und nahm ihn bei der Hand.

Archie schüttelte den Kopf. »Lass gut sein, Junge.«

Jack spürte, wie er hochgehoben wurde und sein Vater

ihn sich über die Schulter lud. *Es war nicht deine Schuld,* hörte er ihn wie aus weiter Ferne hinzufügen, ehe er das Bewusstsein verlor.

63

Batley Hall, Hertfordshire, England

Harvey grinste Bob über den breiten Esstisch hinweg an. »Das war Sir Clive«, sagte er. »Er hat Nbotous Tod bestätigt. Ein Großteil der Armee ist ebenfalls eliminiert.« Am liebsten hätte er hinzugefügt: *Ich hab es dir doch gleich gesagt.* Bob war ein alter Bedenkenträger und stellte seine Entscheidungen gern infrage. Auch in diesem Fall hatte er nicht geglaubt, dass Sir Clive es schaffen würde, den General auszuschalten. Harvey empfand tiefe Genugtuung bei dem Gedanken, dass er recht behalten hatte.

Bob schürzte die Lippen. »Hat die ugandische Befreiungsarmee schon das Signal zum Einmarsch bekommen?«

»Ist bereits erledigt, *Sir*«, sagte Harvey im affektierten Ton des britischen Butlers. »Sie sind schon auf dem Weg über die Grenze. Außerdem habe ich zwei von unseren Chinooks losgeschickt, um die Coltan-Reserven abzuholen. Die Ugander bekommen das Territorium, und wir werden regelmäßig mit dem Metall beliefert. Das ist der Deal.«

Bob nickte. »Gut. Dann können wir hier die Zelte abbrechen. Wir müssen das Zeug so schnell wie möglich an unsere Hersteller weiterleiten. Ende des Monats läuft die Deadline des Weißen Hauses ab. Die verlangen einen Nachlass, wenn wir nicht pünktlich liefern. Außerdem«, er ließ einen verächtlichen Blick durch den Raum wandern, »muffelt es hier nach Motten und Kohl. Ekelhaft.«

Jack spürte kühlen Stoff auf seiner Stirn und erkannte vage eine Gestalt, die seine Infusionskanüle prüfte. Stimmen schwebten über ihm.

»Mir gefällt das nicht. Ein Weißer, der im Anzug im Dschungel herumwandert und sich die Seele aus dem Leib singt. Was hat das zu bedeuten?« Der Akzent war schwer zuzuordnen, auf jeden Fall aber westeuropäisch. Vielleicht schweizerisch. Die Stimme klang autoritär, ungeduldig, arrogant.

Eine zweite Stimme meldete sich. Spanisch, männlich, entspannter im Tonfall. »Wer weiß? Was hat die Schwester gesagt?«

Durch seinen verschleierten Blick erkannte Jack auf dem Ärmel des einen Mannes einen Aufnäher vom Roten Kreuz.

»Nichts, nur dass er in ziemlich miserabler Verfassung und praktisch bewusstlos vor dem Sanitätszelt lag.«

»Vielleicht ein Ökotourist, der sich verlaufen hat? Vielleicht hat er einen Flugzeugabsturz überlebt? Oder er ist ein Journalist, der was über die Flüchtlingscamps schreiben will?«, mutmaßte der Spanier. Seine Stimme klang ernsthaft, aber jung.

Der Schweizer zuckte die Achseln. »Ohne Papiere? Ohne Kamera? Nein, mein Freund, da steckt was anderes dahinter. Vielleicht eine Entführung.« Er kratzte sich die Stoppeln an seinem Kinn. »Hat irgendeine von den Botschaften hier in der Gegend etwas in der Richtung gemeldet?«

Der Spanier schüttelte den Kopf. »Nein, aber Sie wissen ja, wie die sind. Wenn etwas passiert ist, erfahren wir erst davon, wenn die Medien längst in aller Welt darüber berichtet haben. Und selbst dann halten sie sich mit Infos bedeckt.«

Der Schweizer Arzt brummte zustimmend, während er die Wunde in Jacks Seite reinigte und desinfizierte. »Ich flicke das wieder zusammen, und dann lassen wir ihn erst einmal in Ruhe.« Er beugte sich tiefer über die Wunde und runzelte die Stirn. »Ein unfallbedingtes Trauma ist das nicht. Das war ein Eingriff.« Er zuckte die Achseln. Nun denn, er hatte ohnehin keine Zeit für kriminalistische Recherchen. Es gab so unendlich viel zu tun. Landminen forderten täglich neue Opfer, und ständig drohte die Cholera auszubrechen. »Wo ist seine Waffe?«

»Ich habe sie im Lagerraum eingeschlossen.«

Der Schweizer nickte, während er die Naht sauber vernähte. »Ich werde mich bei den Botschaften erkundigen, ob ihnen vielleicht einer ihrer jungen Mitarbeiter im Dschungel abhandengekommen ist.«

Jack konnte seine Augen jetzt wieder weiter öffnen. Die Antibiotika hatten seine Temperatur gesenkt und seinen fiebrigen Kopf geklärt. Der Schweizer verschwand durch eine Öffnung im Zelt, und der Mann mit dem spanischen Akzent widmete sich einem anderen Patienten, der mit glasigen Augen auf einem benachbarten Feldbett lag.

»Wo bin ich?«, fragte Jack und sah sich um.

Der Spanier zuckte zusammen und kam sofort zu ihm herüber. »Camp Nummer siebzehn des Roten Kreuzes. An der Grenze zwischen Uganda und der Demokratischen Republik Kongo.« Als Jack die Stirn runzelte, fügte er hinzu: »Ein Flüchtlingslager. Mein Name ist Dr. Jose-Maria Murcia. Sie sahen ganz schön mitgenommen aus, als Sie gestern Abend hier ankamen.«

Jack nickte und schüttelte dann den Kopf. Die Erinnerungen an die letzten Stunden waren verwirrend. Er hatte keine Ahnung, wie er hierhergekommen war.

»Habe ich mich irgendwie blamiert?«, fragte er.

Der Arzt schüttelte den Kopf. »Nein. Aber Sie haben durch die fiebrige Infektion bedingt halluziniert. Sie waren felsenfest davon überzeugt, dass Ihr Vater da sei. Haben immer wieder gefragt, ob wir ihn nicht auch sehen könnten.« Er unterbrach sich. »Und dann haben Sie angefangen, aus vollem Hals zu singen.«

Jack musste fast lächeln. Der Doc sah ziemlich desillusioniert, aber nett aus. Unter seinen schweren Lidern blickten seine Augen kritisch über den Rand einer eckigen Brille. Sein sauber getrimmter Bart machte ihn älter, als er war. Jack schätzte ihn auf Anfang dreißig.

»Jack Hartman, freut mich, Sie kennenzulernen«, sagte er und hielt dem Mann die Hand entgegen.

Der Arzt ergriff sie und schüttelte sie vorsichtig. »Ich nehme an, Sie wollen uns nicht verraten, was Sie da im Dschungel getrieben haben?«, fragte er.

Jack schwieg. Von den Varianten, die er vorhin mitbekommen hatte, gefiel ihm die erste am besten. Der verirrte Ökotourist.

»Es war ein Abenteuerurlaub. Ist ganz schön in die Hose gegangen«, erklärte er in reumütigem Ton. »Haben Sie hier Telefon? Es gibt ein paar Leute, die sich bestimmt Sorgen um mich machen. Ich sollte dringend mal zu Hause anrufen.«

Der Arzt schüttelte den Kopf. »Unsere Telefone wurden letzte Woche gestohlen«, sagte er seufzend. »In einem Flüchtlingslager ist Kriminalität leider genauso verbreitet wie überall sonst auch. Es gibt aber ein paar Laptops, Sie können also E-Mails verschicken. Am Donnerstag kommen Lkws mit Hilfsgütern, die bringen einen Schwung neuer Geräte mit.«

Jack nickte. »Was für ein Tag ist heute?«, fragte er.

Der Arzt hob die Brauen. »Dienstag.«

»Alles klar«, sagte Jack und stemmte sich in eine sitzende Position hoch, um an den Rand des Bettes zu rutschen.

»Augenblick mal, was haben Sie vor?«

»Ich will an einen Ihrer Laptops, wo finde ich die?«, fragte er und nahm den Infusionsbeutel vom Ständer.

»Auf der anderen Seite des Camps, aber Sie sollten jetzt noch nicht aufstehen. Sie müssen den Antibiotika ein paar Tage Zeit geben, die Entzündung in Ihrem Körper zu bekämpfen.«

Jack schob ihn zur Seite. »Ich muss jetzt nach Hause mailen, und Sie zeigen mir, wo ich das tun kann.«

Der Arzt hob eine Braue und zuckte mit den Schultern. »Wie Sie wollen. Hier entlang.« Er hob die Plane, die den Eingang des Zeltes verdeckte, und Jack trat nach draußen und blinzelte ins Tageslicht.

Auf das, was er sah, war er nicht vorbereitet. Als der Arzt von Flüchtlingslager gesprochen hatte, hatte er sich ein paar saubere Zeltreihen vorgestellt, geordnete Warteschlangen vor Klapptischen, an denen Reis in Schälchen ausgegeben wurde. Stattdessen blickte er auf Hunderte von niedrigen, primitiven Strohhütten, die an zottelige Yaks erinnerten, die im schwarzen Schlamm lagen. Manche waren mit blauen Plastikplanen abgedeckt, auf denen noch ein verblichenes UNO-Logo zu erkennen war wie ein fast vergessenes Versprechen – die Schutzhüllen der Hilfspakete, die von Hubschraubern abgeworfen worden waren. Vor den Hütten hockten in den zerlumpten Überresten westlicher Markenware die Menschen, die ihr Zuhause verloren und hier ihre letzte Zuflucht gefunden hatten.

Der erbarmungswürdige Anblick löste in Jack kein Mitleid, sondern blanke Wut aus, Wut auf Clement Nbotou, Sir Clive und Monsieur Blanc. Menschen wie sie trugen die Schuld an diesem Elend.

Er wandte sich an Dr. Murcia. »Wo sind die Soldaten? Das ist doch eine ziemlich instabile Region, sollten da nicht Blauhelme vor Ort sein?«

»Die sind letzte Woche abgezogen. Es gehen Gerüchte um, dass es zu weiteren Unruhen kommen wird. Auch von den Kongolesen sind einige in Panik geraten und geflohen.«

»Aber Sie sind noch hier«, stellte Jack fest.

Dr. Murcia nickte. »Wider besseres Wissen sind mein Kollege Dr. Valentine und ich hiergeblieben.« Er warf einen kurzen Blick über das Camp. »Verstehen Sie mich bitte nicht falsch. Wir sind keine Heiligen. Dr. Valentine hat eine gutgehende Praxis in Basel, und ich arbeite als plastischer Chirurg in Barcelona. Wir sind nur für einen Monat hier. Mehr aus schlechtem Gewissen als wegen der guten Absichten.«

Jack betrachtete den Mann näher und beschloss ihm kein Wort zu glauben, beließ es aber dabei.

»Hier.« Dr. Murcia deutete auf ein Zelt und trat ein. »Das ist unsere Verwaltung. Hier versuchen wir zahlenmäßig den Überblick über das Lager zu behalten. Eine Vorstellung davon zu bekommen, welche Probleme noch auf die Region zukommen und welche Dimensionen sie haben. Marie hilft Ihnen am Computer.«

Eine abgeklärt dreinblickende Frau Anfang vierzig stand auf, um ihn zu begrüßen. Sie sah aus, als hätte sie Wichtigeres zu tun, als sich um Jack zu kümmern, dennoch lächelte sie, als sie ihm die Hand gab. »Der Heldentenor von gestern Abend? Sie haben ein ganz beachtliches Organ. Ich lasse Sie mit meinem Passwort ins Internet. Zum E-Mail-Versenden dürfte der Empfang hier ausreichen.«

64

Cambridge, Jesus Lane, Dienstagmorgen

Als Amanda von der Nachtschicht nach Hause kam, hängte sie ihren Mantel im Flur auf und schleppte sich nach oben in ihr Zimmer, um sich auf dem Bett auszustrecken. Auf der Treppe kam ihr der Freund ihrer Mitbewohnerin in Joggingkleidung entgegen.

»Morgen, Mands«, murmelte er und zog sich die Kapuze über den Kopf. »Kalt draußen?«

Amanda legte die Stirn in Falten. Sie hatte nicht darauf geachtet. »Keine Ahnung. Schon möglich.« Langsam und vorsichtig öffnete sie ihre Tür. Seit dem, was letzte Woche passiert war, war sie ständig auf der Hut. Es hatte keinerlei polizeiliche Ermittlungen zu dem Gemetzel auf dem Bürgersteig gegeben, wo noch immer Blutflecken auf dem Pflaster zu sehen waren. Niemand hatte Nachforschungen zu dem gestohlenen Lkw von British Gas angestellt. Selbst die Lokalpresse hatte es aufgegeben, über den Brand bei Marcon Pharmaceuticals zu berichten, und sich mit der Erklärung der Ermittler zufriedengegeben, dass auslaufende Chemikalien und ein Kabelbrand das Feuer ausgelöst hätten.

Liefen diese Dinge wirklich so ab? War es möglich, dass jemand vollständig ausgelöscht werden konnte, einfach so? Sie hatte Angst um Jack. Er war wild entschlossen gewesen, auf Sir Clives ominösen Vorschlag einzugehen. Sie hatte sich gar nicht erst bemüht, ihn davon abzubringen oder ihn zu fragen, was genau sein Auftrag sein würde. Er hätte sich ohnehin nicht abhalten lassen.

Sie zog die Vorhänge zu, obwohl die Februarsonne noch kaum Kraft hatte. Ein paar Stunden Schlaf müssen jetzt sein, dachte sie und fuhr ihren Laptop hoch. Morgens und abends ihre E-Mails zu checken war ihr zum täglichen Ritual geworden, obwohl sie nicht wirklich damit rechnete, von Jack zu hören. Aber sie würde die Hoffnung nicht aufgeben. Sie tippte ihr Passwort ein und wartete, bis die eingehenden Nachrichten auf dem Monitor erschienen.

Da waren die üblichen Spams – irgendjemand versprach lukrative Geldanlagemöglichkeiten in Nigeria, fantastische Lotteriegewinne oder neue Wunderdiäten – und dazwischen ein Newsletter vom Lacrosse-Team. Sie klickte halbherzig auf den Junkmail-Ordner, um ihn unbesehen zu leeren, da fiel ihr Blick auf einen ungewöhnlichen Absendernamen. Sie öffnete die Mail und las:

Hi, Mands,
es gibt so viel zu berichten, abgefahrene Geschichten, die man noch den Enkeln erzählen kann. Jetzt nur so viel: Ich lebe (noch), trotz Sir C. – ein absolutes Fiasko. Schreibe aus einem Flüchtlingslager zwischen Uganda und Kongo (frag nicht), ein elendes Drecksloch. Keine Ahnung, wie ich hierhergekommen bin, aber in ein bis zwei Wochen sollte ich wieder zu Hause sein. Wird nicht so einfach ohne Papiere. Du fehlst mir … echt … Muss was mit deinen Therapiemethoden zu tun haben ;-)

Alles Liebe
J.

Er hatte nicht einmal die Signatur am Ende der Mail entfernt: *Marie Hoogstraff, Hilfskoordinatorin, Rotes Kreuz, Demokratische Republik Kongo, Afrika.* Wahrscheinlich hatte er ihren E-Mail-Account benutzt. Amanda las die Mail noch einmal. *Demokratische Republik Kongo.* Sollte sie antworten oder besser gar nicht reagieren? Wie lange würde Jack überhaupt noch dort sein? Sie empfand eine Mischung aus Erleichterung, Wut und Euphorie. Was sollte die Bemerkung mit den Enkeln? War das eine Liebeserklärung? Lächelnd druckte sie die Mail aus. Vielleicht überlegte er bei nächster Gelegenheit zweimal, ehe er sich Hals über Kopf in die Probleme anderer Leute einmischte.

65

Flüchtlingscamp Nummer 17, Demokratische Republik Kongo

Jack versuchte den Jungen mit dem Ball zu tackeln, aber der ließ ihn einfach stehen und sprintete unter dem Gelächter der anderen Kinder auf das Tor zu. Mit erhobenen Händen beklatschte Jack den Schuss. Er war nicht wirklich in der Verfassung, um hinter einem Fußball herzurennen, aber er hing nicht mehr am Tropf und hatte jede Menge Zeit totzuschlagen. Erst am nächsten Tag würde der Konvoi mit den Hilfsgütern kommen, der ihn auf dem Rückweg in die ugandische Hauptstadt mitnehmen würde. Außerdem waren die Kinder nett. Trotz allem, was sie gesehen und durchgemacht hatten, konnten sie immer noch lachen, ganz besonders über den schwerfälligen blonden Riesen, den sie schwindelig spielen konnten.

»Sie sehen aus, als würden Sie sich gut amüsieren«, rief Dr. Murcia von der Seitenlinie aus.

Mit verlegenem Grinsen im Gesicht trabte Jack auf den Arzt zu. »Ich finde es schön zu sehen, dass sich diese Kinder trotz allem nicht unterkriegen lassen.«

Dr. Murcia nickte. »Ist die Entzündung abgeklungen?«, erkundigte er sich. »Wenn ich wüsste, dass es etwas nützen würde, würde ich Ihnen raten, langsam zu machen und sich noch ein wenig Ruhe zu gönnen.«

Jack hörte nicht hin, seine Aufmerksamkeit war schon wieder beim Spiel. »Los! Der Ausgleich muss her!«, rief er seinen Mannschaftskameraden zu und sah dann stirnrunzelnd sein Gegenüber an. »Verzeihung, Doktor, was haben Sie gesagt?«

Dr. Murcia zuckte auf eine sehr spanische Weise die Achseln. »Nicht so wichtig. Morgen kommen die Trucks. Wir haben vereinbart, dass Sie nach Kampala mitgenommen werden. Außerdem haben wir der britischen Hohen Kommission per E-Mail mitgeteilt, dass Sie kommen.«

»Gut, gut«, sagte Jack mit Blick auf das Spielfeld. Mit fuchtelnden Bewegungen trieb er die Jungen an. »Weiter! Weiter! He, das war ein Foul!«

»Die wollen vielleicht genauere Auskünfte von Ihnen als wir, Jack«, fuhr der Arzt vorsichtig fort. »Vor allem wenn Sie Ihre Beretta mitnehmen wollen.«

Die Waffe, die ihm Monsieur Blanc gegeben hatte! Jack hatte sie vollkommen vergessen, nachdem er sie in seinen Gürtel gesteckt hatte. Es war ihm gar nicht in den Sinn gekommen, danach zu sehen, als er aufwachte. »Behalten Sie sie ruhig«, sagte er. »Die gehört mir gar nicht. Ich habe sie im Dschungel gefunden.«

Dr. Murcia nickte und stellte keine weiteren Fragen. Schade, dass der junge Mann offenbar nicht bereit war, sein Geheimnis zu lüften, fand er. Es wäre schon interessant gewesen, zu erfahren, was sich in den letzten vierundzwanzig Stunden da draußen im Dschungel zugetragen hatte.

66

Britische Hohe Kommission, Kampala, Uganda

Patrick Little, Sachbearbeiter bei der britischen Hohen Kommission in Kampala, achtete an diesem Morgen nicht besonders auf die hereinkommenden E-Mails. Er war viel zu beschäftigt damit, die Klimaanlage wieder in Gang zu setzen. Sie gab zu dieser feuchtheißen Jahreszeit regelmäßig den Geist auf. Es waren schon Handwerker da gewesen, die sie reparieren sollten, aber die hatten noch nicht einmal einen Schraubenschlüssel richtig herum halten können. Patrick Little hatte sie lieber wieder weggeschickt, bevor sie noch etwas kaputtmachten.

Als er später am Nachmittag endlich dazu kam, in das Postfach zu schauen, warf er nur einen kurzen Blick auf die Mails, weil er mit den Gedanken schon längst wieder woanders war – in der Bar des Emin Pasha Hotels, dem bevorzugten Diplomatentreff der Stadt, wo bereits ein eisgekühlter Gin Tonic auf ihn wartete. Da war eine Nachricht vom Flüchtlingscamp Nummer siebzehn, die er kurz überflog. Ein Sanitätsoffizier teilte mit, dass sich ein britischer Staatsbürger im Lager aufhalte, der sich morgen in der Botschaft melden würde.

Alles klar, dachte er, einen Klick von einer kurzen Antwort entfernt, wieder so einer von diesen Gutmenschen, die ihren Sommerurlaub damit verbrachten, in Afrika bei Hilfsprojekten mitzuarbeiten. Hauptsache, der stellte sich nicht neben ihn an die Bar, um ihn mit seinem pharisäerhaften Gequatsche zu belästigen, wie schrecklich die Bedingungen in den Camps seien und dass die Regierung einfach nichts unternehme. Doch dann las er weiter: »Er hat keine Papiere. Ein Tourist, der sich verlaufen hat.« Das war allerdings seltsam. Patrick Little fuhr sich mit seinen Stummelfingern durch die wenigen grauen Haare, die noch tapfer auf seiner Schädeldecke ausharrten. In der Gegend um das Camp Nummer siebzehn wurden keine geführten Touren angeboten. Weiter im Süden konnten die Ökotouristen Gorillas beobachten, aber nicht dort oben im Norden. Die Region war viel zu gefährlich. Er griff zum Telefon und rief Nick Clarke an, den verlängerten Arm des MI6 in Kampala.

»Hallo, Nick, hier ist Patrick.«

»Patrick, was machen Sie denn noch im Büro? Normalerweise stehen Sie doch um halb vier längst an der Bar«, kam gut gelaunt die Antwort.

»Ich repariere die Klimaanlage. Aber keine Sorge, ich rechne das als Überstunden ab«, parierte er. »Hören Sie, ich habe eine E-Mail vom Camp Nummer siebzehn bekommen. Anscheinend haben die im Dschungel einen britischen Staatsbürger aufgelesen. Weil er seine Papiere verloren hat, schicken sie ihn zu uns. Gehört der vielleicht zu Ihnen? Laufen da irgendwelche Operationen, von denen ich Kenntnis haben sollte?«

»Nicht dass ich wüsste«, erwiderte Nick rasch. »Ich werde mich ein wenig umhören und melde mich dann wieder. Wann soll er hier sein?«

»Morgen früh. Kommt mit dem Hilfsgütertransport.«

Nick nagte an seinem Kugelschreiber und überlegte. »Tun Sie mir bitte einen Gefallen, und lassen Sie ihn nicht gehen, ohne mir Bescheid zu geben. Ich würde mich gern mit ihm unterhalten.«

»In Ordnung.« Patrick Little legte auf, ohne weiter nachzufragen. Er hatte nur seine Pflicht erfüllt und gemeldet, dass etwas Ungewöhnliches geschehen war. Was der MI6-Mann mit dieser Auskunft anfing, ging ihn nichts an – daran erinnerte ihn auch der Botschafter gern und regelmäßig.

Nick Clarke stand von seinem Schreibtisch auf und zündete sich eine Zigarette an, obwohl überall an den Wänden Schilder darauf hinwiesen, dass es sich um ein »Nichtrauchergebäude« handelte. Als ob ein Gebäude Nichtraucher sein könnte! Der Pedant in ihm war immer nahe daran, das Wort »Gebäude« durchzustreichen.

Nick war ein Mann der alten Garde. Er hatte den klassischen Werdegang hinter sich, hatte eine Privatschule, dann die Militärakademie in Sandhurst besucht und war schließlich ins Außenministerium eingetreten.

Schlimm genug, dass sie einem das Rauchen verbieten wollten, dachte er, aber wenn schon, dann sollten sie das wenigstens grammatikalisch korrekt tun.

Die Karte über ihm an der Wand zeigte anhand von Nadeln die Standorte der Flüchtlingscamps. Dünne Bleistiftstriche markierten die letzten bekannten Bewegungen der Milizen. Er machte einen tiefen Zug. Camp Nummer siebzehn lag genau zwischen den Stellungen von General Nbotou und der ugandischen Befreiungsarmee – das war alles andere als eine Urlaubsregion.

Ob die Sache etwas mit der Nachricht zu tun hatte, die er ein paar Tage zuvor aus London bekommen hatte? Es war nichts wirklich Spektakuläres gewesen, nur die Ankündigung, dass in der Gegend Militärübungen und Manöver stattfinden würden – normalerweise ein Hinweis auf eine verdeckte Operation. Er goss sich aus der Bar neben dem Fenster einen großzügigen Whiskey ein, gab zwei Eiswürfel dazu und sah dann seine alten E-Mails noch mal durch.

Manöver im Nordosten der DRK an der Grenze zu Uganda, Beginn: neunzehnter Februar, Dauer: zwei bis drei Tage. Die Nachricht war von Sir Clives Assistentin Charlotte Kavanagh abgeschickt worden. Sonderbar, dass die Abteilung Cyber-Terrorismus in der Region aktiv wurde. Am besten meldete er in der Zentrale, dass die Botschaft jemanden erwartete, wahrscheinlich einen Fallschirmjäger, der vom Ziel abgekommen war. Er griff zum Telefon und rief in London an.

»Charlotte Kavanagh, guten Tag.« Die Ansage kam schnell und ungeduldig, als hätte die Sprecherin Bedeutsameres zu tun, als sich um Telefonanrufer zu kümmern.

»Ich grüße Sie, Charlotte. Hier ist Nick Clarke von der Botschaft in Kampala. Könnte ich wohl mit Sir Clive sprechen?« Seine Stimme klang rau und strahlte die natürliche Autorität aus, die man auf Eliteschulen antrainiert bekam.

»Er ist den ganzen Nachmittag außer Haus. Kann ich ihm etwas ausrichten?«, erwiderte Charlotte bewusst desinteressiert.

»Sagen Sie ihm, dass einer seiner Jungs, die über der DRK abgesetzt wurden …«, er hielt inne und drückte seine Kippe in dem schmutzigen Muschelaschenbecher auf seinem Schreibtisch aus, »… das *Manöver* nicht beendet hat.« Er legte eine besondere Betonung auf das Wort. »Offenbar ist der Mann auf dem Weg zur Botschaft. Soll morgen Vormittag dort eintreffen.« Ohne ein weiteres Wort legte er auf. Sein Gefühl sagte ihm, dass Sir Clive sehr bald zurückrufen würde.

67

Die Fahrt mit dem Hilfsgütertransport war unbequem, doch es war der Auftakt seiner Heimreise zurück nach Cambridge, zu Amanda, und da wäre Jack auch in einem Holzkarren durch eine Geröllwüste gefahren.

Zweihundertzwanzig Kilometer wäre die Hauptstadt entfernt, hatte man ihm gesagt, und sobald sie aus dem Dschungel heraus wären, würde es gut vorangehen. Er würde früh am nächsten Morgen in Kampala sein.

»Die Hohe Kommission erwartet Sie bereits«, hatte Dr. Murcia beim Abschied gesagt. »Wenn Sie wollen, dass die Sie nach Hause bringen, denken Sie sich am besten schon mal eine plausible Erklärung dafür aus, was Sie im Dschungel gemacht haben.«

Jack hatte ihm lächelnd die Hand geschüttelt und sich für seine Hilfe bedankt.

»Alles wird gut«, hatte er geantwortet, äußerlich zuversichtlich. Insgeheim aber fragte er sich schon, was er den Botschaftsbeamten erzählen sollte.

Sie waren noch nicht lange unterwegs, da wurde der Lkw langsamer. Eine dunkle Gestalt stand am Straßenrand und bedeutete ihnen gestikulierend zu halten. Jack spürte, wie der Fahrer nervös wurde und seine Finger um das Lenkrad krallte.

»Was ist?«, fragte Jack.

Der Fahrer zuckte die Achseln, während der Mann auf

der Straße etwas Weißes über sich hielt, das aussah wie ein T-Shirt an einem Stock.

»Könnte ein Anhalter sein; vielleicht will er uns aber auch überfallen«, sagte er.

Jack war nicht sicher, ob das ein Scherz sein sollte. Er betrachtete den Mann am Straßenrand näher. Etwas an dessen Körperhaltung kam ihm seltsam vertraut vor, die gestrafften Schultern, der leicht gebeugte Nacken.

Plötzlich rannte der Mann mitten auf die Straße, und der Fahrer bremste abrupt. »Was soll das denn jetzt?!«, rief er aus.

Der Anhalter sprintete auf die Beifahrerseite, riss die Tür auf, warf seinen Rucksack ins Innere und kletterte herein.

»n'Abend, Kumpel. Haben sie dich wieder zusammengeflickt?«, sagte er zu Jack.

»Dad?« Jack war fassungslos. »Das ist jetzt hoffentlich nicht wieder eine Halluzination.«

Sir Clive saß in einem Meeting mit externen IT-Spezialisten, als der Anruf kam. Charlotte teilte ihm mit, was der Mann von der Hohen Kommission in Kampala ausrichten ließ. Seine Miene zeigte keine Regung. Er entschuldigte sich, stand vom Tisch auf und rief zurück.

»Charlotte, verbinden Sie mich bitte mit Kampala«, sagte er etwas weniger schroff als sonst, weil sie die Nachricht so rasch weitergeleitet hatte. Er hörte Tasten klappern.

»Schon erledigt«, erwiderte sie.

Es ertönte langes Läuten, das immer wieder unterbrochen wurde, dann knackte es in der Leitung, und eine männliche Stimme meldete sich.

»Hohe Kommission Kampala, Clarke am Apparat.«

»Nick Clarke?«, sagte Sir Clive, ohne sich die Mühe zu machen, seinen eigenen Namen zu nennen.

»Ja.«

»Ausgezeichnet. Ich habe eine Nachricht erhalten, dass einer von unseren Jungs bald bei Ihnen auftaucht. Haben Sie einen Namen und eine Personenbeschreibung?«

»Noch nicht. Man kommt nicht zum Camp durch, und es gibt keine Möglichkeit, direkt Kontakt mit ihm aufzunehmen. Er wird aber morgen früh hier sein.«

»Gut, gut. Rufen Sie mich an, sobald Sie mit ihm gesprochen haben«, sagte Sir Clive. Es musste sich um Officer Denbigh handeln. Anscheinend hatte er es tatsächlich lebend aus dem Dschungel geschafft. Er musste unbedingt einen vollständigen Bericht von dem Mann bekommen.

Dass Jack Hartman, untrainiert und völlig unerfahren wie er war, das Inferno, das Sir Clive und Centurion losgetreten hatten, überlebt haben könnte – auf diese Idee kam er gar nicht erst.

Die leeren Hilfsgüter-Lkws rollten durch die Nacht und kamen auf dem verlassenen Highway, der den Nordwesten Ugandas mit der Hauptstadt Kampala verband, gut voran. Während sie über Schlaglöcher holperten, erzählte Jack seinem Vater, was er von Monsieur Blanc über Centurion erfahren hatte, über ihren Bedarf an Coltan und Sir Clives ausgeklügelte Strategie, Clement Nbotou auszuschalten und die Minen zu übernehmen.

Archie schüttelte den Kopf. »Löwen unter der Führung von Eseln … was für eine Verschwendung.« Er verstummte, teils aus Respekt, teils aus Entsetzen darüber, dass einem hochrangigen Mitglied des britischen Geheimdienstes das Leben von Soldaten so unfassbar gleichgültig sein konnte – und das alles nur aus Raffgier. »Wir müssen überlegen, was wir jetzt machen. Wir werden auf jeden Fall nicht zur Botschaft gehen. Die haben dort einen Agenten sitzen, der als Sachbearbeiter getarnt ist, aber einen heißen Draht zum MI6 und damit zu Sir Clive hat.« Er fuhr sich mit der Hand durch seinen grauen Haarschopf. »Das ist ein großes Ding, Jack. Sir Clive ist ein mächtiger Mann, und es steht viel für ihn auf dem Spiel.«

Sie erreichten die Stadt im Morgengrauen. Die zwei anderen Trucks nahmen die Hauptstraße Richtung Flughafen.

»Kleine Planänderung«, sagte Archie zum Fahrer. »Wir wollen nicht gleich zur Botschaft, ich denke, es wäre besser, wenn wir uns erst ein wenig frisch machen. Können Sie uns im Zentrum absetzen, irgendwo vor einem Hotel?«

68

Britische Hohe Kommission, Kampala, 08:30 Uhr

Patrick Little sah auf die Wanduhr. Noch keine Spur von dem Neuankömmling. Doch er machte sich keine großen Sorgen. Auf afrikanischen Straßen konnte man durch alles Mögliche aufgehalten werden, und je später der Mann eintraf, desto besser. Er rieb sich die Augen und ließ ein paar Aspirin in ein Glas fallen. Sein Kater war schlimmer als sonst, bestimmt war irgendwas mit dem Wasser gewesen, das der Barmann in seinen Whiskey gemischt hatte.

Als das Telefon auf seinem Schreibtisch losschrillte, zuckte er erschrocken zusammen und verschüttete dabei das sprudelnde Wasser auf seinen Schoß. Er musste unbedingt herausfinden, wie man dieses Ding leiser stellte.

»Patrick, hier ist Nick Clarke. Wie geht's Ihnen heute Morgen?«

»Danke, gut«, erwiderte Patrick gequält.

»Das freut mich zu hören. Hoffentlich belastet Ihre Barrechnung den Haushalt des Außenministeriums nicht allzu sehr.«

Patrick ignorierte die sarkastische Bemerkung und leerte sein Glas. Clarke war ein echter Widerling. Schließlich war er auch dabei gewesen, jedenfalls soweit Patrick sich noch an den gestrigen Abend erinnern konnte. »Wollten Sie sich nur nach meinem Befinden erkundigen, oder kann ich sonst noch was für Sie tun?«, fragte er gereizt.

»London hat schon zweimal bei mir angerufen, irgendein hohes Tier aus Vauxhall. Wir sollen ihm mitteilen, wann der Typ aus dem Dschungel hier ist, damit er sich per Videokonferenz dessen Bericht anhören kann. Es wäre vielleicht nicht schlecht, mal in dem Flüchtlingscamp nachzufragen, ob sie pünktlich losgefahren sind.«

»In Ordnung«, erwiderte Patrick und legte auf. Den Gefallen konnte er Clarke schon tun. Er bootete seinen Laptop und verschickte rasch eine E-Mail.

Die Antwort kam prompt.

Konvoy mit Jack Hartman ist gestern Abend gestartet. Ankunft Kampala heute Morgen bereits bestätigt.

Er griff zum Telefon und rief Clarke an.

»Die Hilfsgütertrucks sind bereits in der Stadt, aber unser Freund Jack hat sich noch nicht hier gemeldet.«

»Jack?«, echote Nick Clarke schnell. »So heißt er? Sie haben mir nicht gesagt, dass er einen Namen hat.«

Könnte daran liegen, dass ich das selbst nicht wusste, dachte Patrick genervt. Clarke hatte die lästige Angewohnheit, einem das Gefühl zu geben, man halte bewusst Informationen zurück. Als hätte er einen bei einem sorgfältig geplanten Verrat ertappt. Patrick sah noch einmal in die E-Mail.

»Er heißt Hartman. Jack Hartman.«

69

Hotel Imperial, Kampala, 10:00 Uhr

Jack sah seinem Vater zu, der sorgfältig zwei Automatikpistolen zerlegte, die Mechanik überprüfte, sie abwischte und schließlich wieder zusammensetzte, um sie auf den leuchtend bunten Bettüberwurf zu legen. Sie hatten ein Mittelklassehotel in der Nähe des Marktes gefunden. Die vielen Menschen würden ihnen tagsüber Deckung geben, falls sie fliehen mussten, außerdem hatten sie weder Ausweis noch Kreditkarte vorlegen müssen.

»Besonders zuverlässig sind sie ja nicht, die Automatikwaffen, man muss sie ständig warten, vor allem in diesem Klima.«

»Das stimmt«, sagte Jack. Sein Vater war wie verwandelt; nichts erinnerte mehr an den heruntergekommenen Alkoholiker im Bademantel, der er noch Tage zuvor gewesen war. Seine Bewegungen waren entschlossen und zielgerichtet.

»Weißt du noch, wie man sie bedient?«, fragte er Jack und reichte ihm eine.

»Natürlich«, erwiderte Jack und spürte das Gewicht des kühlen Metalls in seiner Hand.

Archie hatte Jack von dem Peilsender in der Omega-Uhr erzählt und wie er ihm zum Flugplatz in Cambridge gefolgt war. Wie er nach Burundi geflogen war, einen Helikopter gemietet und die Spur seines Sohnes im Dschungel aufgenommen hatte. Jack war beeindruckt, obwohl er genau wusste, dass sein Vater jahrelang genau solche Dinge getan hatte, dass er dafür ausgebildet war. Doch er hätte nie gedacht, dass er seinem Sohn jemals auf Augenhöhe seine Vorgehensweise erklären würde. Keiner von ihnen verlor ein Wort über Jacks Halluzinationen und Pauls Trugbild. Das war nicht nötig. Sie verstanden sich auch so.

Jack trat ans Waschbecken und betrachtete sein Gesicht im Spiegel, ehe er sich mit lauwarmem Wasser bespritzte. Dieser Bart geriet allmählich außer Kontrolle.

»Und was jetzt? Ich habe keinen Pass, und hinter dir sind sie sicher auch her, oder?«

Archie dachte an die drei Agenten zurück, die er erledigt und in der Lagerhalle liegen gelassen hatte. Ganz sicher war jemand hinter ihm her.

»Burundi«, sagte er, »wir gehen nach Burundi.« Er nahm ein Satellitentelefon und tippte eine Nummer ein. »Ich habe einen Kontakt dort, ein Mann namens Spike van de Weye. Er kann uns alles besorgen, was wir brauchen, Pässe, Papiere und so weiter.« Er schnippte Jack eine Visitenkarte zu und horchte auf den Wählton. »Das ist seine Adresse«, fügte er hinzu. »Die Bar, in der er arbeitet. Lern sie auswendig, und spül die Karte dann im Klo runter. Nur für den Fall.«

»Für welchen Fall?«

Archie wandte sich nur wortlos ab. »Spike, alte Schweinebacke, hier ist Archie«, sagte er ins Telefon.

Jack blickte kurz auf die Karte und zerriss sie dann in kleine Fetzen. Er hörte seinem Vater zu, der diesem Spike eine endlose Liste von Anweisungen erteilte, und legte sich dann auf das Bett, um seine Glieder auszustrecken. Eine der Federn in der Matratze war gesprungen. Schlafen … Er hätte am liebsten tagelang geschlafen, selbst in dieser vergammelten Absteige. Die Gegenwart seines Vaters beruhigte ihn mehr als je zuvor in seiner Kindheit.

»Hast du irgendjemanden vom Camp aus per Telefon oder E-Mail kontaktiert?«, wollte Archie wissen und riss Jack aus seinen dämmrigen Gedanken.

»Nur Mands, meine Freundin.« Er wollte schon ansetzen, seinem Vater von ihr vorzuschwärmen, doch bei dessen Gesichtsausdruck blieb ihm das Wort im Hals stecken.

»Ruf sie sofort an und frag sie, ob alles okay ist.«

70

MI6-Zentrale, Vauxhall, London

Sir Clive setzte sich hastig auf. Draußen war es noch dunkel. Sein Büro muffelte abgestanden. Oder vielleicht war er es auch selbst. Seine Schreibtischuhr zeigte in leuchtenden grünen Ziffern 6:30 Uhr an. Auf dem Sofa zu schlafen war nie eine gute Idee. Er wurde davon immer rastlos und gereizt. Es dauerte ein paar Augenblicke, bis das Klingeln in sein Gehirn durchdrang. Er griff zum Hörer.

»Ja?«, sagte er ungeduldig.

»Nick Clarke hier, Hohe Kommission Uganda.«

Endlich, dachte Sir Clive. Wurde auch Zeit, dass Denbigh sich wieder im Griff hatte und bei der Zentrale meldete.

»Ich fürchte, der mysteriöse Besucher ist bislang nicht aufgetaucht. Aber ich habe einen Namen für Sie.«

Sir Clive war damit beschäftigt, vom Sofa aufzustehen, sich die Stirn zu reiben und sein vom Schlaf benebeltes Hirn in Gang zu bringen. »Spucken Sie's schon aus, Mann.«

»Hartman, Jack Hartman.«

Sir Clive schnappte kurz nach Luft, und seine Brust zog sich zusammen. Näher an einer Panikattacke war er noch nie gewesen. Jack Hartman hatte überlebt. Verdammte Scheiße. Wie viel wusste der Kerl? Er atmete tief durch, schlug sich mit der Faust auf die Brust und räusperte sich ein paarmal.

»Sir Clive, ist alles in Ordnung bei Ihnen? Die Leitung scheint irgendwie gestört.« Nicks Stimme klang wie ein entferntes Echo in seinem Ohr.

»Gut, bestens, danke.« Der Vater musste ihm geholfen haben. Von den drei Agenten hatte er nichts mehr gehört. Aber er hatte so viel um die Ohren, dass er sich eben nicht um alles kümmern konnte. Der Sensenmann. Er hätte es wissen müssen.

Sir Clives Atem ging schwer. Seine ganze ausgeklügelte Konstruktion drohte über ihm zusammenzustürzen wie ein Kartenhaus, nur weil dieser Kerl, dieser Grünschnabel, es geschafft hatte, sich aus einer Lage zu befreien, die nach allen Regeln der Kunst in einen zähen und schmerzvollen Todeskampf hätte münden müssen. Er und sein verdammter Vater.

»Sir Clive?«

»Das ist nicht gut, Nick. Gar nicht gut«, sagte er und ging blitzschnell die Alternativen durch. Die Spielregeln änderten sich gerade, er musste am Drücker bleiben. »Hat das Flüchtlingscamp bestätigt, dass er mit dem Hilfsgütertransport gefahren ist?«

»Ja.«

»Dann hält er sich wahrscheinlich in Kampala oder irgendwo in der näheren Umgebung auf, nicht wahr?«

»Schon möglich«, entgegnete Nick zögernd. Es konnte genauso gut sein, dass er auf halbem Weg zur Hauptstadt vom Lkw gesprungen war und sich in den Dschungel geschlagen hatte.

»Gut. Ich schicke per E-Mail Fotos von ihm und einem weiteren Mann, mit dem er höchstwahrscheinlich unterwegs ist«, fügte Sir Clive hinzu und ließ seine Finger über die Tastatur fliegen, hängte Bilder von Jack und dessen Vater an eine Mail an, wartete auf eine sichere Verbindung und schickte sie dann ab. »Überprüfen Sie Hotels, hören Sie sich um, finden Sie heraus, wo die beiden untergekommen sind. Aber bleiben Sie auf Abstand. Diese Leute sind gefährlich. Ich kann keine Details nennen, aber sie müssen aufgehalten werden. Rufen Sie mich an, wenn Sie sie haben.« Er wollte schon auflegen, als ihm noch ein Gedanke kam. »Sagen Sie, in dem Flüchtlingscamp, die haben doch bestimmt E-Mail?«

»Sicher. Solange die Satelliten noch kreisen.«

Sir Clive rieb sich das Kinn. Jacks Freundin, Amanda Marshall. Die aus dem Krankenhaus. Wenn Jack eine E-Mail geschrieben hatte, dann sicherlich an sie. Was wusste sie? Was hatte Jack ihr erzählt? Er verabschiedete sich von Nick Clarke und wählte Harvey Newmans Nummer.

»Harvey, hier ist Sir Clive. Kann sein, dass wir ein Problem haben.«

71

Addenbrooke's Hospital, Cambridge

Amanda fehlte heute jede Geduld mit ihren Notfallpatienten. Ein Kleinkind hatte sich ein Pennystück in die Nase geschoben – hätten die Eltern nicht besser aufpassen können? Ein Student hatte im Suff sein Fahrrad im Cam versenkt und stand triefend und mit fassungsloser Miene mit verdrehtem Fuß vor ihr – warum trinkt er auch so viel?

Ihre Schicht war fast zu Ende, und sie konnte es kaum erwarten, nach Hause zu kommen. Jacks E-Mail hatte sie in einen Zustand dauerhafter Besorgnis versetzt. Da war so vieles, was er nicht gesagt hatte. Wenn er sie damit hatte beruhigen wollen, war ihm das gründlich misslungen. Zwei Tage waren seither vergangen, und sie hatte nichts weiter von ihm gehört. Sie ging ins Personalzimmer, um sich die Hände zu desinfizieren und sich umzuziehen. In grimmigem Eifer seifte sie sich Hände und Unterarme ein, wusch rasch den Schaum ab und schlüpfte in Jeans und eine dicke Fleecejacke. Sie band sich die Haare hoch, zog ihre Beanie-Mütze über und schlang sich einen Schal um, ehe sie nach draußen ging. Der Wind aus den Mooren war schneidend kalt um diese Jahreszeit. Sie zog den Reißverschluss ihrer Jacke zu. Das sah ziemlich unförmig und nicht eben vorteilhaft aus, aber um sieben Uhr morgens war ihr das herzlich egal.

Die Straßen lagen still da, als sie in die Jesus Lane zurückradelte. Sonst war sie immer todmüde, wenn sie vom Krankenhaus heimfuhr, doch heute wollte sie so schnell wie möglich an ihren Computer, um zu sehen, ob Jack ihr noch einmal geschrieben hatte. Hoffe das Beste, rechne mit dem Schlimmsten, hatte ihre Mutter immer gesagt. Amanda hatte nie verstanden, was das bedeuten sollte. Sie rechnete immer mit dem Schlimmsten. Die Erfahrung aus dem Krankenhausalltag hatte sie gelehrt, dass es keinen Sinn hatte, auf das Beste zu hoffen.

Außendienstagent Michaels wählte einen Dietrich aus dem Satz, den er aus der Tasche gezogen hatte. Damit sollte er ein Standardschloss öffnen können, solange kein Spezialriegel angebracht war. Als der Schnapper zurücksprang, öffnete er die Haustür und blickte sich rasch um, ob ihn jemand beobachtete. Aber da war niemand, die Jesus Lane lag verlassen da. Auf einer Telefonzelle thronte ein Pylon, und auf dem Gehsteig lagen die Reste eines angebissenen Döners.

Er trat in den Flur, in dem ein Teppich lag. Das war gut. Der würde seine Schritte dämpfen. Sir Clive hatte zur Vorsicht gemahnt. Falls ihn jemand entdeckte, sollte er wegrennen. Es sollte aussehen, als wäre er bei einem Einbruch erwischt worden. Nach seinen Informationen kam die Zielperson normalerweise nicht vor 7:30 Uhr nach Hause. Ihm blieben also rund zwanzig Minuten. Nur wegen der Mitbewohnerin musste er aufpassen.

Michaels schlich sich langsam die Treppe hoch und zuckte kurz zusammen, als eine Stufe knarrte. Auf halber Treppe lag ein Stapel Bücher, am oberen Absatz stand ein Mountainbike. Im Haus war es vollkommen still, nichts rührte sich. Er würde in das Zimmer gehen, das zur Straße hin lag, den Laptop booten, die Festplatte kopieren und dann schnellstmöglich wieder verschwinden, ohne Spuren zu hinterlassen. Er schob die Tür auf. Die Vorhänge waren offen, das Bett nicht gemacht. Hier hatte diese Nacht niemand geschlafen. Er ging auf den Laptop zu und steckte einen USB-Stick ein, den Blick auf die Uhr gerichtet. Die Zeit war knapp, aber zumindest konnte er auf die Straße hinaussehen, und es gab nur einen Zugang zum Haus.

Sir Clive sah ebenfalls auf die Uhr. Nach seinem Telefonat mit Nick Clarke hatte er sofort den Außendienstagenten angerufen. Michaels war ein unangenehmer Typ, galt aber als Spezialist für solche Fälle. Er war mit Vollgas binnen einer halben Stunde von London nach Cambridge gerast und auf dem Weg vermutlich mehr als einmal geblitzt worden. Die Verwaltung würde wahrscheinlich eine Woche lang mit dem Schriftverkehr beschäftigt sein. Sir Clive sah noch einmal auf die Uhr und trommelte mit den Fingern auf die Tischplatte. War er zu nachsichtig, wenn er erst den Computer der jungen Frau überprüfen ließ, ehe er sich entschied, wie er vorgehen würde? Wurde er auf seine alten Tage weichherzig? Hätte er sie einfach gleich ausschalten lassen sollen? Sein Verstand sagte ihm, dass das das Richtige wäre, doch sein Herz zögerte. Er brauchte einen handfesten Beweis, nur einfach ein intuitives Gefühl reichte ihm nicht. Vielleicht trübte es sein Urteilsvermögen, dass er selbst eine Tochter in ihrem Alter hatte, die in Durham studierte.

72

Amanda radelte durch die schmale Straße, die King Street und Jesus Lane verband, als in ihrer Jeans das Handy summte. Ohne anzuhalten, fummelte sie es mühsam aus der engen Tasche. Wahrscheinlich wollten die vom Krankenhaus anfragen, ob sie noch eine Schicht anhängen könnte.

»Hallo, hier Dr. Marshall.«

»Amanda?« Jacks Stimme klang dünn und verrauscht, eine schlechte Verbindung, aber es war Jacks Stimme. Sie fiel fast vom Rad.

»Jack! Mein Gott, ist das schön, von dir zu hören. Wo steckst du?« Sie hielt an und stieg vom Sattel, das Telefon zwischen Ohr und Schulter geklemmt.

»In Kampala, Uganda. Hör zu, ich kann nicht lange reden. Ich fliege bald zurück. Das hoffe ich jedenfalls.«

»Das ist wunderbar. Du kannst mir alle deine Abenteuer erzählen, wenn du zurück bist.«

Unheilvolle Stille folgte. Das konnte nur bedeuten, dass die Abenteuer noch nicht zu Ende waren.

»Mands, pass auf, du musst dich immer in der Nähe von anderen Menschen aufhalten, zumindest bis ich wieder da bin. Sieh zu, dass du nie allein unterwegs bist. Wenn du nur den leisesten Verdacht hast, dass dich jemand verfolgt, geh sofort zum nächsten öffentlichen Platz, und zwar zusammen mit möglichst vielen Freundinnen, okay?«

»Klar.« Amanda blickte unwillkürlich hinter sich. Beobachtete sie nicht jemand? Nein, da war niemand. Nur ein Fuchs, der an einem Müllsack zerrte.

»Ich muss jetzt los. Ich habe noch ein paar Dinge zu erledigen. Papiere und Ticket besorgen, solche Sachen.«

Amanda wusste nicht, was sie sagen sollte. Sie war völlig durcheinander, erschöpft von der Schicht, erfüllt von widersprüchlichen Gefühlen, Erleichterung, Angst, der Sorge, jemand könnte sie beobachten. In ihrem völlig überlasteten Gehirn fochten Gefühl und Verstand einen wilden Kampf miteinander.

»Ist schon klar. Ich …« Sie zögerte, weil sie fürchtete, im Strudel der Emotionen vielleicht zu viel zu sagen, etwas, das sie später bereuen würde. Die kühle Medizinerin in ihr gewann schließlich die Oberhand. »Du fehlst mir, Jack«, sagte sie schlicht.

Jack war ihr Zögern nicht entgangen. Er wusste genau, was es bedeutete und wie schwer ihre Worte wogen.

»Du fehlst mir auch, Mands«, erwiderte er und legte die gleiche bedeutungsvolle Schwere in den Satz. Einen kurzen Moment später fuhr er fort: »Ich muss jetzt wirklich los. Aber alles wird gut, ja? Wir fahren zusammen weg, wenn ich zurück bin. Irgendwohin, wo es schön ist. Wo wir uns entspannen können«, versprach er.

»Okay«, erwiderte Amanda.

Es klopfte an der Zimmertür. Archie erschien und warf eine Einkaufstüte auf das Bett.

»Alles klar bei ihr?«, fragte er sofort.

»Glaube schon. Bis jetzt jedenfalls.«

»Gut. Verdammt heiß da draußen«, sagte Archie und wischte sich über die Stirn. »Und auf dem Markt gibt es auch nicht viel zu kaufen.« Er nahm zwei Mangos aus der Tüte, schnitt sie mit seinem Jagdmesser in Stücke und reichte Jack etwas davon.

»Ich habe eine Cessna organisiert, die uns nach Burundi bringen wird. Wir werden ein paar Stunden in der Luft sein. Außerhalb der Stadt ist ein Flugplatz. In etwa einer Stunde nehmen wir ein Taxi dorthin.«

73

Ternan Avenue, Kampala, 09:30 Uhr

Beim Hinausgehen nickte Clarke dem Portier des Sheraton zu. Auf dem Gehsteig tupfte er sich die Stirn mit einem Leinentaschentuch ab. Bislang hatte er kein Glück gehabt. Die teuren Unterkünfte um den Nakasero Hill hatte er jetzt alle abgeklappert. Aber wahrscheinlich suchten sie Tarnung in der Menge. Dann waren nun eben die einfachen Hotels am Marktplatz dran, dachte er grimmig. Blieb noch Zeit für ein kühles Bier zwischendurch? Er sah auf die Uhr. Eher nicht. Garantiert rief Sir Clive genau in dem Moment an, in dem er die Bar betrat.

Er hielt ein Taxi an, stieg ein und kurbelte das Fenster herunter. Wagen und Chauffeur der Botschaft hatte er nicht nehmen können, weil er damit viel zu sehr aufgefallen wäre. Und so musste er wie der letzte Prolet in einer Schrottkarre schwitzen, die nach Schweiß und Tabak stank. Diese Art von Schnüffeldienst hatte er schon seit Jahren nicht mehr gemacht, und er fühlte sich entschieden zu alt dafür. Außerdem – was sollte er tun, wenn er die beiden tatsächlich fand? *Sie müssen aufgehalten werden*, hatte Sir Clive gesagt. Das klang ominös, aber als Anweisung taugte es nicht.

Das Taxi hielt vor einem billigen, aber halbwegs sauber wirkenden Hotel in der Gaba Road. Rechts und links vom Eingang fristeten zwei verstaubte Palmen ein trauriges Dasein. Er wies den Fahrer an zu warten, schob sich zwischen den Marktbesuchern hindurch und betrat das Hotel. Von einem kleinen Empfangstresen aus lächelte ihm eine dicke Frau entgegen, die einen Ordner aufgeschlagen vor sich liegen hatte. Sonst war niemand da. Nick Clarke bemühte sich, ihr Lächeln zu erwidern.

»Guten Morgen, ich bin auf der Suche nach ein paar Gästen der Hohen Kommission. Ich fürchte, sie sind im falschen Hotel abgestiegen.« Er zeigte ihr die Fotos von Jack und dessen Vater.

Die Frau sah sich die Bilder genau an und musterte dann den Fremden mit dem gehetzten Gesichtsausdruck und dem zerknitterten Anzug. »Die haben heute Morgen hier eingecheckt. Möchten Sie eine Nachricht hinterlassen?«

Volltreffer! Nick Clarke jubilierte innerlich. »Ich würde mit den Herren gern persönlich sprechen, wenn das möglich ist. Welche Zimmernummer haben sie denn?«, sagte er mit einer schüchternen kleinen Verbeugung. Er hatte nicht die Absicht, ihr Zimmer aufzusuchen, er wollte nur verhindern, dass die Empfangsdame Jack und Archie Hartman erzählte, dass jemand von der Botschaft nach ihnen gesucht habe.

Die Frau blickte ihn von oben bis unten an. Er sah verschwitzt und gestresst aus und hatte die typische Haltung eines Menschen, der den ganzen Tag am Schreibtisch saß. Gut möglich, dass er tatsächlich von der Hohen Kommission war. Sie beschloss, ihm zu glauben. »Erster Stock, Zimmer drei. Linke Seite.«

»Danke«, erwiderte Nick und nahm die Betontreppe. Am Ende des Flurs war eine Toilette. Er verdrückte sich hastig darin und rief sofort Sir Clive an.

74

Außendienstagent Michaels sah aus dem Fenster. Am Ende der Straße war ein Schatten, der eben noch nicht da gewesen war. Schwarze Linien auf dem Gehsteig, wie ein halbfertiges Spinnennetz, auf das Pflaster gemalt von den Speichen eines Fahrrades. *Komm schon*, murmelte er, während die letzten Dateien von der Festplatte auf den USB-Stick wanderten. Er wollte schleunigst hier verschwinden und sich die Daten auf seinem eigenen Laptop anschauen. Als er erneut aus dem Fenster sah, fiel sein Blick auf eine große schlanke Gestalt, die ein Fahrrad am Zaun festschloss. Im nächsten Moment trat sie auf das Haus zu und steckte den Schlüssel ins Schloss. *Scheiße*, fluchte er tonlos. *Jetzt komm schon endlich …*

Er zog den USB-Stick heraus und schob ihn in seine Tasche. Jetzt schnell noch den Laptop runterfahren. Schlüssel wurden klappernd auf einem Möbel abgelegt, Licht ging an und wieder aus, dann ertönten Schritte auf der Treppe. Als er aus dem Zimmer in den Flur hinaustrat, hörte er die Stufe, die vorhin unter seinem Fuß geknarrt hatte. Zu seiner Linken sah er eine zweite Tür. Er öffnete sie blitzschnell und trat lautlos und mit angehaltenem Atem ein. Es war dunkel im Zimmer, in einer Ecke stand ein Bett mit zwei schlafenden Gestalten. Die Schritte bewegten sich an ihm vorbei, eine Tür quietschte. Dann rumorte es in dem Raum, in dem er sich Augenblicke zuvor noch aufgehalten hatte. Er öffnete die Tür wieder, trat in den Flur hinaus und schlich, ohne eine weitere Sekunde zu verlieren, die Treppe hinunter. Mit drei langen Schritten war er auf der Straße und rannte zu seinem Wagen.

Amanda zog ihr Handy aus der Jeans und speicherte die Nummer, unter der Jack sie angerufen hatte, ehe sie es auf den Schreibtisch neben den Laptop legte. Dabei fiel ihr auf, dass das blaue LED-Licht am Computer leuchtete. Seltsam. Sie war sicher, dass sie den Rechner heruntergefahren hatte, bevor sie zur Schicht ins Krankenhaus aufgebrochen war. Als sie ihn aufklappte, ging der Bildschirm an und zeigte das Hintergrundbild, einen Sonnenuntergang an einem Strand von Bali, eingefangen in den letzten Sommerferien. *Sind Sie sicher, dass Sie den Computer herunterfahren wollen? Es sind noch Dateien in einer Anwendung geöffnet*, verkündete das Betriebssystem im vertraut überheblichen Ton. Vielleicht war beim Herunterfahren etwas schiefgegangen, so etwas kam vor. Sie wollte gerade auf »Abbrechen« klicken, als sich am unteren Rand ein Popup-Fenster einblendete: *Wechseldatenträger kann jetzt entfernt werden.*

Amanda spürte einen kalten Schauer über ihren Rücken laufen. Sie stand auf und schaltete das Licht aus, um zum Fenster zu gehen. Draußen war niemand. Doch, am Ende der Straße, ein fliehender Schatten, so schnell verschwunden, dass sie sich nicht sicher war, ob sie wirklich etwas gesehen hatte. Spielte ihr die Fantasie Streiche? Sie zog die Vorhänge zu und machte das Licht wieder an, Deckenlampe und Nachttischlampe, um das Zimmer genauer zu überprüfen. Wenn jemand hier gewesen war, musste man das doch sehen. Oder sie fragte erst einmal Tara. Sie wollte gerade bei ihrer Mitbewohnerin klopfen, als sie ein klapperndes Geräusch hörte, und ein kalter Luftzug drang aus dem Erdgeschoss herauf.

Sie blickte über das Treppengeländer. Die Eingangstür war nicht richtig zugemacht und schlug gegen den Holzrahmen. Sie rannte nach unten, sperrte sie ab und kehrte dann, so schnell sie konnte, in ihr Zimmer zurück, schloss die Tür hinter sich und wählte Jacks Nummer.

Außendienstagent Michaels sah die Daten durch, die er von Amandas Computer kopiert hatte. Eine Keyword-Suche mit Jacks Namen hatte rund hundert E-Mails herausgefiltert. Einige zwischen ihm und Amanda, andere zwischen Amanda und ihren Freundinnen, in denen sie seinen Namen erwähnte. Er sortierte sie nach Datum, aber aktuelle waren nicht dabei. Dann tauchte doch etwas auf. Eine Mail aus Uganda. In liebevollem, aber beiläufigem, fast flapsigem Ton. Mehr brauchte er nicht. Zum Glück hatte das Mädchen sie nicht gelöscht.

»Hallo, Sir Clive, hier Michaels«, sagte er in sein Bluetooth-Headset.

»Michaels. Haben Sie was gefunden?«, erkundigte sich Sir Clive. Er spürte, dass eine schwierige Entscheidung anstand.

»Sie weiß Bescheid. Er hat ihr vor zwei Tagen gemailt«, berichtete Michaels.

Sir Clive seufzte. »Nun gut. Sie wissen, was Sie zu tun haben«, sagte er widerstrebend. Er hatte nicht damit gerechnet, dass diese Operation solche Begleiterscheinungen mit sich bringen würde, aber es hatte keinen Sinn, sich deswegen zu grämen. Reue und Schuldbewusstsein würde er sich für die Rente aufheben, ebenso wie ein hübsches finanzielles Polster – den verdienten Lohn für seine Mühen.

75

Hotel Imperial, Kampala, Uganda

Jack und sein Vater wollten gerade gehen, da klingelte das Handy.

»Für dich«, sagte Archie und reichte Jack den Apparat.

Amandas Stimme klang kurzatmig, panisch. Sie sprach schnell. »Jack, ich weiß nicht, ob ich mir das einbilde, aber gerade eben war die Haustür nicht zu, und mein Laptop … ich bin sicher, dass ich ihn runtergefahren habe, aber das blaue Licht hat gebrannt.« Sie unterbrach sich. »Jetzt wo ich es laut ausspreche, klingt es lächerlich, oder?«

Nach dem, was Jack in den letzten Tagen erlebt hatte, klang nichts mehr lächerlich in seinen Ohren.

Sein Vater sah ihn scharf an. »Was ist los?«

»Sieht so aus, als hätte jemand Amandas Sachen durchwühlt«, antwortete Jack, die Hand über das Mikro gelegt.

»Sag ihr, sie soll ihren Pass nehmen, ein paar Sachen in eine Tasche packen und wegfahren, und zwar so weit weg wie möglich.«

»Wer ist da bei dir, Jack? Ich höre jemanden im Hintergrund«, sagte Amanda.

»Mein Dad. Eine lange Geschichte. Erzähl ich dir später. Nimm deinen Pass und pack ein paar Sachen zusammen. Sag deiner Mitbewohnerin, dass du ihr Auto brauchst. Ich will, dass du wegfährst, so schnell du kannst und egal in welche Richtung.«

»Okay«, erwiderte Amanda schwach und wühlte bereits in einer Schublade nach ihrem Pass, den sie zwischen alten Telefonrechnungen fand. Was würde Tara sagen, wenn sie einfach ihr Auto nahm? Egal. Sie musste jetzt, so schnell sie konnte, in irgendeine Richtung davonfahren. Die Stimme im Hintergrund war erneut zu hören.

»Ach, und Amanda, mach dir keine Sorgen, wahrscheinlich hast du recht, und es ist gar nichts. Nur um sicherzugehen, solltest du durch das Küchenfenster hinausklettern und hintenherum Richtung King Street laufen.«

»Mach ich«, erwiderte sie schon auf dem Weg nach unten, um das Fenster zu öffnen. Aus dem Fenster klettern, natürlich. An jedem anderen Tag der Woche hätte sie das albern gefunden.

Außendienstagent Michaels fuhr so nah wie möglich an Amandas Haus heran und parkte mit zwei Rädern auf dem Gehsteig. Es musste jetzt schnell gehen. Ziel handlungsunfähig machen und auf den Rücksitz befördern, das Fahrrad vom Geländer schneiden und in den Kofferraum werfen. Es sollte möglichst glaubhaft nach einen Fahrradunfall aussehen, denn wenn der Verdacht auf Fahrerflucht fiel, würde die Polizei nicht auf Mord schließen.

Amanda hörte, wie ein Schlüssel ins Schloss gesteckt wurde, und spürte, wie mit Nachdruck an dem widerspenstigen Zapfen gerüttelt wurde. Sie sah die Haustür hinter sich in den Angeln wackeln, während sie mit dem Küchenfenster kämpfte. Der verdammte Verschluss war überlackiert. Sie warf sich mit der Schulter dagegen und rechnete fast damit, dass das Glas hinausfiel und auf dem Kiesbelag im Hof zerbarst. Doch dann gaben die Scharniere nach, und das Fenster schwang auf. Vom Eingang her erklang ein metallisches Klappern, ein anderer Schlüssel wurde eingesteckt, und diesmal gab der Zapfen nach. Amanda kletterte eilig auf die Arbeitsplatte, schob sich durch die Fensteröffnung und sprang. Der Fall war tiefer, als sie gedacht hatte, und sie verdrehte sich den Knöchel, als sie aufkam. Im Haus ertönten Schritte auf der Treppe. Amanda ließ sich nicht die Zeit herauszufinden, was los war, sondern rannte zum Ende des Gartens, schwang sich über die Mauer und sprintete auf den alten VW-Golf ihrer Freundin zu. Schlüssel ins Schloss, Tür öffnen, zünden. Der Motor jaulte laut durch die verlassene Straße. Noch war nicht zu erahnen, dass sich bald dichter Berufsverkehr in die engen Straßen ergießen und zahlreiche Busse sich gefährlich nahe zwischen den historischen Gebäuden hindurchschieben würden.

Amandas Hand zitterte, als sie die Handbremse löste und mit durchdrehenden Reifen anfuhr. *Weg, einfach nur weg, ganz egal, wohin, Hauptsache, weg von hier*, dachte sie.

76

Hotel Imperial, Kampala, Uganda

»Wir müssen los, Jack«, sagte Archie, schwang sich den Rucksack über die Schulter und blickte sich noch einmal prüfend im Raum um. »Sie wird es schaffen. Wenn sie zuerst ihren Rechner durchsucht haben, gilt sie nicht als direktes Ziel. Das verschafft ihr einen gewissen Vorsprung.«

Jack nickte, sagte aber nichts. Er war davon nicht überzeugt und machte sich wirklich Sorgen. Er musste irgendwie einen Weg finden, in Erfahrung zu bringen, ob es ihr gutging.

Als sie nach unten kamen, war niemand an der Rezeption. Archie zog eine Fünfzigdollarnote aus dem Bündel in seiner Hosentasche, legte sie auf den Ordner und beschwerte sie mit dem Zimmerschlüssel. Zu warten hatte keinen Sinn. Sie traten auf die Straße hinaus, in die glühende Sonne, mitten in leuchtende Farben und wimmelndes Marktgeschehen hinein. Archie winkte ein Taxi heran, und sie stiegen ein.

»Das Telefon«, sagte Archie plötzlich. »Wir müssen es wegwerfen. Kann sein, dass es uns verrät.«

Jack sank die Kinnlade herunter. Die Furcht, nicht mehr mit Amanda in Kontakt treten zu können, stand ihm ins Gesicht geschrieben. Archie sah auf die Uhr und warf ihm ein Bündel Scheine hin.

»Hier. Gegenüber ist ein Handystand. Kauf dir ein neues. Schnell.«

Jack öffnete die Tür und stieg aus.

Eine Sekunde später ging die Bombe hoch.

Nick Clarke war überrascht über die Wucht der Explosion. Es war lange her, dass er zuletzt aus unmittelbarer Nähe zugesehen hatte. Dass diese Bomben russischer Bauart so durchschlagskräftig waren, hatte er ganz vergessen. Das Auto hob sich in die Luft und zerbarst in einem blauroten Feuerball, um mit einem markerschütternden Knall auf der gegenüberliegenden Straßenseite zu landen.

Er ließ seinen Blick über das Chaos schweifen. Im Wagen konnte niemand überlebt haben. Menschen strömten heran, langsam, die Sinne vom Schock der Explosion betäubt. In seinem Magen regte sich Übelkeit. An eines hatte er nicht gedacht. Der Taxifahrer. Nun, mit Kollateralschäden musste man immer rechnen. Sir Clives Plan war lehrbuchmäßig gewesen: das Taxi mit einer ferngezündeten Bombe ausstatten, dann den einheimischen Fahrer dafür bezahlen, dass er das Ziel abholte. In aller Regel merkte das

Ziel nichts, sondern ging davon aus, ein zufällig des Weges kommendes Taxi angehalten zu haben – eine skrupellose, aber wirkungsvolle Methode. Nick Clarke drückte seine Zigarette aus und ging mit federnden Schritten in die entgegengesetzte Richtung davon. Niemand achtete auf ihn.

Jack spürte, wie ihn jemand am Arm zog und sich ein Schatten über ihn schob, die Frau aus dem Hotel. Er hob den Kopf, wedelte mit der Hand, um sie zu verscheuchen, und hievte sich auf den Gehsteig. Ihr Mund bewegte sich, doch er verstand nicht, was sie sagte. Um ihn herum herrschte Panik, rennende Menschen, blutende Menschen, und überall Glas. Er hörte nichts, nur gedämpfte Geräusche, übertönt von einem hohen Pfeifton.

Das Auto war verkohlt und völlig zerfetzt. Keine Spur vom Fahrer. Keine Spur von seinem Vater. Er lehnte sich an die Wand und bewegte die Finger vor den Augen. Es fühlte sich an, als gehörten sie nicht zu ihm. Dann drehte er die Hände, streckte Arme und Beine. Er hatte überlebt. Er hatte ein paar Schrammen davongetragen, aber er lebte.

Langsam und vorsichtig zog er sich auf die Beine. Wie betäubt setzte er einen Fuß vor den anderen, schob sich durch die Menschenmenge und steuerte auf ein Café zu. Dann wurden die Stimmen wieder lauter. Er sah auf seine Uhr. Sie tickte noch. Vielleicht war die Omega wirklich ein Glücksbringer, jedenfalls für ihn. Er stieß die Cafétür auf, das Lokal war menschenleer. Er fand ein Waschbecken, wusch seine Schnittwunden und das Blut aus seinem Bart und musterte dann sein Gesicht im Spiegel. Unter den Augen bildeten sich bereits Blutergüsse. Wahrscheinlich war die Nase gebrochen. In seinen Kopf drängte sich mit Macht ein Gedanke.

Rache.

Aber zuerst musste er nach Burundi zu Spike van de Weye, um sich einen Pass und ein Flugticket nach Hause zu besorgen. Anschließend würde er sich mit Sir Clive befassen.

77

Amanda musste scharf bremsen, als sie in die Tankstelle einbog, um nicht eine Familie mit Kindern zu überfahren, die unvermittelt vor ihr aus dem Wagen stieg. Sie riss am Lenkrad, um auszuweichen, und erntete erboste Gesten und Blicke. Zwei Stunden war sie durchgefahren, die Hände um das Lenkrad gekrallt. Als der alte Golf endlich stand, atmete sie tief durch. Sie kurbelte das Fenster herunter. An die Fahrt konnte sie sich nur schemenhaft erinnern, die Autos, die sie überholt, die vielen Kilometer, die sie abgerissen hatte. Sie nahm das Handy vom Beifahrersitz, prüfte reflexartig ihr Aussehen im Rückspiegel und drückte die Wähltaste. Ihre Hand zitterte. *Komm schon, Jack, geh ran.*

Sir Clive zappte durch die Programme, bis er bei den BBC World News ankam. Eine Straßenszene, wildes Durcheinander, mittendrin ein ausgebranntes Autowrack. Er hatte den Fernseher auf stumm gestellt, doch am unteren Bildschirmrand liefen kontinuierlich die Schlagzeilen durch. *Breaking News: Autobombe in Kampala explodiert, zwei britische Touristen und ein ortsansässiger Mann tot. Al-Qaida unter Verdacht. Mehr in Kürze.* Als Nächstes erschien wieder die Nachrichtensprecherin hinter ihrem Pult, die mit ernster Miene einen ebenso ernst dreinblickenden Sicherheitsexperten interviewte.

Sir Clive schaltete den Fernseher aus. Es war erstaunlich, wie rasch es so ein Vorfall heutzutage ins Fernsehen schaffte. Irgendjemand mit einer Handykamera war immer scharf darauf, das Desaster festzuhalten, ins Netz zu stellen und sich mit dem Schicksal eines ihm völlig unbekannten Mitmenschen wichtig zu machen.

Nick Clarke hatte ihn bereits angerufen und den Erfolg der Operation bestätigt. Sie war lehrbuchmäßig abgelaufen. Ihr Mann in Kampala würde jetzt die Aufgabe übernehmen, das Vereinigte Königreich im Ermittlungsverfahren zu vertreten. Absurder ging es nicht, dachte Sir Clive und blätterte die Akte auf seinem Tisch durch. Amanda Marshall … Er spielte mit dem Gedanken, die Suche nach ihr abzublasen und sie in Ruhe zu lassen, klappte dann aber entschlossen die Mappe zu. Er würde nichts mehr dem Zufall überlassen. Dafür stand für ihn viel zu viel auf dem Spiel.

Höchste Zeit, ihre Spur aufzunehmen und ihre Kreditkarten überprüfen zu lassen. Michaels stand auf Abruf bereit. Es war nur eine Frage der Zeit, sie zu finden. Schließlich war sie kein Profi.

78

Bar Terese, Bujumbura, Burundi

Die Sonne sank tief in den afrikanischen Himmel und verwandelte die Staubwüsten in Seen aus Gold. In der Ferne flimmerten die Lichter Burundis, auf dem Highway dröhnten Trucks vorbei, voller Menschen und schwer beladen, hinaus aus der Stadt. Jack trank einen Schluck von dem Bier, das Spike ihm hingestellt hatte.

»Dein Pa war ein verdammt guter Soldat«, sagte Spike und betrachtete Jack, seinen Bart, seine gebeugte Haltung. Er ließ sich vom äußeren Eindruck nicht täuschen. Hinter dem provozierend ruhigen Blick schwelte die Wut. Der junge Mann war eine tickende Zeitbombe.

Jack schloss für einen Moment die Augen und erwiderte nichts.

»Ist sonst noch jemand bei der Explosion umgekommen?«

»Der Taxifahrer. Mehrere Passanten sind wahrscheinlich verletzt worden.«

Spike nickte. »Alles okay mit dir? Soll ich einen Arzt holen?«

»Nein«, entgegnete Jack. »Ich muss nach Hause. Dinge erledigen. Klappt das mit den Tickets und dem Pass?«

Spike nickte erneut. »Ich brauche nur ein Foto von dir«, sagte er seufzend. Es war genau wie mit Archie. Die gleiche Willensstärke, die gleiche Starrköpfigkeit. Er machte sich Sorgen um den Jungen. Die Sache könnte eine Nummer zu groß für ihn sein. »Weißt du, wer es war?«

»Ja.«

»Und du meinst, du kannst sie kaltstellen? Obwohl sie sogar deinen Pa erwischt haben?«

Jack sagte nichts. Dass er scheitern könnte, war ihm gar nicht in den Sinn gekommen. Seit er seinen gepeinigten Körper zum Flughafen geschleppt hatte, in die Cessna gestiegen und hierher nach Burundi geflogen war, hatte ihn nur ein einziger Gedanke angetrieben, ein nicht unterdrückbarer Drang nach Rache.

Spike spürte seine Entschlossenheit. Es hatte keinen

Sinn, ihn umstimmen zu wollen. »Gibt es zu Hause jemanden, der dir helfen kann?«

Jack schüttelte den Kopf und hielt dann inne, um in seiner Jackentasche nach der Visitenkarte mit Monsieur Blancs Briefkastenadresse zu wühlen. »Möglicherweise«, sagte er und fand die Erinnerung an den fettleibigen Chinesen seltsam beruhigend.

Spike war nicht überzeugt. »Ich will dir was über deinen Pa erzählen, mein Sohn«, sagte er und zündete sich eine Zigarette an. Wenn er den jungen Mann schon nicht umstimmen konnte, würde er ihm wenigstens einen guten Rat mit auf den Weg geben. »Archie war ein verdammt guter Soldat. Ein miserabler Spion, aber ein verdammt guter Soldat. Kennst du den Unterschied, Jack? Zwischen einem Spion und einen Soldaten?« Jack zuckte die Achseln, und Spike zog an seiner Zigarette. »Ein Soldat birgt immer zwei Menschen in sich. Den, der kämpft und tötet. Und den, der nach Hause kommt, der sich um seine Frau und seine Kinder sorgt. Den Kämpfer lässt er auf dem Schlachtfeld zurück, das geht gar nicht anders. Man kann ihn nicht mit heimbringen.« Er hielt inne und spuckte nachdenklich auf den Boden. »Ein Soldat hat zwei Leben, die er streng voneinander trennt, um nicht durchzudrehen. Ein Spion dagegen ist etwas völlig anderes.« Er beugte sich zu Jack vor und legte ihm eine Hand auf die Schulter. »Ein Spion lebt zwei Leben gleichzeitig. Parallel. Geht nicht anders. Ist sein Job. Man muss eiskalt sein und ein richtig widerliches Arschloch, um ein guter Spion werden zu können. Ein Spion verlässt das Schlachtfeld nie.« Er lehnte sich entspannt zurück und sah Jack direkt in die Augen. »Der Mann, der deinen Pa erwischt hat, Jack, ist ein Spion. Ein Spion durch und durch.«

Jack rieb sich mit den Händen über Gesicht und Augen. Seine Nase fing an zu jucken. Er wollte jetzt keine langen Vorträge hören.

»Was bist du, Jack? Ein Spion oder ein Soldat? Wenn du die Leute zur Strecke bringen willst, die das getan haben, musst du lernen, mit offenen Augen zu schlafen. Du wirst das Schlachtfeld nicht mehr verlassen können. Nicht bis der Schattenmann tot ist. Nicht bis du ihn unter die Erde gebracht, auf seinem Grab getanzt und dafür gesorgt hast, dass er sich mit seinen schmutzigen Fingern nicht wieder herauswühlt.«

Jack nickte und deutete mit dem Kopf auf das Telefon hinter der Bar. Er dachte an Amanda. »Kann ich mal telefonieren?«

79

Piccadilly Circus, London, am nächsten Tag

Amanda hatte in den letzten zehn Minuten mindestens zehn Mal auf ihre Uhr gesehen. Seit drei Uhr nachmittags stand sie jetzt auf diesem Platz und fühlte sich schrecklich. Die Nacht hatte sie frierend im Auto verbracht, um früh am Morgen nach London weiterzufahren, im Hinterkopf beständig die Angst, dass jemand sie beobachtete und nur darauf wartete, sie zu packen.

Den Golf hatte sie in einem Vorort stehen lassen, in einer Wohnstraße in der Nähe von Mile End. In einem schmuddeligen Lokal hatte sie sich einen fettigen Snack bestellt und ihr restliches Kleingeld in Tee investiert, bis es Zeit war, in die Innenstadt aufzubrechen. Jack hatte sie gestern angerufen, um sich mit ihr zu verabreden. Sie solle Handy und Auto zurücklassen, hatte er gesagt, er würde später am Nachmittag vom Flughafen kommen, sofern er es durch den Zoll schaffe.

Touristen strömten unablässig heran, um sich vor den riesigen Werbeanzeigen fotografieren zu lassen. Die Reklamebanner auf den Häuserfronten mussten eine Sensation gewesen sein, als sie neu waren, bunte Aushängeschilder für das schillernde London, doch jetzt wirkten sie nur noch schäbig und unpassend.

Amanda hatte sich ein paarmal widerstrebend bereit erklärt, eine fremde Kamera zu nehmen, und mit einem Kloß im Hals strahlende Pärchen vor dem Springbrunnen fotografiert. Ihre gegensätzlichen Gefühle, die Hoffnung, Jack gleich wiederzusehen, und die Angst, es könnte ihm etwas zugestoßen sein, überspielte sie mit einem Lächeln.

Irgendwann begann es zu dämmern, und die Luft kühlte merklich ab, als die tiefstehende Sonne schließlich der Dunkelheit erlag. Die Straßen füllten sich, Londoner in eleganten Anzügen strömten in Bars und Restaurants und plapperten lautstark in ihre Handys, sodass jeder im Umkreis hören konnte, was sie an diesem Abend noch Aufregendes vorhatten.

»Amanda«, hörte sie jemanden hinter sich sagen und spürte eine Hand auf ihrer Schulter. Sie drehte sich in Jacks Arme und drückte ihn fest an sich, die Fäuste in den Stoff seines Jacketts geballt. Den Kopf in den Nacken gelegt, sah sie zu ihm hoch. Der Bart war noch da, und die Wangen sahen noch eingefallener aus als nach den drei Wochen im Pharmalabor. Doch aus seinen Augen blitzte eine neue Energie, eine unerschütterliche Entschlossenheit, etwas, das sie noch nie zuvor an ihm gesehen hatte.

Er strich ihr über das lange blonde Haar und atmete ihren Duft ein. Die Wärme ihres Körpers durchdrang die dünne Kleidung, die er trug. Er küsste sie auf den Mund, der süß und weich von Lippenbalsam war, er küsste sie innig, hemmungslos und ungeniert.

»Mein Vater«, sagte er mit brüchiger Stimme und löste sich leicht aus ihrer Umarmung. »Sie haben meinen Vater getötet.«

Amanda zog ihn an sich und hielt ihn stumm fest. Ohne auf den Trubel um sich herum, auf die Menschen, die sich an ihnen vorbeischoben, zu achten, blieben sie stehen, als könnten sie den Rest der Welt einfach ausblenden.

»Was sollen wir jetzt tun, Jack? Weglaufen? Die Polizei rufen?«, fragte Amanda schließlich.

Jack zuckte die Achseln. »Keine Polizei«, sagte er und drückte ihren Kopf gegen seine Schulter, während er die Passanten musterte, schon wieder in Alarmbereitschaft. »Als Erstes brauche ich was Warmes zum Anziehen.« Er schauderte. »Danach nehmen wir den alten Wagen meines Vaters und machen einen Ausflug nach Paris. Da gibt es jemanden, der uns vielleicht helfen kann.«

80

Autobahn M 20 Richtung Folkestone, 21:00 Uhr

Auf der Autobahn war nicht viel los. Der Berufsverkehr war längst vorüber. Das Schnurren des Motors und die surrenden Abrollgeräusche der Reifen vermischten sich zu dem vertrauten, einschläfernden Dauerrauschen.

»Du solltest schlafen«, sagte Amanda. »Lass mich fahren.«

Sie hatten Archies alten Volvo in Croydon abgeholt, zusammen mit ein paar Kreditkarten und ein bisschen Bargeld, das Jack in einer Schublade im Flur gefunden hatte. Der Tacho war kaputt und zeigte nie mehr als fünfundfünfzig Stundenkilometer an. Sie mussten also achtgeben und ihre Geschwindigkeit dem Verkehrsfluss anpassen, um nicht Gefahr zu laufen, wegen Tempoüberschreitung von der Polizei angehalten zu werden. Das konnten sie jetzt am wenigsten gebrauchen.

Jack erzählte, was im Kongo mit seinem Vater passiert war. Jetzt im Nachhinein klang die Geschichte vollkommen absurd.

»Sir Clive meint also, du seist tot? Und ich sei die Einzige, die ihn jetzt noch mit Centurion in Verbindung bringen kann?«

Ohne den Blick von der Straße zu nehmen, nickte Jack grimmig.

Keiner von beiden sprach ein Wort.

»Er wird nicht aufgeben, Mands«, sagte Jack schließlich. »Niemals.«

Auf der Suche nach Ablenkung drehte Amanda am Sendersuchlauf des Radios, aber das verdammte Ding funktionierte nicht. Sie ließ sich in ihren Sitz zurückfallen. »Dieser Typ in Paris, zu dem wir jetzt fahren … bist du sicher, dass man ihm trauen kann?«

Jack zuckte mit den Schultern. »Ich hoffe es. Wie tief man in der Scheiße steckt, merkt man erst wirklich, wenn man einen Waffendealer um Hilfe bitten muss.«

Amanda dachte einen Moment lang, er hätte einen Scherz gemacht, doch der Ausdruck auf seinem Gesicht war todernst.

Jack und Amanda kamen gegen 21:30 Uhr in Folkestone an, zu spät, um den letzten Autozug durch den Eurotunnel noch zu erreichen. Sie nahmen sich ein Zimmer in einem Holiday Inn am Stadtrand, mit Magnolienblütentapete und billigem grünem Teppichbelag, der sich sofort statisch auflud und elektrische Schläge abgab. Doch in diesem Moment war den beiden das egal. Alles war besser, als im Auto zu übernachten. Plötzlich überkam sie die Erkenntnis, dass sie diese Nacht ganz für sich allein haben würden. Und sofort flammte die unwiderstehliche Lust von Neuem auf, die sie, getrennt voneinander, mühsam verdrängt hatten. Einen Moment lang standen sie nur da und fixierten einander mit Blicken, bis das Zimmer um sie herum in konturlosem Nebel unterging.

Wie entfesselt stürzten sie sich aufeinander, zerrten einander die Kleidung vom Leib, suchten mit den Händen die Haut unter dem Stoff. Die ganze Angst und Anspannung der letzten Tage entlud sich in ungezügelter Leidenschaft. Jack hob sie, mit einer Hand fest ihren Hintern umfassend, hoch und drängte sie mit Wucht gegen die Gipskartonwand, zerrte mit der freien Hand an ihrer Jeans und zog sie ihr bis zu den Knöcheln herunter. Er fummelte ihre Unterwäsche beiseite, während sie sich an seiner Hose zu schaffen machte, begierig darauf, sein Glied zu befreien und in ihren Händen zu spüren. Genüsslich legte sie den Kopf zurück, als er in sie eindrang, und schnappte scharf nach Luft, als er sie mit einem harten Stoß gegen die Wand presste.

Als sie am nächsten Morgen losfuhren, fiel steter Nieselregen, der im orangefarbenen Schein der Parkplatzbeleuchtung glitzerte. Es war sechs Uhr morgens, außer ihnen war noch niemand wach.

»Ich lege mich wahrscheinlich am besten in den Kofferraum«, schlug Amanda wenig begeistert vor.

»Das denke ich auch«, erwiderte Jack. »Er hat dich bestimmt längst zur Fahndung ausschreiben lassen.«

Zumindest ist der Kofferraum anständig groß, dachte Jack, als er ihn öffnete und mehrere WD-40-Spraydosen und alte Decken zur Seite räumte.

Amanda kletterte hinein und rollte sich zusammen.

»Tut mir leid, wenn es da drin nach nassem Hund riecht«, sagte er.

»Die geringste meiner Sorgen, glaub mir«, versicherte sie mit zusammengebissenen Zähnen.

81

Sir Clive goss sich einen Drink ein. Es war acht Uhr morgens, aber es hätte ebenso gut zwanzig Uhr abends sein können. Sein Zeitgefühl war ihm in den letzten Tagen vollständig abhandengekommen. In jungen Jahren hätte er die schlaflosen Nächte problemlos überstanden, ganz im Gegensatz zu heute. Sie hatten den blauen Golf in einer Seitenstraße gefunden, ohne Hinweis auf die Fahrerin. Bilder einer Überwachungskamera zeigten eine schlanke Blondine beim Betreten eines Cafés.

Er hatte ein kleines Team damit beauftragt, die Kameraaufzeichnungen aus der Umgebung, von Straßen und aus U-Bahn-Stationen, zu überprüfen. Und obwohl die Mitarbeiter die ganze Nacht durchgearbeitet hatten, hatten sie bislang nichts gefunden. Mehr Leute konnte er aber keinesfalls einsetzen, sonst würde die Operation auffallen.

Er würde Harvey anrufen und ihm die Situation schildern müssen. Keine angenehme Aufgabe. Er würde sich mit Sicherheit Schelte über die Unfähigkeit seiner Agenten anhören müssen. Widerstrebend griff er zum Hörer, nicht ohne sich zuvor noch einen Schluck von seinem Single-Malt-Whisky zu gönnen, den er genießerisch im Glas schwenkte.

Sir Clive sah auf die Uhr. In Los Angeles war es jetzt ein Uhr morgens. Tja, Pech. »Hallo, Harvey, wie geht's? Hier ist Sir Clive.«

»Hi, Clive … wie schön, von Ihnen zu hören. Uns geht's gut. Sogar ganz hervorragend.« Er klang betrunken. Sir Clive hörte Musik im Hintergrund, Partygeräusche: dröhnenden Bass, Stimmengewirr, das Klirren von Gläsern, lachende Frauen. »Wir haben schon genug Coltan, um unsere Verträge mit der Regierung erfüllen zu können«, fuhr Harvey gut gelaunt fort. »Und das feiern wir gerade ein bisschen. Haben Sie Ihr kleines Problem bereits gelöst?«

Sir Clive leerte sein Glas. Die Hintergrundgeräusche in seinem Hörer waren leiser geworden; offenbar hatte Harvey beschlossen, nach draußen zu gehen. »Leider nicht. Die Spur ist kalt.«

Harvey schwieg. Ihm persönlich konnte es egal sein, wenn irgendwer Sir Clive an die Presse verpfiff. Centurions Geschäftspraktiken waren vielleicht nicht immer sauber, aber sie waren ein Milliarden Dollar schweres Rüstungsunternehmen und stellten Hightech-Waffen her und nicht Fruchtsäfte. Niemand erwartete, dass sie eine weiße Weste hatten. Leiden würde einzig und allein Sir Clives Ruf. Andererseits wäre es auch nicht gut, wenn der Name seiner Firma in diesem Zusammenhang in die Öffentlichkeit geriet. Harvey agierte lieber im Verborgenen. »Geben Sie Bescheid, sobald Sie etwas in Erfahrung gebracht haben«, sagte er. »Ich würde Ihnen gern ein Einsatzteam rüberschicken. Nicht um Ihnen ins Handwerk zu pfuschen, sondern als zusätzliche Absicherung.« Fast hätte er hinzugefügt: *Damit Ihnen die Tussi nicht noch einmal durch die Lappen geht*. Aber er verkniff sich den Satz. Sir Clive verstand den Hinweis auch so.

82

Sie kamen problemlos durch die Passkontrolle. Der Zollbeamte warf nur einen kurzen Blick auf Jacks Pass und winkte ihn durch. Die Briten setzten gerne mal zum Frühschoppen auf den Kontinent über. Und Jack sah durchaus so aus, als könnte er einen Drink vertragen, mit seinem bleichen Gesicht und den dunklen Ringen unter den Augen.

Zwanzig Minuten später hatten sie den Tunnel durchquert und fuhren auf der Autobahn Richtung Paris. Sie hielten kurz an einer Tankstelle, um sich ein Frühstück und ein paar Straßenkarten zu besorgen, dann noch einmal, um ein Handy mit Prepaid-Karte zu kaufen. Erst um die Mittagszeit fanden sie die Adresse, die Monsieur Blanc Jack gegeben hatte, in der Avenue Jules Janin, einer malerischen Seitenstraße mit Restaurants, Bäcker und Metzgerei. Es gab sogar einen Parkplatz, der aber nur etwa zehn Zentimeter länger war als der Volvo – was zur Folge hatte, dass die Straße fast zwanzig Minuten blockiert war, bis Jack den Boliden in die Lücke manövriert hatte. Er kritzelte rasch etwas auf einen Briefumschlag, den er im Fußraum gefunden hatte, stieg aus und steckte die Nachricht in den angegebenen Briefkasten.

Monsieur Blanc, hier ist Jack Hartman. Ich brauche Ihren Rat. Rufen Sie mich an. Darunter hatte er die Nummer des Handys geschrieben, das sie gerade gekauft hatten.

»Und was jetzt?«, fragte Amanda.

Jack hob die Schultern. »Jetzt bleibt uns nur zu hoffen, dass er da ist.«

Sie wanderten durch die Straßen, als wären sie ein sorgloses junges Pärchen auf Sightseeing-Tour, doch in Wahrheit waren sie von rastloser Furcht erfüllt.

In der Impressionismus-Ausstellung im Musée d'Orsay erreichte sie schließlich der Anruf, und das laute Klingeln brachte ihnen eine Reihe missbilligender Blicke ein.

»Jack?« In der hohen, dünnen Stimme, die so gar nicht zu der fülligen Figur passte, zu der sie gehörte, schwang Neugier mit.

Monsieur Blanc, kein Zweifel. Jack strebte rasch der Liftanlage zu, um sich von den Touristenmassen zu entfernen. Amanda blieb dicht bei ihm.

»Ja«, erwiderte Jack.

»Sie haben es also tatsächlich aus dem Dschungel geschafft. Meinen Glückwunsch. Das muss ein ganz schönes Abenteuer gewesen sein.« Monsieur Blancs Tonfall war eine Mischung aus Bewunderung und Misstrauen.

»Nicht gerade ein Spaziergang.«

»Das kann ich mir vorstellen. Aber Sie haben es geschafft, und jetzt sind Sie hier und möchten mich besuchen.« Er fragte nicht warum, aber das war auch nicht nötig. Die Frage schwang unausgesprochen mit.

»Ich brauche Ihre Hilfe.« Jack hielt inne und sah sich um. »Ich habe etwas zu erledigen.«

»Ich verstehe.« Was hatte der junge Mann vor?, überlegte Monsieur Blanc. Am vernünftigsten wäre es, sich gar nicht in seine Probleme hineinziehen, ihn mit seinem Schlamassel allein zurechtkommen zu lassen. Doch in Wahrheit bewunderte er diesen Kerl, der sich einfach nicht unterkriegen ließ. Und dann kam noch hinzu, dass Centurion und dieser Sir Clive ihn, Monsieur Blanc, auf zynische Weise manipuliert und direkt in die Schusslinie geschickt hatten. So ging man nicht mit Geschäftspartnern um. Er rieb sich nachdenklich das Kinn. Vielleicht sollte er dem jungen Briten seine Hilfe anbieten und gleichzeitig Centurion eine Nachricht zukommen lassen.

»Wo sind Sie? Ich schicke Ihnen einen Wagen«, sagte er entschlossen.

Der elegante schwarze Rolls-Royce Phantom, der neben Jack und Amanda hielt, war alles andere als ein unauffälliges Transportmittel. Die geschwärzten Scheiben konnten die Fahrgäste zwar vor neugierigen Blicken schützen, doch der imposante Wagen, der in der Abendsonne prachtvoll glänzte, zog die Aufmerksamkeit sämtlicher Touristen vor dem Museum auf sich.

»Mr. Hartman?«, fragte der Fahrer und ließ die Fensterscheibe herunterfahren. Jack lugte ins Innere. Gustav saß am Steuer und fühlte sich in seiner Chauffeuruniform sichtlich unwohl.

»*Bonsoir*, Gustav«, sagte Jack. »Wie geht's?«

»Gut«, murmelte Gustav. »Sie sehen beschissen aus.«

»Recht schönen Dank. Sie verstehen sich einfach auf Umgangsformen.« Jack zog für Amanda die Tür auf. Der Lärm der Pariser Straßen war mit einem Schlag ausgeblendet, als sie sich in der Abgeschiedenheit des feudalen Fonds niederließen, inmitten von sündteuren handbestickten Lederpolstern und polierten Holzoberflächen. Sogar der dicke, weiche Teppich zu ihren Füßen fühlte sich irgendwie beruhigend an.

»Du hast offenbar einflussreiche Freunde«, bemerkte Amanda und öffnete die Bar, in der zwei Flaschen Veuve Cliquot La Grande Dame standen.

Jack zuckte die Achseln und lächelte verkniffen. Er hoffte, dass er das Richtige tat. Wie weit konnte man Monsieur Blanc wirklich trauen?

Der Rolls-Royce schoss durch die Pariser Straßen und hupte Mopeds und Kleinwagen aus dem Weg. Im exklusiven siebten Arrondissement bogen sie in einen kleinen Hof ein. Die Bewohner dieses Viertels lebten in Villen, nicht in Wohnungen, ein eindeutiges Zeichen dafür, dass sie es in der Pariser Gesellschaft ganz nach oben geschafft hatten.

Das elektrische Tor schloss sich sofort wieder hinter dem Rolls-Royce. Gustav stieg aus und führte sie zu einer massiven doppelflügeligen Holztür mit Bronzeverzierungen aus dem achtzehnten Jahrhundert. Er tippte einen Sicherheitscode in ein Tastenfeld ein und wartete, bis die Tür geräuschlos nach innen aufschwang.

»Nach Ihnen«, sagte er, und sein harter slawischer Akzent verlieh den Worten eine sarkastische Note, die nicht unbedingt beabsichtigt sein musste.

Jack und Amanda betraten den mit Marmor ausgekleideten Flur. Eine geschwungene Steintreppe führte nach oben.

Im achtzehnten Jahrhundert waren die Palais so gebaut worden, dass auf der ersten und zweiten Etage gewohnt wurde, während Wirtschaftsräume und Küche auf Erdgeschoss und Keller verteilt waren. Monsieur Blanc pflegte offenbar diese Tradition, denn er erschien in einem kunstvoll bestickten Hausmantel über dunkler Kaschmirhose oben an der Treppe.

»Jack! Ich freue mich sehr, Sie zu sehen. Sie haben eine Freundin mitgebracht?« Er warf einen prüfenden Blick auf Amanda, und sein rundes Gesicht verbarg nicht sein Wohlwollen.

Amanda sah Jack an. Ihre Miene wirkte gefasst, doch ihre Lippen waren zu einem schmalen Strich zusammengepresst. Er nahm sie bei der Hand und führte sie die Treppe hoch, hinter Monsieur Blanc her, durch einen Spiegelsaal mit üppigen Rokokoverzierungen in einen Salon, der auf den Hof hinausblickte. Eine junge Schwarze saß in einem Sessel und las in einem Buch, eine große Frau mittleren Alters stand mit strengem Blick hinter ihr und sah ihr über die Schulter.

»Erinnern Sie sich an Florence, Jack? Von ihrem Dorf war leider nicht mehr viel übrig, somit auch von ihrer Familie, also hielt ich es für das Beste, sie mit nach Paris zu nehmen.«

Die junge Frau blickte voller Ernst von ihrer Lektüre auf und nickte Jack zu.

»Ich habe sie bereits im Lycée Henri IV angemeldet«, fuhr der Chinese fort. »Sie hat zwar bislang keinerlei Bildung genossen, aber ihre Tutoren sagen, sie sei außergewöhnlich intelligent.«

»Hallo«, sagte Jack aufgeräumt zu Florence, die ihn plötzlich anstrahlte und sich mit einem Schlag wieder in ein fröhliches junges Mädchen verwandelte. Ihr neues Leben schien ihr gutzutun. Jack wandte sich Monsieur Blanc zu.

»Monsieur Blanc, ich möchte Ihnen Amanda Marshall vorstellen … Dr. Amanda Marshall«, sagte er und korrigierte sich mit einem gewissen Stolz in der Stimme.

Amanda sah immer noch irritiert aus. Was war das für ein Waffenhändler, der afrikanische Waisen adoptierte, um sie zur Schule zu schicken?

Monsieur Blanc nickte. »Gehen wir doch in mein Arbeitszimmer. Mir ist es lieber, wenn wir geschäftliche Dinge dort besprechen. Gustav, sorgen Sie bitte dafür, dass wir aus der Küche ein paar Erfrischungen bekommen.«

83

Monsieur Blanc thronte aufrecht in einem Ohrensessel hinter seinem Philippe-Starck-Schreibtisch, die Hände nachdenklich unter das Kinn gestützt, einen Dessertwagen mit Kuchen in Reichweite. Das Arbeitszimmer war ein wilder Mix aus ultramodernem Design und traditionellem Stil. Die bunten, geradlinigen Möbel kontrastierten mit kunstvollen Zierleisten und Wandvertäfelungen in leuchtendem Weiß.

Er hatte sich Jacks Geschichte mit großem Interesse und nicht wenig Sympathie angehört. Er hatte verständnisvoll genickt, als Jack von Amandas Sicherheit sprach, doch in Wahrheit wusste er genau, was in dem jungen Mann vorging und dass Rache der eigentliche Grund für seine Mission war. Rache für den Mord an seinem Vater, Rache an Sir Clive dafür, dass er das Leben der geliebten Frau bedrohte. Der Gedanke an die Rache trieb ihn an wie ein elektrischer Impuls. Was ihm der Mann persönlich zugemutet hatte, schien Jack hingegen überhaupt nicht zu interessieren.

»Sie müssen behutsam vorgehen, Jack. Sie haben es hier mit einem abgebrühten und skrupellosen Kerl zu tun. Es wird nicht einfach, ihn zu stoppen.« Er streckte die Hand nach einem Stück Kuchen aus, ließ sie dann jedoch über einem Puddingtörtchen schweben, als wäre ihm plötzlich etwas eingefallen. »Aber da kommt mir eine Idee«, erklärte er, zog eine Schreibtischschublade auf und förderte einen USB-Stick zutage, den er Jack und Amanda hinhielt. »Sir Clives Betrug war kunstvoll«, sagte er nachdenklich. »Was hat es ihn Zeit und Mühe gekostet, die Module herstellen und die Informationen durchsickern zu lassen. Aber für einen überzeugenden Bluff braucht man nicht unbedingt so aufwendige Requisiten.« Er warf Jack den Stick zu.

»Was soll ich damit?« Jack fing das Ding mit einer Hand.

»Seien Sie vorsichtig damit, Jack. Das ist *meine* Internetbombe. Sie könnte jederzeit hochgehen.« Seine Stimme war voller Verachtung.

Jack runzelte die Stirn. »Im Ernst?«

Monsieur Blanc lächelte. »Nein. Es ist keine Internetbombe. Es ist, was immer wir wollen. Es ist unser Bluff.«

»Wir drehen den Spieß also um«, sagte Jack langsam. »Lassen ihn denken, wir hätten etwas gegen ihn in der Hand, um ihn mit seinen eigenen Waffen zu schlagen?«

»Genau. Ich nehme an, Sie spielen Poker?«

Amanda fuhr erschrocken zusammen. »Allerdings. Das letzte Spiel hat ihn …« Sie hielt inne und dachte an die Medikamentenstudie, an der Jack teilgenommen hatte, um seine Spielschulden zu bezahlen, und den Wahnsinn, der seither über ihr Leben hereingebrochen war. »Das letzte Spiel hat ihn hierhergeführt«, erklärte sie leise.

Jack drückte ihre Hand.

»Nun, dann wissen Sie ja, was ich meine. Mit einem guten Bluff bringen wir Sir Clive genau dorthin, wo wir ihn haben wollen«, fuhr Monsieur Blanc fort. »Wir suggerieren ihm, Sie hätten Informationen, die ihn belasten. Sie hätten das bessere Blatt.« Er biss in ein Törtchen und sprach kauend weiter. »Dass Sie praktisch von den Toten auferstanden sind, ist schon mal ein guter Anfang.« Seine Augen blitzten schalkhaft, dann ließ er plötzlich Gelächter aus seiner Kehle aufsteigen, das seinen ganzen Körper zum Erbeben brachte. »Tut mir leid«, sagte er, während ihm Tränen über die Wangen liefen, und griff nach einer Serviette.

Überrascht von seinem plötzlichen Heiterkeitsausbruch, sahen Jack und Amanda ihn an, aber da hatte sich Monsieur Blanc schon wieder unter Kontrolle. Er trank einen Schluck Wasser und lehnte sich auf seinem Stuhl zurück. »Entschuldigen Sie bitte«, sagte er seufzend. »Wo war ich stehengeblieben? Ach ja, der Stick. Nach meiner Erfahrung sind Geheimdienstoffiziere ziemlich schreckhaft und gehen immer vom Schlimmsten aus, sie sind paranoid mit soziopathischen Zügen. Wir lassen ihn also wissen, dass dieses Ding hier heikle Informationen enthält, und locken ihn damit dorthin, wo wir ihn haben wollen. Und sobald er dort ist, gehört er Ihnen.«

Jack betrachtete den unscheinbaren, leeren USB-Stick. »Perfekt«, sagte er kalt.

84

MI6-Zentrale, Vauxhall, London

Sir Clive hatte den ganzen Vormittag lang vor dem Verteidigungsausschuss gestanden und über die erfolgreiche Entmachtung General Nbotous berichtet. Er hatte die

Ausschussmitglieder darüber in Kenntnis gesetzt, dass er Großbritannien und die Datensicherheit des Landes vor einer massiven Bedrohung gerettet habe. Leider habe man den Verlust britischer Staatsbürger hinnehmen müssen, er sei aber zuversichtlich, dass die tapferen Männer ihr Leben nicht umsonst gelassen hätten. Der Ausschuss hatte ihn gehörig unter Druck gesetzt, und das zu Recht, denn zehn tote Soldaten durfte man nicht auf die leichte Schulter nehmen. Dank seinem militärischen Background waren seine operativen Entscheidungen jedoch praktisch nicht infrage gestellt worden.

Gegen Mittag war er wieder in seinem Büro und ging seine E-Mails durch, alles Business as usual, bis auf eine. *Lassen Sie Amanda in Ruhe,* stand da. Ohne Anrede, ohne Namen. Abgeschickt von einem Hotmail-Account. Sir Clive las den Satz mehrmals, trommelte mit den Fingern auf die Schreibtischplatte und griff dann in seine oberste Schublade, um den Bericht herauszuziehen, den er von Nick Clarke erhalten hatte. Ein beunruhigender Gedanke schoss ihm durch den Kopf. Waren die Leichen überhaupt offiziell identifiziert worden? In den Unterlagen stand nichts davon. Er rief die Hohe Kommission in Kampala an. Als er Nick Clarke nicht erreichte, probierte er eine andere Durchwahl.

»Hier Patrick Little.«

»Hallo, Patrick. Hier ist London, Sir Clive Mortimer. Nick Clarke hat uns bei einer heiklen Operation in Ihrer Region unterstützt.«

Patrick blickte hilfesuchend in die Ferne und wünschte sich, er hätte nicht abgehoben. Was auch immer der Kollege für einen Saustall aufgeräumt hatte, er wollte nicht hineingezogen werden. »Nick ist im Augenblick nicht zu sprechen. Wie kann ich Ihnen helfen?«, sagte er mit Samtstimme. In einem war er gut: sich bei Vorgesetzten einzuschmeicheln.

»Ich wollte nur wissen, ob die Leichen der beiden unglückseligen Bombenopfer identifiziert worden sind.«

»Nicht dass ich wüsste. Sie mussten nach der Explosion …«, er suchte nach einem möglichst pietätvollen Ausdruck, »erst wieder zusammengeklaubt werden, damit man etwas nach Hause überführen konnte. Von dem dritten Mann ist nichts gefunden worden. Aber vielleicht hat er auch die Hauptwucht der Explosion abbekommen.«

»Verstehe. Danke, Patrick. Sagen Sie Nick, er soll mich anrufen, wenn er zurück ist.«

Vielleicht hatte der dritte Mann die Hauptwucht der Explosion abbekommen. Vielleicht hatte er ihm aber auch gerade eine E-Mail geschrieben.

Erst als Sir Clive sich die E-Mail noch einmal ansah, fiel ihm die Adresse ins Auge: coltan80@hotmail.com. »Coltan« war offensichtlich, man musste nicht in Cambridge studiert haben, um zu wissen, dass es im Ost-Kongo jede Menge von dem Zeug gab. Der mysteriöse Absender hatte zwei und zwei zusammengezählt. Aber warum »80«? Es gab bestimmt nicht neunundsiebzig andere Hotmail-Adressen, die das Wort »Coltan« enthielten.

Er trat von seinem Schreibtisch weg, um auf die Themse hinunterzublicken, fest entschlossen, die Bedeutung dieser Zahl herauszufinden. Die E-Mail enthielt so wenig Informationen, dass auch das geringste Detail eine Bedeutung haben musste, da war er ganz sicher.

Der Himmel war grau, und das Wasser hatte die braune Farbe einer Schlammpfütze. Ein Mann, winzig aus der Entfernung, wanderte mit einem Metalldetektor langsam auf das Ufer zu und schwang das Gerät in Halbkreisen über den Schlick. Sir Clive fragte sich, ob er schon jemals etwas gefunden hatte. Bereits vor Tausenden von Jahren hatten zu beiden Seiten des Flusses Menschen gesiedelt, da mussten allerhand Artefakte im Boden ruhen, viktorianische Münzen, römische Tonscherben …

Er hielt inne und ging rasch zum Bücherregal. Die Zahl Achtzig, die römische Armee, eine ferne Erinnerung an die Lateinstunden in der Schule, kam ihm in den Sinn. Er nahm ein Lexikon aus dem Regal und fand den Eintrag. *Zenturio: Centurio bedeutet so viel wie »Hundertschaftführer«, eine römische Centuria bestand in der Regel jedoch meist aus achtzig Soldaten.*

Sir Clive klappte das Buch zu und stellte es zurück. War die Zahl Achtzig wirklich eine versteckte Anspielung auf Centurion? Auf seine Verbindung zu der Firma? Er konnte sich kaum vorstellen, dass Jack diesen Zusammenhang entdeckt hatte. Andererseits hatte er sich auch nicht vorstellen können, dass es so schwierig sein würde, den jungen Mann unschädlich zu machen. Er griff nach Mantel und Hut, um ein Internetcafé unter den Eisenbahnbögen aufzusuchen. Diese Mail beantwortete er besser nicht vom Büro aus.

Jack, ich weiß, dass Sie es sind, schrieb er. *Hören Sie auf mit den Spielchen. Wollen wir uns nicht treffen? Ich bin sicher, wir können uns irgendwie einigen. Am besten lassen wir die »80« aus dem Spiel. Die sind nicht so gesprächsbereit wie ich. C.*

Ehe er die Nachricht sendete, las er sie noch einmal durch. Der Tonfall war förmlich und streng, aber trotzdem vertraulich. Sehr gelungen. Er zog sein Handy heraus. Zeit,

Harvey anzurufen und ihm mitzuteilen, dass er schnellstens ein Team schicken sollte. Dass die Dinge außer Kontrolle zu geraten drohten. Mit einem leisen *Pling* kündigte sich eine neue E-Mail an. Er legte das Handy auf den Tisch und las: *Paris. Friedhof Père LaChaise. Heute um Mitternacht. Warten Sie in der Telefonzelle vor dem Haupteingang. Ich habe ein paar Dateien, die Sie interessieren dürften.*

Sir Clive war baff. Damit hatte er nicht gerechnet. Er sah auf seine Armbanduhr. Kurz vor dreizehn Uhr. Ihm blieb nicht viel Zeit. Welche Dateien? Hatte der Kerl etwas gegen ihn in der Hand? Hatte er im Dschungel irgendetwas aufgeschnappt?

Nachdem Jack sich offenbar vorgenommen hatte, künftig die Regeln zu diktieren, hatte es keinen Sinn mehr, Harvey um Verstärkung zu bitten. Zumindest standen Sir Clive Außendienstagent Michaels und dessen Leute zur Verfügung. Die Männer wären binnen einer Stunde einsatzbereit und könnten lange vor Mitternacht bereits in Paris in Stellung gehen. Er scrollte zum Ende der Seite und fand ein Foto: ein zertrümmertes Headset und ein blutverschmiertes Satellitentelefon neuester Bauart. Sir Clive sah sich unwillkürlich um. Diese E-Mail durfte niemand zu Gesicht bekommen. Doch selbst wenn der junge Mann zufällig auf eines der Handys seiner Spezialeinheit gestoßen war, konnte er darauf nur verschlüsselte Daten gefunden haben. Andererseits, Sir Clive biss sich auf die Unterlippe bei dem Gedanken, war er ein Ass in Informatik.

»Michaels«, bellte er in sein Telefon. »Stellen Sie ein Vier-Mann-Team zusammen. Wir fahren nach Paris.«

85

Monsieur Blanc vergewisserte sich mit einem Blick über Jacks Schulter, dass die E-Mail abgeschickt war.

Dann bat er Amanda, aus dem Zimmer zu gehen, sehr zu ihrer Entrüstung. »Ich versichere Ihnen«, erklärte er, »es geht einzig und allein darum, dass Sie nicht wissen sollen, was wir im Einzelnen mit Sir Clive vorhaben. Glauben Sie mir, wenn irgendetwas schiefgeht, ist es besser, Sie wissen von nichts.«

Amanda blickte sich hilfesuchend nach Jack um, doch der zuckte nur mit den Schultern. »Ich schätze, er hat recht. Wenn das hier schiefgeht, soll es nicht auf dich zurückfallen.«

Monsieur Blanc schloss die Tür hinter ihr und sah auf seine Uhr. »Sir Clive wird ein paar Männer schicken, um den Treffpunkt in Augenschein zu nehmen. Wenn sie mit dem Hubschrauber kommen, sind sie wahrscheinlich binnen drei Stunden vor Ort. Sie müssen so schnell wie möglich los.« Er musterte Jack prüfend. »Sind Sie sicher, dass Sie das durchziehen wollen?«

»Er hat meinen Vater getötet, und er will Amanda töten«, erwiderte Jack trocken. Sein Hass entsprang nicht einem Gefühl, sondern eiskalter Logik. »Was habe ich für eine Wahl …?«

Monsieur Blanc nickte. Der Satz war nicht als Frage gemeint. »Gut«, sagte er und entfaltete einen Stadtplan von Paris auf seinem Schreibtisch. »Hier sind die Stellen außerhalb des Friedhofs, wo sie sich höchstwahrscheinlich zur Beobachtung postieren, weil man von dort aus die Telefonzelle gut sehen kann. Sie müssen sich unauffällig und so schnell wie möglich von einem zum anderen bewegen. Schalten Sie die Posten nacheinander aus, ehe die anderen begreifen, was los ist. Wenn ich Ihnen dazu einen Rat geben darf: Sie sollten statt Kugeln lieber Pfeile nehmen. Ich habe ein umgebautes Gewehr, das genau die richtige Dosis Blausäure abgibt. Man kann sogar ein Zielfernrohr montieren. Und dann habe ich noch etwas Besonderes, das Sie vielleicht an Sir Clive ausprobieren möchten.«

Jack hob eine Braue. »Das klingt final …«

Monsieur Blanc nickte. »Das ist es mit Sicherheit, deshalb habe ich auch darauf bestanden, dass Amanda den Raum verlässt. Ich habe die Erfahrung gemacht, dass Ärzte sich oft scheuen, Leben zu beenden.«

»Mmh«, machte Jack unverbindlich, den Blick auf den Stadtplan gerichtet, um sich die Straßen um den Friedhof herum einzuprägen. Was er Amanda über die ganze Sache erzählen wollte, würde er sich später überlegen.

»Und jetzt möchte ich Ihnen etwas zeigen«, sagte Monsieur Blanc, trat mit einer theatralischen Geste vom Schreibtisch zurück und schob eine der weißen Wandvertäfelungen zur Seite. Dahinter wurde eine Stahltür sichtbar, die dem Tresorraum einer Bank zu entstammen schien.

»Dieses Haus wurde von einem gewissen Monsieur Guillancourt erbaut, einem der angesehensten Financiers des achtzehnten Jahrhunderts. Er hat den Tresor zu Zeiten der Revolution anfertigen lassen, um seine Schätze vor den rebellierenden *paysans* zu schützen. Ich habe leichte Modernisierungen vornehmen lassen«, erläuterte Monsieur Blanc und tippte einen Code in ein Tastenfeld. Ungeduldig wie ein Kind vor einem Spielzeugladen wartete er darauf, dass die Tür sich öffnete.

»Mein Warenlager«, erklärte er stolz und deutete auf Regalreihen voller hochglanzpolierter Hightech-Waffen vor mit Samt bezogenen Wänden.

Mit versteinerten Mienen saßen Außendienstagent Michaels und sein Team in dem Westland-Lynx-Hubschrauber. Der Lärm der Rotoren machte jede Unterhaltung unmöglich. Dass sie sich nicht hatten vorbereiten können, bereitete ihm Sorge. Sir Clive hatte ihm zwar versichert, dass sie es mit einem Amateur zu tun hätten, aber er hätte sich trotzdem gerne vorher mit der Geografie des Einsatzortes vertraut gemacht. Er kannte Paris nicht besonders gut. Stadt- und Baupläne konnten eine Besichtigung vor Ort nicht ersetzen. Sir Clive hatte sie angewiesen, Messer zu benutzen, statt den jungen Mann oder dessen Freundin zu erschießen, damit es wie ein missglückter Raubüberfall aussah – wie die Tat eines Kleinkriminellen, der in Panik zugestoßen und versehentlich die Halsschlagader erwischt hatte, und nicht wie ein geplanter Mord.

Michaels mochte Messer nicht. Sie machten zu viel Sauerei. Außerdem musste man zu nahe an das Ziel heran. Zwei vom Team würden den jungen Mann festhalten müssen, damit er zustechen konnte. Eine Walther P99 mit Schalldämpfer wäre ihm lieber gewesen.

Er betrachtete den Plan des Friedhofs. Die Gegend darum herum war ziemlich heruntergekommen. Tagsüber kamen zahlreiche Touristen hierher, doch nachts lag er verlassen da. Sir Clives Auftrag bestand darin, zwei britische Staatsbürger auf französischem Boden zu töten, da durfte man sich keine Fehler erlauben.

»Was denken Sie?«, fragte Sir Clive und hob die Stimme, um das Flappen der Rotoren zu übertönen.

Michaels zuckte mit den Schultern. »Je früher wir an

Ort und Stelle sind, desto besser«, rief er zurück. »Ich will die Männer in aller Ruhe in Stellung bringen.«

86

Boulevard de Ménilmontant, Paris, 18:00 Uhr

Jack wagte einen vorsichtigen Blick über den Boulevard. Er saß in einem Mietwagen mit freiem Blick auf die Straße, neben sich auf dem Beifahrersitz leere Sandwich-Verpackungen und Chipstüten. Der erste Teil des Plans lautete: Positioniere dich so, dass du gut zu sehen bist. Wenn sie dich sehen können, denken sie, sie haben alles unter Kontrolle, und passen nicht mehr so gut auf.

Auf der Straße herrschte Betrieb; selbst zu dieser Tageszeit warteten noch in einer langen Schlange Touristen vor dem Friedhof. In der Boulangerie an der Ecke gingen beständig Einheimische ein und aus, auf dem Weg nach draußen stets mit Baguettes unter dem Arm. Das muss ein richtig guter Bäcker sein, dachte Jack hungrig und wünschte sich, er hätte keine anderen Sorgen, als an Brot für das Abendessen denken zu müssen.

Er sah auf den Busfahrplan, den er auf seinem Schoß ausgebreitet hatte. Der Dreiundvierziger sollte um Dreiviertel kommen, so wie jede Stunde. Bislang war er immer relativ pünktlich gewesen. Hoffentlich war er heute Abend auch rechtzeitig da, denn er würde Jack die notwendige Tarnung bieten. Bis es so weit war, würde er im Wagen sitzen bleiben, ab und zu aussteigen und die Straße hinauf- und hinunterblicken, ganz wie ein Amateurspion. Er hatte sich ein Käppi und eine Kapuzenjacke gekauft, den Bart abrasiert und das Haar dunkelbraun gefärbt – ein demonstrativer Versuch, sich zu verkleiden, mit Sachen, die ganz offenkundig dazu dienen sollten, seine Identität zu verschleiern. Alles Teil des Plans.

Jack behielt die Straße im Auge und achtete auf alles, was irgendwie ungewöhnlich war – zum Beispiel Gäste, die viel zu lange vor ihrer leeren Kaffeetasse sitzen blieben und sich auffällig für den Inhalt ihrer Zeitung zu interessieren schienen.

Er war ziemlich sicher, dass er zwei seiner Verfolger bereits ausgemacht hatte. Einer saß in einem Auto in einer Seitenstraße, die direkten Blick auf die Telefonzelle bot. Jack hatte ihn zum Café gehen sehen. Ein jungenhaft wirkender Typ in Jeans, der hinter dem Steuer saß und simste. Als Jack eine geschlagene Stunde später ins Café ging, simste er immer noch.

»Siehst du noch andere?« Amandas Stimme kam aus dem Fußraum der Beifahrerseite, wo sie sich unter einer Decke zusammengerollt hatte.

Jack legte die Hand auf den Mund, ehe er antwortete. Niemand sollte ahnen, dass sich noch jemand im Wagen befand. Jemand, der die gleichen Sachen trug wie er und die Kapuze genau wie er tief ins Gesicht ziehen konnte, sodass nur noch der Schirm des Käppis hervorlugte.

»Einer steht in der Schlange vor dem Friedhof. Immer wenn er vorn ankommt, entschuldigt er sich und geht über die Straße, verschwindet in einem Laden und stellt sich wieder hinten an.« Er nahm die Hand vom Mund und bemühte sich, nicht nach unten zu schauen. Es musste ziemlich unangenehm für Amanda sein, ihre langen Glieder so zu krümmen, aber sie hielt sich wacker.

Amanda versuchte ihre Beine zu bewegen, so weit das auf diesem engen Raum möglich war, denn allmählich begannen sie Krämpfe zu plagen. Die Minuten verstrichen quälend langsam. Inzwischen war es nach dreiundzwanzig Uhr und die Straße praktisch menschenleer. Im Café saßen noch ein paar letzte Gäste.

»Kannst du sie noch sehen?«, fragte sie leise.

»Zwei stehen rechts und links von der Boulangerie in Hauseingängen. Die anderen zwei sitzen im Auto. Keine Spur von Sir Clive.«

»Bist du sicher, dass du das durchziehen willst?«, fragte sie, und ihre Stimme klang nervös.

Jack sagte nichts. Es ging hier nicht darum, ob er das wollte. Es war etwas, das getan werden musste. Er sah auf die Uhr. Der Sekundenzeiger schien sich in Zeitlupe zu bewegen. Unfassbar, dass jemand so etwas zu seinem Beruf machte. Wenn einen der Feind nicht umbrachte, dann die Langeweile.

»Ich gehe noch mal in das Tabakgeschäft gegenüber«, sagte er schließlich. »Damit sie mich sehen und sich daran erinnern, was ich anhabe.«

Die MI6-Agenten sahen der dunklen Gestalt zu, wie sie aus dem Auto stieg und mit hochgezogenen Schultern, die Kappe tief in die Augen gezogen, über die Straße in den Laden trabte, um ein paar Momente später mit einer Packung Kaugummi und einer Wasserflasche wieder herauszukommen.

»Bist du so weit?«, sagte Jack leise zu Amanda, als er die Autotür geöffnet hatte. »Der Bus kommt.« Beim Einsteigen blickte er in den Rückspiegel und sah große, helle Scheinwerfer auf sie zukommen. Er löste seinen Gürtel, schob sich ruckelnd die Hose über den Hintern, sodass darunter eine zweite, helle Hose sichtbar wurde. Dann streifte er vorsichtig die Kapuzenjacke ab. Der Bus war jetzt fast auf ihrer Höhe.

»Drei, zwei, eins …«

Bremsen fauchten. Der Bus hielt direkt neben ihnen, sodass sie von der anderen Seite aus nicht mehr zu sehen waren. Die Türen öffneten sich, und Fahrgäste traten nach draußen. Jack stieg aus den Auto und schlug die Wagentür hinter sich zu, während Amanda eilig aus ihrem Fußraum kletterte und sich am Steuer auf den Fahrersitz zog. Ihre Muskeln schmerzten heftig durch die plötzliche Bewegung, aber dann saß sie an Jacks Stelle, in den gleichen Sachen wie er, unter der Kapuzenjacke einen dicken Pullover, unter dem Hintern ein Kissen. Das Haar hatte sie unter das Käppi geschoben, und das Gesicht lag im Schatten der Schirmmütze verborgen. Der Stellungswechsel hatte genauso geklappt, wie sie ihn geübt hatten.

Der Bus fuhr wieder an.

Die MI6-Agenten behielten den Wagen und die Gestalt hinter dem Steuer fest im Auge. Auf die Fahrgäste, die aus dem Bus stiegen, achteten sie kaum, auch nicht auf den großen dunkelhaarigen Mann im hellen Anzug, der mit schwingender Aktentasche über die Straße auf sie zukam. Gleichwohl war er nicht zu überhören, sein fröhliches Pfeifen – ausgerechnet die Marseillaise – und das Klacken seiner Absätze auf dem Pflaster. Sie bemühten sich, nicht hinzuhören. Nur der Mann im Wagen zählte jetzt. Es war zehn vor zwölf, lediglich noch zehn Minuten bis zum Treffen an der Telefonzelle. So wie es aussah, würde das eine saubere Sache werden, eine Liquidierung wie aus dem Lehrbuch. In dem Augenblick, in dem sich der junge Mann Sir Clive näherte, würden sie ihn ausschalten – Auftrag erledigt.

Jack riss die auf Pfeile umgebaute Waffe von dem Klebstreifen an der Innenseite seiner Aktentasche. Sie war schwer und unhandlich. Ohne seine Schritte zu verlangsamen, feuerte er zwei Schüsse in den ersten Eingang und sah im Weitergehen eine dunkle Gestalt rückwärts taumeln. Zwei weitere Schüsse in den zweiten Eingang hatten das gleiche Ergebnis zur Folge. Diesmal hörte er noch, wie das Opfer scharf nach Luft schnappte – die lähmende Wirkung des Serums. Es war offenbar wirklich so tödlich effektiv, wie Monsieur Blanc es beschrieben hatte. Jack bog um die Ecke in die Seitenstraße ein und ging mit gleichmäßigen Schritten auf den geparkten Wagen zu. Wie er vermutet hatte, saßen zwei Männer darin. Ohne hinzusehen, lief er pfeifend an ihnen vorbei in eine Hintergasse.

Mit Blick auf die Uhr näherte sich Sir Clive vorsichtig der Telefonzelle. Noch eine Minute bis Mitternacht. Von den beiden Agenten auf der Straße hatte er nichts gehört, doch die zwei im Auto hatten ihm bestätigt, dass er nach Plan vorgehen könne. Er sah den Renault mit Jack Hartman, die Gestalt mit der Kapuze hinter dem Lenkrad. Er zog an der Glastür, die sich mit lautem Quietschen öffnete, und betrat die Telefonzelle.

»Bin auf Warteposition«, sagte er leise und hoffte, dass das Mikrofon, das an seinem Hals befestigt war, seine Worte aufnahm.

»Wir geben Deckung«, kam die Antwort. »Sobald der Typ aus dem Auto steigt, schnappen wir ihn uns.«

Jack lugte durch das hintere Fenster auf der Beifahrerseite in den Wagen der Agenten und beobachtete die zwei Silhouetten im Innern. Einer der Männer sprach in ein Walkie-Talkie. Sie waren es, kein Zweifel. Er hatte sich auf Socken leise zurückgeschlichen, wobei ihm sein Herzschlag lauter vorkam als seine Schritte auf dem Pflaster. Geduckt fasste er mit einer Hand an den Türgriff, während die andere die Waffe bereithielt. Wenn die Tür verriegelt war, würde er durch die Scheibe schießen, zweimal pro Mann, nur um sicherzugehen. Er zog vorsichtig am Griff, und die Tür öffnete sich wider Erwarten leicht und ohne Widerstand. Die armen Irren, dachte Jack, sie waren vollkommen ahnungslos. Er schoss das Magazin leer. Je einen Schuss auf den Körper, einen auf das Bein, für den Fall, dass sie Schutzwesten trugen. Er entfernte sich vom Wagen. Binnen Sekunden war alles vorbei gewesen, zumindest für die zwei Agenten. Jack nahm sein Handy und wählte die Nummer der Telefonzelle gegenüber, während er zur Hauptstraße zurückging.

87

Das Klingeln schrillte laut in der Kabine, und Sir Clive wäre beinahe vor Schreck zusammengezuckt. Leise fluchend nahm er den Hörer ab.

»Unter dem Apparat ist ein Handy festgeklebt. Nehmen Sie es, und klettern Sie über die Friedhofsmauer. Erwarten Sie auf der anderen Seite weitere Anweisungen. Sollte ich jemanden entdecken, der Ihnen folgt, ist die Sache sofort abgeblasen.« Damit war die Verbindung tot.

Kein Zweifel, Jack Hartman. Sir Clive spürte Wut in sich hochkochen. Dieser unverschämte Mistkerl meinte wohl, er könnte ihn herumkommandieren. Er sah sich nach dem Renault um. Die Gestalt mit der Kapuze saß immer noch hinter dem Steuer. *Na warte, du ahnst nicht mal, wie dir geschieht, wenn du aus dem Auto aussteigst …*

Doch nichts passierte. Die Gestalt rührte sich nicht. Sir Clive entschied, möglichst weithin sichtbar über die Mauer zu steigen. Hauptsache, der Kerl verließ endlich den Wagen. Er griff unter den Fernsprechapparat, riss das Handy los und stieß die Glastür auf, um zu der Mauer zu gehen. Es gab ein paar Stellen, wo er guten Halt finden würde. Unbeholfen stemmte er sich hoch.

Jack sah dem beleibten MI6-Mann von der gegenüberliegenden Straßenseite aus zu, und sobald er hinter der Mauer verschwunden war, rief er das Handy an.

»Folgen Sie dem Hauptweg etwa hundert Meter weit, bis Sie zum Grab von Monsieur Guillotin kommen«, ordnete er schnell an und legte sofort auf, ehe Sir Clive zu einer wütenden Tirade ansetzen konnte. Ob ihm die Wahl des Grabes zu denken geben würde?

Jack kletterte geschickt über die Mauer und kam geräuschlos auf dem Boden auf, während Sir Clives massige Silhouette sich auf dem gepflasterten Weg rasch von ihm entfernte. Er wartete einen Augenblick, die Schultern gegen die kühle Nachtluft hochgezogen, mit rauem, keuchendem Atem. Ohne das Team im Rücken war der Mann verwundbar. Eine unbehagliche Sekunde lang verspürte Jack das Bedürfnis, ihn einfach in Ruhe zu lassen und zu gehen. Doch dann kehrte schmerzlich die Erinnerung an seinen Vater zurück, der skrupellos getötet worden war. Die Wut brandete erneut in ihm hoch, und er rannte lautlos hinter Sir Clive her.

»Bleiben Sie, wo Sie sind«, sagte er in kaum hörbarem Flüsterton, als er ihn eingeholt hatte.

Sir Clive blieb stehen und überlegte, wie lange es wohl dauern würde, bis Michaels und die anderen über die Mauer setzten.

Jack näherte sich vorsichtig und drückte seine Waffe in Sir Clives dicken Kaschmirmantel. »Langsam, ganz langsam … nehmen Sie jetzt Ihre Waffe heraus und legen sie hinter sich auf den Boden.«

Sir Clive schnaubte. Michaels stellte seine Geduld diesmal wirklich auf die Probe. Widerstrebend zog er seine Pistole aus dem Schulterhalfter und ließ sie fallen.

Jack trat vor und hob sie auf, um sie in hohem Bogen in die Dunkelheit zu werfen. Sie landete mit einem lauten Schlag.

»Was wollen Sie, Jack? Was haben Sie gegen mich in der Hand?«, sagte Sir Clive herablassend und drehte sich um.

Jack machte einen Schritt rückwärts.

»Sie geben hier den Profi, aber seien Sie sich nicht zu sicher, Junge.«

Jack sagte immer noch nichts.

Sir Clive warf einen Blick über die Schulter seines Gegenübers. »Sie glauben doch nicht im Ernst, ich wäre ohne Verstärkung hier?«

Jack schwieg weiter. Sein Gesicht lag halb im Schatten verborgen und blieb ebenso reglos wie die Steinfiguren, die über die Gräber blickten.

»Sie Narr«, murmelte Sir Clive kopfschüttelnd und wartete inständig auf den routinierten Messerstich, mit dem Michaels dem Leben des jungen Mannes ein Ende setzen sollte. Aber nichts passierte. Jack stand immer noch regungslos da. Sein Schweigen war irritierend.

»Könnte es sein, dass Ihr Team sich verlaufen hat?«, sagte Jack schließlich leise und beherrscht. Es war kalt in dieser Nacht, so kalt, dass seine Worte von kleinen Nebelwölkchen begleitet waren.

Sir Clive räusperte sich und trat nervös von einem Bein auf das andere. »Ziel in Sichtweite, *over*, Ziel in Sichtweite!«, rief er, so laut er konnte.

Niemand reagierte.

»Anscheinend können sie Sie nicht hören, Sir Clive. Entweder das, oder es ist ihnen egal. Zahlt der MI6 vielleicht nicht genug?«, fügte Jack in gespielter Arglosigkeit hinzu.

Sir Clive verstand die Anspielung auf das Geld, das er von Centurion genommen hatte. Sein eisernes Selbstvertrauen geriet ins Wanken. »Was wollen Sie?«, wiederholte er, schon wesentlich weniger hochmütig.

»Nicht viel, Sir Clive, nicht viel. Nur dass Sie uns in Ruhe lassen, Amanda und mich«, erwiderte Jack.

»Im Austausch für die Dateien, was auch immer Sie da entdeckt haben wollen?«

»Exakt.« Jack zog den USB-Stick aus seiner Tasche und hielt ihn gut sichtbar in die Höhe.

Sir Clive spähte wieder über Jacks Schulter. »Ist das alles?«

»Das ist alles.«

»Okay, Jack, okay. Das kriegen wir hin«, sagte Sir Clive, und es hörte sich an wie ein großzügiges Zugeständnis. Er konnte sein Glück kaum fassen. Er hatte mit allen möglichen absurden Forderungen gerechnet, mit Erpressung oder der Drohung, ihn bei höheren Stellen zu verraten. Aber das?

»Habe ich Ihr Wort?«, fragte Jack und trat vor, um ihm in die Augen zu sehen.

Sir Clive nickte und hielt seinem Blick stand. Der Typ wollte offenbar so etwas wie eine Bestätigung. Und er hatte kein Problem damit, sie ihm zu geben. *Was für ein naiver Idiot.* »Sie haben mein Wort«, sagte er, so überzeugend er konnte.

Jack reichte ihm den USB-Stick. Für einen kurzen Augenblick berührten sich ihre Hände. Kalte Haut in nächtlicher Kühle.

»Danke«, sagte Jack.

»Keine Ursache. Und das mit Ihrem Vater tut mir wirklich leid. War nicht meine Entscheidung. Unsere amerikanischen Freunde, Sie verstehen.« Die Lüge ging Sir Clive schon wieder leicht über die Lippen, seine Stimme hatte neue Kraft gewonnen. Er steckte den Stick in die Tasche und sah Jack nach, als er sich umdrehte und davonging. Es war wirklich nicht zu fassen. Da hätte er gar kein Team gebraucht. Mit diesem Anfänger wäre er auch allein fertig geworden.

Langsam griff er in seine Tasche und zog die kleine Automatikpistole heraus, die im Fach mit der Brieftasche Platz fand. Mit zwei schnellen Schüssen wäre Jack Hartman ausgeschaltet, und dann würde er die Spur des Mädchens aufnehmen, um die ganze Sache sauber abzuschließen. Doch als er die Waffe hob, um zu zielen, lenkte ihn plötzlich ein sonderbares Zischen ab, Bittermandelgeruch stieg ihm in die Nase, und die Luft um ihn herum trübte sich. Er spürte, wie seine Brust eng wurde, und versuchte zu sprechen, doch es gelang ihm nicht. Vor seinen Augen tanzten winzige leuchtende Punkte um die ungerührten steinernen Züge von Monsieur Guillotin. Es war das Letzte, was er sah, ehe ihn die Dunkelheit verschlang.

Jack beschleunigte seine Schritte und trabte auf das Ausgangstor zu, nicht ohne einen raschen Blick über die Schulter zu werfen. Monsieur Blancs Ruf, was hochwirksame tödliche Waffen anging, war offenbar wohlbegründet. Die Blausäure im USB-Stick war tatsächlich so effektiv, wie er behauptet hatte. Zeituhr einstellen, Deckel drehen, abhauen und ... *paff*.

Er schwang sich über das Tor und landete auf dem Gehsteig. Amanda stand neben dem Wagen. Er rannte auf sie zu, schloss sie fest in die Arme und wischte ihr die Tränen von den Wangen. Sie bebte am ganzen Körper.

»Ist er auf den Deal eingegangen? Wird er uns in Frieden lassen?«, wollte Amanda wissen und blickte ihn mit tränenfeuchten Augen an.

Jack zog verlegen die Schultern hoch. »Alles ist gut. Uns kann nichts mehr passieren«, sagte er, ohne ihr ins Gesicht zu sehen.

»Und die anderen, die die Straße beobachtet haben? Werden die uns nicht verfolgen, wenn sie zu sich kommen?«

Jack biss sich auf die Lippe. »Das würde mich sehr wundern.«

Epilog

Kanzlei Brooke & Hall, Grays Inn Square, London
Vier Wochen später

Auf den Holzstühlen mit den senkrechten Rückenlehnen konnte man nur mit durchgestrecktem Rücken sitzen. Es roch nach einer Mischung aus Moder und der Politur, mit der die Holzvertäfelungen an den Wänden behandelt waren. In einer Ecke tickte seelenruhig eine alte Standuhr. Jack hätte nie für möglich gehalten, dass sein Vater eine alteingesessene und teure Londoner Kanzlei mit der Vollstreckung seines Testaments beauftragen würde. Er hatte nicht einmal damit gerechnet, dass es überhaupt ein Testament gab.

»Es ist noch gar nicht lange her, dass Ihr Vater auf uns zukam«, sagte der Anwalt, ein würdiger Vertreter seiner Zunft mit grauen Haaren und leuchtend blauen Augen. Er sprach langsam und bedächtig, und in seiner Stimme lag ein leicht herablassender Ton, als ginge er davon aus, dass der junge Mann, der ihm gegenübersaß, mit juristischen Fachbegriffen ohnehin nichts anfangen konnte. »Mit seinen geschäftlichen Unternehmungen in den letzten Jahren hat er eine beträchtliche Summe Geld erwirtschaftet. Es war sein Wille, dass sein gesamtes Vermögen direkt und vollständig auf Sie, seinen Sohn, übergeht. Zu diesem Behufe hat er eine Reihe von Fonds eingerichtet, welche die Kanzlei Brooke & Hall treuhänderisch verwaltet.« Der Anwalt nahm die Brille ab und sah Jack an. »Vermögenswerte in dieser Höhe werden ziemlich hoch besteuert«, fuhr er in vertraulichem Ton fort. »Ihr Vater hat mit großer Umsicht Wege gefunden, die meisten dieser Steuern zu umgehen. Vollkommen legal, versteht sich, aber auf durchaus verschlungenen Wegen.«

Jack nickte, obwohl er im Grunde kein Wort verstand. Er hätte mit ein paar tausend Pfund – oder einem Haufen Schulden – gerechnet, aber nicht mit einer Summe, bei der man sich ums Steuersparen Gedanken machen musste.

Zwei Stunden später, als das Testament verlesen und alle Fragen zu seinen neuen finanziellen Verhältnissen geklärt waren, trat Jack nach draußen ins helle Sonnenlicht. Er war verwirrt und benommen. Sein Vater hatte mit seinen rauschhaften Aktienspekulationen siebeneinhalb Millionen britische Pfund angehäuft. Entweder hatte er unfassbares Glück gehabt, oder er war richtig gut gewesen – oder beides. Zumindest war er skrupellos genug gewesen, um sich nicht vor großen Risiken zu scheuen. Jack musste grinsen. Sein alter Herr hatte außerhalb der Armee etwas gefunden, in dem er richtig gut war. Zu schade, dass das erst passiert war, nachdem Mum ihn verlassen hatte.

Amanda erwartete ihn draußen. Die Sonne strahlte sie von hinten an und zauberte ihr eine leuchtende Aura um das blonde Haar. Sie war unglaublich schön.

»Wie war es?«, fragte sie und lächelte ihn erwartungsvoll an. »Wo gehen wir in Zukunft essen: im Ritz oder an der Imbissbude?«

Jack lachte. »Im Ritz, und zwar morgens, mittags und abends.« Er machte eine Pause und fuhr dann fort: »Wir sollten über Ostern eine Reise machen. Ich wollte schon immer mal kreuz und quer durch die USA fahren«, sagte er und legte seinen Arm um ihre Schultern. »Was hältst du davon?«

Beim Mittagessen in einem Pub um die Ecke erklärte er ihr seine Reisepläne. Amanda hörte aufmerksam zu. Seine Erregung überraschte sie; die Reise schien ihn mehr zu begeistern als die Erbschaft. Immer wieder redete er von Beverly Hills und dass er dort gern ein paar Tage verbringen würde, um alles zu besichtigen. Sie war ziemlich sicher, dass es in diesem Teil von Los Angeles nicht viel zu sehen gab, aber sie wollte ihn nicht enttäuschen. Seine Augen füllten sich mit einem besonderen Glanz, wenn er davon sprach.

Doch ihre Zweifel waren berechtigt. Jacks Enthusiasmus hatte nichts mit Urlaubsplänen zu tun oder dem vielen Geld, das er geerbt hatte. Sein plötzlich erwachtes Interesse für Amerika kam einzig und allein daher, dass Monsieur Blanc die Adresse von Centurion erwähnt hatte. Am Wiltshire Boulevard in Beverly Hills, L.A.

Er hatte dort etwas zu erledigen.